HEYNE <

Das Buch

New York im Jahr 2023. Dem berühmten Kriminalpsychologen Dr. Gideon Wolfe wird eine manipulierte Diskette zugespielt, die eine weltberühmte Szene zeigt: den Mord an der amerikanischen Präsidentin. Allerdings ist darauf nicht der bekannte und verurteilte Täter zu sehen – der Attentäter hat ein völlig anderes Gesicht. Als Wolfe die Diskette einem Freund zur Untersuchung gibt, wird dieser erschossen. Die Spur führt zu Eli Kuperman, einem inhaftierten Anthropologen. Doch Wolfe wird aus dem Gefängnis entführt, von einem seltsamen Gefährt, das ihn erst auf den Meeresgrund und dann auf Jetflughöhe bringt. An Bord dieses Schiffes leben sieben hochintelligente Wissenschaftler unter Führung des genmanipulierten Malcolm Tressalian, die gezielt Informationen fälschen und das Wissen der Menschheit verändern. Unter dem Motto »Die Welt will betrogen werden« haben sie sich zum Ziel gesetzt, das alles beherrschende Internet und die Lügen der Politiker zu entlarven. Was in guter Absicht beginnt, endet in einer Katastrophe, als die Fehlinformationen in die Hände eines fanatischen Terroristen gelangen.

Ein Zukunftsthriller, der mit unserer Welt mehr zu tun hat, als uns lieb sein dürfte.

Der Autor

Caleb Carr ist an der Lower East Side von Manhattan aufgewachsen und studierte Geschichte an der New York University. Neben seiner schriftstellerischen Tätigkeit arbeitet Caleb Carr als Journalist für verschiedene Zeitungen und das Fernsehen, sein Spezialgebiet sind politische und militärische Themen. Mit seinen historischen Thrillern »Die Einkreisung« (01/9843) und »Der Engel der Finsternis« (01/13007) gelangen ihm auf Anhieb zwei Weltbestseller. Caleb Carr lebt in New York.

Caleb Carr

Die Täuschung

Roman

Aus dem Amerikanischen
von Peter Robert

WILHELM HEYNE VERLAG
MÜNCHEN

HEYNE ALLGEMEINE REIHE
Band-Nr. 01/13702

Die Originalausgabe
KILLING TIME
erschien bei Random House, New York und
bei Random House of Canada Limited, Toronto

Umwelthinweis:
Dieses Buch wurde auf chlor- und säurefreiem
Papier gedruckt.

Taschenbucherstausgabe 03/2003

Der Wilhelm Heyne Verlag ist ein Verlag der
Ullstein Heyne List GmbH & Co.KG
Printed in Denmark 2003
Umschlagillustration: Picture Press /
Corbis / Michael Prince
Umschlaggestaltung: Nele Schütz Design, München
Satz: Filmsatz Schröter GmbH, München
Druck und Bindung: Nørhaven Paperback A/S, Viborg
ISBN: 3-453-86512-X

htpp://www.heyne.de

Dieses Buch ist
SUZANNE GLUCK
gewidmet.

Jeder, der ein Problem hat, täte gut daran,
es mit ihr zu besprechen.

»Ich habe nur ein einziges Licht,
das meine Schritte lenkt,
und das ist das Licht der Erfahrung.
Ich kenne keine andere Möglichkeit,
die Zukunft zu beurteilen,
als anhand der Vergangenheit.«

– Patrick Henry, 1775

I

IRGENDWO IN DER MITUMBA-GEBIRGSKETTE VON ZENTRALAFRIKA, SEPTEMBER 2024

Bei Tagesanbruch brechen wir auf, darum muss ich schnell schreiben. Alle Meldungen deuten darauf hin, dass meine Verfolger mir mittlerweile dicht auf den Fersen sind: Dieselben Späher, die in den letzten beiden Tagen von einem Phantomluftschiff berichtet haben, das in stetigem Tempo von Nordosten komme und dabei den Erdboden in Brand setze, behaupten jetzt, sie hätten das Gefährt in der Nähe des Albert-Sees gesichtet. Häuptling Dugumbe, der mich bei sich aufgenommen hat, besteht nun endlich nicht mehr darauf, dass ich mit Hilfe seiner Krieger den Kampf aufnehme, und bietet mir stattdessen eine Eskorte von fünfzig Männern an, die mir bei meiner Flucht den Rücken decken sollen. Obwohl ich ihm dankbar bin, habe ich ihm gesagt, dass eine so große Gruppe zu auffällig wäre. Ich werde nur meinen guten Freund Mutesa mitnehmen, den Mann, der mich damals, als ich völlig erschöpft war, aus dem Hochlanddschungel geschleppt hat; außerdem zwei oder drei andere, die mit einigen der besseren französischen oder amerikanischen automatischen Waffen ausgerüstet sind. Wir werden uns auf direktem Weg zur Küste begeben, wo ich eine Überfahrt zu einem Ort zu finden hoffe, der noch abgelegener ist als diese Berge.

Es kommt mir vor, als wäre es schon Jahre her, dass mich das Schicksal zu Dugumbes Stamm verschlagen hat, obwohl in Wirklichkeit erst neun Monate vergangen sind; aber die Wirklichkeit hat für mich ohnehin keine große Bedeutung mehr. Ursprünglich war es der Wunsch, ihr diese Bedeutung wiederzugeben, der mich veranlasst hat, diesen Ort als Versteck zu wählen, diesen abgelegenen, schönen Winkel Afrikas, der seit Urzeiten von Stammeskriegen heimgesucht wird. Damals schien mir die Brutalität solcher Konflikte zweitrangig gegenüber der Tatsache, dass der alte Groll, der sie stets aufs Neue nährte, nur mündlich von einer Generation zur nächsten weitergereicht worden war. Ich dachte, an diesem Ort könnte ich wenigstens ansatzweise sicher sein, dass das Verhalten der Menschen um mich herum nicht von den unsichtbaren Händen jener manipuliert wurde, die die wundersamen, aber auch finsteren Technologien unseres »Informationszeitalters« beherrschen und damit die Grenze zwischen Wahrheit und Fiktion, zwischen Realität und einer erschreckenden Welt, in der man weder seinen Augen und Ohren noch seinem Herzen trauen kann, ausgelöscht haben.

Hier gibt es keine Zeitungen, keine Fernsehgeräte und vor allem keine Computer, also auch nicht das verdammte Internet. Dugumbe verbietet das alles. Seine Erklärung für diesen Standpunkt ist simpel, aber darum nicht weniger tiefgründig: Information, behauptet er beharrlich, sei nicht Wissen. Die Lehren, die von den Ältesten überliefert und von den Klügsten unter ihnen vermittelt, aber nur im Gedächtnis aufgezeichnet werden, diese Lehren, so hat Dugumbe immer gesagt, seien wahres Wissen. Die erwähnten Medien könnten den Menschen nur von solcher Weisheit ablenken und ihn zum Sklaven des laut Dugumbe »Schlimmsten aller Teufel« machen: der Verwirrung. Es gab eine Zeit, in der ich – ein Mann des westlichen Denkens, Träger nicht nur eines, sondern zweier Doktortitel – geringschätzig über solche Überzeugungen gelacht hätte; und wahrhaftig, seit ich hier bin, beunruhigen mich die Gesetze und Gebräuche dieser Menschen in zunehmendem Maße. Trotzdem stelle ich fest, dass ich mich in einer Welt, die mit bewusst verzerrten Informationen voll gestopft ist, mit zurechtfabrizierten »Wahrheiten«, die viel größere Konflikte als Dugumbes Stammeskriege entfacht haben, noch fester an den Kern der Weltanschauung des alten Königs klammere als dieser selbst.

Da – ich habe es gerade gehört. Weit entfernt, aber unverkennbar: das Donnergrollen, das ihr Herannahen ankündigt. Bald kommt es aus dem Himmel herab, dieses gespenstische Schiff; vielleicht steigt es auch aus den Fluten des Albert-Sees empor. Und dann geht die Erde erneut in Flammen auf, vor allem, wenn Dugumbe dem ungewöhnlichen Geschwisterpaar, welches das Schiff befehligt, gewaltsamen Widerstand entgegenzusetzen versucht. Ja, die Zeit wird knapp, und ich muss schneller schreiben – obwohl mir nicht so recht klar ist, welchen Zweck ich damit verfolge. Tue ich es, um nicht den Verstand zu verlieren, um mich zu vergewissern, dass all dies wirklich geschehen ist? Oder geht es um mehr, vielleicht um die Erstellung eines Dokuments, das ich über meinen eigenen neuen Teufel, das Internet, verbreiten kann, um so Feuer mit Feuer zu bekämpfen? Letzteres setzt natürlich voraus, dass mir jemand glauben wird. Aber ich darf mich von solchen Zweifeln nicht davon abhalten lassen, es zu versuchen. *Irgendjemand* muss zuhören, und, noch wichtiger, irgendjemand muss es *verstehen* …

Denn es ist die bedeutsamste Wahrheit unserer Zeit: Information ist nicht Wissen.

2

Im Rückblick hätte jeder das Muster erkennen können, wenn er nur aufmerksam genug hingeschaut hätte. Eine auffällige Reihe von »Entdeckungen« in Geschichte, Anthropologie und Archäologie hatte mehrere Jahre lang Schlagzeilen gemacht. Oberflächlich betrachtet fielen sie jedoch alle unter die großen Fortschritte, die durch die beständige Weiterentwicklung und permanente Vermischung von Bio- und Informationstechnologie auf jedem dieser Gebiete ermöglicht worden waren. Und deshalb lebten jene von uns, die vielleicht bemerkt hätten, dass da jemand im Verborgenen die Fäden zog, einfach so weiter wie zuvor. *Wir* lebten so weiter; ja, selbst ich hatte ein Leben, bevor all dies begann …

Nach den Maßstäben des modernen Kapitalismus hatte ich sogar ein gutes Leben; ich verdiente viel Geld und war in meinem Beruf anerkannt. Als ausgebildeter Psychiater lehrte ich Kriminalpsychiatrie und -psychologie an der John Jay University in New York (meiner Geburtsstadt, in der ich auch meine Kindheit verbracht hatte). Das früher vergleichsweise kleine College für Strafrecht war während des Trends zu privatisierten Gefängnissen, der in den ersten beiden Jahrzehnten dieses Jahrhunderts eine so ungeheure Dynamik entfaltet hatte, eine der reichsten Bildungseinrichtungen im ganzen Land geworden. Nicht einmal der Wirtschaftszusammenbruch von '07 und die daraus resultierende weltweite Rezession hatten das Wachstum der John Jay stoppen können: Die Universität hat immer die besten Strafvollzugsbeamten Amerikas hervorgebracht, und im Jahr 2023, in dem die zwingend vorgeschriebenen Strafen für Drogenbesitz und Störung der öffentlichen Ordnung so scharf waren, dass volle zwei Prozent der Bevölkerung des Landes hinter Gittern saßen, brauchten die Vereinigten Staaten nichts so dringend wie Gefängniswärter. All das hatte zur Folge, dass Leute wie ich, die an der John Jay die eher intellektuellen Dinge lehrten, ein mehr als anständiges Gehalt bezogen. Überdies hatte ich vor kurzem einen Bestseller geschrieben, *Die psychologische Geschichte der Vereinigten Staaten* (meinen zweiten Doktor hatte ich in Geschichte gemacht), und so konnte ich es mir tatsächlich leisten, in Manhattan zu wohnen.

Diese beiden Fachgebiete – Kriminologie und Geschichte – waren der Grund dafür, dass am 13. September 2023 eine gut aussehende, geheimnisvolle Frau in mein Büro trat. Es war ein grauenhafter Tag in der Stadt; die Luft stand und war so verschmutzt, dass der Bürgermeister die Einwohner aufgefordert hatte, das Haus nur dann zu verlassen, wenn sie wirklich etwas Dringendes zu erledigen hatten. Auf meine Besucherin schien das allerdings zuzutreffen: Schon auf den ersten Blick merkte man, wie zutiefst erschüttert sie war, und darum geleitete ich sie so behutsam wie möglich zu einem Stuhl. Sie fragte mich mit gedämpfter Stimme, ob ich tatsächlich Dr. Gideon Wolfe sei; als ich bejahte, erklärte sie mir, sie sei Mrs. Vera Price. Ich erinnerte mich sofort, dass sie die Frau eines gewissen John Price war, eines führenden Special-Effect-Genies der Film- und Themenpark-Industrie, den man vor ein paar Tagen vor seinem

Wohnhaus in New York ermordet hatte. Und zwar auf besonders unschöne Weise, sollte ich vielleicht hinzufügen: Sein Körper war von einer unbekannten Waffe in so kleine Stücke zerrissen worden, dass man ihn nur mit Hilfe seiner DNA-Unterlagen hatte identifizieren können. Ich sprach ihr mein Beileid aus und erkundigte mich, ob es in dem Fall irgendwelche Fortschritte gebe, bekam aber nur zur Antwort, dass dem nicht so sei und dass es wohl auch nie welche geben werde – außer ich würde ihr helfen. »Sie« würden es angeblich nicht zulassen.

Ich fragte mich, wer »sie« sein mochten, während ich Mrs. Price weiter zuhörte. Sie erklärte mir, sie und ihr Mann hätten zwei Kinder gehabt; das erste sei – wie vierzig Millionen andere Menschen weltweit – während der Staphylokokken-Epidemie im Jahr 2006 gestorben. Das zweite Kind der Prices, eine Tochter, ginge jetzt auf die High School in der City, und selbst sie, behauptete Mrs. Price, sei von »ihnen« bedroht worden.

»Von wem?«, fragte ich schließlich, weil ich vermutete, es könnte sich um einen Fall von hysterischer Paranoia handeln. »Was wollen diese Leute? Und warum kommen Sie damit zu mir?«

»Ich habe mich an ein Fernsehinterview erinnert, das Sie letztes Jahr gegeben haben«, antwortete sie und wühlte in ihrer Handtasche. »Ich habe es heruntergeladen. Verbrechen und Geschichte – das sind Ihre Fachgebiete, nicht wahr? Nun, hier bitte ...« Sie brachte eine silbrige Computerdisk zum Vorschein und warf sie auf meinen Schreibtisch. »Sehen Sie sich das an. Das Original haben sie konfisziert, aber ich habe im Safe meines Mannes eine Kopie gefunden.«

»Aber ...«

»Nicht jetzt. Ich wollte Ihnen nur die Disk bringen. Kommen Sie heute Abend zu mir nach Hause, wenn Sie glauben, dass Sie mir irgendwie helfen können. Hier ist die Adresse.«

Ein Stück Papier flatterte mir auf den Schreibtisch, und weg war sie. Mir blieb nichts anderes übrig, als die Disk kopfschüttelnd ins Laufwerk meines Computers zu schieben.

Ich brauchte eine ganze Minute, um mir die Bilder anzusehen, die auf das Ding gebrannt waren; dann griff ich aufgeregt und schockiert nach dem Telefon in meiner Tasche. Ich gab eine vertraute Ziffernfolge ein, bis mir Vera Prices Worte über »sie« wieder in den Sinn kamen. Ich brach den drahtlosen Anruf ab und griff zum Hörer des normalen Telefons auf meinem Schreibtisch. Wer immer »sie« auch sein mochten, das konnten sie nicht angezapft haben – noch nicht.

Ich wählte die Nummer erneut, dann hörte ich eine mürrische Stimme: »Max Jenkins.«

»Max«, sagte ich zu meinem ältesten Freund auf der Welt, einem ehemaligen New Yorker Polizisten, der mittlerweile als Privatdetektiv arbeitete. »Bleib, wo du bist.«

»Was soll das heißen, ›bleib, wo du bist‹? Was ist das denn für 'ne Art, mit jemandem zu reden, verdammt noch mal, du blutleerer angelsächsischer Mistkerl? Ich gehe jetzt essen.«

»Ach ja?«, entgegnete ich. »Und wenn ich dir nun erzählen würde, ich hätte hier eventuell einen Beweis dafür, dass Tariq Khaldun *nicht* derjenige war, der Forrester erschossen hat?«

Einen Moment lang Stille, dann: »Soll diese schwachsinnige Behauptung bewirken, dass ich weniger Hunger habe?«

»Nein, Max …«

»Weil sie das nämlich nicht …«

»Max, hältst du jetzt mal die Klappe? Wir reden hier von der Ermordung der Präsidentin.«

»Nein, *du* redest davon. *Ich* rede vom Essen.«

Ich seufzte. »Wie wär's, wenn ich was zu essen mitbringen würde?«

»Wie wär's, wenn du's *schnell* mitbringen würdest?«

3

Zwanzig Minuten später saßen Max und ich vor einer Reihe von Computern, unter denen der alte Schreibtisch in seinem Büro auf der Einundzwanzigsten Straße in der Nähe des Hudson River fast verschwand. Während wir auf den Hauptbildschirm starrten, schlangen wir zwei Gemüseburger in uns hinein, die ich unten im Feinkostladen geholt hatte. Was wir sahen, nahm uns so gefangen – sogar den abgeklärten Max –, dass uns nicht einmal Zeit für unsere übliche nostalgische Schwärmerei von den Zeiten vor dem verheerenden nationalen *E.-coli*-Ausbruch von 2021 blieb, als man echte Hamburger noch woanders bekommen konnte als in den vorsichtigsten (und teuersten) Restaurants der Stadt.

Der Bildschirm vor uns zeigte die mittlerweile schrecklich vertraute Szene, die sich vor drei Jahren abgespielt hatte: das Rednerpult im Ballsaal des Hotels in Chicago; die eindrucksvolle Gestalt von Präsidentin Emily Forrester, die sich auf dem Weg dorthin ein paar Schweißperlen von der Stirn wischte und sich anschickte, die Nominierung ihrer Partei für eine zweite Amtszeit entgegenzunehmen; und weit hinten das Gesicht, das Gesicht des Mörders, dessen Vergrößerung sich jedem Mann, jeder Frau und jedem Kind im Land unauslöschlich ins Gedächtnis eingebrannt hatte, seit die privaten, von einer immer noch anonymen Person in der Menge gedrehten Digicam-Bilder vor gerade einmal einem Jahr entdeckt worden waren. Dieses Gesicht hatte nach einer nur zweimonatigen Suche einen Namen bekommen: Tariq Khaldun, ein kleiner Funktionär im afghanischen Konsulat in Chicago. Die Justiz hatte schnell gehandelt: Khaldun, der kläglich in einem fort seine Unschuld beteuerte, war binnen Monaten verurteilt worden und hatte kürzlich eine lebenslange Haftstrafe in einer Hochsicherheitseinrichtung in der Nähe von Kansas City angetreten. Infolgedessen waren die immer schon brüchigen diplomatischen Beziehungen zwischen den Vereinigten Staaten und Afghanistan nun bis zum Zerreißen gespannt.

Aber Max und ich waren an jenem Tag mit ganz anderen Dingen beschäftigt, nämlich vor allem damit, dass auf der Disk, die Mrs. Price mir gegeben hatte, nun nicht die üblicherweise auf den Mord folgende Panikszene kam; stattdessen wurde der Bildschirm ein paar Sekunden lang schwarz. Als er wieder zum Leben erwachte, sahen wir das Verbrechen erneut, nur dass sich diesmal dort, wo das Auge Khalduns Gesicht zu sehen gewohnt war, ein sorgfältig umgrenzter Leerraum befand. Dann wurde der Bildschirm ein zweites Mal schwarz, und schließlich erschien eine dritte Version derselben Sequenz; in dieser Runde war der Mann, der im Hintergrund die Waffe schwang, jedoch ein ganz anderer: ein Asiate, vielleicht ein Chinese, aber bestimmt kein Afghane.

Ich drehte mich zu meinem bärtigen Freund um. »Na, was meinst du?«

Max kaute auf einem Kartoffelschnitz herum. Ohne den Blick vom Bildschirm zu nehmen, antwortete er: »Ich meine, dass sie diese Fritten in Lamadung braten.« Er warf seinen Papierteller beiseite.

»Die Disk, Max«, sagte ich ungeduldig. »Ist sie ein Beweis für eine Fälschung oder nicht?«

Max zuckte die Achseln. »Schon möglich. Niemand war besser als Price, wenn es um Bildmanipulation ging – und wir wissen alle, dass man rein gar nichts mehr glauben kann, was man nicht mit eigenen Augen gesehen hat. Aber in *meiner* Software löst das hier keinen Alarm aus.«

Was einiges heißen wollte. Wie die meisten Privatdetektive unserer Zeit verließ Max sich inzwischen fast ausschließlich auf Computer, ob es nun um das Erkennen einer Fälschung oder um eine DNA-Analyse ging. Wenn seine Programme – und sie waren die besten – keine Spuren absichtlicher Manipulation an unserem Material registrierten, dann ging hier etwas sehr Verwirrendes vor sich. Dieses Etwas betraf einen der folgenreichsten Gewaltakte unserer Zeit. Und daher wurde uns auf ganz unangenehme Weise sowohl die Bedeutung der Disk klar als auch der Grund für die Verzweiflung, die Vera Price in ihrem Benehmen und in ihren Äußerungen gezeigt hatte.

»Wenn Price wirklich in irgendwas verwickelt war«, murmelte Max, »dann sollten wir uns die Stelle ansehen, wo er getötet worden ist.«

»Da hat die Polizei schon ziemlich gründlich alles abgesucht.«

»Ich war mal bei der Polizei, Gideon.« Max strich sich über den Bart. »Wir sollten uns die Stelle selbst ansehen. Und noch eins ...« Er kniff die Augen zusammen und rückte mit seinem massigen Leib näher an den Computer heran. »Auf dieser Disk ist noch was anderes drauf. Irgendwas Verschlüsseltes, und zwar *richtig* Verschlüsseltes. Es würde eine Weile dauern, es zu finden, aber ... ich könnte schwören, dass es da ist.«

»Eins nach dem anderen«, sagte ich. »Wenn das nicht bloß ein Späßchen eines Special-Effects-Genies ist – oder das, was so jemand unter einem Späßchen versteht –, haben wir die Finger schon jetzt in einem ganz üblen Rattennest. Zwei von der Sorte brauchen wir nicht.«

»He, *du* bist mit diesem Mist zu *mir* gekommen, Sherlock.« Er rülpste einmal und bearbeitete dann stirnrunzelnd seine Tastatur. »Verdammt. Wirklich blöd von mir, dich das Essen holen zu lassen …«

4

Während Max an diesem Abend den Bürgersteig vor dem Wohnhaus der Prices auf der Central Park West absuchte, fuhr ich zum Penthouse hinauf, um die Witwe des jüngst Verstorbenen zu besuchen. Ich fand sie, an ihre Tochter geschmiegt, in einem riesigen Wohnzimmer mit Blick auf den Park und teilte ihr mit, dass ich in Anbetracht dessen, was ich auf der Disk gesehen hatte, ihre Ängste verstünde; aber ich müsse trotzdem wissen, wer jene »sie« seien, von denen sie am Nachmittag so beharrlich gesprochen hatte. Sie erklärte, nachdem sie die Disk unter den Habseligkeiten ihres Mannes entdeckt habe, sei sie damit als Erstes zum FBI gegangen. Dort aber habe man den Datenträger nur sofort beschlagnahmt und nicht gerade subtil angedeutet, wenn sie etwas darüber verlauten lasse, könne sich das für sie selbst wie auch für ihre Tochter als sehr riskant erweisen. Als Mrs. Price dann die Sicherheitskopie fand, hatte sie diese schon vernichten wollen, weil sie nicht wusste, an wen sie sich nun noch wenden konnte. Doch dann fiel ihr das Interview ein, das ich im staatlichen Fernsehen gegeben hatte.

Ich fragte sie, ob sie wisse, dass es offenbar noch einen zweiten Satz Informationen auf der Disk gebe, worauf sie erwiderte, das wisse sie nicht, es überrasche sie jedoch nicht. Dass ihr Mann die Daten allem Anschein nach verschlüsselt hatte, überraschte sie ebenso wenig. In letzter Zeit hatte er offenbar viele Aufträge für einen Privatkunden erledigt, und obwohl er seine Frau über deren Natur im Dunkeln gelassen hatte, war ihr nicht entgangen, dass er ein astronomisch hohes Honorar dafür bekam. Für jemanden, der in seinem normalen Job schon so viel verdiente, dass er sich ein Penthouse auf der Central Park West, eine hundert Jahre alte Villa in L. A. und eins der wenigen Strandhäuser in den Hamptons, die von den Hurrikanen von '05 verschont geblieben waren, leisten konnte, bedeutete »astronomisch« offenbar eine ganze Menge; doch obwohl meine Neugier geweckt war, konnte Mrs. Price mir nicht mehr darüber sagen. Darum verließ ich die Trauernde und ihre Tochter, nachdem ich ein Honorar versprochen bekommen hatte, das nach meinen eigenen bescheidenen Maßstäben ebenfalls verdammt astronomisch war.

Kaum stand ich wieder auf der Straße, legte Max mir einen seiner dicken Arme um den Hals und drückte eindringlich zu. »Machen wir, dass wir wegkommen«, sagte er mit einem Blick zum Türsteher des Gebäudes und dann zur dunklen, weiten Fläche des Central Park auf der anderen Straßenseite.

»Warum?«, fragte ich stolpernd, während er mich zu einem freien Taxi ein Stück weiter unten am Block zerrte.

Er machte die Tür auf und stieß mich hinein. »Weil du mich da in einen ganz schön bizarren Mist reingezogen hast, Wolfe«, antwortete er. Dann stieg er neben mir ein und wies den indonesischen Fahrer an, uns zu seinem Büro zurückzubringen.

Auf dem Weg nach Downtown weigerte Max sich ostentativ, über etwas anderes zu reden als darüber, wo wir uns an diesem Abend etwas zu essen holen könnten, was unseren mürrisch dreinschauenden Fahrer veranlasste, die Vorzüge seiner heimatlichen Küche zu preisen. Diese unerbetenen Kommentare mündeten unausweichlich in eine Schimpfkanonade über die Ungerechtigkeit, dass sein nach dem Zusammenbruch von '07 vollständig in Anarchie und Gewalt versunkenes Land ein Protektorat der Vereinten Nationen geworden war. Max erklärte ihm, er solle verdammt noch mal die Klappe halten und fahren, was den verbitterten kleinen Mann dazu brachte, Lenkrad und Bremsen auf eine Weise zu betätigen, die zweifellos darauf abzielte, dass uns schlecht wurde. Alles in allem war ich verwirrt, von Übelkeit geplagt und ziemlich verärgert, als wir bei Max' Haus ankamen; und es verbesserte meine Laune keineswegs, als mein Freund aus dem Wagen sprang, die Tür zuschlug, bevor ich ihm folgen konnte, und sagte: »Das wird ein paar Stunden dauern. Fahr nach Hause, ich ruf dich an.«

Noch ehe ich protestieren konnte, war er im Haus verschwunden, und ich blieb allein mit dem indonesischen Fanatiker zurück. Ich entschied mich dafür, den Fahrer zu bezahlen und mein Glück in einem anderen Taxi zu versuchen, um nach Tribeca zu kommen. Aber die Welt ist voller Menschen, die einem ihre Sicht der Dinge aufdrängen wollen, und schon seit jeher sind enorm viele von ihnen Taxifahrer in New York City. Darum war meine Reise über die obere Ebene des West Side Superhighway nicht angenehmer als die Herfahrt vom Central Park.

Ich dachte noch immer über all diese Eiferer nach, als ich in mein Loft zurückkam. Um die Zeit bis zu Max' Anruf zu überbrücken, schaltete ich meinen Computer ein und druckte den ersten Teil der Spätausgabe der *New York Times* aus. Dann ließ ich mich mit einer Flasche litauischem Wodka auf meinem Sofa nieder und fing an, die Zeitung durchzublättern. Die Erlebnisse des Tages und Abends bewirkten, dass ich die Artikel darin nicht mehr in dem üblichen gutgläubigen Licht sah. Auf einmal kam es mir so vor, als wäre keine Information absolut zuverlässig, und ich musste an Thomas Jeffersons Mahnung denken, dass ein Bürger nur dann wahrhaft informiert sein kann, wenn er den Zeitungen keine Beachtung schenkt. Die *Times* berichtete in erster Linie detailliert über ein halbes Dutzend Krisenherde in aller Welt, wo die Vereinigten Staaten entweder diplomatisch oder militärisch involviert waren; und es zeichnete sich immer mehr ab, dass Afghanistan wegen der Khaldun-Sache bald ebenfalls auf der Liste stehen würde. Ich ertappte mich bei der Überlegung, ob es auch über all diese anderen Krisen Computerdisks mit bizarren, unentdeckten Informationen gab; und mit solch beunruhigenden Gedanken im Kopf driftete ich in den Schlaf.

Etliche Stunden später wurde ich vom Geräusch meines Staubsaugers geweckt, der aus dem Dielenschrank geschossen kam und einer Reihe elektronischer Sensoren unter dem Teppich folgte, um sein Reinigungsprogramm auszuführen. Derlei Dinge passierten in letzter Zeit mit zunehmender Häufigkeit: Da sich meine Fähigkeiten als Hausmann in Grenzen hielten, hatte ich einen hübschen Batzen Geld für eine dieser »Smart Apartment«-Anlagen ausgegeben, nur um in den folgenden Wochen mit ansehen zu müssen, wie sie durchdrehte und zu jeder Tages- und Nachtzeit sauber machte, Kaffee kochte, die Beleuchtung richtig einstellte und weiß Gott was noch alles tat, im Allgemeinen mit verblüffender Ineffizienz.

Ich verfluchte das Genie, das Mikrochips auf die Größe von Molekülen geschrumpft und damit solche angeblich »klugen« Systeme ermöglicht hatte, und begann mit schlaftrunkenen Schritten, den Staubsauger durch das Loft zu verfolgen. Ich hatte das Ding gerade in die Ecke getrieben und abgeschaltet, als das Telefon klingelte. Ich schaffte es gerade noch, den Hörer abzunehmen, ehe mein Auftragsdienst, der fast ebenso brillant war wie mein Staubsauger, den Anruf auf mein drahtloses Telefon umleiten konnte.

Als ich mich meldete, hörte ich wieder einmal Max' Stimme: »Komm her – ich hab die Verschlüsselung geknackt, und da ist auch noch 'n ganzer Haufen anderer Sachen. Mein lieber Mann, Gideon, die Sache wird langsam unheimlich.«

5

Eine weitere unerfreuliche Taxifahrt später war ich wieder bei Max. Er schaltete gerade die verschiedenen Systeme ein, mit denen er mögliche Abhörvorrichtungen störte oder auf andere Weise an der Erfüllung ihrer Aufgabe hinderte. Anschließend führte er mich zu einem Haufen Geräte zur Sequenzierung und Identifizierung von DNA, die in der Nähe eines Fensters standen, von dem aus man einen schönen Blick auf den Fluss hatte.

»In der Ziegelwand am Tatort hab ich ein paar Haare gefunden«, erklärte Max mit einer Geste zu den summenden Apparaten. »Ich hab sie übers Außenterminal untersuchen lassen, noch während wir dort waren, aber was dabei rauskam, schien mir keinen Sinn zu ergeben, deshalb wollte ich's noch mal mit dem großen Gerät probieren. Dasselbe Resultat. Ein paar von den Proben gehören John Price, aber die anderen? Die anderen passen zu einem Kerl, der im Gefängnis sitzt.«

»Im Gefängnis? Wie kommen sie dann …«

»Stell mir noch keine Fragen, Gideon, sonst stehen wir morgen früh noch hier. Also, während ich rauszukriegen versuche, wie jemand, der im Knast sitzt, unseren Jungen kaltmachen konnte, finde ich diese Dinger.« Er ließ ein paar

Metallkügelchen von der Größe von Mäuseköteln in meine Hand fallen. »Hast du 'ne Ahnung, was das ist?«

»Nein«, antwortete ich begriffsstutzig.

»Hatte ich auch nicht, bis ich sie nach Flecken untersucht habe. Prices Blut war dran.« Max holte tief Luft. »Du weißt ja, in welcher Verfassung sein Körper war.«

Ich nickte. »Mehr oder weniger in seine Bestandteile aufgelöst, haben die Cops gesagt.«

»Von denen hier«, fuhr Max fort, nahm eins der Kügelchen und musterte es. »Kannst du dir vorstellen, wie schnell die fliegen müssten, um den Körper eines Menschen so zuzurichten?«

»*Könnten* sie den Körper eines Menschen denn so zurichten?«

»Klar. Theoretisch. Wenn ich ein Bleiklümpchen nach dir werfe, bringt dich das nicht um. Wenn ich's aber aus einer Waffe abschieße, ist das was ganz anderes. Und eine Garbe von diesen Dingern mit ausreichend hoher Geschwindigkeit, ja, dann würde sich dein Körper fast in Luft auflösen. Aber die Geschwindigkeit müsste höllisch hoch sein. Und niemand hat Schüsse gehört, nicht mal der Türsteher. Behauptet er jedenfalls.«

»Was könnte dann ...?«

»Wie gesagt, Gideon – warte noch mit den Fragen. Also ...« Er ging zielstrebig zu seinen Computern zurück. »Es hat eine Weile gedauert, aber schließlich habe ich Prices Verschlüsselung des zweiten Datensatzes auf der Disk geknackt – obwohl ich nicht kapiere, weshalb er sich solche Mühe gegeben hat, *das hier* zu verstecken.«

Mit einer Eingabe über ein Tastenfeld rief Max ein Bild auf seinem Hauptmonitor auf: ein altes Stück körnigen Films, der offenbar – oder, wie ich bald erkannte, tatsächlich – einen kurzen Einblick in ein deutsches Konzentrationslager Mitte des zwanzigsten Jahrhunderts bot. Man sah halb verhungerte, schwer arbeitende Insassen, dann kam ein Schwenk zu ein paar SS-Offizieren, und dann ein weiterer Schwenk, der den Blick auf ... eine Silhouette freigab. Eine gräuliche, menschliche Silhouette, die sich zwar bewegte, aber dennoch so wenig identifizierbar war wie der ähnliche leere Fleck in der zweiten der drei Versionen des Forrester-Mordes, die wir gesehen hatten.

»Okay«, sagte Max und betrachtete mein verdutztes Gesicht. »Jetzt kannst du Fragen stellen.«

Ich holte tief Luft. »Dachau?«, fragte ich.

»Bravo, Professor«, antwortete Max. »Ich hab vor einer halben Stunde entsprechende Bilder runtergeladen. Ist ziemlich gängiges Material. Bis auf unseren geheimnisvollen Gast dort.«

Ich blickte weiter auf die Silhouette. »Irgendwas an diesem groben Umriss kommt mir bekannt vor«, sagte ich. »Da – wenn er sich umdreht und man ihn im Profil sieht.«

»Okay. Dann kannst du mir vielleicht sagen, wie das mit ein paar Haaren von einem Kerl, der im Gefängnis sitzt, und einer Art Superkanone zusammenhängt, die John Price offenbar geräuschlos in Gelee verwandelt hat.«

Es fiel mir schwer, den Blick von Max' Computerbildschirm abzuwenden, auf dem immer wieder derselbe Filmschnipsel ablief. »Wie heißt der Kerl? Der im Gefängnis sitzt?«

Max ging durch den Raum zu einem Tisch hinüber. »Kann ich dir sagen – hab mich in die Datenbanken der Strafvollzugsbehörden gehackt. Hier – Kuperman. Eli Kuperman.«

Ich fuhr herum. »Eli Kuperman, der Anthropologe?«

»Genau der. Kennst du ihn?«

Ich schüttelte den Kopf. »Doch ich kenne seine Arbeit. Umstritten, aber brillant. Die Ursprünge primitiver Kulturen.«

»Dafür haben sie ihn drangekriegt. In Florida war er in einer indianischen Begräbnisstätte. Hat Tote ausgegraben. Behaupten zumindest die Leute, die das Reservat leiten. Kuperman hat es nicht abgestritten. Der Stamm war mit der vom Staat verhängten Strafe einverstanden – fünf Jahre im örtlichen Staatsgefängnis.« Auf Max' Gesicht zeichnete sich noch größere Verwirrung ab, und seine Stimme wurde leiser. »Das Komische ist, am Tag, nachdem er in den Knast gewandert ist – erst letzte Woche –, haben die Indianer die ganze Begräbnisstätte zubetoniert. Von wegen heilig ...«

»Vielleicht wollten sie nicht, dass sie noch mal entweiht wird.«

»Vielleicht«, sagte Max achselzuckend. »Der springende Punkt ist, was haben die Haare dieses Kuperman am Tatort unseres Mordes zu suchen?«

»Bist du sicher, dass es seine sind?«

Max zuckte erneut die Achseln. »Die universale DNA-Datenbank lügt nicht. Wenn er also keinen eineiigen Zwilling hat ...«

»Das meine ich ja.«

»Was meinst du?«

»Kuperman«, sagte ich, ohne Max seinen verwirrten Gesichtsausdruck so recht abzunehmen. »Er hat einen Zwillingsbruder.«

Max schluckte schwer. »Du kannst mich mal, Wolfe.«

»Nein, wirklich! *Jonah* Kuperman – er ist Archäologe und genauso berühmt wie sein Bruder.«

»Also, das kam in keinem der Treffer vor, die *ich* gefunden habe.«

»Meine Güte, Max«, sagte ich und ging zum DNA-Analysegerät zurück. »Das Internet enthält doch angeblich das gesamte menschliche Wissen – meinst du, die haben so was Grundlegendes übersehen?«

»He, fang mir nicht wieder mit dem Internet an, Gideon, wenn da hin und wieder mal was in die Hose geht, heißt das nicht …«

Auf einmal zersplitterte das Fenster mit der schönen Aussicht vor mir in Hunderte herumfliegender Scherben. Ich ging instinktiv zu Boden; doch als ich hochschaute, sah ich, dass Max – törichterweise, dachte ich in diesem Moment – noch stand. Ich schrie ihn an, er solle sich fallen lassen, aber er schwankte nur merkwürdig im matten Lichtschein seines Computers. Dann bemerkte ich einen Blutstropfen auf seiner Stirn; und als ich an ihm vorbeischaute, sah ich, dass sein Bildschirm mit etwas viel Lebenswichtigerem und Substantiellerem als Blut bespritzt war. Ich krabbelte wie ein jämmerlicher Krebs über den Boden, während er mit grimmiger Anmut auf die Knie sank. In dem Moment, als ich bei ihm war, fiel er nach vorn, und ich sah, dass das Geschoss, das so sauber in seine Stirn eingedrungen war, beim Austritt einen Großteil seines Gehirns und ein ordentliches Stück seines Schädels mitgenommen hatte.

6

Erst zwei Tage später, als ich in einer schmutzigen, brechend vollen alten 767 von Washington nach Orlando flog, wurde mir mit voller Wucht bewusst, dass Max tot war. Bis zu diesem Zeitpunkt war ich so sehr mit Polizeiberichten beschäftigt gewesen – und damit, alle Spuren dessen, was wir getan hatten, zu verwischen –, dass ich es gar nicht richtig an mich herangelassen hatte. Während des Fluges fiel mein Blick jedoch auf einen korpulenten Mann drei Reihen vor mir, der Max' Doppelgänger hätte sein können, und ich fühlte mich plötzlich, als hätte ich einen Hammerschlag vor die Brust bekommen. Es ist nicht leicht, die letzte lebende Verbindung zur Kindheit zu verlieren; und wenn man jemanden auch noch auf solche Weise verliert, ist das ein Ereignis, das den Wunsch nach Antworten weckt – und einem die Fähigkeit verleiht, nahezu alles zu tun, um sie zu bekommen.

Ich war also fest entschlossen, eine Erklärung zu finden, und meine erste Station auf dem Weg dazu waren die Büros etlicher Bekannter im nationalen Hauptquartier des FBI in Washington gewesen. Was ich dort zu hören bekam – und die Art, wie meine Kontaktleute es mir sagten –, war beunruhigend: Hinter den oberflächlich freundlichen Worten verbarg sich eine nachdrückliche Warnung, Abstand zu nehmen von jeder Untersuchung, die den Tod von John Price und Max Jenkins zum Gegenstand hatte. Anscheinend waren der Generalstaatsanwalt und der Chef des Bureau ohnehin nicht sonderlich gut auf mich zu sprechen, weil ich die Kühnheit besessen hatte, in meinem Buch einige Protagonisten der amerikanischen Geschichte unters psychologische Mikroskop zu legen und damit einen – wenn auch bescheidenen – Haufen Geld zu machen. Bei diesen Begegnungen wurden mir jedoch mehr als nur persönliche Animositäten entgegengebracht, und ich fühlte mich hinterher verstört und ausgegrenzt. In meiner Branche rechnet man stets mit leeren Drohungen lokaler Polizeikräfte, die schließlich Profiler schon immer mit tiefem Argwohn betrachtet haben; aber wenn einem das FBI den Boden unter den Füßen wegzieht – also, dann fühlt man sich wirklich einsam.

Trotzdem flog ich weiter nach Florida, um zu sehen, ob ich mit Dr. Eli Kuperman, dem Anthropologen und Strafgefangenen, sprechen konnte. Er saß in der Belle Isle State Correctional Facility in der Nähe von Orlando ein, einem der vielen neuen, von Privatunternehmen betriebenen Gefängnisse im ganzen Land. Das Gebäude hatte ursprünglich eine High School werden sollen; aber angesichts der erstaunlichen Ausmaße von Gewalt, die mittlerweile unter den Teenagern in den zunehmend ghettoisierten Randgemeinden fast jeder amerikanischen Stadt grassierte, unterschieden sich die Baupläne für High Schools nicht sonderlich von denen für Gefängnisse. Als Florida sich dem Rest des Landes anpasste, indem es der Strafmanie der Bevölkerung Vorrang gegenüber der Bildung einräumte, war die Umwandlung der nahezu fensterlosen Steinmasse von Belle Isle in eine Strafanstalt daher nicht übermäßig schwierig gewesen.

Ich kam mittags an, reichte meinen Antrag ein und erfuhr zu meiner großen Überraschung, dass Dr. Kuperman nicht nur bereit war, sondern sogar den dringenden Wunsch hegte, mit mir zu sprechen. Er bestand jedoch darauf, dass unser Gespräch anderntags während der abendlichen Besuchszeit stattfinden sollte. Als ich am nächsten Abend um sieben Uhr vor einer durchsichtigen, kugelsicheren Scheibe im ersten Stock des Besuchergebäudes von Belle Isle Platz nahm, war es fast schon dunkel. Kurz darauf kam ein Wärter durch eine Tür im Raum jenseits der transparenten Trennwand herein, gefolgt von einem nicht sehr großen, nicht sehr schweren Mann mit dunklen Zügen und lockigen braunen Haaren, der eine zerbrechliche Hornbrille trug: Eli Kuperman. Er erkannte mich ebenso schnell wie ich ihn, kam herüber und nahm voll gespannter Ungeduld mir gegenüber Platz. Der Wärter schaltete eine Sprechanlange ein, sodass wir uns unterhalten konnten.

»Dr. Wolfe«, sagte Kuperman mit einem Lächeln. »Es ist mir eine Ehre. Ich habe Ihr Buch gelesen – faszinierend, wirklich.« Dass er eingesperrt war, schien ihn überhaupt nicht zu stören.

»Dr. Kuperman.« Ich dankte ihm mit einem Nicken für sein Kompliment. »Ich habe auch viel über Ihre Arbeit gelesen – obwohl ich zugeben muss, dass ich nicht recht verstehe, wie die Sie *hierher* gebracht hat.«

»Nein?«, sagte Kuperman wieder sehr freundlich. »Nun, das werden Sie ziemlich bald herausfinden. Ach, dabei fällt mir ein ...« Er knöpfte die Manschette seines himmelblauen Hemdes auf, und ich sah ein kleines, biegsames Tastenfeld an seiner Haut kleben. Er drückte auf ein paar Tasten, dann knöpfte er die Manschette mit einem weiteren Lächeln zu und blickte wieder auf. »So. Wir haben noch ein paar Minuten. Wie möchten Sie sie verbringen?«

Ich nahm an, dass er mit den »paar Minuten« die Zeitspanne meinte, die man mir für das Gespräch mit ihm eingeräumt hatte, und sagte deshalb unverblümt: »Ich schlage vor, Sie erzählen mir, was Ihr Bruder mit dem Tod von John Price zu tun hatte.«

Kuperman winkte herzlich ab. »Ach, dafür haben wir später noch jede Menge Zeit. Und Malcolm wird es Ihnen viel ausführlicher erklären können als ich.«

»Malcolm?«

»Keine Sorge, Sie werden es schon noch verstehen. Übrigens, das mit Mr. Jenkins tut mir Leid. Wir hatten gehofft, dass er auch mitkommen würde.«

»Mitkommen?« Ich verstand jetzt nur noch Bahnhof.

»Ja.« Er rückte näher an die Scheibe heran. »Ich weiß, Sie sind verwirrt, aber versuchen Sie, das Gespräch irgendwie weiterzuführen, ja? Sonst wird der Wärter ...«

Kuperman unterbrach sich plötzlich, als ein merkwürdiges Geräusch an unsere Ohren drang; ein tiefes, grollendes Brummen, das aus allen Richtungen zugleich zu kommen schien, selbst aus meinem eigenen Kopf. Es wurde rasch, aber stetig lauter und intensiver, bis die metallenen Stühle und Tische im Raum merklich zu vibrieren begannen.

Kuperman hob den Blick zur Decke und schaute dann erneut auf seine Armbanduhr. »Sieh an«, sagte er merkwürdig gelassen. »Das ging aber schnell. Sie müssen näher gewesen sein, als ich gedacht habe.«

Als das Brummen lauter wurde, stürzte ich zu dem einzigen Fenster im Besuchsraum und spähte in die Dunkelheit hinaus. Außer den Lämpchen auf den Gefängnismauern gab es herzlich wenig zu sehen, aber dann erschien etwas, was sogar diese Signallichter auslöschte. Eine dunkle Masse, vielleicht so lang wie zwei Eisenbahnwaggons und doppelt so hoch, kam über die Mauer heran.

»Was zum Teufel ist das?«, konnte ich nur flüstern; und dann merkte ich, dass Kuperman mir über die Sprechanlage etwas zurief. Seine Worte drangen nur knapp durch das immer stärker werdende Brummen:

»Dr. Wolfe! Dr. Wolfe, gehen Sie vom Fenster weg, *bitte*!«

Ich gehorchte, und gerade noch rechtzeitig: Die von der zunehmenden Vibration bereits gelockerten Gitterstäbe vor dem Fenster lösten sich auf einmal aus ihren Verankerungen und flogen davon, während die Drahtglasscheiben nicht zerbrachen, sondern regelrecht explodierten. Ich lief zur Trennwand zurück und sah, dass Kupermans Wärter die Hände auf die Ohren gepresst hatte und vor Entsetzen schrie.

»Was ist das?«, rief ich in die Sprechanlage. »Kuperman, was geht hier vor?«

Kuperman lächelte; aber bevor er mir eine Erklärung liefern konnte, begann die Wand hinter ihm heftig zu beben. Nur ein paar Sekunden später stürzte sie ein, die Steine fielen in die Tiefe und gaben einen rechteckigen, drei Meter breiten und hohen Ausgang in die Nachtluft frei. Sobald der Staub sich gelegt hatte, sah ich draußen vor diesem klaffenden Loch, ungefähr einen Meter von dem beschädigten Steinbau des Besuchergebäudes entfernt, so etwas wie eine Metallwand; und über dem beharrlichen Brummen hörte ich das Knallen von Schüssen aus dem unter uns liegenden Gefängnishof.

»Alles in Ordnung, Dr. Wolfe!«, drang Kupermans verstärkte Stimme aus der Sprechanlage in mein Bewusstsein. »Keine Angst! Aber gehen Sie unter einem der Tische in Deckung, ja?«

Erneut bewahrte mich die prompte Befolgung von Kupermans Befehl davor, ernsthaft verletzt zu werden, diesmal von herumfliegenden Fragmenten der transparenten Trennwand zwischen uns. Als ich unter dem Tisch hervorkroch und zu Kuperman zurückkehrte, sah ich, dass er mir eindringlich winkte, über die Reste der Trennwand zu steigen und zu ihm zu kommen. Ich gehorchte, sah mich aber auf einmal Kupermans Wärter und einem zweiten Beamten gegenüber. Beide hatten die Waffe gezogen, was Kuperman veranlasste, sich zu seinem Wärter umzudrehen und in ernstem Ton zu rufen:

»Mr. Sweeney! Bitte! Sie glauben doch nicht, dass Ihnen das etwas nützen wird, oder? Wenn Sie und Mr. Farkas sich jetzt zurückziehen, verspreche ich, dass Ihnen nichts ...«

Bevor Kuperman den Satz zu Ende bringen konnte, wurde uns ein weiterer ungewöhnlicher Anblick zuteil: Etliche kleine grüne Lichter markierten plötzlich die Umrisse einer Tür in der metallenen Fläche vor dem Loch in der Wand. Dann das Zischen entweichender Luft, und die Tür öffnete sich plötzlich; tatsächlich sah es für mich beinahe so aus, als würde sie einfach verschwinden. Jenseits des unsichtbar gewordenen Tores war ein schwach beleuchteter Gang, in dem mehrere Gestalten beieinander standen: vier davon männlich, eine ganz unverkennbar eine Frau. Die Männer trugen Overalls; die Frau war in einen grauen Bodysuit gehüllt, der sich so eng an sie schmiegte, dass ich dafür unter anderen Umständen vielleicht das Wort »verführerisch« gewählt hätte.

Mit erstaunlicher Behändigkeit sprang die junge Frau über die meterbreite Kluft hinweg ins Gefängnis, und im hellen Licht des Raumes bemerkte ich sofort zwei sonderbare Dinge: erstens waren die glatten, kinnlangen Haare, die ihre zarten Züge umrahmten, von seltsamer, silberner Farbe; und zweitens hielt sie ein Gerät – vermutlich eine Waffe – in den Händen, das zweifellos komplexer und raffinierter war als alle Handfeuerwaffen, die ich bisher gesehen hatte.

Die Frau richtete das Gerät zuerst auf den einen Beamten und dann auf den anderen. Kupermans Wärter, Sweeney, war so vernünftig, seine Waffe fallen zu lassen und zu der unbeschädigten Tür zu laufen, die aus dem Raum führte. Der zweite Wärter, Farkas, feuerte jedoch törichterweise einen Schuss aus seiner Pistole ab, obwohl er wegen seiner offenkundigen Angst nicht richtig zielen konnte. Die Kugel schlug über der Frau in die Wand, und sie duckte sich einen Moment; dann fixierte sie den Wärter mit ihren dunklen Augen, und aus ihrem Blick sprach ebenso viel Belustigung wie Zorn. Sie richtete das Gerät in ihren Händen auf den Mann und schien im Begriff zu sein, auf ihn zu feuern. Dann aber drehte sie sich plötzlich um und zielte auf ein Pult, das beim Ausgang des Raumes stand. Sie zog eine Art Abzug durch, und dann wurde das Pult fast geräuschlos von einer Garbe Hochgeschwindigkeitsprojektile bombardiert, die es in kleine Stücke zerlegten.

Wäre der Körper des Wärters von diesem Schuss getroffen worden, so hätte er sich vollständig in seine Bestandteile aufgelöst – genau wie der von John Price.

Klugerweise akzeptierte Farkas diese Warnung, ließ seine Automatic fallen und rannte ebenfalls zum Ausgang. Sobald er fort war, richtete die Frau ihre Waffe nach oben, verlagerte ihr wohlproportioniertes Gewicht auf eine Seite und lächelte Kuperman und mich an.

»Doktores«, sagte sie mit einem Nicken. Dann legte sie die Hand an den hohen Kragen ihres Bodysuits. »Alles in Ordnung«, verkündete sie mit einem Blick zur Decke. »Ich habe sie.« Sie sah wieder zu uns und machte eine Kopfbewegung zu dem Loch in der Wand. »Ich treibe dich ja ungern zur Eile an, Eli, aber …«

»Du kannst mich antreiben, so viel du willst, Larissa!« Kuperman lief zu der eingestürzten Wand und sprang in den metallgerahmten Durchgang dahinter. »Schnell, Dr. Wolfe!«, rief er, sobald er sicher an Bord des Fahrzeugs oder Schiffes war – denn um so etwas schien es sich zu handeln, wie mir allmählich klar wurde.

»Ja, beeilen Sie sich, Dr. Wolfe.« Die Frau trat kokett auf mich zu. »Mein Bruder möchte Sie unbedingt kennen lernen – genau wie ich.« Sie musterte mein Gesicht und lächelte verwirrt und ein wenig belustigt. »In Wirklichkeit sind Sie nicht ganz so attraktiv wie auf Ihrem Autorenfoto, nicht wahr?«

Ich war noch immer wie betäubt. »Wer ist das schon?«, brachte ich nur heraus, woraufhin die Frau entzückt auflachte und meine Hand ergriff.

»Schaffen Sie den Sprung?«, fragte sie. »Oder sollen wir näher herankommen?«

Ich schüttelte den Kopf; endlich gelang es mir, mich zusammenzureißen. »Das schaffe ich schon«, antwortete ich. »Aber was ...«

»Zuerst der Sprung«, unterbrach sie und zog mich im Laufschritt zu dem Loch in der Wand. »Danach werden Sie alles *viel* besser verstehen.«

Und während ihre zarte, aber kräftige Hand meine umfasst hielt, sprang ich über den schmalen, tiefen Spalt vor der Wand des Gefängnisses hinweg und ließ die Welt und die Wirklichkeit, die ich bisher gekannt hatte, ein für alle Mal hinter mir.

7

Es war kalt in dem Schiff; eine Kälte, die durch den Gegensatz zur schwülen Nacht in Florida und zur muffigen Enge des Besuchsraums im Gefängnis noch schneidender wirkte. Noch ehe ich mich nach meiner Landung auf dem leicht schwankenden Deck des Schiffes aufgerichtet hatte, begann ich zu zittern; aber im selben Moment, in dem mir das zu Bewusstsein kam, rieb mir die Hand, die mich beim Sprung geführt hatte, auch schon den Rücken.

»Ein richtiger Schock, nicht wahr?«, sagte die junge Frau, die Eli Kuperman Larissa genannt hatte. Ich stand da und schaute in ihre riesengroßen schwarzen Augen, die in einem so ausgeprägten Kontrast zu dem merkwürdig schönen Silber des Haares standen, das ihr Gesicht umrahmte. Bereits ziemlich von ihr hingerissen, konnte ich auf ihre Feststellung lediglich zustimmend nicken. Meine unausgesprochene Neugier musste mir jedoch ins Gesicht geschrieben gewesen sein – warum, dachte ich, sollte jemand, der solch ein Gefährt bauen konnte, freiwillig in einer derart ungemütlichen Atmosphäre leben? –, denn die Frau beeilte sich zu erklären: »Meinem Bruder ist es als bisher Einzigem gelungen, Supraleiter zu entwickeln, die bei für Menschen halbwegs erträglichen Temperaturen arbeiten – aber wir müssen den größten Teil des Schiffes trotzdem auf mindestens 7 Grad Celsius kühlen.« Sie steckte ihre bemerkenswerte Waffe in ein Halfter an der linken Seite, schenkte mir ihr bezauberndes Lächeln und hängte sich dann bei mir ein. »Sie müssen sich unbedingt warm halten, Dr. Wolfe ...«

Bevor ich die Frage, wo wir uns befänden, formulieren konnte, steckte Eli Kuperman sein sympathisches, bebrilltes Gesicht zwischen uns und zupfte breit grinsend an einem der mit Overalls bekleideten Männer, die während unserer Flucht in der Luke gewartet hatten. Der zweite Mann verfügte über beinahe die gleichen Züge wie Kuperman, trug aber keine Horn-, sondern eine Nickelbrille: Dies war offenbar der bei Max' Internetsuche unerwähnt gebliebene Zwillingsbruder, der Archäologe.

»Wie ich sehe, haben Sie Larissa bereits kennen gelernt, Dr. Wolfe«, sagte Eli Kuperman fröhlich. »Und das hier ist mein Bruder Jonah ...«

Jonah Kuperman streckte mir seine Hand hin. Er hatte das gleiche einnehmende Wesen wie sein Bruder. »Dr. Wolfe, es ist mir ein Vergnügen. Wir haben uns schon auf Ihr Kommen gefreut. Ihr Buch war in den letzten Wochen der Hauptgesprächsstoff an Bord ...«

»Und das da«, sagte Eli und zeigte auf die beiden Männer, die weiter vorn im Gang standen, »sind Dr. Leon Tarbell, der Dokumentenexperte« – ich schüttelte einem kleinen, drahtigen Mann mittleren Alters die Hand, dessen rote Augen selbst dann durchdringend glühten, wenn er lächelte – »und Professor Julien Fouché, der Molekularbiologe.« Ein stämmiger, etwa sechzig Jahre alter Mann mit grauem Bart trat vor, und mein Herz setzte einen oder zwei Schläge aus: eine verständliche Reaktion, wenn man jemandem begegnet, der nicht nur einer der fruchtbarsten Denker unserer Zeit, sondern auch vor vier Jahren angeblich bei einem Flugzeugabsturz ums Leben gekommen war.

»Das ist doch unmöglich«, flüsterte ich und schüttelte seine große, sehr lebendige Hand. »Sie ... Sie sind tot!«

»Gar so tot nun auch wieder nicht«, antwortete Fouché mit einem schroffen Lachen. »Eine notwendige List, um mein plötzliches Verschwinden zu erklären. Ich habe fast nur noch mit Malcolm und Larissa gearbeitet, und es gab unangenehme Fragen ...«

»In Ordnung, Gentlemen«, sagte Larissa. »Ihr habt später noch Zeit, euch gegenseitig zu bewundern. Jetzt sollten wir lieber alle miteinander unsere Posten beziehen.« Die anderen nickten und setzten sich zielstrebig in Bewegung. »Mach den Geschützturm bereit, Eli!«, rief Larissa ihnen nach. »Ich bin gleich oben! Leon – für die Kampfmanöver werden wir volle Kraft brauchen!«

Leon Tarbell drehte sich noch einmal kurz um. »›Kampf‹, Larissa? Meinst du nicht *Ausweichmanöver*?«

Larissa lächelte spitzbübisch, und dann stürzte Tarbell davon; er sah fast aus wie ein lustiger kleiner Teufel.

Während die Männer davongingen, um sich ihren jeweiligen Aufgaben zu widmen, verbanden sich ihre lauten Befehle und Antworten zu einem aufgeregten und aufregenden Chor, wie er früher einmal den Stapellauf eines hochseetüchtigen Schiffes begleitet haben mochte. Ich hörte ein leises Zischen, drehte mich um und sah, wie sich ein Lukendeckel sehr schnell, dabei jedoch mit erstaunlich gleichmäßiger Bewegung über die Öffnung senkte, durch die wir gesprungen waren. Sobald sich die Luke geschlossen hatte, leuchteten am Fußboden ein paar sanfte Lichter auf und enthüllten einen überraschenden Anblick: Die Wände waren nicht mit Kunststoff und poliertem Metall verkleidet, den üblichen Materialien, die man in Hightech-Umgebungen anzutreffen gewohnt war, sondern mit edlem Holz vertäfelt, und in jedem dritten oder vierten Paneel hing ein kleines, elegant gerahmtes und geschickt beleuchtetes Gemälde.

Mir fiel vor Verblüffung die Kinnlade herunter. »Wunderschön«, sagte ich leise.

»Danke, Doktor«, antwortete Larissa mit charmanter Egozentrik, schaute an sich herunter und strich sich über Hüften und Schenkel. Als sie aufblickte und sah, was ich meinte, wirkte sie fast ein wenig enttäuscht. »Oh. Das *Schiff.*« Sie fasste mich wieder an der Hand, und wir machten uns auf den Weg durch den Korridor. »Ja, das ist Malcolm, wie er leibt und lebt – er hat ein Faible für Dinge, die nicht zusammenpassen.«

»*Sie* sind auch nicht gerade das, was ich erwartet hätte, Larissa – wenn ich Sie so nennen darf.«

»Aber gern«, antwortete sie, während sie zielstrebig ausschritt. »Larissa Tressalian, um genau zu sein. Sie dürfen auch gern etwas zu den hübschen Zischlauten in dem Namen sagen. Aber ich warne Sie, das ist ziemlich abgedroschen.« Einen Moment lang versuchte ich, mir darüber klar zu werden, wieso ihr Name, der wirklich hübsch war, mir so bekannt vorkam. Aber dann wurde ich abgelenkt, als sie die freie Hand an den Kragen ihres Bodysuits legte, ein Zeichen dafür, dass sie eine weitere Mitteilung empfing. »Ja, Bruderherz? ... Ja, ich bringe ihn nur zu seiner Kabine, damit er sich ... frisch machen kann ...« Sie warf mir einen Blick zu, der mehr als nur ein bisschen anzüglich war; dann wandte sie sich plötzlich ab und blieb stocksteif stehen. »Wo? ... Boden- und Lufteinheiten? ... In Ordnung, ich bin auf dem Weg zum Geschützturm.« Als Larissa mich wieder ansah, hatte sich ihre Miene geändert; die kokette Katze war zu einem kampflustigen Raubtier geworden. »Tut mir Leid, Doktor, das Frischmachen wird warten müssen.« Sie packte meine Hand fester und verfiel in Trab. »Jetzt steht ein Vergnügen anderer Art auf dem Programm!«

8

Ein Stück weiter vorn in dem engen Gang gelangten wir zu einer mit erlesenen Schnitzereien verzierten und mit dickem Teppichboden ausgelegten Holztreppe. Als wir hinaufstiegen, wurde das Brummen des Schiffsantriebs leiser – wie Larissa mir gerade erklärt hatte, bestand er aus supraleitenden Magnetgeneratoren, die eine unvorstellbare (und nicht zu vergessen saubere) Auf- und Vortriebskraft erzeugten –, und ich spürte, dass wir uns vorwärts bewegten. Manchmal ging es schneller, dann wieder langsamer voran – keine beunruhigenden, aber doch merkliche Veränderungen –, und als wir das Oberdeck erreichten, stand ich auf einmal vor einer runden, transparenten Scheibe im Rumpf oder Körper des Schiffes. Ich schaute hinaus und sah, dass wir in ungefähr dreißig Meter Höhe dahinflogen und uns wie ein riesiger Marschflugkörper in die Konturen der Vorstadtlandschaft schmiegten.

Larissa zerrte an meinem Arm. »Wir haben jetzt keine Zeit zum Staunen«, sagte sie und zog mich vorwärts. »Eine kleine Spezialeinheit aus Gesetzeshütern der Stadt und des Landes ist schon unterwegs, und die Leute vom FBI werden auch nicht lange auf sich warten lassen.«

»Aber«, stotterte ich, als wir eine Leiter erreichten, die durch die Decke des Gangs nach oben führte, »ihr habt nur dieses eine Schiff. Kann es wirklich ...«

Larissa fuhr herum und legte mir einen Finger auf die Lippen. Ihre Augen schimmerten jetzt eindeutig. »Werfen Sie da oben mal einen Blick hinein.« Sie zeigte auf die Leiter, und ich stieg hinauf.

Oben war ein kreisrunder Raum mit einem Durchmesser von ungefähr fünf Metern, nicht unähnlich dem Geschützturm eines ungeheuren Panzers, nur dass die Hülle hier transparent war. In der Mitte stand ein riesiges Geschütz mit anmontiertem Sitz. Eine Seite des Turms wurde von einer ganzen Reihe von Zielverfolgungsgeräten eingenommen; dort saß Eli Kuperman, der aufmerksam die vielen Anzeigen beobachtete. Als ich erneut einen Blick auf das Geschütz warf, kam es mir irgendwie bekannt vor; ja, es schien eine riesenhafte Version von Larissas Handfeuerwaffe zu sein.

»Das sind beides Rail-Waffen«, sagte Larissa, die ebenfalls heraufgeklettert war, sich auf der Leiter eng an mich schmiegte und offensichtlich erneut meine Miene zu lesen wusste. Sie zog ihre kleinere Pistole. »Das Konzept ist im Grunde simpel: Die Projektile werden nicht durch eine Gasexplosion angetrieben, sondern indem ein Stromkreis zwischen zwei Leitern geschlossen wird. Das elektromagnetische Feld hinter den Projektilen erhöht die Beschleunigung um ein Vielfaches – das Ergebnis haben Sie ja gesehen. Tja ...« Sie steckte ihre Waffe wieder ins Halfter und berührte noch einmal mein Gesicht. »Ich könnte stundenlang hier herumstehen und mit Ihnen über Zerstörungskraft reden, aber Malcolm ist wirklich ganz versessen darauf, Sie kennen zu lernen.«

»Sagen Sie, Larissa« – in ihrer Nähe fühlte ich mich so wohl, dass es mir nichts ausmachte, wenn sie mir meine Verwirrung anmerkte – »was hat das alles zu bedeuten? Warum bin ich hier?«

Sie lächelte sanft. »Keine Sorge. Allem Anschein zum

Trotz sind Sie an einem der letzten normalen Orte dieser Erde. Und Sie sind hier, weil wir Sie brauchen.« Sie schlüpfte an mir vorbei in den Geschützturm und ließ sich auf dem Sitz der großen Rail-Kanone nieder. »Gehen Sie immer geradeaus – Sie werden die richtige Tür schon erkennen, wenn Sie sie sehen.«

Eli Kuperman wandte sich mit betont sachlicher Miene zu uns. »Die Ersten kommen rasch näher, Larissa.«

Larissa schloss die Hände um zwei Bedienungselemente vor ihrem Sitz. »Gehen Sie jetzt lieber, Doktor«, rief sie mir mit einem erneuten Lächeln zu. »Es wäre mir gar nicht recht, wenn ich Ihnen zu einem so frühen Zeitpunkt unserer ... Bekanntschaft den Kopf abschneiden würde.«

Sie kippte die Steuerung nach links, und auf einmal begann der ganze Boden des Geschützturms zu rotieren; in ein paar Sekunden würde er die Luke verschließen, in der ich stand. Ich kletterte hastig hinunter und landete mit einem Stoß, der mich kräftig durchrüttelte, auf dem Fußboden des Gangs. Dann eilte ich weiter, vorbei an noch mehr Holzvertäfelungen, noch mehr Gemälden und noch mehr Türen, bis ich schließlich vor jenem Portal stand, das Larissa wohl gemeint hatte. Es war kunstvoller als die anderen und trug eine Inschrift in elegantem Schwarz und Gold:

MUNDUS VULT DECIPI

Ich ging mein vor Jahren erlerntes medizinisches Latein durch, aber ohne Erfolg; und so blieb mir nichts anderes übrig, als hineinzugehen und meinen Gastgeber kennen zu lernen, eine Aussicht, die mir einige Angst bereitete. Angesichts des Gefährts, in dem ich mich befand, der Schwester, die ich kennen gelernt hatte, und der Taten, die, wie ich wusste, auf sein Konto gingen, nahm ich an, dass dieser Malcolm Tressalian – und wieder war da etwas sehr Vertrautes an dem Namen – eine sowohl von der Statur als auch vom Charakter her einschüchternde, vielleicht sogar überwältigende Person sein musste. Aber die Begegnung war unvermeidlich, und so ergab ich mich in mein Schicksal, klopfte an die Tür und trat ein.

Der Bug des Schiffes, ein konischer Aufbau, war vollständig von demselben durchsichtigen Material umhüllt, das ich in Larissas Geschützturm gesehen hatte, und die drei Ebenen des Raumes, den er beherbergte – ganz oben eine Aussichtskuppel, in der Mitte ein Steuer- und Leitzentrum und unten ein kleiner Konferenzraum – waren durch Treppen aus nacktem Metall verbunden. Tatsächlich war die Einrichtung im Großen und Ganzen in dem Hightech-Stil gehalten, den ich ursprünglich erwartet hatte, als ich an Bord gekommen war. Aber nach dem ziemlich anachronistischen Dekor draußen wirkte er überraschend, ja regelrecht verstörend.

Die Tür, durch die ich eingetreten war, befand sich am hinteren Ende der Kommandoebene. Obwohl nahezu völlige Dunkelheit herrschte, konnte ich erkennen, dass zwei Männer vor dem Bedienungsfeld saßen; jenseits von ihnen breiteten sich die verfallenden Einkaufszentren und baufälligen Siedlungen der Vorstadtlandschaft von Florida aus. In ängstlicher Erwartung trat ich ein paar Schritte vor. Und dann sagte der Mann zur Linken durchaus gut gelaunt, aber ohne mich anzusehen:

»Dr. Wolfe! Ausgezeichnet, Sie haben es geschafft, Larissa zu entkommen. Ich bezweifle, dass das unseren Verfolgern auch gelingen wird.«

Und dann drehte er sich um, und zwar mit seinem gesamten Sitz: Denn es war ein Rollstuhl, und wie ich sogar im Halbdunkeln sehen konnte, saß darin nicht das körperlich beeindruckende Musterexemplar, das ich erwartet hatte, sondern eine schmächtige, ziemlich Mitleid erregende Gestalt, die nicht zu der volltönenden Stimme passen wollte.

»Wahrscheinlich sollte ich Ihnen irgendeinen melodramatischen Willkommensgruß entbieten«, fuhr die Stimme im selben liebenswürdigen Ton fort. »Aber dazu sind wir beide nicht der Typ, hm? Nein, ich glaube, Sie hätten lieber ein paar Antworten.«

9

Mein Name ist Malcolm Tressalian – hat meine Schwester es geschafft, Ihnen das mitzuteilen, oder sind Sie seit Ihrer Ankunft an Bord pausenlos angeflirtet worden?«

»Ja – ich meine, nein – das heißt, sie hat …«

Tressalian lachte und rollte näher zu mir. Sein Gesicht wurde zum ersten Mal vollständig sichtbar. »Sie müssen wissen, dass sie sich so gut wie nie für Männer interessiert – aber wenn doch, mein Gott …« Ich reagierte mit einem Lächeln auf diese Äußerung, obwohl meine Aufmerksamkeit mehr seinem Gesicht galt als seinen Worten. Die Züge waren denen von Larissa nicht unähnlich – zartknochig und hübsch –, und das Haar hatte die gleiche silbrige Farbe. Die Augen waren jedoch vollkommen anders, nämlich von einem eigenartig hellen, geradezu unirdischen Blau. Aber ich bemerkte noch etwas viel Wichtigeres in diesem Gesicht, einen Ausdruck nämlich, den ich oft bei Kindern, die hohe Haftstrafen absaßen, aber auch bei zu lange nicht behandelten schizophrenen Patienten gesehen hatte: jene unergründliche Tiefe, die von geballter, nicht nachlassender seelischer und körperlicher Qual herrührte, ein Brandzeichen, das so unverwechselbar war wie ein Geburtsmal.

»Und ich entschuldige mich wirklich für die Art«, fuhr

Tressalian liebenswürdig fort, »wie Sie an Bord gebracht worden sind.« Bei diesen Worten verlagerte er sein Gewicht, um aufzustehen, was ihm trotz der Schmerzen, die es ihm sichtlich bereitete, in diesem Moment offenkundig wichtig war. Er griff nach einem Paar Aluminiumkrücken, die links und rechts an seinem Rollstuhl angebracht waren, klemmte sie sich unter die Achseln und stemmte sich dann mühsam hoch. Ich wusste nicht recht, wie ich ihm helfen sollte, vor allem, weil ich vermutete, dass er keine Hilfe wünschte; und als er erst einmal aufrecht stand, schien er in der Tat froh zu sein, dass er aus eigener Kraft auf mich zukommen und mir die Hand schütteln konnte. »Allerdings haben Sie sicherlich Verständnis dafür«, fuhr er fort, »dass wir Sie nicht einfach zurücklassen konnten, damit Sie ein ähnliches Schicksal wie Mr. Jenkins erleiden.« Seine Miene wurde ernst. »Ich glaube, Eli hat Ihnen schon sein Beileid ausgesprochen – lassen Sie mich meines hinzufügen. Es war eine abscheuliche Tat, selbst für diese nicht totzukriegende Bestie, die wir Central Intelligence nennen.«

»Dann *war* es also der Staat«, sagte ich leise. Max' Gesicht erschien einen Moment lang vor meinem geistigen Auge.

Tressalian nickte mitfühlend. »Sie waren beide zu dicht dran, was John Prices Tod betraf.«

»Was seinen Tod betraf?«, fragte ich vorsichtig. »Oder vielmehr die Bilder, an denen er herumgebastelt hatte?«

Tressalians Lächeln kehrte zurück. »Das ist ein und dasselbe, Doktor – wie Sie sicher schon vermutet haben. *Ihr* Tod hätte jedoch lästiges öffentliches Aufsehen erregt. Trotzdem, wenn Sie hartnäckig geblieben wären, hätte man mit ziemlicher Sicherheit einen Weg gefunden, Sie unauffällig zu beseitigen.«

»Aber warum?«, fragte ich unwillkürlich. »Was zum Teufel geht da …«

Der Mann, der an der Steuerkonsole saß, schnitt mir das Wort ab. Er sprach in ruhigem, aber strengem Ton. »Larissa macht sich bereit, den Kampf zu eröffnen. Die anderen sind in Reichweite, und sie hat die Kontrolle über die Steuerung auf die Gefechtsstation umgeleitet.«

Tressalian seufzte, schien aber nicht sonderlich besorgt zu sein. »Dann haben Sie im Moment ja nichts weiter zu tun, Colonel. Kommen Sie – ich möchte Sie mit Dr. Wolfe bekannt machen.«

Der Mann an dem nunmehr nutzlos gewordenen Bedienungsfeld stand auf, und noch bevor er sich umdrehte, sah ich, dass er ein ausgesprochen militärisches Gebaren an den Tag legte; dazu passte sein Anzug mit dem hohen Kragen, der eigentlich eher eine schmucklose Uniform war. Er drehte sich mit einer raschen, abrupten Bewegung um, und was ich als Nächstes sah, veranlasste mich, schnell und ziemlich unhöflich nach Luft zu schnappen.

Dicke, tief sitzende Augenbrauen zeichneten sich in der dunkelbraunen Haut über stechenden schwarzen Augen ab, und hätte er das Kinn noch mehr gereckt, so wäre ihm vermutlich der Unterkiefer abgebrochen. Meine extreme Reaktion rührte jedoch her vom Anblick einer der schrecklichsten Narben, die ich je gesehen hatte. Sie verlief über die ganze rechte Seite seines Kopfes, zupfte an einem Auge und zog einen Mundwinkel herunter, sodass er ständig missmutig dreinzuschauen schien. Eine schneeweiße Strähne zog sich entlang der Narbe ins ansonsten pechschwarze Haar hinauf.

»Dr. Wolfe«, sagte Tressalian, »das ist Colonel Justus Slayton.«

»Im Ruhestand«, fügte der Colonel in jenem leisen, beinahe bedrohlichen Ton hinzu, der deutlich machte, dass ich gut beraten wäre, im Umgang mit ihm stets Vorsicht walten zu lassen.

Das tat ich auch. »Etwa der Colonel Slayton«, fragte ich und streckte ihm die Hand hin, »der beinahe den Verlauf des Taiwanfeldzugs verändert hätte?« Das schien dem Mann ein wenig von seiner stählernen Härte zu nehmen, und er ergriff tatsächlich meine Hand, umschloss sie mit der seinen und drückte mit eindrucksvoller Kraft zu.

»Niemand hätte etwas am Verlauf dieses Feldzugs ändern können«, antwortete Slayton. »Meine Männer und ich leisteten einen Scheinwiderstand – wir waren ein Schlachtopfer, mehr nicht.«

»Dargebracht auf dem Altar der ausgeweiteten Handelsbeziehungen mit den Kommu-Kapitalisten in Peking«, stimmte ich mit einem Nicken zu. »Trotzdem, Sie haben denen einen höllischen Kampf geliefert.«

»Nochmals ausgezeichnet, Doktor«, sagte Tressalian. »Nicht viele Menschen verstehen, was bei diesem Feldzug geschehen ist. Was Sie über den Colonel jedoch vielleicht nicht wissen: Nach seiner Verwundung auf Taiwan ist er einer der Spitzenleute des Pentagon für die Waffenentwicklung geworden. Das war natürlich, bevor ich ihn überredet habe …«

»Malcolm«, unterbrach Colonel Slayton. »Bevor wir noch mehr erzählen, sollten wir die Sache mit der DNA-Disk des Doktors erledigen.«

Tressalian wurde ein wenig verlegen. »O ja, absolut richtig, Colonel. Ich muss mich noch einmal entschuldigen, Doktor. Aber die jüngsten Ereignisse haben uns gezwungen, in unserem Umgang ein bisschen vorsichtiger zu werden. Haben Sie etwas dagegen?«

»Oh – nein, natürlich nicht.« Ich griff nach meiner Brieftasche und nahm meine DNA-Identifikationsdisk heraus. »Zum Teufel«, fuhr ich fort, während ich mir rasch ein Haar ausriss und ihnen beides aushändigte, »in den letzten paar Tagen hätte nicht einmal ich selbst beschwören können, dass ich ich bin.«

Tressalian und ich sahen zu, wie Slayton ein kleines DNA-Lesegerät zum Vorschein brachte (es hatte große Ähnlichkeit mit demjenigen, das Max beinahe überallhin mitgenommen hatte) und dann die Disk und das Haar hineinsteckte. Nach ein paar Sekunden nahm er sie wieder heraus und gab mir die Disk mit einem Nicken zurück. »Gut, damit wäre das erledigt«, sagte Tressalian und ging zu der Metalltreppe hinüber, die zur Aussichtskuppel hinaufführte. »Also, Doktor, ich beantworte Ihnen gern all Ihre Fragen – aber ich könnte mir vorstellen, dass Sie Larissa gern in Aktion sehen würden, während wir uns unterhalten.«

Ich ging neben Tressalian die Treppe hinauf. Seine langsamen Bewegungen wirkten geübt, wenn nicht gar mühelos. Slayton blieb ein paar Schritte hinter uns, entweder um aufzupassen, dass Tressalian nicht stürzte, oder um ein Auge auf mich zu haben; aller Wahrscheinlichkeit nach ein bisschen von beidem. Ganz gleich, wo der Colonel war, man war sich seiner Gegenwart deutlich bewusst, nicht zuletzt wegen der verstörenden, geheimnisvollen Narbe in seinem Gesicht. In einer Zeit, in der fast jedes Organ oder Gewebe im menschlichen Körper außer dem Gehirn in medizinischen Laboratorien künstlich hergestellt werden konnte – in der die Haut des Colonel also dupliziert, wie Stoff reproduziert und dann auf seine Verletzung hätte verpflanzt werden können –, war die Tatsache, dass er sich nicht um seine Entstellung kümmerte, sicherlich ein Indiz für den Charakter des Mannes. Die Frage war, was tat ein solcher Charakter im Dienst des seltsamen, bemerkenswerten Mannes, der neben mir her humpelte?

All diese Gedanken verflogen schlagartig, als wir die Aussichtskuppel erreichten, die einen ungehinderten Blick in alle Richtungen bot – einen Blick, der die Grenzen dessen, was ich zu glauben bereit war, um einiges hinausschob.

10

Um uns herum erstreckte sich der Nachthimmel, aber ich hatte keine Gelegenheit, mich daran zu erfreuen: Ich sah, dass unser Schiff von mindestens fünf Geronimos verfolgt wurde, Apache Mark V Militärhubschraubern, die von den lokalen Polizeikräften wie auch vom FBI für ihre Zwecke umgebaut worden waren. Ihre Kanonen rotierten, als sie Leuchtspurgeschosse auf uns abfeuerten. Zudem jagte eine Flotte der neuesten Hummer mit Blinklicht durch die Straßen unter uns; ihre großkalibrigen Geschütze spien Feuer. So wie es aussah, schätzte ich hastig, dass wir nur noch wenige Augenblicke zu leben hatten – vor allem, weil wir das Feuer noch nicht erwiderten.

Aber dann bemerkte ich, dass all die vielen auf uns abgefeuerten Geschosse jäh von ihrem Ziel abschwenkten, kurz bevor sie den sich konisch verjüngenden, runden Rumpf des Schiffes erreichten, das mit seinen beiden Klappflügeln und dem leuchtenden »Kopf« in gewisser Weise an einen riesigen Fliegenden Fisch erinnerte. Tressalian sah meinen verwirrten Gesichtsausdruck (er war offenbar ebenso einfühlsam wie seine Schwester), legte dann die Hand an seinen Hemdkragen und begann, mit Larissa zu sprechen. Ich erkannte, dass es sich um ein chirurgisch implantiertes Kommunikationssystem handelte, über das die beiden eine sichere Verbindung zueinander herstellen konnten.

»Schwester? ... Ja, Dr. Wolfe ist hier und schaut erwartungsfroh zu. Aber denk daran, wir fliegen auf direktem Wege zur Küste, es besteht also keine Notwendigkeit zu exzessiver ... Larissa?« Mit einem nachsichtigen Kopfschütteln nahm Tressalian die Finger vom Hals, dann deutete er auf die Szene, die sich um uns herum abspielte. »Ich schlage vor, Sie schauen zu, Doktor – dies geschieht offenbar ausschließlich Ihretwegen.«

Noch während er sprach, eröffnete die große Rail-Kanone im Geschützturm das Feuer; sie spie Ketten von Projektilen, die im entsprechenden Maßstab größer waren als jene, die Larissa aus ihrer Handfeuerwaffe abgeschossen hatte. Die Kanone schwenkte von einem Verfolger zum nächsten, und die mannigfaltigen Muster der Zerstörung, die sie dabei anrichtete, waren ein Ehrfurcht gebietender Anblick: ein präzise platzierter Schuss konnte das Rad eines Hummers oder das Geschütz eines Geronimos abreißen, eine breiter gestreute Salve dagegen verwandelte sowohl Boden- als auch Lufteinheiten in Schrapnelle – und menschliche Körperteile. All das, so hatte Tressalian zumindest behauptet, geschah meinetwegen: Larissa wollte mich nicht nur mit ihren Flug- und Kampfkünsten beeindrucken, sondern mir offenbar auch klarmachen, dass ich in einen tödlichen Konflikt geraten war. Aber worum ging es dabei?

In meinem Innern machten sich die unterschiedlichsten Gefühle breit: Erregung, Entsetzen, und, ja, auch eine gewisse Befriedigung (angesichts der Tatsache, dass hinter unseren Verfolgern zweifelsohne eben jene Leute standen, die Max getötet hatten); dennoch war ich noch klar genug im Kopf, um neugierig zu sein. »Ihre Geschosse«, sagte ich. »Sie erreichen uns nicht.«

»Wer den Elektromagnetismus beherrscht, so sagt man,

beherrscht die bekannten Kräfte unseres Universums«, erklärte Tressalian. »Ich will nicht behaupten, dass ich dieses Gebiet schon *gemeistert* habe, aber wir verfügen über ausreichende Kenntnisse, um Felder projizieren zu können, die weitaus komplexere Formen der Materie als Geschosse veranlassen, ihr Verhalten zu ändern. Doch auch ohne diese Felder wären wir kaum in Gefahr – der Aufbau und die Hülle des Schiffes, sogar ihre transparenten Sektionen, bestehen aus hoch entwickelten Verbundharzen. Sie sind härter und viel leichter als erstklassiger Stahl von weitaus größerer Dicke.« Tressalian hielt einen Moment inne, sah mich aber weiterhin an. »Sie sind zweifellos entsetzt«, sagte er schließlich. »Aber glauben Sie mir, wenn die Staaten der Welt uns eine Wahl gelassen hätten ...«

»Der *Welt*?«, echote ich leise. »Aber ich dachte ...«

»Oh, unser Tätigkeitsbereich ist durchweg global. Kommen Sie, Doktor, schauen Sie sich das an.« Tressalian drehte sich um und humpelte zu einer Reihe von Monitoren hinüber, die auf einem niedrigen Tisch in der Mitte der Aussichtskuppel aufgebaut waren. »Vielleicht verstehen Sie dann besser.«

Gleich darauf sah ich ein halbes Dutzend Bilder einer beachtlichen militärischen Streitmacht vor mir, die ganz offenkundig zu einem Einsatz unterwegs war: Schiffe auf dem Meer, ferngesteuerte Jagdbomber, deren gespenstische Cockpits bis auf die Computerausrüstung völlig leer waren, und Flugzeugträgerbesatzungen, die noch mehr Kampfflugzeuge mit Bomben und Raketen bestückten.

»Was ist das?«, fragte ich.

»Der Grund für die Ermordung Ihres Freundes Mr. Jenkins«, antwortete Tressalian. »Eine amerikanische Spezialeinheit auf dem Weg zu einem zweifellos massiven Angriff.«

»Gegen wen? Wohin wollen sie?«

»Dorthin, wohin auch wir wollen – nach Afghanistan.«

11

Afghanistan?«, fragte ich wie vom Donner gerührt. »Aber warum? Und wie kommen Sie an all diese Bilder?«

»Per Satellit«, antwortete Tressalian schlicht. »Mittels unserer *eigenen* Satelliten.«

Auf einmal stellte ich eine Verbindung her. »Satelliten ... Satelliten! *Tressalian* – Stephen Tressalian, der Mann, der das Vier-Gigabyte-Satellitensystem entwickelt und damit das moderne Internet geschaffen hat!«

»Er war mein Vater«, bestätigte mein Gastgeber mit einem vieldeutigen Nicken. »Und diese Sünde hat er in der Tat begangen, zusammen mit vielen anderen. Aber am Ende hat er für seine Missetaten bezahlt – und dank seines Geldes konnten wir all dies realisieren.«

»Aber was in Gottes Namen *tun* Sie denn?«

»Die wichtigere Frage ist im Moment«, antwortete Tressalian ausweichend, »was tut Ihre Regierung?«

»Meine Regierung? Ist es nicht auch Ihre Regierung?«

Tressalian schüttelte ein wenig amüsiert den Kopf. »Schon seit vielen Jahren nicht mehr. Wir an Bord dieses Schiffes haben jegliche Staatsangehörigkeit abgelegt – vor allem wegen dieser Art staatlichen Verhaltens.« Er deutete auf die Bildschirme.

»Was meinen Sie?«, fragte ich. »Was haben die vor?«

»Es hat den Anschein, als wollten sie den sehr eindrucksvollen unterirdischen Komplex, der in den letzten beiden Jahrzehnten das wichtigste Ausbildungszentrum für islamische Terroristen war, endlich ausradieren.«

Ich betrachtete erneut das geschäftige Treiben auf den Bildschirmen. »Vergeltung für die Ermordung Präsidentin Forresters durch Khaldun?«, fragte ich.

Tressalian nickte. »In Ihrem Land sollen schließlich in naher Zukunft Wahlen stattfinden. Aber es gibt da ein kleines Problem bei der Entscheidung Ihrer Regierung, und ich habe Grund zu der Annahme, dass ihr das auch allmählich bewusst wird. Doch in Anbetracht der politischen Schaumschlägerei, die zu diesem Einsatz geführt hat, kann sie unmöglich zulassen, dass jemand wie Sie es aufdeckt. Tariq Khaldun war kein Terrorist, müssen Sie wissen – und er hat Präsidentin Forrester ganz bestimmt nicht umgebracht.«

»Aber die Disk ...«

»Der Mann auf dieser Disk« – Tressalian tippte auf einem Eingabegerät auf dem Tisch herum und holte die Bilder von dem Mordanschlag, die Max und ich so viele Stunden studiert hatten, auf den Bildschirm – »war in Wirklichkeit ein Schauspieler afghanischer Abstammung, der in den letzten Jahren des zwanzigsten Jahrhunderts mit bescheidenem Erfolg in der indischen Filmindustrie tätig war. Wir haben uns sein Bild ... ausgeliehen.« Tressalian zuckte lächelnd die Achseln. »Woher hätte ich wissen sollen, dass es einen unbedeutenden afghanischen Diplomaten in Chicago gab, der dem Mann zum Verwechseln ähnlich sah? Aber keine Sorge, wir haben Mr. Khalduns Flucht bereits arrangiert. Jedenfalls, der wahre Mörder der verstorbenen, viel betrauerten Präsidentin Forrester ist« – ein weiterer Tastendruck, und auf dem Bildschirm vor mir erschien die zweite Version des Ereignisses, die ich gesehen hatte, jene, in der das Gesicht des Mörders asiatisch gewesen war – »dieser Bursche hier. Hung Ting-hsin, ein Major des chinesischen Auslandssicherheitsdienstes.«

Ich hielt inne. Den Reigen aus Feuer und Tod draußen vor der transparenten Hülle nahm ich mittlerweile überhaupt nicht mehr wahr. »Sie haben die Geschehnisse absichtlich falsch dargestellt?«

»Ja, so Leid es mir tut.«

»Dann hat Price diese Bilder also für *Sie* geschaffen – Sie waren der ›private Auftraggeber‹, von dem mir seine Frau erzählt hat.«

»Ebenfalls richtig. Niemand von uns war glücklich über Mr. Prices Tod, Doktor – aber er hatte beschlossen, uns zu erpressen. Und als Larissa und Jonah ihm einen Besuch abstatteten, um ihn zu warnen, ist er gewalttätig geworden. Er hat Jonah gegen die Wand gestoßen und hätte noch Schlimmeres getan, aber – nun ja, *Larissa* ...«

All die Stücke des Puzzles, in dessen Mittelpunkt der Tod von John Price und Max stand, ordneten sich plötzlich zu einem Bild – aber ich konnte keinen Grund dafür entdecken, warum Tressalian all dies tat, und darum stellte ich ihm noch einmal ganz unverblümt diese Frage.

»Oh, ich habe meine Gründe«, sagte er und gab einen tiefen, schweren Seufzer von sich; dann zuckte er auf einmal zusammen. »Ich habe meine ...« Seine Augen wurden groß, als die Schmerzattacke – denn dafür hielt ich es – rasch schlimmer zu werden schien. »Sie müssen mich ... entschuldigen, Doktor. Ich bekomme anscheinend ...« Plötzlich krallte er die Hände an seinen Kopf und brach mit einem erstickten Schrei zusammen. Colonel Slayton war bei ihm, noch ehe ich meine Hilfe anbieten konnte. »Ich ... ich glaube, Colonel«, sagte Tressalian mit zusammengebissenen Zähnen, »ich sollte mich lieber ein bisschen ausruhen. Wenn unser Gast mich bitte entschuldigt ...« Sein Atem klang mühsam, als Slayton sich einen seiner Arme um den Hals legte und den verkrüppelten Körper hochhob, als wöge er nichts. »Tut mir Leid, Doktor, ich weiß, Sie hätten gern Antworten«, keuchte Tressalian. »Abendessen ... wir unterhalten uns beim Abendessen. Bis dahin ... denken Sie daran ...« Er hob den Kopf und schenkte mir trotz seiner Schmerzen einen Blick, den ich nie vergessen werde: Einen Blick, der genauso verschmitzt war wie der seiner Schwester, in dem gleichzeitig aber auch eine dunkle, schreckliche Eindringlichkeit lag. »Denken Sie daran«, fuhr er fort, »was Sie an der Tür gesehen haben ...« Dann trug Colonel Slayton ihn davon.

Tressalians plötzlicher Anfall, die Bilder auf den Monitoren, die sich weiter hinziehende Schlacht draußen und dazu noch die Tatsache, dass ich nun ganz allein war – all das bewirkte, dass meine wachsende Nervosität erste Züge einer aufkeimenden Panik annahm. Ich versuchte mich zu beruhigen, indem ich mich auf Tressalians letzte Worte konzentrierte und meinen Verstand zwang, sich noch mehr in das vor so langer Zeit erlernte Latein zu vertiefen, um eine Lösung für das Rätsel der Inschrift an der Tür zu finden.

Ich weiß nicht, wie lang ich dort stand, Larissa bei der Dezimierung unserer Verfolger zusah und wie ein Idiot vor mich hin murmelte. »*Mundus vult decipi*«, wiederholte ich immer wieder, während Geschosse um das Schiff zischten. »*Mundus*, ›die Welt‹, ja. *Vult*, ›will‹? ›Möchte‹? Irgendwas ...«

Und dann erstarrte ich, als plötzlich ein jaulender Alarm durch das Schiff hallte: kein richtig gellender Ton, aber doch durchdringend genug, um mir klar zu machen, dass etwas Wichtiges geschah. Ich suchte den Horizont in allen Richtungen ab, versuchte zu erkennen, was den Alarm ausgelöst haben mochte – und als ich nach vorn schaute, bekam ich meine Antwort: Am Horizont war die weite Fläche des Atlantiks aufgetaucht.

Ich fuhr herum, als eine Stimme – ich erkannte sie, es war die von Julien Fouché – aus den im ganzen Schiff verteilten Lautsprechern ertönte: »Dreißig Sekunden bis zum Systemtransfer ... fünfundzwanzig ... zwanzig ...«

Nichts deutete darauf hin, dass wir langsamer wurden, während wir uns dem Wasser näherten. Fouché fuhr mit seinem Countdown zum »Systemtransfer«, was immer das sein mochte, in Fünf-Sekunden-Intervallen fort; und dann überlief mich ein überraschender, kalter Schauer, als es mir trotz meiner wachsenden Furcht auf einmal gelang, die Inschrift zu übersetzen.

»*Mundus vult decipi*«, sagte ich laut. »›Die Welt will betrogen sein‹!«

Noch war mir nicht klar, welch potenziell bedrohliche Assoziationen mit diesen Worten verbunden waren, und darum verspürte ich ein Gefühl des Triumphs – das sich jedoch schlagartig wieder in Entsetzen verwandelte, als das Schiff über die Uferlinie hinwegraste und ins offene Meer hinabtauchte.

12

Sobald das Schiff sich vollständig unter Wasser befand, leuchtete eine Reihe starker Lampen außen am Rumpf auf, die uns einen ungewöhnlichen Ausblick auf die küstennahen Tiefen des Atlantiks gewährten, als wir uns nun an der Kontinentallinie entlang nach Norden wandten. Was ich dort draußen sah, war jedoch keine idyllische, staunenswerte Unterwasserszenerie, wie ich nach all den Kindermärchen vielleicht hätte erwarten können, sondern vielmehr eine erschreckende Weite braunen Wassers voller menschlicher und tierischer Abfälle, die vom stetigen Pulsschlag der küstennahen Strömungen unaufhörlich umgewälzt, aber nicht abtransportiert wurden. Manchmal konnte man den festhängenden Unrat identifizieren – riesige Bereiche mit medizinischem Müll und den Abfallprodukten der Viehzucht waren besonders verstörend –, aber meistens verschmolz alles zu einer ununterscheidbaren Masse, die mich ungeheuer bedrückte, als ich dort so ganz allein stand und nichts weiter tun konnte, als hinauszuschauen und vor mich hin zu grübeln. Ich wusste natürlich, dass die meisten Länder in den Jahren seit dem finanziellen Zusammenbruch von '07 Umweltsäuberungsmaßnahmen für unbezahlbaren Luxus gehalten hatten; trotzdem war es schockierend, solche Beweise aus erster Hand präsentiert zu bekommen.

Nach ziemlich langer Zeit, wie es mir schien, wurde ich nicht von Larissa Tressalian (die sich vermutlich zu ihrem von seinem rätselhaften Leiden geplagten Bruder gesellt hatte), sondern von diesem seltsamen kleinen Mann namens Leon Tarbell zu meiner Kabine gebracht. Als Einzigen von der Besatzung kannte ich den »Dokumentenexperten« Tarbell weder vom Sehen noch vom Namen her, was ihn umso interessanter machte; denn er wurde von den anderen unzweifelhaft als Gleichrangiger behandelt und verhielt sich auch so.

»Gefällt Ihnen das Dekor?«, fragte Tarbell liebenswürdig, als wir die mit Schnitzereien verzierte Holztreppe zum Unterdeck des Schiffes hinuntergingen. Sein Akzent war schwer zu identifizieren, und sein Benehmen war genauso vieldeutig: Einerseits war er ausgesprochen freundlich, andererseits schien ihm meine anhaltende Beklommenheit zu gefallen. Er brachte eine Packung der neuen rauchfreien Zigaretten zum Vorschein und bot mir eine an. Die angeblich ›sicheren‹ Zigaretten waren von der amerikanischen Tabakindustrie kürzlich auf den Markt gebracht worden, nachdem sie eine Generation lang von einigen ostasiatischen Staaten, die sich zusammengeschlossen hatten, unter Druck gesetzt und mit Prozessen überzogen worden war. Ich lehnte sein Angebot ab, und als er sich eine anzündete, sagte er: »Ist nicht so nach meinem Geschmack, dieser Bereich hier. Ich ziehe die Moderne vor. Minimalistisch, athletisch – erotisch.«

»Manche würden vielleicht einfach nur ›hässlich‹ sagen«, entfuhr es mir, bevor ich mir die Mühe machte zu überlegen, ob Tarbell vielleicht daran Anstoß nehmen könnte.

Aber er lachte nur. »Stimmt. Sie kann sehr hässlich sein.

Aber hässlich« – in seine glühenden Augen trat noch mehr Erregung – »vor Erotik!«

Ich sollte bald erfahren, dass die ganze Welt für Tarbell in Menschen und Dinge unterteilt war, die nicht »erotisch« waren und jene, die »Erotik!« hatten. Obschon das eine simple Formel war, schien sie ebenso gültig zu sein wie jede andere und – angesichts des fast schon komischen Eifers, mit dem er seine Erklärungen von sich gab – erheblich amüsanter als die meisten; deshalb lachte ich mit ihm und entspannte mich ein wenig, als wir an der Tür zu meinem künftigen Quartier ankamen.

Jenseits der Tür befand sich eine kleine Kabine, die mich an Bilder von Transatlantikdampfern Anfang des zwanzigsten Jahrhunderts erinnerte. Die Temperatur lag ein gutes Stück über den sieben Grad draußen auf dem Gang, und die dadurch erzeugte einladende Atmosphäre wurde noch verstärkt durch weitere Holzvertäfelungen, eine kleine, bullaugenförmige transparente Sektion im Rumpf, die per Knopfdruck chemisch getönt werden konnte, hervorragend gearbeitete Lampenschirme aus Glas und sanitäre Einrichtungen aus Marmor und Keramik, bei denen es sich um echte Antiquitäten zu handeln schien. Die Kabine hatte noch weniger Ähnlichkeit mit dem Hightech-Bug des Schiffes als die Gänge, was meiner Verwirrung neue Nahrung gab.

»Vergangenheit und Zukunft, Seite an Seite«, meinte Tarbell mit einem Nicken. »Man könnte sagen, dass die Zeit an Bord des Schiffes nicht existiert. So ist Malcolm!«

Das erinnerte mich an meinen Gastgeber. »Geht es ihm gut?«

Tarbell nickte zuversichtlich. »Sie gehen vorbei, diese Anfälle.«

»Aber was fehlt ihm denn?«

»Mir ist nicht ganz wohl dabei, wenn ich über solche

Dinge spreche. Vielleicht erzählt er es Ihnen. Oder Larissa.« Tarbell bedachte mich mit seinem dämonischen Grinsen. »Sie hat ein Auge auf Sie geworfen, Sie Glückspilz. Eine Frau von seltener Intelligenz und Schönheit – und Erotik!« Während er das letzte Wort bellte, klopfte er mir mit einer Hand auf die Schulter. »Ja, Sie werden sich unserer kleinen Truppe anschließen, glaube ich!« Bevor er sich zum Gehen wandte, fügte er noch hinzu: »Sie werden alles finden, was Sie brauchen – sogar frische Kleidung. Wir speisen im Bug, in einer halben Stunde. Malcolm hat mir erzählt, dass Sie gern Wodka trinken – kommen Sie bald, dann spendiere ich Ihnen ein Gläschen aus meinem privaten Vorrat!«

Offenbar wussten diese Leute bereits so gut wie alles über mich, von meiner Konfektionsgröße und dem Kleidungsstil, den ich bevorzugte (in dem Schrank in meiner Kabine war nichts, was mir nicht passte oder was ich nicht getragen hätte), bis zu meinem Geschmack in Bezug auf Alkohol. Ich stellte mir nicht die Frage, woher sie dieses Wissen hatten, und machte mir auch keine Gedanken darüber, wie viel der Bau des Schiffes gekostet haben mochte, mit dem wir unterwegs waren. Der Vater von Malcolm und Larissa Tressalian, Stephen, dessen Satellitensystem das moderne Internet möglich gemacht hatte, war nicht nur einer der reichsten Männer der Welt gewesen, sondern auch der Anführer jener Gruppe von Informationstechnokraten, die in der Krise von '07 ihre gemeinsamen privaten und geschäftlichen Vermögenswerte eingesetzt hatten, um die Zahlungsfähigkeit der amerikanischen Regierung sicherzustellen, so wie der Finanzier J. P. Morgan und seine Partner ein Jahrhundert zuvor. Anschließend hatten Tressalian und seine Verbündeten diese dringend notwendige Unterstützung als Knüppel benutzt und auf Washington eingeprügelt, bis alle Versuche zur Regulierung des kommerziellen Umgangs mit Informationen aufgegeben wurden. Damit hatten sie unter anderem auch der ohnehin schon angeschlagenen Idee der Privatsphäre den Todesstoß versetzt.

Es gab sicher nur wenige Dinge, die für die Erben eines solchen Mannes unerreichbar waren, aber das allein war keine Antwort auf die dringenden Fragen, mit denen ich erneut rang, während ich mich wusch und zum Abendessen umzog: Was genau führten diese Leute im Schilde, und wieso waren sie zu dem Schluss gekommen, – um mit Larissa zu sprechen – dass sie mich brauchten?

Zwanzig Minuten später war ich wieder auf dem Weg zum Bug des Schiffes, fest entschlossen, mich diesmal nicht mit kryptischen Antworten abspeisen zu lassen.

13

Der Konferenztisch auf der untersten Ebene des Bugs war mit einem prächtigen Tischtuch versehen und mit Porzellangeschirr, Silberbesteck und Kerzen gedeckt worden, und die Farbe des Panoramas außerhalb des Schiffes hatte sich in ein sattes Schwarzblau verwandelt, was darauf schließen ließ, dass wir ostwärts in die tieferen Regionen des Atlantik abgebogen waren, weg von dem Unrat im Küstenbereich. Die Außenbeleuchtung des Schiffes warf hübsche Lichtsäulen in diese sagenumwobenen Tiefen, doch obwohl ich die Schönheit des Anblicks bewunderte, hatte er etwas Merkwürdiges, Einsames an sich, was ich anfänglich nicht erklären konnte. Ich versuchte, das Gefühl abzuschütteln, schrieb es meinem allgemeinen Eindruck zu, ganz allein an einem seltsamen Ort zu sein – doch dann wurde mir klar, dass es in Wahrheit von dem unerwarteten und äußerst auffälligen Fehlen jeder Spur von Leben im Wasser herrührte.

Tarbell stand bereits am Tisch, zusammen mit den Kupermans; und obwohl ich nicht sehen konnte, wer für die Zubereitung der Speisen zuständig war und wo sie stattfand, waren die Düfte, die den Raum erfüllten, außerordentlich appetitanregend. Tarbell reichte mir ein Glas seines privaten Wodkas – eine russische Marke, die ich nicht kannte –, und dann fragte Eli Kuperman: »Sie mögen doch Lamm, nicht wahr, Dr. Wolfe? Medium gebraten, wenn ich nicht irre. In ein paar Minuten ist es fertig.«

»Keiner von uns kommt tagsüber richtig zum Essen«, fügte Jonah Kuperman hinzu, während er durch eine kleine Tür hinausging, die augenscheinlich in eine Art Kombüse führte, in der ich Julien Fouché schwitzend an einem Herd aus rostfreiem Stahl schuften sah. »Deshalb versuchen wir, das Abendessen so kultiviert wie möglich zu gestalten.«

Ich nahm ein paar Besteck- und Geschirrteile in die Hand: sehr elegant und sehr alt. »Das kann ich mir vorstellen«, war alles, was mir dazu einfiel, während ich einen Schluck von Tarbells Wodka trank und mich erneut zu orientieren versuchte: Immerhin hatte ich noch vor kurzem in demselben Bereich gestanden und eine draußen stattfindende Schlacht beobachtet. »Vermutlich möchte mir keiner erzählen«, fuhr ich fort, »womit ihr euch alle tagsüber so intensiv beschäftigt? Ich meine, wenn ihr nicht gerade jemanden aus dem Gefängnis befreit.«

Fouché hob die Stimme und rief aus der Kombüse: »*Das* hätte nie passieren dürfen! Ein Lieblingsprojekt der *frères Kuperman*, das völlig aus dem Ruder gelaufen ist!«

»Nun hör aber auf, Julien!«, gab Eli zurück. »Es war ebenso berechtigt wie alles andere, was wir getan haben. Du hast doch die Statistik gesehen: Das Glücksspiel ist seit dem Zusammenbruch zu einer Epidemie geworden, und ich werde auf gar keinen Fall zulassen, dass dies durch einen Haufen anthropologisch unsinniger Folklore legitimiert wird. Wenn es uns gelungen wäre, dieses Beweismittel dort einzuschmuggeln …«

»›Einzuschmuggeln‹?«, fragte ich verblüfft. »Sie meinen, Sie wollten nichts stehlen?«

Jonah Kuperman warf mir einen freundlichen Blick zu.

»In dieser Begräbnisstätte gibt es wirklich nichts, was sich zu stehlen gelohnt hätte, Dr. Wolfe.«

»Gideon«, sagte ich.

»In Ordnung – Gideon. Nun, wie Sie wahrscheinlich wissen, ist schon seit Jahren klar, dass die diversen Völker, die sich ›Amerikanische Ureinwohner‹ nennen, in Wahrheit nicht die ersten Bewohner dieses Kontinents waren. Viele Stämme haben jedoch versucht, Beweise, die diese Schlussfolgerung stützen würden, zu unterdrücken oder zu vernichten. Sie haben Angst, und zwar mit gutem Grund, dass sie, mit einem Mal als simple Unterwerfer ihrer Vorgänger entlarvt, die emotionale und historische Rechtfertigung für eine Menge fragwürdiger Aktivitäten verlieren würden – zum Beispiel für das Züchten einer Generation Glücksspielsüchtiger in ihren Casinos.«

»Diese Begräbnisstätte in Florida wird gegenwärtig von einem Team aus Harvard erforscht«, sagte Eli, »und Jonah und ich haben versucht, mehrere Artefakte einzuschmuggeln, um zu zeigen ...«

Eli unterbrach sich, als er das Geräusch von Malcolm Tressalians Rollstuhl auf der Kommandoebene über uns hörte. Den Männern, die sich mit mir auf der unteren Ebene befanden, war die Besorgnis über die Verfassung ihres Anführers anzusehen. Sie entspannten sich jedoch wieder, als wir alle Tressalian ausrufen hörten:

»Was wäre ein Abendessen ohne eine unserer anregenden beruflichen Meinungsverschiedenheiten! Obwohl Sie noch feststellen werden, Dr. Wolfe, dass diese Diskussionen im Lauf des Abends ziemlich persönlich werden können.«

Langsame, schwere Schritte auf der Metalltreppe ließen erkennen, das Tressalian mit Hilfe seiner Krücken herunterkam, und als er gleich darauf erschien, verrieten seine hellblauen Augen nichts mehr von den ungeheuren Schmerzen, die zuvor in seinem Blick gelegen hatten. Hinter ihm sah ich Colonel Slayton, der wachsam wie immer nach etwaigen Anzeichen von Ärger Ausschau hielt, und Larissa, die uns durch ein schweres Gefecht mit den Gesetzeshütern geführt hatte und darum nur noch schöner aussah.

»Nun, Gentlemen, wem machen wir denn heute Abend die Hölle heiß?«, fuhr Tressalian fort. Ich hatte den Eindruck, dass keiner der anderen auf die Idee kam, den Mann zu fragen, wie es ihm ging, nachdem sie nun sahen, dass er sich erholt hatte. Und das, obwohl der Anfall, der zuerst seinen Kopf und dann seinen ganzen Körper erfasst hatte, sehr heftig gewesen sein musste. Ich folgte ihrem Beispiel, denn mir fielen Tarbells Worte ein, so etwas geschehe ziemlich regelmäßig, und wie zuvor, als ich zum ersten Mal gesehen hatte, wie Tressalian sich aus seinem Rollstuhl quälte, nahm ich auch diesmal an, dass er keinen Wert auf Hilfe und Mitgefühl legte.

»Oh, Malcolm, es ist absurd!«, rief Fouché, der aus der Kombüse auftauchte. »Eli und Jonah behaupten immer noch, ihre Florida-Eskapade sei den Ärger wert gewesen, den sie uns eingebrockt hat!«

Während auf diese Worte hin allgemeiner, wenn auch gut gelaunter Protest laut wurde, kam Larissa zu mir. »Tut mir Leid, dass ich Ihnen nicht helfen konnte, sich einzugewöhnen«, sagte sie leise. Ihre dunklen Augen glänzten in dem sanften Licht noch mehr als ihr silbernes Haar. »War alles zu Ihrer Zufriedenheit?«

»Ja, absolut.« Ihre Gegenwart machte mich erneut sehr befangen. »Dr. Tarbell hat mir nach besten Kräften geholfen, mich zurechtzufinden, obwohl das ein bisschen viel verlangt war. Aber Ihr Bruder – geht es ihm …?«

»Jetzt wieder gut«, sagte sie noch leiser. »Aber darüber können wir später sprechen.«

Die Diskussion am Tisch ging weiter, bis Tressalian sich

schließlich veranlasst sah, die Hände zu heben: »Bitte, Gentlemen, denken Sie an Ihre Manieren! Jonah, Eli – ich glaube, für die nähere Zukunft müssen wir euch bitten, eure Aktivitäten zum Thema Glücksspiel auf das Einholen von *Informationen* zu beschränken. Niemand hat etwas dagegen, dass ihr mit Feuereifer dabei seid – wir alle kennen das Ausmaß des Problems und die unzutreffenden Behauptungen, die ihm zu Grunde liegen. Aber momentan haben wir weitaus wichtigere Dinge zu tun. Und außerdem sind wir unsagbar unhöflich zu unserem Gast, der, wenn ich mich nicht irre, nur einen Bruchteil dessen versteht, worüber wir sprechen.«

Ich schüttelte kurz den Kopf. »Sie irren sich keineswegs«, meinte ich mit einem Lächeln.

»Dann wollen wir uns setzen, während Julien das Essen aufträgt.« Tressalian begab sich ans Kopfende des Tisches und bedeutete mir, neben ihm Platz zu nehmen. »Wir werden versuchen, Ihnen die Situation zu erklären, Doktor. Anschließend können Sie sich in Afghanistan ansehen, wie wir unsere Ideen in die Tat umsetzen.« Er beugte sich zu mir. Seine blauen Augen leuchteten. »Und dann können Sie sich überlegen, ob ein Leben, in dem man globales Chaos anrichtet, nicht seinen gewissen Reiz hat …«

14

Gleich darauf kam Fouché mit großen Platten voller einfach, aber köstlich zubereiteter Speisen aus der Kombüse: eine Kost, erkannte ich mit einem raschen Blick zu Tressalian, die jemandem mit einem schweren Nervenleiden zusagen würde. Dieser Eindruck bestätigte sich, als ich sah, dass er keinen Alkohol trank.

»Verzeihung«, sagte ich, während ich ihn musterte, »aber haben Sie ›globales Chaos‹ gesagt?«

»Oh, es ist für eine gute Sache«, beeilte er sich zu erwidern. »Das heißt, im Allgemeinen jedenfalls. Aber um zu verstehen, worum es dabei geht, werden Sie sich zunächst einmal mit der Philosophie befassen müssen, die uns hier alle zusammengebracht hat.«

»Ich höre zu.«

Tressalian nickte. »Nun denn, wo soll ich anfangen? Am besten vielleicht mit simplen Beobachtungen. Hat Ihnen gefallen, was Sie in der Nähe der Küste gesehen haben?«

Ich blickte abrupt auf: Hatte das Schiff darum so viel Zeit in diesen schmutzigen Gewässern verbracht? Um *mich* zu beeindrucken, so wie Larissa, als sie bei dem Gefecht mit unseren Verfolgern derart fachmännisch die große Rail-Kanone des Schiffes bedient hatte? »Es war ziemlich deprimierend«, sagte ich vorsichtig.

»Und das Meer, das uns jetzt umgibt«, fuhr Tressalian fort. »Haben Sie das Gefühl, dass da etwas fehlt?«

»Nur die Fische«, scherzte ich. Alle am Tisch sahen mich an, aber niemand verzog eine Miene; da begriff ich, wie schrecklich ernst meine Worte in Wahrheit gewesen waren. »Großer Gott«, stieß ich hervor, »ist es wirklich schon so schlimm?«

»Was Sie gesehen haben, spricht für sich selbst, Doktor«, sagte Colonel Slayton ernst und fuhr sich mit einem Finger über die Narbe an seiner Wange. »Die Atlantikküste ist im wahrsten Sinn des Wortes ein Schweinestall, und die letzten wichtigen Fischarten sind dank der staatlichen Lügen über die weltweite Durchsetzung der Fischereivorschriften bis in die fernsten Winkel des Ozeans gejagt worden. Aber auch dort wird man sie aufspüren und sehr bald abschlachten.« Er rieb sich weiterhin sanft die Narbe, und ich musste daran denken, wie viele »staatliche Lügen« zu seinen eigenen katastrophalen Erlebnissen während des Taiwanfeldzugs beigetragen hatten.

»Ja«, pflichtete Tressalian ihm düster bei. »Ich wünschte nur, ich könnte behaupten, solche Entwicklungen entsprächen nicht der Norm des menschlichen Verhaltens in der heutigen Zeit. Allerdings, nach den Phrasen der letzten Jahrzehnte zu urteilen, hätte unsere Zeit sich eigentlich von dieser Norm verabschieden müssen, nicht wahr, Doktor?«

»Was meinen Sie damit?«

»Nun, mit dem Anbruch dieses Jahrhunderts hat die Menschheit schließlich die große Chance bekommen, sowohl ihr eigenes Los als auch den Zustand des Planeten zu verbessern. Die erforderlichen Mittel waren alle vorhanden.« In seiner Stimme lag unüberhörbar Ironie. »Das *Informationszeitalter* hatte begonnen.«

Sein Ton verwirrte mich. »Ja – großenteils dank Ihres Vaters.«

Tressalians Ironie bekam sofort eine gewisse Schärfe. »Das stimmt. Großenteils dank *meines Vaters* ...«

Ich schob meinen Teller weg und beugte mich vor. »Vorhin haben Sie sein Werk als ›Sünde‹ bezeichnet – warum?«

»Ach, kommen Sie, Doktor«, antwortete Tressalian, der mit einem schmalen silbernen Messer spielte. »Ich glaube, Sie wissen genau, warum. Und darüber hinaus glaube ich, Sie stimmen mit dieser Beurteilung überein.«

»Mag sein, dass ich einige Ihrer Ansichten teile.« Ich wog meine Worte sorgfältig ab. »Aber vielleicht bin ich aus ganz anderen Gründen zu ihnen gelangt.«

Er lächelte erneut. »Oh, das bezweifle ich. Aber untersuchen wir das näher, einverstanden?« Er stemmte sich mühsam hoch – die Hälfte seiner Mahlzeit lag noch auf dem Teller – und ging langsam um den Tisch herum. »Ja, Doktor, mein Vater und seine Kollegen haben dafür gesorgt, dass der größte Teil der Menschheit Zugang zum modernen Internet bekam. Zu dem, was man sehr verführerisch und natürlich erfolgreich als ›uneingeschränkte Information‹ verkauft hat. In einer Zeit, als der Kapitalismus und der weltweite freie Handel triumphiert hatten und sich ungehindert überallhin ausbreiteten, fiel es solchen Männern nicht weiter schwer, den Glauben zu fördern, dass man durch die Einwahl in dieses Internet Zugang zu einem riesigen System der Freiheit, der Wahrheit bekäme – und natürlich zur Macht. Die Menschen haben sich massenhaft an ihre Computer zurückgezogen und vor sich hin geklickt, und diejenigen, die noch von weltanschaulichen Skrupeln gequält wurden, ließen sich einreden, sie würden den demokratischen, freien Austausch nicht nur von Waren und Informationen, sondern auch von Ideen fördern. Mit anderen Worten, sie würden die Welt verändern, und zwar zum Besseren.«

Er wandte das Gesicht wieder dem Meer zu, und sein Gebaren verlor an Schärfe. »Doch zur gleichen Zeit sind das Wasser und die Luft unerklärlicherweise, aber unbestreitbar schmutziger geworden denn je. Neue Pandemien sind aufgetaucht, und es gab keine Heilmittel dafür. Armut, Anarchie und Konflikte haben immer größere Teile der Welt verwüstet.« Er stieß einen Seufzer aus und zog die Augenbrauen hoch. »Und die Fische – sie sind verschwunden …« Als er sich wieder zu mir umdrehte, strahlte sein Gesicht eine beunruhigend widersprüchliche Gelassenheit aus. »Wie konnte das geschehen, Dr. Wolfe? Wie konnte das in einer Zeit geschehen, in der durch den ungehinderten Informationsfluss und den freien Handel doch angeblich eine Weltordnung entstanden ist, die nur dem Gemeinwohl dient?«

Genau in diesem Moment ließ die Lautsprecheranlage des Schiffes erneut einen leise jaulenden Alarm ertönen, woraufhin Colonel Slayton verkündete, in zwei Minuten erfolge ein weiterer »Systemtransfer«. »Wir begeben uns für ein paar Stunden in die Stratosphäre hinauf, Dr. Wolfe«, sagte Tressalian. »Wie wär's mit Kaffee und Dessert in einundzwanzigtausend Metern Höhe?«

Ohne dass es mir aufgefallen war, hatte das Schiff während des Abendessens seine Bahnneigung geändert, und schon ein paar Sekunden später kam das sich kräuselnde Bild des fast vollen Mondes jenseits der Meeresoberfläche in Sicht. Mit ungeminderter Geschwindigkeit schoss das Schiff aus dem Wasser und in die Luft; seine supraleitenden elektromagnetischen Generatoren trieben es mit fantastischer Schnelligkeit in den Himmel empor. Nicht einmal das Geschirr auf dem Tisch klapperte.

Colonel Slayton ging leise zur Treppe hinüber und stieg mit ruhigen, entschlossenen Schritten zur Kommandoebene hinauf. »Sie brauchen sich nicht mit der Insel in Verbindung zu setzen, Colonel«, rief Tressalian ihm nach. »Ich habe den Apparat schon überprüft. Bei Tagesanbruch werden wir dort sein.«

»Tut mir Leid, Malcolm«, antwortete Slayton, ohne stehen zu bleiben. »Der militärische Hang, alles doppelt und dreifach zu überprüfen, ist nun mal nicht totzukriegen.«

Tressalian sah mich an und lachte leise. »Die islamischen Terroristen in Afghanistan haben unsere Warnungen vor einem Angriff der Amerikaner in den Wind geschlagen«, erklärte er. »Deshalb müssen wir sie zwingen, ihr Versteck zu verlassen. Ihre Frauen und Kinder sind dort unten in diesen Tunnels bei ihnen, und ich lege keinen besonderen Wert darauf, dass deren Blut an meinen Händen klebt.«

»Aber wie wollen Sie sie dazu *zwingen?*«, fragte ich.

»Nun, ich könnte es Ihnen erklären, Doktor«, sagte Tressalian, während er sich von der transparenten Hülle wegschleppte. »Aber ich glaube, es ist um einiges wirkungsvoller, wenn Sie's mit eigenen Augen sehen.«

15

Sobald wir unsere Flughöhe in der dünnen, kalten Stratosphäre erreicht hatten, führte Tressalian eine langsame Prozession zur Aussichtskuppel oben in den Schiffsbug. Als wir beim Steuerzentrum auf der mittleren Ebene Halt machten, um seinen Rollstuhl zu holen, sah und hörte ich die Monitorkonsolen unter Colonel Slaytons Regie blinken und summen, und mir fiel auf, dass mein früheres Staunen über die fantastischen technischen Neuerungen, die sich in diesem Schiff vereinten, allmählich schwand. Es verblüffte mich, wie schnell der menschliche Geist technologische Sprünge akzeptiert und sich an sie anzupassen versteht – aber natürlich beschleunigten Tarbells Wodka und Larissas fortwährende und immer deutlichere körperliche Annäherungsversuche in dieser Nacht meine Akklimatisierung in erheblichem Maße. Letztendlich war sie jedoch ein Beleg für die verführerische Macht der Technologie, eine Macht, über die sich mein im Rollstuhl sitzender Gastgeber – der sich im Übrigen weigerte, mir weitere Erläuterungen zu der Afghanistan-Geschichte zu geben, ehe wir nicht vor Ort waren – dort oben in der Aussichtskuppel folgendermaßen äußerte:

»Während sich der Durchschnittsbürger massenhaft auf Liebesaffären mit der Informationstechnologie eingelassen hat – und während die Produzenten dieser Technologien sich gern als die demokratisierenden Elemente einer neuen Ordnung dargestellt haben –, konzentrierte sich die wahre wirtschaftliche und informatorische Macht, die alles andere als dezentralisiert war, in einer immer kleineren Anzahl von Megakonzernen; Unternehmen, die nicht nur darüber entschieden, welche Informationen verbreitet wurden, sondern auch darüber, welche Technologien zu deren Empfang und Überwachung entwickelt wurden. In Ihrem Land hat es anfangs wenigstens noch einen Kampf um die Kontrolle über diesen mächtigsten und umfassendsten öffentlichen Einfluss in der Geschichte gegeben, aber damit hat der Crash von '07 Schluss gemacht. Angesichts des weltweiten Zusammenbruchs konnte Washington niemand anderen um Hilfe bitten als meinen Vater und seinesgleichen. Und diese Hilfe wurde natürlich gewährt – aber das hatte seinen Preis.«

»Einfach ausgedrückt«, sagte Colonel Slayton, der von der Kommandoebene wieder zu uns heraufkam, »sie haben die Regierung *gekauft*.«

Tressalian lächelte ihn an und wandte sich dann wieder mir zu. »Der Colonel hat ein Talent für bündige Formulierungen, das man manchmal fälschlicherweise für Taktlosigkeit halten könnte. Aber denken Sie daran, niemand verfügt über mehr persönliche Erfahrungen mit den Auswirkungen dessen, worüber wir sprechen, als die Soldaten des Taiwanfeldzugs, die – worauf Sie selbst hingewiesen haben, Doktor – sich unwissentlich für einen größeren Anteil am chinesischen Markt geopfert haben. Ja, die Informationstechnokraten, zu denen auch mein Vater zählte, haben die Regierung gekauft, und danach gab es keine gesetzgeberischen Initiativen und finanziellen Mittel mehr für Regulierungsprogramme, Forschungsvorhaben im medizinischen Sektor und im Umweltschutzbereich, für Bildung und

Entwicklungshilfe, ja, nicht einmal für die Waffenentwicklung – das heißt, für *nichts* außer der Öffnung neuer Märkte und der Erweiterung der alten.«

»Na schön«, stimmte ich zu. Larissa rückte immer näher an mich heran, und ich fühlte mich in ihrer Gegenwart immer wohler. »Ich gebe zu, ich sehe das genauso wie Sie, aber was soll's? Sie haben selbst gesagt, dass so etwas in der Menschheitsgeschichte nicht zum ersten Mal passiert ist.«

»*Non*, Gideon«, erwiderte Julien Fouché, während er eine fleischige Hand um eine kleine Espresso-Tasse legte. »Das hat Malcolm ganz und gar nicht gesagt. Für den ersten Teil der Geschichte gibt es vielleicht Präzedenzfälle, aber was ist mit dem letzten Kapitel? So etwas hat es noch nie gegeben. Man hat die Schleusen geöffnet, und die menschliche Gesellschaft, die schon mit Informationen gesättigt war, ist darin *ertrunken*. Sagen Sie mir – ich nehme an, der Begriff des ›Schwellenmoments‹ ist Ihnen bekannt? Wenn sich das Tempo und die Intensität eines Prozesses dermaßen steigern ...«

»Dass eine quantitative Veränderung in eine qualitative umschlägt«, beendete ich den Satz für ihn. »Ja, Professor, ich weiß.«

»Nun, dann möchten wir die Behauptung wagen«, fuhr Fouché fort, »dass die Weltzivilisation insgesamt genau einen solchen Moment erreicht hat.«

Ich lehnte mich einen Moment lang zurück. So extrem seine Worte auch geklungen haben mochten, wenn man bedachte, aus wessen Mund sie kamen, konnte man sie doch nicht einfach so abtun. »Sie meinen also«, erwiderte ich schließlich, »dass sich das Wachstum dieser neuesten Technologien quantitativ so sehr von anderen Entwicklungen auf dem Informationssektor unterschieden hat – beispielsweise von der Erfindung der Druckerpresse –, dass es eine qualitative Veränderung im Wesen der Gesellschaft zur Folge hatte?«

»*Précisément*«, antwortete Fouché mit einem Nicken. »Nun machen Sie nicht so ein erstauntes Gesicht, Doktor. Die Hintermänner dieser Technologien haben selbst jahrelang behauptet, sie würden enorme Veränderungen auslösen. Der Punkt ist nur, dass wir, die wir hier versammelt sind, diese Veränderungen« – er trank einen Schluck Espresso, während er nach einem Wort suchte – »für verhängnisvoll halten.«

Nun war Leon Tarbell an der Reihe. »Das ›Informationszeitalter‹ hat keinen freien Austausch von Wissen gebracht, Gideon. Frei ausgetauscht wird nur, was die unerotischen Wächter der Informationstechnologie für akzeptabel halten.«

»Und ihrem Wesen nach bedeutet diese Technologie, dass es kein echtes Wissen mehr *gibt*«, setzte Eli Kuperman noch einen drauf, »denn was diese Wächter durch ihre Vermittlungssysteme rutschen lassen, ist völlig ungeregelt und gar nicht verifizierbar. Irrtümlich für Fakten gehaltene Behauptungen – oder noch schlimmer, Täuschungsmanöver in kleinem oder großem Maßstab, gestützt von gefälschten Beweisen und digital manipulierten Bildern – werden allgemein als wahr akzeptiert, bevor man überhaupt die Möglichkeit gehabt hat, auch nur ansatzweise ihre Gültigkeit zu überprüfen.«

»Und bedenken Sie«, fügte Jonah Kuperman hinzu, »dass wir inzwischen nicht nur eine, sondern mehrere Generationen von Kindern großgezogen haben, die *nur* derlei fragwürdigen Daten ausgesetzt waren ...«

»He, he, nun mal langsam«, rief ich schließlich und hob die Hände. In der kurzen Pause, die darauf folgte, stieß ich einen tiefen, nervösen Atemzug aus. »Das klingt ja allmählich wie eine völlig überdrehte Verschwörungstheorie – Technoparanoia der schlimmsten Sorte. Wie kommt ihr denn um Himmels willen auf die Idee, jemand könnte Täuschungsmanöver auf einer Ebene durchführen, dass dadurch ganze Gesellschaften fundamental verändert würden?«

Um mich herum wurde es auf einmal merkwürdig still. Dann drehte sich einer nach dem anderen zu Tressalian um, der auf seine Fingerspitzen schaute, die er langsam gegeneinander wippen ließ. Nach ein paar Sekunden blickte er zu mir auf. Das Lächeln auf seinem Gesicht war so charmant, aber auch so spitzbübisch wie noch nie an diesem Abend. »Wir wissen es, Doktor«, sagte er leise, »weil wir es getan haben.«

»Ihr?«

Tressalian nickte. »Sogar mehrmals. Und ich glaube, das Beste kommt erst noch – wenn Sie uns helfen.«

»Aber …« Ich versuchte, es zu begreifen. »Aber ich meine – ich dachte, ihr wärt *gegen* das alles.«

»Oh, damit wir uns nicht falsch verstehen, das sind wir.« Tressalian drehte seinen Rollstuhl mühsam um und fuhr zum vordersten Rand der Kuppel. Echter Abscheu und sogar Zorn klangen in seiner Stimme mit. »Die menschliche Gesellschaft ist krank, Doktor – diese törichte, oberflächliche, von Informationen geplagte Gesellschaft. Und unsere Arbeit?« Er schaute in den unheimlichen, halbdunklen Himmel hinaus und wurde ruhiger. »Wenn wir Glück haben, wird unsere Arbeit das Antibiotikum sein, das die Gesellschaft zum Kampf gegen die Infektion anspornt.« Ein nagender Zweifel schien seinen Zügen etwas Verkniffenes zu verleihen. »Vorausgesetzt natürlich, wir bringen den Patienten nicht um …«

Ich wollte ihn gerade um eine nähere Erläuterung dieser offenkundig abstrusen Äußerung bitten, als plötzlich erneut der Schiffsalarm ertönte. Slayton teilte uns mit, wir gingen nun auf »Reiseflughöhe« hinunter, ein harmloser Ausdruck, der, wie ich bald erfuhr, nichts mit gemütlichem Dahingondeln zu tun hatte, sondern eine Flughöhe von ein- bis zweihundert Metern bezeichnete, wie zu dem Zeitpunkt, als ich in Florida an Bord des Schiffes gegangen war. Die allgemeine Erregung wuchs, und alle standen auf und versammelten sich um Tressalian. Ich folgte ihnen nur zögerlich, da ich immer noch damit beschäftigt war, mit all dem gerade Gehörten zurande zu kommen. Konnte es wirklich sein, dass diese Leute es ernst meinten? Waren sie wirklich davon überzeugt, man könnte die Verbreitung wichtiger Informationen in der Öffentlichkeit manipulieren, um eben jener Öffentlichkeit dadurch ins Bewusstsein zu rufen, wie leicht – und deshalb gefährlich – solch eine Manipulation in unserer Zeit geworden war? Es war absurd, unmöglich ...

Und dann erinnerte ich mich mit einem Erschauern, das nichts mit Larissas Nähe zu tun hatte, an die Bilder auf der Disk, die Max und ich bekommen hatten – die Bilder von Präsidentin Forresters Ermordung. Ein Jahr lang hatte die Welt eine Version dieser bedeutsamen Ereignisse für wahr gehalten, die auch nicht annähernd den Tatsachen entsprach. Und jetzt war die stärkste Macht der Welt im Begriff, einen Militärschlag zu führen, der auf eben diesem Irrtum beruhte – einem Irrtum, absichtlich fabriziert von Tressalian und seinem Team, die gerade auf dem Weg zum Schauplatz dieses Militärschlags waren, um – was zu tun? Dabei zuzuschauen? Sich mit ihrem erstaunlichen Schiff daran zu beteiligen? Oder die Vorgänge mit weiteren fabrizierten Informationen zu manipulieren? Beinahe überkam mich die Angst vor den Antworten auf diese Fragen. Ich gesellte mich wortlos zu den anderen und blickte zusammen mit ihnen in die Dunkelheit hinaus.

Trotz meiner neuerlichen Verwirrung bemerkte ich, dass das Schiff ein weiteres Mal auf eine ganz andere Flughöhe gegangen war, ohne auch nur kurz durchgerüttelt zu werden, ohne eine wahrnehmbare Veränderung des Kabinendrucks. Wir flogen wieder in geringer Höhe über dem Ozean dahin, nur dass *dieser* Ozean das Arabische Meer war, wie ich zu meiner Bestürzung erfuhr; das hieß, wir waren in großer Höhe weitaus schneller gewesen als die modernsten Überschallflugzeuge, die gegenwärtig im Einsatz waren. Während ich zusah, wie wir über das mondbeschienene Wasser unter uns hinwegrasten, wandte sich Larissa zu mir und flüsterte mir ins Ohr:

»Nicht dass ich nicht mit allem einverstanden wäre, was die anderen gesagt haben, Doktor – ich versichere Ihnen, das bin ich –, aber vergessen Sie das für einen Moment und konzentrieren Sie sich auf den Flug. Kann eine politische Diskussion das Blut wirklich so in Wallung versetzen wie dieses Schiff? Ich glaube kaum. Wenn Sie also überlegen, ob Sie sich uns anschließen sollen, denken Sie auch daran ...« Ich drehte mich zu ihr um. »Sie und ich könnten buchstäblich in jeden Winkel der Welt reisen, so wie wir es jetzt tun – ohne Einschränkungen, ohne andere Gesetze als unsere eigenen. Sind Sie dabei?«

Ich sah wieder hinaus. »Meine Güte – ich würde gern ja sagen«, erklärte ich ihr unsicher. »Aber es ist alles so ...« Ich versuchte, mich zusammenzureißen. »Bei impulsiven Entscheidungen war mir noch nie besonders wohl.«

Sie schenkte mir ihr kokettes Lächeln. »Ich weiß.«

»Und es stört Sie nicht?«

Sie ließ ein verständiges kleines Brummen hören. »Nicht *allzu sehr*. Das ist immerhin einer der Gründe, weshalb wir Sie bei uns haben wollten.« Sie strich mir mit einer Hand ganz leicht über die Wange. »*Einer* der Gründe ...«

Ohne sich zu uns umzudrehen, rief Tressalian: »Ach, Schwester – wenn ich stören darf, vielleicht möchtest du uns erklären, für welche Form der Annäherung du dich entschieden hast. An unser *geografisches* Ziel, meine ich.«

Larissa bedachte mich mit einem weiteren forschenden Blick, bevor sie ihm antwortete. »*Sehr* witzig, Bruder. Südlich von Karatschi werden wir Land sichten, dann folgen wir dem Indus-Tal nach Norden. Mit Radar kann man uns ja ohnehin nicht aufspüren, und da der Fluss seit dem Beginn des Kaschmir-Krieges eine nukleare Todeszone ist, dürfte auch kein Risiko eines Sichtkontakts bestehen. Wir fliegen am fünfunddreißigsten Breitengrad entlang in den Hindukusch und dann nach Norden zum Tal des Amu-Darya. Das Lager zieht sich an der afghanischen Seite der Grenze zu Tadschikistan entlang. Wir werden kurz nach Tagesanbruch dort eintreffen, genau nach Plan. Der Apparat wird bereits in Betrieb sein.«

»Gut.« Tressalian wandte sich von der transparenten Hülle ab, als in der dunklen Ferne soeben der schwarze Streifen der Küstenlinie undeutlich sichtbar wurde, und richtete seinen Blick auf mich. »Dann hat der Doktor ja noch Zeit, seine restlichen Fragen zu stellen.«

»Fragen«, sagte ich in dem Versuch, mich zu konzentrieren. »Ja, ich habe noch Fragen. Aber eines muss ich jetzt sofort wissen.« Ich ging zu ihm und schaute aufmerksam auf ihn hinunter. »Wie viele andere Lügen wie die Geschichte von Forresters Ermordung glaube ich, ohne es auch nur zu ahnen?«

»Sie meinen«, antwortete Tressalian, »wie viele der *Informationen*, die Ihre Realität ausmachen, sind absolut unzuverlässig?« Ich nickte, und er machte die Augen weit auf und hob die Brauen, als wollte er mich auf das vorbereiten, was dann kam: »Sicherlich mehr, als Sie glauben würden, Doktor, und höchstwahrscheinlich mehr, als Sie glauben *werden* ...«

16

Wie kann ich die folgenden Stunden beschreiben? Wie soll ich meine Verwandlung vom Beobachter, der Malcolm Tressalians absonderliche, ja sogar verrückte Pläne skeptisch (wenn auch fasziniert) zur Kenntnis nahm, zum Teilnehmer erklären, der rückhaltlos bei ihrer Verwirklichung mithalf? So viele Faktoren spielten dabei eine Rolle, nicht zuletzt das bleibende Trauma, das durch die Ermordung meines ältesten Freundes direkt vor meinen Augen ausgelöst worden war, und die Tatsache, dass ich in den Tagen seit jenem Ereignis nicht mehr richtig geschlafen hatte. Dennoch wären körperliche und seelische Erschöpfung allein keine zureichenden Gründe für meine schnelle innere Metamorphose. Nein, die Flut intellektueller, visueller und körperlicher Stimuli, die in diesen Stunden vor und nach der Morgendämmerung unablässig über mich hereinbrach, hätte wohl auch die stärkste und skeptischste Natur bekehrt. Und ich erzähle das nicht nur, um meine Reaktion zu entschuldigen; vielmehr ist es ein Beleg für alles, was ich gehört, gesehen und empfunden habe, während wir die pakistanische Küste passierten und ins Innere des Subkontinents vordrangen.

Wie Larissa gesagt hatte, war das Tal des einstmals stolzen Indus, Wiege einer der bedeutendsten und geheimnisvollsten alten Zivilisationen, während des nach wie vor tobenden Krieges zwischen Indien und Pakistan um Kaschmir in ein nukleares Ödland verwandelt worden. Die zusätzliche Erklärung meiner schönen Gefährtin, das Tal sei unbewohnt, entsprach jedoch genau genommen nicht ganz den Tatsachen. Als wir über der Wasserfläche dahinrasten, vorbei an Flussufern, die mit verwesenden Leichen und ausgebleichten Skeletten übersät waren, sahen wir hin und wieder Gruppen der vielleicht hoffnungslosesten Menschen auf Erden: Bauern und Dorfbewohner, deren Körper und Lebensweise – deren Lebens*chancen* – durch den bösartigen Nationalismus und den religiösen Eifer sowohl ihrer Feinde als auch ihrer eigenen Landsleute aufs Schrecklichste zerstört worden waren. In langen Schlangen kamen sie von den Hängen herab, diese geschwächten Gespenster, humpelten und schlurften im Licht des Mondes zum Fluss, um Eimer mit dessen vergiftetem Wasser zu füllen, das sie später vergeblich kochen würden, um es zu reinigen, damit sie noch ein paar Tage oder Wochen auf die einzige Art weiterleben konnten, wie es ihnen angesichts des verheerenden Zustands ihres Staates und der mangelnden Bereitschaft seiner übrigen Bürger, solche nuklearen Aussätzigen zu akzeptieren, möglich war.

Der Anblick traf uns alle bis ins Mark und verdrängte für eine Weile sogar meine brennende Neugier bezüglich meiner Gefährten; von Malcolm schien er jedoch den größten Tribut zu fordern. Es war bekannt, dass die Entstehung von Indiens fanatisch kriegslustigem, neuartigem Nationalismus in den Jahren seit der Jahrtausendwende mit dem Aufstieg der Informationstechnologien und Netzwerke zur wirtschaftlichen und sozialen Vorherrschaft in diesem Land zusammengefallen war; und Larissa sollte mir später erzählen, dass Malcolm ihren Vater und seinesgleichen immer persönlich dafür verantwortlich gemacht hatte, dass die von ihnen entwickelten Systeme dazu benutzt werden konnten und auch benutzt wurden, um auf die gleiche unregulierte Weise, die den Verkauf von Konsumgütern kennzeichnete, Lügen und Hass unter solchen Völkern zu verbreiten. Das Ausmaß von Malcolms Zorn, Verzweiflung und Schuldbewusstsein (zumindest hielt ich es damals dafür) war jedenfalls unübersehbar, als ich ihn in dieser Nacht beobachtete; und tatsächlich führte es bald dazu, dass er eine Art Rückfall erlitt. Er begann erneut, zischend Luft durch die Zähne zu saugen und die Hände an den Kopf zu krallen, wenn auch in Anbetracht der Größe seines Publikums diesmal etwas verstohlener. Auf diese Warnzeichen hin kam Larissa ihm sofort zu Hilfe. Sie nahm seine rechte Hand, hielt sie mit beiden Händen fest und flüsterte ihm ein paar beruhigende Worte ins Ohr, dann griff sie in die Tasche seiner Jacke, zog einen kleinen Transdermalinjektor heraus und hielt ihn einen Moment lang an eine Ader in seiner linken Hand. Gleich darauf schien er vor sich hin zu dösen, wenn auch unruhig, und Larissa breitete eine kleine Decke über seine Beine.

Erst als die übrigen Mitglieder der Gruppe sicher waren, dass Malcolm schlief, konnten sie sich unbesorgt anderen Aufgaben zuwenden. Colonel Slayton stieg zur Kommandoebene im Bug hinunter und nahm seinen Platz am Ruder ein, während Fouché und Tarbell hinausgingen, um sich zu vergewissern, dass die Maschinen des Fahrzeugs die diversen »Systemtransfers« heil überstanden hatten. Was die Kupermans betraf, so fragte Larissa die beiden, ob sie wohl bereit wären, mich auf unseren Besuch in Afghanistan vorzubereiten, während sie sich weiter um ihren Bruder kümmerte. Jonah erwiderte, seiner Meinung nach müsse jeder an Bord sich unbedingt ausruhen, bevor wir unser Ziel erreichten, aber sowohl er als auch sein Bruder erklärten sich einverstanden, mit mir zuvor noch ins Arsenal hinunterzugehen, um mich im Umgang mit der elementaren Ausrüstung zu unterweisen, die ich bei unserer Ankunft brauchen würde. Auf dem Weg nach draußen fügte Eli hinzu, bei dieser Gelegenheit könne ich zumindest ein paar Fragen über die früheren Aktivitäten der Gruppe stellen, und daher stieg ich einigermaßen erwartungsvoll in die tiefsten Winkel des Schiffes hinab.

Auf dem Weg zum Arsenal und auch noch, während wir es betraten – ein Abteil mit lauter Borden voller Waffen, die ich noch nie gesehen hatte –, erzählten mir Eli und Jonah, sie und Malcolm hätten in Yale denselben Kurs besucht und als erste Mitglieder des Teams zueinander gefunden. Offenbar hatten die Kupermans – die von Kindesbeinen an leidenschaftliche Gegner der Dominanz der Informationstechnologie auf jedem Gebiet des menschlichen Strebens, also auch auf dem Bildungssektor gewesen waren – den jungen Tressalian ursprünglich aufgesucht, um ihn zur Rede zu stellen: Malcolm hatte erst kurz zuvor die Kontrolle über das Imperium seines Vaters übernommen, nachdem dieser unter allem Anschein nach tragischen Umständen zu Tode gekommen war. Eli und Jonah wollten nun wissen, ob er beabsichtige, die Abhängigkeit der Tressalian Corporation von den Ausbeutungsbetrieben in der Dritten Welt zu beenden, die die Hardware herstellten, und die anderen Unternehmungen des Konzerns auf ethisch korrektere und verantwortungsvollere Weise zu leiten. Als sie feststellten, dass Malcolms Weltanschauung der ihren weitaus näher war als der seines Vaters, begannen Eli und Jonah lange Stunden in der Gesellschaft des silberhaarigen jungen Mannes im Rollstuhl zu verbringen. Sie hackten sich in die Datenbanken von Großunternehmen und Regierungen und machten überhaupt ordentlich Randale auf dem Informationssektor. Malcolm schlug schließlich vor, sie sollten alle drei ihre Aktivitäten auf eine neue Stufe stellen, auf der mehr Wagemut erforderlich sei. Die Zwillinge erklärten sich sofort bereit, bei etwas mitzumachen, was sich als der erste einer langen Reihe von Versuchen erwies, der globalen Informationsgesellschaft den Spiegel vorzuhalten und auf ihre überaus ernsten Mängel und Gefahren hinzuweisen. Das Ergebnis dieser Unternehmung sollte in den folgenden Jahren als »Narrenkongress« von 2010 zu zweifelhaftem Ruhm gelangen.

Mit den Mitteln der Tressalian Corporation, aber unter strikter Geheimhaltung erschufen Malcolm und die Kupermans einen imaginären, digital generierten Kandidaten für den amerikanischen Kongress. Dass sie imstande waren, die braven Leute im südlichen Connecticut von der Existenz ihrer geradezu absurd tugendhaften Kreatur zu überzeugen, war schon erstaunlich genug. Aber als sie dann auch noch mit Hilfe geschickter Fabrikation und Manipulation fiktiver Hintergrundinformationen und Nachrichtenbeiträge im Internet und in anderen Informationsmedien dafür sorgten, dass ihre imaginäre Figur tatsächlich gewählt wurde – und es den echten Nachrichtenkameras an dem Tag, als der neue Mann seinen Dienst im Capitol antreten sollte, nicht gelang, auch nur eine Spur von ihm zu finden –, brach ein bundesweiter Aufruhr los. Die Reaktionen waren so heftig und die Strafandrohungen bundesstaatlicher Behörden so schrecklich, das Malcolm, Eli und Jonah mit dem Ausstreuen falscher Informationen aufhörten, bis sie ihr Studium beendet und begonnen hatten, sich in ihrem jeweiligen Fachgebiet einen Namen zu machen. Als sie schließlich jedoch ein weiteres Mal ihrer Leidenschaft für engagierten Schabernack nachgaben, waren die Auswirkungen sogar noch verblüffender – und gefährlicher.

Nachdem auch Larissa zu ihnen gestoßen war, die Abschlüsse in Physik, Chemie und Maschinenbau (und einige dunklere Erfahrungen, auf die ich gleich zurückkommen werde) gemacht hatte, erkoren sich die jungen Männer nichts Geringeres als den gesamten europäischen Kontinent zum nächsten Ziel, über dem sich im Jahr 2017 erneut die Wolken eines für alle Seiten verlustreichen Konflikts ballten. Wirtschaftliche Schwierigkeiten, ausgelöst durch den Crash von '07, hatten die Vereinigten Staaten schließlich zum Abzug ihrer letzten Friedenstruppen vom Balkan gezwungen, und der in dieser Region herrschende Hass war erneut entflammt. Die Europäische Union, feige wie immer, wenn es nicht um Geld, sondern um Leben ging, hatte sich geweigert, die von den Amerikanern hinterlassene, kostspielige Lücke zu schließen, und sogar den einzigen Mitgliedsstaat, der dazu bereit gewesen wäre – Großbritannien –, aktiv daran gehindert. So kam es, dass der Balkan ein Jahrzehnt nach dem Zusammenbruch Massaker und Vergeltungsschläge in einem Ausmaß erdulden musste, wie man es seit Generationen nicht mehr erlebt hatte.

Um zu zeigen, wie wenig die Entwicklung der Informationstechnologie dazu beitragen konnte, solche uralten Feindseligkeiten zu entschärfen, ersann Malcolm einen neuen Streich. Zu dessen Verwirklichung holte er sowohl Fouché, unter dem er und die Kupermans in Yale studiert hatten, als auch Tarbell in sein Team, letzterer ein fähiger Wissenschaftler und Gelehrter – und ein Meister auf dem Gebiet des Fälschens mit modernsten Mitteln. Vielleicht ist es schwer zu glauben, dass die großen Trennlinien, die Europa nach wie vor prägen, durch ein paar Blatt Papier in Bewegung gerieten, die der stämmige, sympathische Fouché und der hektische, ausgelassene kleine Tarbell produziert hatten; doch ich kann nun berichten, dass es tatsächlich so war. Julien nutzte seine Fähigkeiten, um etwas Tinte und Papier auf molekularer Ebene so zu manipulieren, dass sie hundert Jahre alt wirkten, und Tarbell erstellte daraufhin mit diesem Material und einem von Malcolm diktierten Text eine Reihe fiktiver Briefe des britischen Staatsmanns Winston Churchill, gerichtet an niemand anderen als Gavrilo Princip, jenen serbischen Nationalisten, der den österreichischen Erzherzog Franz Ferdinand erschossen und damit die Kette von Ereignissen ausgelöst hatte, die zum Ausbruch des Ersten Weltkriegs im Jahre 1914 führte. Die Briefe »enthüllten«, dass der Serbe Princip ein britischer Agent und das Attentat ein von dem seit jeher als gerissen geltenden Churchill und mehreren anderen britischen Führern geschmiedetes Komplott gewesen war mit dem erklärten Ziel, einen Krieg vom Zaun zu brechen, der, wie sie glaubten, mit dem Triumph und der Ausweitung ihres Empires enden würde.

Das war eine noch weitaus abstrusere Idee als die Sache mit dem Narrenkongress. Dennoch – und das war der entscheidende Punkt – führte Malcolms schnelle und gründliche Manipulation sämtlichen Materials über die »Entdeckung« der Briefe im Internet und allen nebengeordneten Informationssystemen auch diesmal wieder dazu, dass sie als echt akzeptiert wurden. Und dies lange bevor aufmerksame Beobachter skeptischere oder wissenschaftlich fundiertere Meinungen vorbringen konnten. Die Deutschen schnappten gierig nach dem Köder, den Tressalians Team ausgelegt hatte, indem sie erklärten, solange London sich nicht von Churchill distanziere und die vollständige Verantwortung für den Krieg übernehme, bleibe ihr Platz in den Sälen der europäischen Macht neben den Briten leer. Frankreich nutzte ebenfalls die Chance, Entrüstung zu heucheln, genauso wie jedes andere Land, das an dem Konflikt beteiligt gewesen war. Die Briten wiederum zeigten sich nicht bereit, die Dämonisierung ihres größten Helden des zwanzigsten Jahrhunderts hinzunehmen; und so tat sich mit lautem Knirschen der erste von zahlreichen dramatischen Rissen in der Union auf. Stürmische Demonstrationen und etliche Kriegsdrohungen waren die Folge.

Selbst Malcolm hatte nicht mit der Heftigkeit der Reaktionen gerechnet, die sein »Europa-Werk« hervorrief, ebenso wenig wie mit der Gefahr, in die er und sein Team geraten waren. Nicht nur Polizei und Wissenschaftler, sondern auch diverse europäische Sicherheitsdienste – allen voran der britische – begannen, Untersuchungen durchzuführen; und niemand in der Gruppe wollte mit einer SAS-Kugel im Kopf enden. Als Malcolm klar wurde, dass sie jetzt auf einem neuen und weitaus tödlicheren Feld spielten, beschloss er, sich jemanden zu holen, der ihm dabei half, seine Arbeit als das zu organisieren, was sie anscheinend geworden war: ein Feldzug.

Er prüfte die Dossiers unzufriedener Offiziere in aller Welt, aber schließlich war es Larissa, die ihren Bruder auf Colonel Justus Slayton aufmerksam machte. Und mit der Antwort auf die Frage, wieso sie den Kontakt zwischen den beiden herzustellen vermochte, erfuhr ich etwas, das mich schockiert zurückschrecken ließ:

Nachdem sie ihre Universitätsausbildung beendet hatte, war dieses eindrucksvolle, schöne Mädchen, von dem ich seit unserer ersten Begegnung so angetan war, anscheinend eine internationale Attentäterin geworden.

17

Die Enthüllung traf mich wie der sprichwörtliche Schlag. Ich stand eine ganze Weile wie betäubt da und versuchte, meine Fassung zurückzugewinnen, während Eli mich zuerst ein Paar hochisolierter, aber leichter Stiefel und dann einen scheinbar ganz normalen Overall anprobieren ließ, der in Wahrheit ein ultramoderner Körperpanzer war. Jonah nahm unterdessen eine Handfeuerwaffe aus einem der vielen Borde um mich herum, drückte mir das Ding in die Hand und sagte: »Da – das passt ganz gut zu Ihnen, finde ich. Wie liegt er in der Hand, Gideon?«

»Wie ...«, murmelte ich. »Wie liegt ... *was*?«

»Das ist ein Neuralinterruptor mit großer Reichweite«, fuhr Jonah fort, hob meinen schlaffen Arm und schloss meine Hand um die Waffe. »Mit anderen Worten, eine Betäubungspistole, wenn auch eine außerordentlich raffinierte. Schmerzlos, ohne jede Nachwirkung. Da Sie im medizinischen Bereich tätig sind, werden Sie vermutlich nichts Tödliches mit sich herumtragen wollen. Aber Sie brauchen Schutz ...«

»Verzeihung«, sagte ich langsam, »aber würden Sie das Letzte wohl noch mal wiederholen?«

Eli schnalzte mit der Zunge, während er auf die Beine

meines Overalls starrte. »Sie haben wirklich eine sehr ungewöhnliche Zwischengröße, Gideon. Es war verdammt schwierig, Kleidung für Sie zu finden, und dieser Körperpanzer ist nun mal leider von der Stange.«

»Die Vorrichtungen zum Zielen und Feuern sind ganz leicht zu bedienen«, fuhr Jonah fort, immer noch auf die Waffe konzentriert. »Malcolm konnte die Entwürfe vereinfachen, die Colonel Slayton aus dem Pentagon mitgebracht hat. Sie haben die Wahl zwischen manueller und stimmgesteuerter Bedienung …«

»Jonah?« Ich bemühte mich, ruhig zu bleiben. »Ich werde der Waffe bestimmt gleich meine Aufmerksamkeit schenken. Aber vorher möchte ich nur diesen letzten Teil noch mal hören. Bitte.«

»Oh-oh.« Eli rollte lächelnd die Aufschläge der Overall-Beine herunter, sodass sie die Stiefel berührten. »Hab ich dir nicht gesagt, du sollst nicht einfach so damit rausplatzen, Jonah?«

»Womit denn?« Jonah ließ meinen Arm los. »Sie meinen das mit Larissa?« Ich nickte einmal langsam, und er sagte: »Ich weiß nicht, warum Sie das schockiert. Haben Sie gedacht, so eine Frau hätte keine Vergangenheit?«

»Keine *Vergangenheit*?«, echote ich. »Was … wie … ich meine, wie kam es, dass …«

»Nun ja«, fuhr Jonah fort, »so weit ich weiß, hat Gewalt gegen Personen – besonders wenn sie von Mördern ausging, die Politiker oder hochrangige Manager aufs Korn nahmen – schon immer eine gewisse Faszination auf sie ausgeübt. Ich glaube, sie ist durch eine Kontaktperson in Deutschland dazu gekommen und hat ziemlich bald rausgefunden, dass sie sehr gut darin war. In ihrem ersten Jahr hat sie drei Bosse multinationaler Konzerne und zwei Staatschefs ausgeschaltet. Welche, kann sie Ihnen selbst erzählen.«

»Okay«, sagte Eli und stand auf. »Hören Sie zu, Gideon. Der Anzug überwacht die Vitalparameter Ihres Körpers und nimmt automatisch die meisten mikroklimatischen und physiologischen Anpassungen vor. Aber es könnte sein, dass es in Afghanistan …«

Ich hob rasch eine Hand. »Nur noch einen Moment, Eli. Nur noch eine Minute, verdammt noch mal, okay?« Ich wandte mich wieder an Jonah. »Aber – ich meine, warum? Doch wohl nicht, weil sie das Geld gebraucht hat.«

»Natürlich nicht.« Jonah öffnete eine Schultertasche des Overalls und brachte eine biegsame, stark verkleinerte Bedienungstafel zum Vorschein. »Kohlenwasserstoff in der Mikroturbine, da, schauen Sie, arbeitet mit hundert Watt. Alles absolut schussfest …«

Ich legte eine Hand über die Tasche und versperrte ihm die Sicht auf die Tafel. »Warum *dann*?«, fragte ich.

Jonah zuckte die Achseln. »Sie haben doch mit ihr gesprochen. Sie hat einen hoch entwickelten, wenn auch sehr eigenwilligen Moralkodex. Genau wie Malcolm. Nehmen Sie den Fall, bei dem Colonel Slayton sie aufgespürt hat …«

»Den Fall, bei dem sie Colonel Slayton *erlaubt* hat, sie aufzuspüren«, verbesserte Eli und half mir, den Overall wieder auszuziehen.

»Stimmt«, pflichtete Jonah ihm bei. »Sie wollte ihn zu einem privaten Treffen locken, um ihn zu bewegen, bei unserem Unternehmen mitzumachen. Es hat geklappt – und wieso auch nicht? Ich meine, Slayton saß im Pentagon und schmorte voller Wut vor sich hin wegen der Art, wie er und seine Männer in Taiwan verraten worden waren, und dann hörte er von der Ermordung eines amerikanischen Software-Magnaten in Taipeh. Einem anonymen Hinweis zufolge war der Mann ermordet worden, weil er sich durch die Ausnutzung der abscheulichen, von den Chinesen nach der Wiedervereinigung in Taiwan eingeführten Gesetze über

Gefängnisarbeit, auf unmoralische Weise bereichert hatte. Vor dem Hintergrund seiner eigenen Erfahrungen interessierte Slayton die Geschichte. Aber er stieß gegen eine Wand, ich meine, es gab keinerlei Spuren. Und dass die chinesische Polizei in einem solchen Fall keine Spuren finden konnte, nun – das bedeutet eine Menge fruchtloser Folter. Aber wie Eli sagt, Larissa hat sich schließlich von Slayton finden lassen, damit sie ihm das Angebot machen konnte.« Jonah wechselte wieder das Thema und zeigte auf die Borde mit den Waffen. »Also, den größten Teil von diesem Zeug werden Sie kaum je benutzen – hoch entwickelte Panzerbrech- und Flugabwehrartillerie, die Rail-Waffen, die Sie bereits gesehen haben, hoch miniaturisierte Atomwaffen …«

»Jonah«, sagte ich, »würde Sie bitte beim The- … *Wie bitte?*« Ich trat an ein Bord mit Waffen heran, die wie kleine Druckluftbehälter aussahen. »*Atom*waffen? Was zum Teufel haben die hier zu suchen?«

»Sind auch von Slayton«, antwortete Eli. »Als Larissa und Malcolm ihn überredet hatten, die Seite zu wechseln, hat der Mann alles aus dem Pentagon mitgehen lassen, was nicht niet- und nagelfest war. Er hatte die höchstmögliche Unbedenklichkeitsstufe, wissen Sie, weil er …«

»… einer ihrer Spitzenleute im Bereich Waffenforschung und -entwicklung war«, beendete ich den Satz für ihn, weil mir wieder eingefallen war, was Malcolm gesagt hatte. »Aber warum ist er eigentlich übergelaufen?«

»Tja, darüber haben wir anderen eine Menge Spekulationen angestellt«, antwortete Eli. Dann lächelte er, als ich mich vorsichtig – nur mit vorgebeugtem Oberkörper – näher an die Atomwaffen heranwagte. »Ach, keine Angst, Gideon«, sagte er, nahm eine aus dem Bord und warf sie mir zu. Ich fing sie mit einem Aufschrei, und als ich wieder zu ihm hochschaute, sah ich, dass sein Grinsen noch breiter geworden war. »Die sind nicht scharf«, sagte er mit einem

Lachen. »Glauben Sie, wir sind total verrückt?« Ich sah ihn zweifelnd an, und er nickte. »Schon kapiert. Aber sie sind wirklich ungefährlich.«

»Na schön, dann spielt ihr doch damit«, antwortete ich und warf ihm den Behälter zurück. »Und erzählt weiter von Slayton – was macht er hier?«

Eli lachte erneut, während Jonah den Faden wieder aufnahm. »Er hatte an einem der Projekte mit der höchsten Priorität in der amerikanischen Militärgeschichte gearbeitet – schon mal was von ›Beeinflussungstechnologie‹ gehört?«

»Nein«, antwortete ich. »Klingt aber nicht besonders tödlich.«

»Vielleicht nicht im konventionellen Sinn«, sagte Jonah. »Im Grunde geht es um die Entwicklung moderner Techniken zur Bevölkungskontrolle – man sucht nach Möglichkeiten, wie das Militär komplette Gemeinschaften dazu bringen kann, das zu glauben, was das Pentagon will. Sie wissen doch, dass fast die gesamte Einwohnerschaft von Phoenix alle paar Jahre behauptet, in der Stadt hätte es eine UFO-Invasion gegeben. Das ist Slaytons ehemalige Abteilung – sie lassen mit neuartigen Positionslampen ausgerüstete Airforce-Geschwader in hoch synchronen Formationen fliegen.«

»Sie meinen also, nach Taiwan hätte er die Nase voll gehabt vom Staat«, sagte ich, »sich dann, als er sich mit dieser Beeinflussungstechnologie beschäftigt hat, für Eulenspiegeleien zu interessieren begonnen und beschlossen, sich euch anzuschließen?«

»Soweit wir wissen«, antwortete Jonah. »Er war nie der Mitteilsamste, der Colonel. Jedenfalls hat er die Entwürfe für die meisten der Waffen hier mitgebracht – und für einige andere, die Sie später noch sehen werden. Der größte Teil dieser Projekte ist von den Amerikanern wegen Mängeln der Prototypen und Budget-Überschreitung aufgegeben worden, was für Malcolm beides keine großen Probleme bedeutete.«

Ich holte tief Luft, während ich weiterhin die ganzen Gerätschaften um mich herum betrachtete. »Und wie ging es dann weiter?«, fragte ich. »Mit eurer Arbeit, meine ich.«

»Dann ist *richtig* Bewegung in die Sache gekommen.« Jonah warf einen Blick auf eine Uhr in der Nähe. »Wir haben nicht die Zeit, Ihnen alle Geschichten zu erzählen, aber ich glaube, die wichtigsten sollten Sie schon hören, wenn wir erreichen wollen, dass Sie uns glauben.«

»Ja«, sagte ich. »Das sollte ich wohl.«

Die zwei wechselten einen jener raschen Blicke wortloser Verständigung und stillschweigenden Einverständnisses, wie sie so oft kennzeichnend für Zwillinge sind; dann nickten sie beide, und Eli sagte zu seinem Bruder: »Du nimmst das Evangelium. Ich nehme die Knochen.«

»Wie bitte?«, sagte ich.

Jonah wandte sich mir zu. »Okay. Kurz gesagt, Malcolm hielt es für an der Zeit, dass wir uns mit dem Thema Religion befassten, weil die Menschen beschlossen hatten, sich ihretwegen wieder gegenseitig umzubringen, und zwar auf eine Weise, wie man es seit den Kreuzzügen nicht mehr erlebt hatte. Und als er an die Kreuzzüge und so einiges andere dachte, entschied er sich dafür, das Christentum ins Visier zu nehmen.« Reichlich schockiert und gereizt sah ich zu, wie Jonah drei Atombehälter von dem Bord nahm und damit zu jonglieren begann. »Es war wieder ein Dokumentenjob für Leon und Julien. Sie haben bestimmt davon gehört – das fünfte Evangelium?«

Erst die Jongliererei mit den Bomben, und nun auch noch das – ich taumelte in eine Ecke. Das »fünfte Evangelium« war, wie nicht nur ich, sondern fast alle Welt inzwischen wusste, vor etlichen Jahren in einem abgelegenen Winkel Syriens entdeckt worden. Dieser Text – angeblich vom Apostel Paulus Mitte des ersten Jahrhunderts verfasst – erklärte es für notwendig, zum Zwecke der Verbreitung des Glaubens Lügen über das Leben und die angeblichen Wunder Jesu Christi zu erzählen, und gab diversen Sektenführern im ganzen Gebiet Anweisungen, wie sie dabei verfahren sollten. Auf die Folgen dieser »Enthüllung« brauche ich hier wohl nicht näher einzugehen – denn während der Narrenkongress und die Churchill-Kontroverse sich zumindest anfangs auf Politiker- und Historikerkreise beschränkt hatten, wurde der größte Teil der Welt sofort in die Auseinandersetzung um das fünfte Evangelium hineingezogen und davon polarisiert, was dazu führte, dass eine beispiellose Anzahl von Websites und journalistischen Online-Organen entstand, die sich ausschließlich dieser Debatte widmeten.

»Das wart *ihr*?«, sagte ich wie betäubt. »Aber es ist das wissenschaftlich am gründlichsten untersuchte Dokument in der Geschichte!«

»Ja, die Jungs haben wirklich gute Arbeit geleistet«, antwortete Eli.

»Jesus Christus«, flüsterte ich, ohne mir bewusst zu sein, was ich sagte, und erntete dafür von den anderen beiden ein Lachen.

»Beim nächsten großen Job«, sagte Eli, »haben wir dann eine volle Kehrtwendung gemacht.« Während er sprach, trat er vor und fing an, die Bomben, die sein Bruder ihm zuwarf, aufzufangen und wieder zurückzuwerfen. »Ich bin sicher, davon haben Sie auch schon mal was gehört, Gideon – ›*Homo inexpectatus*‹?«

Mein Schock wich auf der Stelle unverhohlener Ungläubigkeit. »Jetzt übertreiben Sie's aber«, sagte ich und zeigte auf ihn. »Das kann nicht sein! Es ist wissenschaftlich nachgewiesen, dass er vollkommen echt ist!«

»Na klar.« Eli hätte beinahe eine der Bomben fallen lassen. »Es ist wissenschaftlich nachgewiesen, dass er echt ist, weil ihn Wissenschaftler konstruiert haben. Wir nämlich. Und Julien natürlich. Sehen Sie, Malcolm war der Ansicht, es sei nur fair, als Nächstes die Wissenschaft aufs Korn zu nehmen, nachdem wir der Religion eins verpasst hatten. Deshalb besorgten Jonah und ich uns ein paar anatomisch überzeugende heutige Skelette – vergleichsweise kleinwüchsige Erwachsene –, und Julien nahm einige kleine molekulare Manipulationen vor. Dann schmuggelten Jonah und ich sie in eine abgelegene Ausgrabungsstätte in ...«

»In Südafrika«, sagte ich, und mit einem Mal war ich mir wieder unsicher: Die sterblichen Überreste, von denen sie sprachen, hatten nämlich nach ihrer Entdeckung einen internationalen Sturm entfacht, weil selbst die skeptischsten Wissenschaftler keine Möglichkeit fanden, die Behauptung anzufechten, sie seien mindestens fünf Millionen Jahre alt. Mit anderen Worten, die angebliche Existenz eines »fehlenden Bindeglieds« zwischen Mensch und Affe war – zusammen mit der ganzen Theorie der Evolution – allem Anschein nach diskreditiert worden, weil Menschen, die uns sehr ähnlich waren, offenbar gleichzeitig mit primitiveren Arten von Menschen gelebt hatten. Die gleichen Folgen wie das fünfte Evangelium für die Religion hatte nun der passend getaufte *Homo inexpectatus* für die Wissenschaft; innerhalb von nicht einmal drei Jahren waren zwei der mächtigsten Glaubenslehren der Welt in Auflösung geraten.

»Das ist unglaublich«, sagte ich leise. Und verschwieg, dass all dies seltsamerweise auch etwas eindeutig Faszinierendes für mich hatte.

»Und dabei haben Sie bis jetzt nur *Geschichten* gehört«, sagte Eli. »Warten Sie, bis Sie ...« Er hielt inne, als sein Blick erneut auf die Uhr fiel. »Herrje, seht mal, wie spät es schon ist. Tut mir Leid, Gideon, aber wir sollten wirklich versuchen, noch ein paar Stunden zu schlafen.«

Jonah nickte. »Glauben Sie mir, Sie werden es brauchen. In Afghanistan könnte es ganz schön heiß werden – in vielerlei Hinsicht.«

»Was soll das nun wieder bedeuten?«, fragte ich ein wenig beunruhigt.

»Nichts«, antwortete Eli ausweichend, sammelte die Bomben ein und legte sie auf das Bord zurück. »Sie werden schon sehen. Kommen Sie, wir können uns unterwegs weiter unterhalten – über die anderen Jobs, wenn Sie wollen.«

»Die anderen Jobs?«, wiederholte ich noch erstaunter; aber sie expedierten mich schon aus dem Raum und eilten dann mit mir durch die Gänge zu meiner Kabine.

Auf dem Weg erfuhr ich, dass es sich bei den erwähnten »anderen Jobs« um viel kleinere Unternehmungen handelte, eigentlich eher um Späßchen, damit die Gruppe kollektiv in Übung blieb, wie zum Beispiel die Florida-Eskapade der Kupermans. Aber das nahm der zentralen Schlussfolgerung, zu der solche Enthüllungen unausweichlich führten, nichts von ihrer Wucht: der Schlussfolgerung nämlich, dass Malcolms Behauptung, es sei nahezu unmöglich zu erraten oder zu glauben, in welchem Ausmaß der herkömmliche Wissensschatz und die öffentliche Diskussion unserer Zeit von seiner Gruppe choreografiert worden sei, vollauf gerechtfertigt war. Wie jene Menschen, die im späten zwanzigsten Jahrhundert von Therapeuten manipuliert worden waren, die verschüttete Erinnerungen aufdecken wollten, sah die Menschheit sich infolge der gezielten Falschmeldungen dieser Leute allmählich in einem ganz neuen Erfahrungszusammenhang. Unsere vollständige Abhängigkeit von der Informationstechnologie hatte dazu geführt, dass wir alle – selbst diejenigen wie ich, die törichterweise glaubten, sie seien von Natur aus skeptisch – die von diesen Systemen gelieferten, schockierenden neuen »Tatsachen« akzeptierten und lieber über deren Details als über ihre Herkunft diskutierten; und gerade dadurch bestätigten wir Malcolms fundierte Anklagepunkte samt und sonders.

So müde ich war, diese Erkenntnisse erschwerten es mir, die Augen zu schließen und einfach einzuschlafen, als ich endlich in das kleine, aber luxuriöse Bett in meiner Kabine schlüpfte. Irgendwann fiel ich allerdings doch in einen tiefen, wirren Schlaf, eine Kur, die sich als fast noch schlimmer erwies als das Leiden der Erschöpfung – denn ich wurde viel zu früh von dem jaulenden Schiffsalarm geweckt.

Offenbar waren wir in Afghanistan angekommen.

18

Es gelang mir, die Schiffssirene etliche Minuten zu ignorieren, aber dann kam auch noch ein festes Klopfen an die Tür meines Abteils hinzu. Ich rappelte mich mühsam hoch und schaute kurz darauf in Julien Fouchés breites, bärtiges Gesicht. Er trug seinen Körperpanzer und hatte eine Waffe umgeschnallt.

»Es ist so weit, Doktor«, sagte er und reichte mir meinen eigenen Overall und die Stiefel, dazu die Betäubungspistole, die Jonah mir im Arsenal gezeigt hatte. »Die Amerikaner werden demnächst ihren Angriff starten, und unsere muslimischen Freunde sind offenbar nicht so richtig kooperativ. Die Situation ist heikel – Malcolm meint, dass Ihre Hilfe unten am Boden von großem Wert sein wird.«

»Meine?« Ich versuchte, in den Overall zu schlüpfen. »Aber wieso?«

»Der Anführer der Gruppe ist ein besonders neurotischer und unberechenbarer Bursche, der tatsächlich bereit zu sein scheint, den Märtyrer zu spielen, was für uns alle völlig akzeptabel wäre, wenn er nur seine Frauen und Kinder nicht mit Versprechungen über Vorzugsplätze im Paradies dazu bewegt hätte, bei ihm zu bleiben. Malcolm ist offenbar der Ansicht, Sie könnten ihn vielleicht überreden, seine Meinung zu ändern.« Fouché sah mir zu, wie ich schlaftrunken mit dem Overall kämpfte, und half mir dann ungeduldig hinein. »*Tonnerre*, Gideon, man könnte meinen, Sie hätten sich noch nie allein angezogen!«

Ich gab mir etwas mehr Mühe, mich zu konzentrieren, und dabei fiel mir eine Frage ein: »Sagen Sie, Julien, eins verstehe ich nicht. Es waren doch die Chinesen und nicht die Afghanen, die Präsidentin Forrester ermordet haben, stimmt's? Und deshalb sind wir hier. Aber warum haben die Chinesen das getan?«

»Ihre *Madame la Présidente* hatte ansatzweise so etwas wie Skrupel«, antwortete Fouché, »wenn auch tief in ihrem Innern verborgen. Als sie Bilder vom finalen Massaker an den Mitgliedern der Falun-Gong-Sekte im Jahr 2018 zu sehen bekam, hat sie ihrem Kabinett erklärt, sie wolle Pekings Handelsstatus vom Kongress überprüfen lassen.«

»Ihrem Kabinett? Und wie hat der chinesische Sicherheitsdienst das erfahren?«

»Gideon«, sagte Fouché tadelnd, während er mich den Gang entlangscheuchte, »sind Sie wirklich so naiv? Seit der Jahrhundertwende haben die Chinesen großen Wert darauf gelegt, immer mindestens ein amerikanisches Kabinettsmitglied in der Tasche zu haben – natürlich ein weiterer Beweis dafür, dass die intensivierten Handelsbeziehungen mit der Außenwelt nichts daran geändert haben, wie die Chinesen *wirklich* Geschäfte machen. Auch noch so viel Geld hätte allerdings nicht verhindert, dass es zu einer Krise gekommen wäre, wenn sich die Wahrheit über das Attentat herausgestellt hätte. Und ein Krieg zwischen Amerika und China wäre ...«

»... eine Katastrophe gewesen«, sagte ich mit einem Nicken. »Deshalb hat Malcolm also das Bildmaterial manipuliert.«

Fouché grinste. »Einem Schabernack für einen guten Zweck kann er einfach nicht widerstehen.«

Wir kamen mittschiffs an, und Fouché griff neben eines der goldgerahmten Gemälde an den Wänden des Ganges und drückte eine Taste auf einem verborgenen Bedienungsfeld. »Die anderen sind schon vorausgegangen, um einen Weg frei zu machen, und Larissa gibt uns vom Geschützturm aus Deckung.« Auf einmal hob sich ein Stück des Schiffsbodens unter mir und gab eine Luke mit einer einziehbaren Treppe frei, die bis auf etwa einen Meter über dem Erdboden hinunterführte. Von draußen drangen laute Stimmen und das Motorengeräusch von Hubschraubern und Dieselfahrzeugen herein.

Am meisten fiel mir jedoch die unglaubliche Hitze auf, die vom Boden ausstrahlte: Sie war bei weitem höher, als ich erwartet hatte oder mir erklären konnte.

»Ja«, sagte Fouché, der meine Bestürzung bemerkte. »Der Apparat ist in Betrieb. Wir haben nicht ganz eine Stunde.«

»Bis was passiert?«, erkundigte ich mich nervös, während er die ersten Stufen hinunterging.

»Bis jeder Mensch, der so töricht ist, in diesem Gebiet zu bleiben, wie Papier verbrennt.« Fouché sprang auf den Erdboden und winkte mir zu. »Kommen Sie! Die Zeit drängt!«

Die Landschaft um das Schiff herum unterschied sich nicht sehr von der vieler anderer Länder des »analogen Archipels«, jenem Flickenteppich von Ländern, die im Rennen um die digitale Technologie so weit zurückgefallen waren, dass sie es schließlich aufgegeben hatten. Aber das Chaos, das in diesem Abschnitt des Amu-Darya-Tals herrschte, war erschreckend, selbst für eines der rückständigsten Länder. Aus großen, von gewaltigen Balken gestützten und mit Sandsäcken befestigten Tunneleingängen strömten ganze Heerscharen von Menschen, einige in Militärkleidung, andere in traditioneller islamischer Tracht; alle rannten zu einer großen Ansammlung von Bussen, Hubschraubern und Jeeps. Viele der Frauen trugen kleine Kinder, von denen die meisten schrien, was auch kein Wunder war: Der Lärm und die Hitze, dazu noch die drohend aufragende Silhouette von Tressalians Schiff, hätten auch viel ältere und aufgeklärtere Seelen erschreckt. Mich zum Beispiel.

Als ich durch den von den Helikopterrotoren aufgewirbelten Staub nach vorn schaute, bemerkte ich, dass Slayton, Tarbell und die Kupermans mit gezogenen Waffen ausgeschwärmt waren. Sie rückten auf einen bestimmten Tunneleingang vor und zogen dabei mit ihren Betäubungspistolen hin und wieder einen Verwirrten aus dem Verkehr, der unser Team anscheinend irrtümlich für Mitglieder der herannahenden amerikanischen Spezialeinheit hielt und vortrat, um uns zu stoppen. Während Fouché und ich den anderen zu diesem Tunnel folgten, rief ich: »Julien! Was ist das überhaupt für ein ›Apparat‹?«

»Eine euphemistische Bezeichnung, hm?«, antwortete Fouché mit einem Lachen. »Das ist eine Waffe, die die Air Force Ihres Landes Ende des zwanzigsten Jahrhunderts zu erforschen begann, ohne dass es ihr gelungen wäre, einen erfolgreichen Prototypen zu bauen. Colonel Slayton hat uns die Pläne mitgebracht, Malcolm und Larissa haben sie verbessert, und siehe da – ein kleiner Vorgeschmack der Hölle!«

»Aber was macht er?« Ich merkte, dass die Temperatur mit jeder Minute enorm anstieg, obwohl die Sonne gerade erst über dem östlichen Horizont aufgegangen war.

»Zerstörung der Ozonschicht über einem begrenzten Gebiet!«, rief Fouché zurück. »Die Amerikaner konnten das Loch nicht stabil halten oder wunschgemäß schließen.«

»Und ihr könnt das?«, sagte ich erstaunt. »Aber wo *ist* das verdammte Ding?«

»Das Projektionsgerät steht auf Malcolms Insel in der

Nordsee! Es arbeitet mit einer Reihe von Satelliten – Tressalian-Satelliten!«

Plötzlich ertönte in allzu großer Nähe das scharfe Knallen von Schüssen aus Handfeuerwaffen. Mit verblüffender Geschwindigkeit flog Fouché geradezu in meine Richtung, umfing mich mit seinen stämmigen Armen und rollte dann geschickt mit mir hinter einige nahe gelegene Felsen. Als wir aufschauten, sahen wir, dass die Schüsse von einem Mann abgegeben worden waren, der weitere Flüchtende daran zu hindern versuchte, seinen bereits überladenen Helikopter zu besteigen; dieser hob ein paar Sekunden später ab und flog nach Südosten davon.

»Nicht aufstehen«, sagte Fouché, »bis der Colonel uns Entwarnung gegeben hat.«

Schwer atmend und kopfschüttelnd musterte ich meinen Gefährten einen Moment lang. »Julien«, keuchte ich, »was zum Teufel machen *Sie* eigentlich hier?«

Er grinste erneut. »Im Moment rette ich Ihnen gerade das Leben, Gideon.«

»Sie wissen, was ich meine«, sagte ich. »Wieso sind Sie bei dieser Truppe? Sie waren einer der renommiertesten und geachtetsten Wissenschaftler auf Ihrem Gebiet.«

»Ja«, nickte er. »Und einer der unglücklichsten.« Dann sah er Colonel Slaytons Signal und zog mich hoch. Seine Stimme wurde etwas weicher, als wir durch den Staub und die Hitze weiter auf den Eingang des Zieltunnels zugingen. »Sie müssen wissen, Gideon, dass meine Frau eines der ersten Opfer der Staphylokokken-Epidemie war.« Ich versuchte, mein Mitgefühl zum Ausdruck zu bringen, aber er winkte rasch ab. »Viele Millionen haben die gleiche Tragödie erlebt wie ich. Aber am meisten hat mir zu schaffen gemacht, dass sie die Art ihres Todes schon Jahre zuvor vorausgesagt hat. Sie war Chirurgin, wissen Sie. Und sie hat mir wiederholt erklärt, sie, ihre Kollegen und das Pflegepersonal müssten sich aufgrund ökonomischer Zwänge um so viele Patienten kümmern, dass sie mittlerweile auf die Einhaltung elementarer Verfahrensregeln verzichteten, die wertvolle Minuten kosteten – zum Beispiel, sich die Hände zu waschen. Wussten Sie, Gideon, dass der Zusammenbruch der Krankenhaushygiene die wichtigste Ursache für die Seuche von '06 war? Und warum? Warum hat man Ärzte und Schwestern – Menschen, von denen Leben abhängen – unter einen solchen Druck gesetzt?«

Er spuckte auf den Boden. Zorn mischte sich in seine Traurigkeit. »Weil das höchste Ziel in unserer Welt nicht der Erfolg, sondern der Reichtum ist. Nicht das hinreichende Auskommen, sondern der Überfluss. Und nichts hat diese Weltanschauung besser verkörpert und propagiert als das Internet und alles, was in dessen Kielwasser folgte. Die ganze hirnlose, unaufhörliche Vermarktung nutzloser Dinge, die man Leuten andreht, die sie nicht brauchen, die sie sich nicht leisten können – bis jedes Mitgefühl eines Tages von sinnentleerter Habgier zerstört ist. Politiker, Versicherungsgesellschaften und ja, sogar Ärzte und Krankenschwestern werden derart von dem Verlangen nach Profit und Konsum überwältigt, dass sie ihre vorrangige Aufgabe vergessen: zu dienen und zu heilen. Sie vernachlässigten jedes fundamentale Prinzip, jede elementare Verfahrensregel – selbst etwas so Simples wie *sich die Hände zu waschen* …«

Das war es also. Fouché war der Einzige von all den Leuten an Bord, von dem ich noch nicht gewusst hatte, warum er mitmachte, einfach weil es keine auf der Hand liegende Verbindung der Molekularbiologie zur Revision der Geschichte und dem Kampf gegen die Informationsgesellschaft gab. Aber wie sich nun herausstellte, hatte ihn weniger sein berufliches als vielmehr sein persönliches Pflichtgefühl in dieses aktive Exil getrieben.

»Wie dem auch sei«, fuhr er fort, »als ich Malcolm und

les frères Kuperman unterrichtete, hielt ich sie anfangs nur für einen amüsanten Haufen studentischer Witzbolde. Später erfuhr ich jedoch, wie ernst es ihnen mit ihrer Sache war, und da beschloss ich, mich mit ihnen zusammenzutun. Und wenn wir Erfolg haben – wenn Malcolm Recht hat und man der großen Mehrheit der Weltbevölkerung die Gefahren der heutigen Zeit aufzeigen kann –, dann wird vielleicht auch der Tod all der Millionen Menschen, die in solchen Albträumen wie der Epidemie ums Leben gekommen sind, *irgendeinen* Sinn haben.«

Er kniff die Augen zusammen, während er die anderen weiterhin beobachtete, dann wurde seine Stimme kräftiger: »Ah! Wir können den Tunnel jetzt betreten, wie ich sehe. Zeit für Ihren ersten Auftritt auf der großen Bühne, Gideon!«

Die Ereignisse der nächsten Stunde waren eine seltsame, aber aufregende Mischung aus einem Besuch in einer Anstalt für geisteskranke Kriminelle und einer zu realem Leben erwachten Abenteuergeschichte aus der Kindheit. Während die Kupermans am Eingang des Tunnels Wache hielten, drangen Slayton, Tarbell, Fouché und ich durch das labyrinthische unterirdische Netz der islamischen Terroristen zu einer riesigen Kammer vor, in der zahlreiche seidene Banner hingen. An den Wänden der Kammer kauerte eine Schar junger Frauen, die hinter ihren Schleiern außergewöhnlich schön zu sein schienen, zusammen mit einem Dutzend Kinder. Und auf einem dicken Teppich in der Mitte des Raumes ruhte auf einigen Kissen der einzige männliche Bewohner, eine in aller Welt berüchtigte Gestalt, die auf den ziemlich ambitiösen Namen Suleyman ibn Muhammed hörte. Die ganze Szenerie zeigte mir, dass ibn Muhammed ein entschiedener Verfechter der Polygamie war; und seine Augen zeigten mir, dass er auch ein Jünger des Opiums war, dessen ekelhaft süßlicher Geruch sich mit dem starken Duft der Erde vermischte und eine drückende Atmosphäre um uns herum erzeugte.

Da ibn Muhammed offenkundig nicht ganz bei Sinnen war, richtete ich meine Aufmerksamkeit auf seine Frauen. Mit Hilfe Tarbells – der sich als Sprachgenie erwies, was zu seiner Arbeit als unübertrefflicher Fälscher passte – schilderte ich, was in der Umgebung passieren würde, und bot dabei sämtliche Bilder zum Thema »göttliches Feuer« auf, an die ich mich von einer College-Vorlesung über den Koran erinnerte. Während ich sprach, stieg die Temperatur sogar in dieser Tiefe unter dem Erdboden weiter mit alarmierender Schnelligkeit an, und ich hob hervor, dass dies nichts mit den Amerikanern zu tun hatte, was bedeutete, wenn die Frauen und Kinder starben, würden sie nicht als Märtyrer ins Paradies kommen. Ibn Muhammed wollte Einwände erheben, brachte aber nichts Verständliches hervor; und so nahmen die Frauen schließlich ihre Kinder und folgten uns nach draußen, bestiegen eines der letzten Fahrzeuge, die aus dem Gebiet wegfuhren, und ließen ihren Anführer zurück, der in dem Raum, der sich langsam, aber sicher in einen unterirdischen Ofen verwandelte, gebacken werden würde.

Wir machten uns in aller Eile auf den Rückweg zum Schiff und kamen dort auch mit heiler Haut an. Malcolm, dessen Verfassung sich erheblich gebessert hatte, wartete schon auf uns. Während das Schiff sich nach Norden absetzte, überschüttete er uns mit Fragen über die Mission, aber ich für meinen Teil war völlig erschöpft und erklärte ihm, ich könne erst mit ihm reden, wenn ich den Schlaf, der mir an diesem Morgen entgangen sei, ausführlich nachgeholt hätte. Ich taumelte durch die Gänge zurück zu meiner Kabine. Als ich die Tür öffnete, stellte ich fest, dass es in dem Raum dunkel war – bis auf den Lichtschein einer einsamen Kerze, die auf einem antiken Nachttisch stand …

Und in dieser eigentümlichen Lowtech-Beleuchtung sah ich Larissa, die in meinem Bett auf mich wartete. Sie lag nackt unter einer Decke und trug ihr charmantestes Lächeln zur Schau. Normalerweise wäre dies wohl kaum ein unwillkommener Anblick gewesen; aber in Anbetracht all dessen, was ich an diesem Morgen erfahren hatte, war die Situation alles andere als normal.

Larissa sah die Bestürzung in meinem Gesicht und wusste sofort, was los war. »O je«, seufzte sie. Das silberne Haar fiel ihr ins Gesicht, die dunklen Augen glitzerten. »Die Jungs haben geredet, wie ich sehe.«

»Ja«, sagte ich.

Sie musterte mich aufmerksam, und hinter der Koketterie glaubte ich echte Enttäuschung zu erkennen. »Das hat dich verschreckt, stimmt's?«

Ich schüttelte den Kopf. »Nicht unbedingt. Aber ich bin neugierig, Larissa. Weißt du, die einzige Geschichte, die ich wirklich gern hören würde, haben sie mir *nicht* erzählt.«

»So?« Sie stippte einen Finger in die Wachspfütze der Kerze. »Und welche wäre das?«

Ich trat einen zögernden Schritt über die Schwelle. »Was hat dich und deinen Bruder dazu gebracht, all diese Dinge zu tun? Ursprünglich, meine ich. Tut mir Leid, aber ich bin Psychiater – dir muss klar gewesen sein, dass ich fragen würde. Malcolm war es garantiert klar.«

Larissa lächelte weiter. »Ja. Es war uns beiden klar. Na dann …« Sie lüpfte ihre Decke. »Kommen Sie lieber ins Bett, Herr Doktor, und lassen Sie mich erklären.«

Ich trat ganz ein und schloss die Tür zu meiner Kabine, just in dem Moment, als die ersten unbemannten amerikanischen Jagdbomber weit hinter uns ihre Bombenladungen abwarfen und verheerende Zerstörung auf die mittlerweile brennende afghanische Ebene regnen ließen.

19

Dass die menschliche Brutalität sich häufiger hinter einem ehrbaren Gesicht verbirgt als hinter einem bösen, dürfte niemandem neu sein; aber nur weil es so offensichtlich ist, war es für mich nie weniger traurig oder empörend. Da ich meine eigene Kindheit unter gesellschaftlich angesehenen, aber insgeheim gewalttätigen Erwachsenen verbracht habe, fühlte ich mich immer auf besondere Weise mit jenen verwandt, die nicht nur unter Misshandlungen gelitten haben, sondern diese auch noch von Menschen erdulden mussten, die von der gesamten Gesellschaft in irgendeiner Weise besonders geschätzt werden. Bestimmt lag es daran, dass meine Verbundenheit mit Larissa und Malcolm Tressalian an diesem Morgen, auf unserer Reise nach Norden, so stark gefestigt wurde. Unter den vielen Fällen von schrecklichen Kindheitserlebnissen, die ich untersucht habe, ist ihrer nach wie vor der einzige, den ich wahrhaft einmalig nennen kann; und wenn es überhaupt je eine Geschichte gab, die unter Garantie die vertrauten Gefühle des Kummers und der Empörung in meinem Herzen wachrufen würde, dann diejenige, die ich in der kerzenbeschienenen Stille meiner Kabine von Larissa zu hören bekam.

Wie bereits erwähnt, war Malcolms und Larissas Vater,

Stephen Tressalian, einer der ersten und mächtigsten Anführer der Informationsrevolution gewesen. Schon in jungen Jahren ein berühmtes Wunderkind, entwickelte der ältere Tressalian gleich zu Beginn seines Erwachsenenlebens die Hardware und Software für ein Internet-Routingsystem, das zum internationalen Standard und zum Grundstein seines Imperiums wurde. Diese Errungenschaft brachte ihm Ruhm, Reichtum und eine Frau ein, eine schöne Filmschauspielerin, die jene geschliffene, aber dennoch langweilige geistige Oberflächlichkeit besaß, die in Hollywood so oft als Intelligenz gilt; und weitere einschneidende Innovationen auf dem Gebiet der Informationsvermittlung verliehen seinem Namen, der ohnehin schon jedermann ein Begriff war, einen noch höheren Rang.

Die Medien zeichneten von Anfang an ein Bild von Stephen Tressalian, das ihn irgendwie edler erscheinen ließ als den durchschnittlichen Informationsmagnaten. Er verbreitete sich oft und in aller Öffentlichkeit über die sozialen und politischen Fortschritte, die die Informationstechnologie der Welt angeblich bringen würde, und er war überzeugend – so überzeugend, dass er nicht nur unter internationalen Führungspersönlichkeiten aus Wirtschaft und Politik, sondern auch unter den ganz gewöhnlichen Internetnutzern Legionen von Bewunderern hatte. Darum zeigte die Boulevardpresse großes Interesse, als der Technokrat und seine frisch gebackene Gattin im Jahr 1991 die Geburt ihres ersten Kindes, eines Jungen, bekannt gaben. Schon als Kleinkind legte Malcolm eine frühreife Intelligenz an den Tag, die der seines Erzeugers glich; doch dieser ehrgeizige Mann war nicht zufrieden mit einem Sohn, der nur ebenso gut war wie er. Anders als die meisten Väter sehnte sich Stephen Tressalian nach einem Erben, der ihn übertraf, weil er glaubte, dies würde seinem Vermächtnis nur noch größeren Glanz verleihen. Und so begann er nach Möglichkeiten zu suchen, Malcolms keimendes Genie künstlich zu steigern.

Wie es der böse Zufall wollte, bastelten Mitte der neunziger Jahre Wissenschaftler diverser Universitäten und Institute an der genetischen Struktur der Intelligenz von Mäusen und anderen Kleintieren herum, indem sie die biochemischen Mechanismen änderten, die das Lernen und Erinnern steuerten. Verantwortungsbewusste Forscher schirmten sowohl ihre Arbeit als auch deren noch keine gesicherten Schlüsse zulassenden Ergebnisse vor der Öffentlichkeit ab und riefen den Neugierigen die ewige biologische Wahrheit ins Gedächtnis, dass Mäuse keine Menschen sind. Aber schließlich kamen doch Gerüchte über die Forschungsarbeiten in Umlauf, und es dauerte nicht lange, dann wurden unverantwortliche Spekulationen über die Möglichkeit angestellt, menschliche Kinder genetisch zu behandeln – ob im Mutterleib oder nach der Geburt –, damit sie Informationen besser verstehen und speichern könnten.

Wenn der Preis stimmte, ließen sich damals – wie zu jeder anderen Zeit – Wissenschaftler finden, die sich eine Chance zum Experimentieren ersehnten, selbst wenn es illegal war. Und so kam es, dass Malcolm im Alter von nur drei Jahren in einer kleinen Privatklinik in Seattle landete, der Heimatstadt seiner Familie. Die offizielle Erklärung, die Stephen Tressalian und der von ihm ausgewählte Gentherapeut mit beinahe unglaublicher Gerissenheit lieferten, war eine Attacke der neuen Art antibiotikaresistenter bakterieller Enzephalitis, die in verschiedenen Teilen der Welt aufgetaucht war. In gut einstudierten, absolut überzeugenden Verlautbarungen, die weit verbreitetes öffentliches Mitgefühl auslösten, verkündeten Tressalian und seine gleichermaßen ehrgeizige Frau tränenreich, Malcolm sei so schwer erkrankt, dass er mit einem dauerhaften neurologischen Schaden aus der Klinik kommen könne: angesichts der Experimente, die mit seinem Geist vorgenommen werden sollten, natürlich eine echte, keineswegs von der Hand zu weisende Möglichkeit.

Es fröstelt mich immer noch, wenn ich daran denke, wie diese Wochen gewesen sein müssen. Anfangs schien bei den Behandlungen alles gut zu gehen, und Malcolm zeigte eine radikal erweiterte geistige Kapazität. Allein das wäre für einen Dreijährigen wohl verwirrend genug gewesen. Doch dann schien sein Körper im weiteren Verlauf der Injektionen zu rebellieren. Grundlegende Funktionen – Atmung, Verdauung, Gleichgewichtssinn – wurden beeinträchtigt, und er bekam unerklärliche Anfälle von Kopfweh und schrecklichen organischen Schmerzen. Der Gentherapeut hatte seine eigene Theorie, woher das kam: Das menschliche Gehirn besitze keine unendlichen Ressourcen, erklärte er Stephen Tressalian, und wenn so viel neuronale Aktivität auf die höheren Funktionen verwendet werde, könne es durchaus sein, dass die vegetativen Systeme ausgehungert würden. Aber er war kein Arzt, und Tressalian verfolgte seinen Plan mit zu großem Eifer (und hatte zu viel Angst davor, erwischt zu werden), um fachärztliche Hilfe in Anspruch zu nehmen. Außerdem wuchsen die Geisteskräfte des Jungen trotz all der schrecklichen Nebenwirkungen weiterhin mit exponentieller Geschwindigkeit und brachten Resultate hervor, die schließlich sogar seinen Vater zufrieden stellten. Nach drei Monaten beendete Stephen Tressalian das Projekt und redete sich selbst, seiner Frau und jedem anderen Mitwisser ein, es sei ein Geschenk für seinen Sohn wie auch für die Genforschung und die Zukunft der Menschheit gewesen.

Was machte es schon, dass Malcolm bei seiner Entlassung aus der Klinik – er hatte sich zwei Mitleid erregende kleine Krücken unter die Arme geklemmt, weil seine Beine auf einmal den Dienst versagt hatten, und seine Haare waren mysteriöserweise fast silbern geworden – einer Schar von Reportern gegenüberstand, deren entsetzte Mienen er durchaus richtig interpretierte; dazu war er jetzt wahrhaftig klug genug. Wichtig war allein, dass der Junge hochintelligent sein würde – nein, hochintelligent *war* –, und dass Stephen Tressalian das nächste Mal, wenn er sich an einem derartigen Experiment versuchte, mit genügend Daten gewappnet sein würde, um ein weitaus besseres Ergebnis zu erzielen.

Denn es würde ein nächstes Mal geben. Bald nach Malcolms Entlassung wurde seine Mutter erneut schwanger, und diesmal war sie es, die in die Privatklinik ging; Stephen Tressalians Genexperte war nämlich zu dem Schluss gekommen, dass Malcolms negative Reaktion auf die Therapie mit seinem vergleichsweise fortgeschrittenen Stadium der körperlichen Entwicklung zusammenhing. Der Fötus der zukünftigen Larissa bekam einen verbesserten Satz von Injektionen *in utero* verabreicht, und die Änderung schien das erwünschte Ergebnis zu liefern: Bei ihrer Geburt wies sie keines der körperlichen Gebrechen ihres Bruders auf, aber wie sich bald herausstellte, war die Kraft ihres Verstandes geradezu verblüffend. Überdies hatte es vom ersten Augenblick an den Anschein, als würde sie an Schönheit sogar ihre Mutter übertreffen. Larissa schien in jeder Hinsicht die leibhaftige Rechtfertigung aller Risiken zu sein, die ihre Eltern eingegangen waren.

Natürlich war da die komische Sache mit diesen silbernen Haaren, mit denen Larissa bereits zur Welt gekommen war; aber Stephen Tressalian wollte darin nichts anderes als einen Zufall sehen und betonte die Unterschiede zwischen seinen beiden Kindern statt ihre Ähnlichkeiten.

»Er hatte nie auch nur einen blassen Schimmer von dem Wichtigsten, was Malcolm und ich gemeinsam hatten«, sagte Larissa, als wir zusammen in meinem Bett lagen. Ja, zusammen: Ihre Geschichte hatte mein Unbehagen über ihre Arbeit als Attentäterin rasch in ein viel tieferes Gefühl als die Verliebtheit verwandelt, die ich bis zu diesem Zeitpunkt empfunden hatte.

»Und das wäre?«, fragte ich leise, strich ihr über die silbrigen Locken und schaute ihr tief in die ebenholzschwarzen Augen.

Sie blickte einigermaßen vergnügt zur Decke hinauf. »Wir waren beide ein bisschen verrückt. Ich weiß zumindest nicht, wie ich es anders beschreiben soll.«

Das kam mir nicht ganz ernst gemeint vor. »Da bin ich sicher«, sagte ich im selben Ton wie sie. »Und deine Eltern haben nie etwas geahnt?«

»Oh, Mutter schon«, antwortete Larissa. »Während wir sie vergiftet haben, schrie sie die ganze Zeit auf Vater ein, sie wisse, dass wir sie umbrächten und dass wir alle beide wahnsinnig seien.«

Ich stützte mich auf die Ellbogen und ließ die silberne Haarsträhne los, mit der ich gespielt hatte. »Vergiftet?«

Aber Larissa schien mich nicht zu hören. »Vater wollte es aber nicht glauben«, fuhr sie fort. »Jedenfalls nicht, bis wir ihn aus dem Flugzeug gestoßen haben. Dann – erst *dann* – ist ihm klar geworden, glaube ich, dass etwas dran gewesen sein könnte …«

20

Ich setzte mich im Bett auf. »Wie alt warst du damals?«, war alles, was mir darauf einfiel.

Larissa verzog das Gesicht wie ein kleines Mädchen. »Ich war elf, als wir uns um Mutter gekümmert haben. Die Sache mit Vater ist etwa ein Jahr später passiert.«

In meiner Ratlosigkeit verfiel ich in die Rolle des Psychiaters zurück. »Und sind sie – ist das ... mit Vorsatz geschehen?«

Sie sah mich ein wenig unschlüssig an. »Gideon, alles, was Malcolm und ich tun, geschieht mit Vorsatz. Dazu sind wir herangezüchtet worden. Aber wenn du wissen willst, ob wir zu diesen Taten provoziert worden sind, dann lautet die Antwort: Ja, das sind wir.« Sie schaute wieder an die Decke. »Und zwar reichlich.«

Ohne den Blick von ihr zu wenden, zog ich mich weiter in meine professionelle Objektivität zurück; zugleich ärgerte ich mich deshalb aber auch über mich selbst. »Wie denn zum Beispiel?«, fragte ich.

Sie warf mir auf einmal ein kleines, richtig glückliches Lächeln zu und zog mich wieder an ihren warmen Körper herunter. »Ich finde es schön, mit dir zu schlafen«, sagte sie. »Vorher war ich mir da nicht so ganz sicher.«

Ich erwiderte das Lächeln, so gut ich konnte. »Die Fähigkeit, anderen zu schmeicheln, war anscheinend nicht das primäre Ziel deiner gentechnischen Behandlung.«

»Tut mir Leid.« Sie lachte. »Es ist nur so, dass ...«

»Larissa«, sagte ich und legte ihr einen Finger auf den Mund. »Wenn du mir nichts darüber erzählen willst, brauchst du's nicht zu tun.«

Sie nahm meine Hand. »Doch, ich will«, sagte sie schlicht. »Es ist eigentlich nicht sehr kompliziert.« Sie sah wieder an die Decke. »Vater hatte mich dazu herangezüchtet, klüger und hübscher zu sein als Mutter – also hätte ich wohl nicht sonderlich überrascht sein sollen, als er zu dem Schluss gekommen ist, dass er lieber mit mir Sex haben wollte als mit ihr.« Ich zuckte schockiert zusammen, aber Larissa fuhr mit einer Sachlichkeit fort, die bei den Opfern eines solchen Traumas nicht ungewöhnlich ist: »Sie hat mir die Schuld daran gegeben – er schlief mit mir, und dann verprügelte sie mich deswegen. Malcolm hat immer versucht, die beiden daran zu hindern. Aber er war körperlich einfach zu schwach.« Ihre Augen schimmerten; aus ihrem Blick sprachen tiefe Liebe und Bewunderung. »Aber du hättest ihn sehen sollen – er hat mit seinen Krücken nach ihnen geschlagen und ihnen alle erdenklichen Schimpfwörter an den Kopf geworfen.«

»Geschah ihnen recht«, sagte ich. »Das weißt du doch, oder?«

Sie nickte. »Kognitiv, wie man so sagt. Was die Gefühlsebene betrifft ... ist es ein bisschen schwieriger. Na ja, schließlich sind wir zu dem Schluss gekommen, dass wir sie einfach loswerden mussten. Zuerst Mutter, weil sie nicht nur bösartig, sondern auch völlig nutzlos war. Vater – nun, wir mussten warten, damit er die Satelliten fertig bauen konnte.«

»Du hast das weiterhin ertragen«, sagte ich und hatte wieder einmal das Gefühl, einen Schlag vor den Kopf bekommen zu haben, »weil du wolltest, dass er das Vier-Gigabyte-Satellitensystem fertig stellte?«

»Ich wusste ja, wie viel es für Malcolm und mich nach seinem Tod wert sein würde«, erwiderte Larissa. »Die Neuerfindung des Internets? Ja, ich konnte seine Berührung noch ein paar Mal ertragen, wenn es bedeutete, dass mein Bruder und ich diese Gewinne bekommen würden. Als das System dann in Betrieb genommen wurde und fehlerfrei funktionierte, ist Vater '07 zum Wirtschaftsgipfel eingeladen worden. So lange haben wir noch gewartet. Bis kurz danach. Wir sind mit ihm nach Washington geflogen – haben sogar den Präsidenten getroffen. Auf dem Rückflug nach Seattle waren wir drei ganz allein in der Maschine. Er war sehr zufrieden mit sich. Kein Wunder, er und seine Freunde waren ja gerade die mächtigsten Menschen im Land geworden. Er hat sich betrunken. Ist während des Landeanflugs gegen die Notausstiegsluke gestolpert und hat sie dabei geöffnet. Anscheinend.« Larissa stieß einen kurzen Seufzer aus und hob einen Finger. »Zum Glück hatten seine ihn liebenden Kinder klugerweise die Sitzgurte angelegt und bewahrten kühlen Kopf, während der Kopilot alles wieder unter Kontrolle bekam.« Sie schüttelte den Kopf. »Ich werde seinen Gesichtsausdruck nie vergessen ...«

Während sie mir all das erzählte, schwand allmählich und nahezu unbemerkt die objektive Distanz, die ich bisher verspürt hatte; sie wurde von einer Reihe starker emphatischer Gefühle verdrängt, Überbleibseln meiner eigenen problembeladenen Vergangenheit. Und so strich ich ihr in diesem kritischen Moment einfach nur über die Wange und sagte: »Ich nehme an, es hat dir die Attentate erleichtert – dass du ... äh ... *das* schon getan hattest.«

Sie zuckte die Achseln. »Wahrscheinlich, ja. Aber ich glaube, es hat mich eher inspiriert als mir die Sache erleichtert. Es war ein tolles Gefühl, Menschen ins Jenseits zu befördern, die wahrhaftig nichts anderes verdient hatten. Anscheinend habe ich eine echte Vorliebe dafür. Ich weiß noch, als ich Rajiv Karamchand erschossen habe ...«

»Das warst *du*?« Karamchand war der indische Präsident, der den Einsatz der ersten Atomwaffen im Kaschmir-Krieg genehmigt hatte. Allen Bemühungen vieler Geheimdienste zum Trotz war seine Ermordung ein Rätsel geblieben.

Larissa nickte lächelnd. »Und es war das gleiche Gefühl wie damals, als ich Vater aus dem Flugzeug fallen sah. Ein Mann, der Verantwortung für das Leben und das Wohlergehen anderer übernimmt und deren Vertrauen dann so vollständig enttäuscht – ich kann mir wirklich nichts Schlimmeres vorstellen. Außerdem« – sie rollte sich auf den Bauch, und ihre Worte kamen schneller – »denk mal über Folgendes nach: Warum waren Attentate immer derart tabu? Das ist doch grotesk. Ein politischer Führer kann Menschen befehlen, in den Tod zu gehen oder andere zu töten, und die Führungskräfte großer Unternehmen können im Namen des Geschäfts jedes beliebige Verbrechen begehen – aber man hält sie für unantastbar. Wieso eigentlich? Warum sollte Karamchand sich, wenn er nachts ins Bett ging, auch nur einen Deut sicherer fühlen als einer seiner eigenen Soldaten oder die Pakistanis, die er abschlachtete? Aus welchem Grund sollte ein hochrangiger Manager, der von Sklavenarbeit profitiert, immun gegenüber dem Terror sein, dem seine Arbeiter ausgesetzt sind? Ein gelegentliches Attentat ist die einzige Möglichkeit, solche Leute dazu zu bringen, etwas gründlicher darüber nachzudenken, was sie tun. Und was die Frage anbelangt, wie man all die *anderen* Menschen auf der Welt dazu bringt, etwas intensiver darüber nachzudenken, wessen Befehle sie befolgen und was sie glauben wollen – nun, genau darum geht es bei dem, was wir gerade tun, nicht wahr?«

Ich sann über ihre Worte nach. »Ja, das leuchtet mir ein«, erwiderte ich bedächtig. »Aber ich weiß immer noch nicht, welche Rolle *ich* bei all dem spielen soll.«

Larissa schlang mir die Arme um den Hals. Sie sah wieder sehr zufrieden aus. »Du sollst auch weiterhin dafür sorgen, dass ich glücklich bin – reicht das nicht?« Als sie meinen noch immer forschenden Blick sah, runzelte sie spielerisch die Stirn. »Nein? Na schön – die Wahrheit ist, Malcolm wollte einen Profiler im Team haben. Wir haben eine Liste aufgestellt, und du standest wegen deiner Kenntnisse in Geschichte an erster Stelle. Und dann« – sie rückte näher, um mich zu küssen – »als ich dein Bild gesehen habe ...«

Als sich ihre Lippen wieder von meinen lösten, fragte ich: »Aber wozu einen Profiler?«

»Unsere diversen Gegner«, flüsterte sie. »Ihre Reaktionen waren ziemlich rätselhaft. Zum Beispiel dieser lächerliche Angriff der Amerikaner auf Afghanistan. Dabei hatten sie durchaus den Verdacht, dass die Khaldun-Bilder gefälscht waren. Wir haben ihnen sogar entsprechende Hinweise geliefert. Aber sie haben trotzdem weitergemacht. Malcolm möchte, dass du so etwas vorherzusagen versuchst. Und dann sollst du natürlich hin und wieder einen kleinen Job wie den im Tunnel vorhin erledigen ...«

Larissa brach ab, als das ganze Schiff auf einmal so heftig erbebte, wie ich es seit meiner Ankunft noch nicht erlebt hatte. Ich drehte mich zu dem getönten, transparenten Feld in der Hülle nahe beim Bett um und konnte draußen ein mattes, unheimliches Licht erkennen: Anscheinend waren wir wieder auf sehr große Höhe gestiegen. Vor dem Stratosphärendunst und der Dunkelheit des Weltraums dahinter kamen Dutzende leuchtender Objekte auf uns zugeschossen. Die meisten waren ziemlich klein, sah ich, als sie vorbeiflogen; aber einige wuchsen zu beträchtlicher, beunruhigender Größe heran, während sie näher kamen.

Eine zweite Explosion erhellte den Himmel um uns herum, erschütterte das Schiff von neuem und warf mich aus dem Bett. Als ich mich aufrichtete, war Larissa schon halb in ihren Bodysuit geschlüpft und hatte eine Hand an den Hals gelegt, um den chirurgisch implantierten Kommunikator zu aktivieren, der sie mit Malcolm verband. »Ja, Bruderherz«, sagte sie und wirkte eher verärgert als besorgt wegen der Gefahr, in die wir auf einmal geraten waren. »Ich sehe sie – es wäre ein bisschen schwierig, sie nicht zu sehen. Ich bin mit Gideon auf dem Weg zum Geschützturm. Sag Julien, er soll so viel Energie wie möglich auf die äußeren Felder legen – du weißt, wie verdammt unberechenbar diese Dinger sind.«

Ich schlüpfte ebenfalls eilig in meine Sachen. »Was ist los?«, fragte ich und versuchte, genauso ruhig zu wirken wie sie.

»Unsere Bewunderer im amerikanischen Verteidigungsministerium«, knurrte sie mit einem Blick nach draußen. »Einer ihrer Piloten muss unser Schiff in Afghanistan gesehen haben. Sieht so aus, als hätten sie ihre gesamte Spielzeugsammlung eingesetzt: EKVs, LEAPs, ERIs – da draußen ist sogar ein SBL.«

»Larissa«, sagte ich, während ich meinen Overall schloss, »geheimnisvolle Akronyme haben im Moment ganz und gar keine beruhigende Wirkung auf mich.«

Selbst mitten in einem solchen Angriff – oder vielleicht gerade deswegen – wurde Larissa verspielt und kokett: »Nein, aber du wirst sie auswendig lernen müssen«, sagte sie und gab mir einen raschen Kuss. »Ich werde dich nämlich garantiert abfragen.« Sie begann, auf die heranschießenden Objekte am Himmel zu zeigen. »Leichte exoatmosphärische Projektile oder LEAPs – das sind die Kleineren. Dann hätten wir da Extended Range Interceptors oder ERIs, Abfangflugkörper mit größerer Reichweite, und die exoatmosphärischen Kill Vehicles …«

»EKVs«, sagte ich und betrachtete das wilde Schauspiel draußen.

»Und das wirklich beunruhigende Mistding«, schloss sie und zeigte auf eine Art Satellit oder Plattform in der Ferne. »Ein SBL, ein weltraumgestützter Laser. Gehören alle zu THAAD, der ›Theater High-Altitude Area Defense‹ gegen Marschflugkörper. Du weißt schon, der Star-Wars-Quatsch.« Sie ergriff meine Hand, und wir liefen auf den Gang hinaus.

»Wie präzise sind sie?«, fragte ich.

»Wegen ihrer Präzision brauchen wir uns keine Sorgen zu machen«, antwortete Larissa auf dem Weg zu der Leiter, die zum Geschützturm des Schiffes mit der großen Rail-Kanone hinaufführte. »Die THAAD-Jungs haben es noch nie geschafft, *irgendwas* absichtlich zu treffen. Aber das hindert sie nicht daran, diese ganze Feuerkraft in der Atmosphäre einzusetzen, als wäre das eine Art Hightech-Spuckwettkampf mit weichgekauten Papierkügelchen – und ein zufälliger Treffer könnte echten Schaden anrichten.«

Wir erreichten die Leiter und machten uns an den Aufstieg. »Es ist ein bisschen wie Tontaubenschießen«, sagte Larissa mit einem Lachen, als wir den Geschützturm betraten und sahen, dass Eli Kuperman bereits auf uns wartete. »Und mach dir keine Gedanken, das sind alles unbemannte Kisten, du wirst also niemanden umbringen.« Sie kletterte in den Sitz der Rail-Kanone und lächelte mich auf eine spitzbübische Weise an, die mich noch vor ein paar Stunden ziemlich beunruhigt hätte.

Jetzt jedoch ertappte ich mich dabei, wie ich das Lächeln erwiderte.

21

Als Larissa die gesamte Umgebung mit der Rail-Kanone unter Beschuss nahm und leuchtende Salven auf die mittleren und größeren der gegen uns eingesetzten Abfangflugkörper abfeuerte (die Magnetfelder des Schiffes lenkten die kleineren ab), wurde die Stratosphäre von Dutzenden von Explosionen und dem wahllosen, aber nicht minder gefährlichen Feuer des weltraumgestützten Lasers erhellt. Meine Aufgabe bei dem Gefecht bestand darin, Eli zu helfen, der herauszufinden versuchte, welche Großraumradarstation dem amerikanischen THAAD-Kommando unsere Position verriet. Anscheinend gab es nur einige wenige hochmoderne Überwachungsanlagen, die sich von der Tarntechnologie unseres Schiffes nicht hinters Licht führen ließen, sondern sich verbissen auf die verwirrende Kombination von Wellenreflexionen und Wellenabsorptionen konzentrierten, die das Gefährt erzeugte (und die die Amerikaner nach dem Sichtkontakt in Afghanistan vermutlich als unsere identifiziert hatten). Mit Hilfe der Gerätekonsolen im Geschützturm kam Eli – der auf jene gelassene, aber nichtsdestoweniger energische und manchmal sogar joviale Weise arbeitete, die ich auch bei den anderen mittlerweile für normal hielt – schließlich zu dem Schluss, dass eine abgelegene englische

Basis der wahrscheinlichste Übeltäter war. Seine Hypothese wurde von Leon Tarbell bestätigt, der auf einem tiefer gelegenen Deck arbeitete und dem es gelungen war, eine Reihe von Funksprüchen zwischen der englischen und amerikanischen Luftwaffe abzufangen und zu dechiffrieren.

Wir mussten das wissen, erklärte Eli, weil wir jetzt, da unser Schiff eindeutig per Radar verfolgt wurde, damit rechnen konnten, unmittelbar nach unserem Abstieg aus der Stratosphäre von einer konventionelleren, aber nicht weniger tödlichen Luftartillerie empfangen zu werden, als sie gegenwärtig gegen uns eingesetzt wurde. Wenn wir herausfanden, welche Flugzeuge es waren und wem sie gehörten, konnte Colonel Slayton die Computer unseres Schiffes darauf programmieren, im erforderlichen Tempo ein entsprechendes Ausweichmanöver zu fliegen. Eli schien durchaus zuversichtlich zu sein, dass dies keine allzu große Herausforderung darstellte, und während wir über die Aussicht sprachen, uns gegen Kampfflugzeuge zur Wehr setzen zu müssen – seien sie nun von Menschen oder von Computern gelenkt –, merkte ich, wie mich sein lebhafter, ein wenig piratenhafter Enthusiasmus ansteckte.

Diese überraschende Reaktion verstärkte sich noch, als die Alarmanlage des Schiffes losging und uns wissen ließ, dass wir jetzt mit dem Abstieg begannen und uns auf einen neuen und vielleicht tödlicheren Kampf vorbereiten mussten. Unser Feind würde nun kein Raketenabwehrsystem mehr sein, das schon vom Zeitpunkt seiner mit Illusionen behafteten Konzeption an zum Scheitern verurteilt gewesen war, sondern Kampfflugzeuge, die nur ein Ziel hatten, nämlich uns abzuschießen. Offenbar hatte es schon andere derartige Zusammenstöße gegeben; mehreren von Tarbell in den vergangenen Monaten abgefangenen Funksprüchen war zu entnehmen, dass Malcolms Schiff bei den Luftwaffen- und Marinestreitkräften der Welt sogar so etwas wie einen mythischen Status erlangt hatte. Manchmal war es nur um Haaresbreite entkommen, trotz der schweren Waffen, mit denen die Kampfflugzeuge solcher Länder wie England und die Vereinigten Staaten inzwischen standardmäßig bestückt waren, und trotz der Geschicklichkeit der Piloten, die sie steuerten oder – wie bei dem amerikanischen Angriff auf Afghanistan – von ihren sicheren Schiffen und Stützpunkten aus fernlenkten.

So sollte es auch diesmal sein. Als wir in der Nähe des neunundfünfzigsten Breitengrades in den Wolkenhimmel über der Nordsee sanken, wurden wir nahezu sofort von Jägern der Royal Air Force abgefangen. Die Maschinen zeichneten sich als dunkle, kantige Silhouetten gegen die untergehende Sonne ab, was ihnen ein äußerst Furcht einflößendes Aussehen verlieh. Als ich mich zu Larissa umdrehte, sah ich, wie sie die Maschinen mit einem Nicken und einem trotzigen Lächeln taxierte; in ihrem Blick lag allerdings auch Besorgnis.

»Gideon«, rief sie mir zu, »geh mal nach vorn, ja? Ich wüsste gern, was sich dort tut.« Sie hielt die Bedienungsgriffe der Kanone fest umschlossen, feuerte jedoch nicht. »Mein Bruder will nicht, dass wir in solchen Situationen tödliche Gewalt anwenden, aber wenn diese Dinger ohnehin keine Piloten haben, würde ich mir ein bisschen Spaß gönnen ...«

Ich stieg eilig die Leiter hinunter und lief durch den Gang nach vorn. Als ich den Bug des Schiffes betrat, fand ich Malcolm und Colonel Slayton an den Bedienungsfeldern. Slayton tippte ruhig, aber schnell Informationen in eins der Steuerterminals. »Das sind die Ultrastealth-Modelle der neuen Joint Strike Force«, sagte er. »Weitgehend unzerstörbare Flugzeuge für den Einsatz am ersten Kriegstag, bestückt mit AIM-10 Predator-Raketen, die biologische, nukleare oder konventionelle Sprengköpfe tragen können.«

»Bemannt?«, fragte Malcolm.

»Ich fürchte ja. Bei diesem Modell haben sie die Probleme im Fernlenksystem noch nicht behoben.« Slayton drehte sich um und sah Tressalian sehr ernst an. »Kann sein, dass wir diesmal nicht davonkommen, ohne das Feuer zu erwidern.«

Slaytons Worte schienen Malcolm – der aussah, als hätte er Fieber, wie ich jetzt bemerkte – zutiefst zu beunruhigen; bevor er jedoch etwas erwidern konnte, kam Tarbells Stimme aus der Lautsprecheranlage des Schiffes. »Sie rufen uns«, sagte er. Dann stellte er die Stimme eines Piloten durch: »Nicht identifiziertes Flugzeug: Sie verletzen den britischen Luftraum. Folgen Sie unserer Eskorte zum nächsten Flugplatz, oder Sie werden unter Feuer genommen.«

Malcolm tippte auf ein Tastenfeld an der Konsole vor ihm und antwortete betont herausfordernd: »*Englisches* Flugzeug: Was uns betrifft, so befinden wir uns im Luftraum der schottischen Republik. Folglich haben Sie nicht die Befugnis, uns anzugreifen.« Er drehte sich zu Slayton um. »Können wir sie abhängen?«

Slayton zuckte die Achseln. »Mit diesem Modell hatten wir bisher noch nichts zu tun. Wir müssten eigentlich dazu in der Lage sein, aber sie haben jetzt eine feste Signatur von uns – ganz egal, wohin wir fliegen, sie können uns verfolgen, und wenn wir die Insel ansteuern, werden sie sich mit weitaus mehr als nur einem Geschwader an unsere Fersen heften. Wir könnten tauchen, aber dazu müssten wir langsamer werden – nicht sehr, aber immerhin so viel, dass eine der Predators uns erwischen würde. Und über dem offenen Meer würden sie wohl kaum zögern, Atomwaffen einzusetzen. Ich sehe nur eine Möglichkeit, nämlich dass wir wieder nach oben gehen, aber …«

Einen Moment lang war es still, sodass ich einwerfen konnte: »Was aber?«

Malcolm, der mit jeder Minute erkennbar bleicher wurde, tippte ungeduldig mit einem Finger auf die Konsole. »Colonel Slayton versucht, taktvoll zu sein, Gideon. Die Wahrheit ist, dass wir diesmal ungewöhnlich lange unterwegs waren, und wie Sie sicher bemerkt haben, muss ich ziemlich dringend zu unseren medizinischen Einrichtungen auf der Insel zurück.« Wie schon einmal begannen sich Schweißperlen auf seiner Stirn zu bilden: Ihm stand unzweifelhaft ein weiterer Anfall bevor. Da ich die Ursachen seiner geheimnisvollen Krankheit nun kannte und über seine Vergangenheit Bescheid wusste, verspürte ich diesmal noch größeres Mitgefühl, aber auch seine stoische Gelassenheit nötigte mir gesteigerten Respekt ab: »Das ist wirklich ärgerlich«, lautete seine Zusammenfassung der Situation. »Na schön, Colonel, wenn es denn …« Auf einmal hielt er inne und horchte; dann hob er eine Hand an seinen Kragen. »Bist du sicher?«, entgegnete er seiner Schwester über ihre interne Verbindung. Er reckte den Hals und ließ den Blick über die transparente Verkleidung der Hülle schweifen. »Wie weit? Ich sehe nichts – o ja, da sind sie!«

Slayton und ich drehten uns mit ihm um und erhaschten einen Blick auf ein weiteres Flugzeuggeschwader, das von hinten zu uns herabstieß. Die Maschinen hatten konventionellere Silhouetten als die britischen Flugzeuge und waren nicht so schnell – es waren eindeutig viel ältere Modelle. Aber sie schossen trotzdem auf uns zu, um die überlegenen Maschinen unserer Verfolger mutig anzugreifen. Als sie nahe an uns vorbeikamen, sah ich, dass sie große Andreaskreuze an ihren Rümpfen trugen.

Auf meinen verdutzten Blick hin sagte Slayton: »Einige unserer Freunde von der schottisch-republikanischen Air Force, Dr. Wolfe.«

Aufgrund Englands internationaler Neudefinition nach der Kontroverse um die Churchill-Princip-Briefe, die »enthüllt« hatten, dass britische Führer die Schuld am Ersten Weltkrieg trugen, hatte sich das schottische Parlament entschieden, in aller Form die nationale Unabhängigkeit zu erklären. Die Welt wusste jedoch nicht, dass Malcolms Team diese Briefe gefälscht hatte und damit indirekt für diesen gewichtigen Schritt verantwortlich gewesen war. Überdies hatte Malcolm, der seine Mehrheitsbeteiligung an der Tressalian Corporation verkauft hatte, um sich ganz seiner Desinformationskampagne widmen zu können, mit einem Teil der fantastischen Erlöse insgeheim eine Gruppe kleiner Hebrideninseln von den Schotten erworben. Der Preis war so hoch gewesen, dass Edinburgh erfolgreich den bewaffneten Widerstand gegen Englands Versuche aufnehmen konnte, seinen nördlichen Nachbarn erneut zu unterjochen. Seitdem hatte Malcolm Jahr für Jahr einen großzügigen Beitrag zu dem geleistet, was London beharrlich die »schottische Rebellion« nannte, der Rest der Welt jedoch den »schottischen Unabhängigkeitskrieg«. Einige der praktischen Konsequenzen seiner Großzügigkeit zeigten sich jetzt offenbar im Luftraum um uns herum.

»Aber werden sie die englischen Flugzeuge wirklich angreifen?«, fragte ich. »Es sieht nicht so aus, als hätten sie eine Chance gegen sie.«

»Haben sie auch nicht«, sagte Slayton. »Sie fliegen alte, mit Sparrows bestückte Harriers – zu langsam, und nicht genug Feuerkraft. Aber darum geht es nicht. Sie müssen die englischen Maschinen nur lange genug beschäftigen, damit wir tauchen können.«

Und das taten sie, und wir auch: Kurz darauf war unser Schiff erneut in den Wellen verschwunden. Wir fuhren rasch durch den Pentland Firth und westwärts in den Atlantik. Dann hielten wir uns in Richtung Südwesten, und zwar in so geringer Tiefe, dass wir die ungeheuer aufgewühlte Meeresoberfläche über uns sahen. Trotzdem war ich nicht darauf vorbereitet, wie rau die See war, als wir wieder in die Luft schossen: Es war ein Glück, dass wir nicht auf den Wellen zu reiten brauchten, sondern in einer Höhe von rund fünfzehn Metern dahinfliegen konnten.

Wenige Minuten später kam unser Ziel in Sicht: sieben Fleckchen Land sprenkelten das Wasser vor uns. Als wir näher kamen, sah ich, dass sie von hohen, dramatischen Felsenformationen, versteckten Buchten und windgepeitschten grünen Feldern geprägt waren.

»Willkommen, Gideon«, sagte Malcolm, dessen Beschwerden von der Aussicht auf das Ende unserer Reise zumindest ein wenig gemildert wurden. »Willkommen auf den Inseln am Rande der Welt.«

22

So wurde offenbar seit ewigen Zeiten die kleine Inselgruppe genannt, die offiziell St. Kilda hieß. Den größten Teil des Jahres durch derart raue See geschützt, dass Schiffe nicht einmal versuchten, in die Nähe des Archipels zu gelangen, schien St. Kilda der perfekte Zufluchtsort für Malcolm und sein Team zu sein. Die Inselgruppe war seit 1930 nicht mehr von Menschen bewohnt und beherbergte jetzt in erster Linie eine großartige Ansammlung von Meeresvögeln – Tölpel, Dreizehenmöwen, Papageientaucher und dergleichen –, die sich an manchen Stellen so dicht drängten, dass sie die Farbe der Landschaft veränderten. Das Auffallendste an den Inseln war jedoch die fast greifbare Aura des Geheimnisvollen, die sie umgab: Die vom Meer geformten Felsen, Reste eines alten Vulkans, zeugten von einer gegen äußere Einflüsse abgeschirmten Vergangenheit voller dunkler Geheimnisse und gefährlicher Abenteuer. Das mag eine romantische Sicht der Dinge sein; doch als wir landeten, hatte die Romantik bereits in jeder Form und Gestalt von mir Besitz ergriffen.

Malcolm hatte seine Operationsbasis auf der Hauptinsel Hirta eingerichtet, nahe bei den verfallenden Überresten eines kleinen, jahrhundertealten Dorfes. Die Gebäude, aus denen seine Anlage bestand, waren von ihrer Konstruktion her geschickt an diese älteren Steinruinen angepasst, obwohl die Technologie in den neueren Bauten rein gar nichts mit der Vergangenheit zu tun hatte. Alle Wartungseinrichtungen und Maschinensysteme waren voll automatisiert, sodass keinerlei Notwendigkeit für die Anwesenheit von Menschen bestand; die Insel hätte wochen- oder sogar monatelang menschenleer bleiben können. In stilistischer Hinsicht spiegelte das Innere der Anlage den markanten Kontrast an Bord des Schiffes wider: funktionaler Minimalismus in den Labors und Kontrollräumen, einladende Antiquitäten in den Wohn- und Aufenthaltsbereichen. In einer Kirchenattrappe war das Projektionsgerät für die Ozonwaffe untergebracht, mit der sich offenbar auch die Bedingungen auf der Insel zeitweilig ändern ließen, wenn das Klima des Nordatlantiks gar zu rau wurde.

Während Larissa und Colonel Slayton dafür sorgten, dass Malcolm seine Kur aus Ruhe, Selbstbehandlung und Selbstmedikation antrat (er hatte eine verständliche Abneigung gegen Ärzte), brachten mich die anderen zu einem Raum, von dem aus man einen wahrhaft eindrucksvollen Blick auf eine unheimliche Bucht und das Meer hatte. In den nächsten zwei Wochen, in denen Malcolm ganz für sich allein wieder zu Kräften kam und dann in einem Labor zu arbeiten begann, das er als sein Allerheiligstes betrachtete und dessen Benutzung ausschließlich ihm selbst vorbehalten war, verbrachte ich meine Zeit mit dem Rest des Teams, erforschte die Inseln, erfuhr mehr über die von der Gruppe entwickelten Technologien und dachte über die Auswirkungen unserer jüngsten Eskapaden nach. Es war eine kraftspendende Zeit, und mir wurde irgendwann bewusst, dass ich nicht redete und handelte wie Dr. Gideon Wolfe aus Manhattan, Professor an der John Jay University und geachtetes Mitglied der amerikanischen Gesellschaft, sondern eher wie jemand, der gleich den anderen seine mit der Geburt erworbene Staatsbürgerschaft abgelegt und sich in einen Vaterlandslosen verwandelt hatte. Mit meinem Sprung aus dem Gefängnis von Belle Isle an Bord von Malcolms Schiff war ich ein Vogelfreier geworden – im besten Sinne des Wortes, sagte ich mir, aber solche Unterscheidungen würden nicht viel bedeuten, wenn ich den Weg der Staatsmacht kreuzte. Und so tauchte ich kopfüber ein in meine neue Rolle; tagsüber erörterte ich potenzielle neue Falschmeldungen und beschäftigte mich mit neuen Waffen und Technologien, nachts ließ ich mich immer leidenschaftlicher von Larissa bezaubern.

Heute kommt mir das wie ein Traum vor; ein Traum, zu dem ich mit Freuden zurückkehren würde, wenn ich nur den Horror vergessen könnte, der mich aus ihm herausgerissen hat.

Dieser Horror war nicht ohne Vorwarnungen über mich hereingebrochen, obwohl ich in jener Anfangszeit alles emotional wie intellektuell viel zu aufregend fand, als dass ich sie wahrgenommen hätte. Die erste steht mir noch lebhaft vor Augen: Eines Abends, als die Sonne von der Bucht vor dem bleiverglasten Erkerfenster in meinem Zimmer reflektiert wurde (zu dieser Jahreszeit wurde es auf St. Kilda nur für ungefähr drei Stunden pro Nacht richtig dunkel), wühlte ich zufällig in der Jacke, die ich bei dem erst ein paar Tage zurückliegenden Gefängnisausbruch getragen hatte, und fand die originale Computerdisk, die Mrs. Price mir gegeben hatte. Während ich sie anstarrte, dachte ich zuerst an Max – nicht so, wie ich ihn zuletzt gesehen hatte, als ein großer Teil seines Kopfes von der Kugel eines CIA-Scharfschützen weggerissen worden war, sondern lebendig, stets zu Scherzen aufgelegt und voller Gelächter, so wie immer. Dann fielen mir allmählich die Informationen auf der Disk wieder ein – *alle* Informationen. Ich hatte mich ausschließlich auf die Geschehnisse um das Forrester-Attentat konzentriert und dabei völlig vergessen, dass es Max gelungen war, die Verschlüsselung eines zweiten Bildersatzes zu knacken: das alte Material von einem Todeslager der Nazis, durch das die digital eingefügte Silhouette einer nicht identifizierbaren Gestalt wanderte.

Ich schob die Disk in ein Computerterminal auf einem rustikalen Schreibtisch am Erkerfenster, rief diese Bilder auf und sah sie mir noch einmal an.

»Was Gutes?«

Beim Klang von Larissas Stimme schreckte ich ein wenig zusammen. Als ich mich umdrehte, sah ich sie eilig durch meine offene Tür hereinkommen. Ich gab ein leises, wohliges Stöhnen von mir, als sie sich auf meinen Schoß warf, mir einen flüchtigen Kuss gab und den Blick ihrer dunklen Augen dann auf den Monitor richtete. »Was in aller Welt ist das denn? Versuchst du dich ein bisschen in Geschichtsklitterung?«

»Soll das heißen, du kennst das nicht?«, fragte ich überrascht.

Larissa schüttelte den Kopf. »Was es auch ist, es scheint nicht ganz fertig zu sein.«

»Nein«, sagte ich und ließ die Bilder noch einmal ablaufen. »Max hat es auf der Disk entdeckt, die Prices Frau uns gegeben hat. Ich hatte das ganz vergessen – und als ich es wieder sah, nahm ich an, dass es ein weiterer Auftrag war, den Price für deinen Bruder erledigt hat.«

»Falls ja, dann habe ich nie etwas davon gehört.« Larissa sprang auf und ging zu einem leuchtenden Tastenfeld neben meinem Bett. »Vielleicht weiß Leon etwas darüber.« Sie drückte auf ein paar Tasten. »Leon, kommst du bitte in Gideons Zimmer? Er hat etwas Merkwürdiges gefunden.«

Ein paar Minuten später kam Leon Tarbell hereingerauscht, eine Zigarette zwischen den Lippen. »Na, was haben Sie da Geheimnisvolles, Gideon?«, sagte er. »Ich war ziemlich beschäftigt, als Sie ...« Dann sah er die Bilder auf dem Monitor und hielt abrupt inne. »Was zum Teufel ist *das*?« Als ich noch einmal erklärte, woher die Disk stammte, konzentrierte sich Tarbells Blick noch stärker auf die graue Gestalt auf dem Monitor.

»Den kenne ich«, sagte er fasziniert und frustriert zugleich. »Ja, ich bin *sicher*, dass ich ihn kenne, aber ich kann ihn irgendwie nicht – da, sehen Sie? Wenn er sich ins Profil dreht. Ich *weiß*, dass ich diese Silhouette schon irgendwo gesehen habe.«

»Genau so ist es mir auch gegangen, als ich das zum ersten Mal gesehen habe«, antwortete ich mit einem Nicken. »Aber ich konnte die Gestalt nicht ...«

»Moment mal!« Ein Ausdruck jähen Wiedererkennens trat in Tarbells flackernden Blick, und dann eilte er zur Tastatur des Computers. »Ich glaube, ich könnte vielleicht ...« Er verstummte, als er sich auf der Tastatur ans Werk machte. Dann erschienen in rascher Folge neue Bilder auf dem Monitor und verschwanden wieder.

»Was ist das, Leon?«, fragte Larissa. »Hat Price wirklich noch etwas anderes als den Forrester-Job für Malcolm gemacht?«

Tarbell zuckte die Achseln. »Wenn er's *dir* nicht gesagt hat, meine Liebe, hätte er es uns anderen sicherlich auch nicht erzählt. Aber was diesen mysteriösen Burschen betrifft ...« Er zeigte auf den Bildschirm, wo erneut die Aufnahmen des Konzentrationslagers auftauchten; ein Standbild war zu sehen. Tarbell tippte noch ein paar Mal schwungvoll auf die Tastatur. »Hier ... ist ... er!«

Die geheimnisvolle Silhouette füllte sich plötzlich auf perfekte Weise mit dem Foto eines Mannes, dessen Namen wir alle gut kannten:

»Stalin«, sagte ich verwirrter denn je.

»Ja, richtig, es ist Stalin«, stimmte Larissa zu. Aus ihrem Blick sprach die gleiche Verblüffung, die auch ich verspürte. »Aber welches Interesse könnte Price daran gehabt haben, *den* in ein Todeslager der Nazis zu versetzen?«

Tarbell zuckte nur erneut die Achseln, während ich fragte: »Meinst du, das ist wichtig? Vielleicht sollten wir Malcolm fragen ...«

»Nein, Gideon«, sagte Larissa entschieden. »Nicht jetzt. Ich komme gerade von ihm. Er hat die ganze Nacht hindurch gearbeitet und zum Schluss wieder einen Anfall bekommen.«

Meine Aufmerksamkeit wandte sich Malcolms Verfassung zu, und ich fragte mich laut: »Was macht er überhaupt in diesem Labor?«

Larissa hob frustriert die Schultern. »Er will es nicht sagen, aber er arbeitet schon monatelang daran. Was immer es sein mag, ich wünschte, er würde damit aufhören – er braucht dringend Ruhe. Und was diese Sache hier angeht ...« Sie schaltete den Bildschirm des Terminals ab, holte dann die Disk heraus und warf sie Tarbell zu. »Ich würde sagen, es war nur ein Film, an dem Price gearbeitet hat. Vergiss es, Gideon.« Sie drehte mein Gesicht zu ihrem und kam näher heran, um mich zu küssen. »Ich möchte, dass du dich jetzt voll und ganz auf mich konzentrierst.«

Tarbell räusperte sich. »Mein Stichwort«, sagte er, steckte die Disk ein und ging so eilig hinaus, wie er hereingekommen war. »Ich hab's Ihnen schon mal gesagt, Gideon – Sie sind ein Glückspilz ...«

Vielleicht war ich das. Aber Glück ist natürlich vergänglich; und hätte ich in diesem Moment gewusst, wie bald mein Glück enden und wie viel die wieder entdeckte Disk damit zu tun haben würde, hätte ich mich niemals ablenken lassen, nicht einmal von Larissa. Denn eine fertig gestellte Version der von uns gesehenen Bilder sollte nur allzu bald ein derart unfassbares Verbrechen auslösen, dass sogar unsere sinnlos hyperaktive Welt erstaunt und verwirrt innehalten würde – ein Verbrechen, das mich in mein Dschungelexil hier in Afrika trieb, wo ich nun so verwirrt und voller Angst wie noch nie die Ankunft meiner ehemaligen Kameraden erwarte.

23

Während wir anderen weiterhin darauf warteten, dass Malcolm aus seinem Labor kommen und verkünden würde, es sei an der Zeit, ein neues Täuschungsmanöver ins Auge zu fassen, fiel es mir zeitweilig schwer, die Geduld zu bewahren – obwohl ich gern zugebe, dass es für Larissa und mich leichter war als für die anderen, wie Leon Tarbell wiederholt betonte. Tatsächlich versetzte der bloße Gedanke daran, dass andere Mitglieder der Gruppe eine körperliche Beziehung miteinander unterhielten und er niemanden hatte, Tarbell derart in Erregung, dass er sich zunächst in einem angeblichen »Virtual Reality Sex Suit« (im Grunde nicht mehr als eine dünne, lange Unterhose aus Gummi, in die starke Elektroden eingebettet waren) durch einen Stromschlag beinahe tötete und ein paar Tage später dann mit einem kleinen Turbinenhubschrauber, der in einem der Schuppen der Anlage untergestellt war, nach Edinburgh flog. Als er seine Startvorbereitungen traf, wies ich ihn darauf hin, dass Glasgow näher sei, aber das hatte nur zur Folge, dass ein Ausdruck überlegener Verachtung in seine lebhaften Züge trat.

»Besoffene Hilfsarbeiter und Heroinsüchtige!«, blaffte er. »Nein, Gideon, die Prostituierten von Edinburgh bedienen sexhungrige Anwälte und perverse Politiker – die haben enorme Erotik, die sind genau das Richtige für mich!«

Dann brüllten die Triebwerke der Maschine auf, und weg war er.

So begann ein sehr bemerkenswerter Abend. Ich war ausnahmsweise einmal allein, weil Larissa beschlossen hatte, die ganze Nacht über am Bett ihres immer noch kranken Bruders Wache zu halten, damit er sich in dieser Zeit ausruhte, statt in seinem Labor zu arbeiten. Erneut ertappte ich mich bei Spekulationen darüber, was den Mann wohl so in Anspruch nehmen mochte, dass es ihn geradezu auffraß. Larissa hatte zwar gesagt, sie habe keine Ahnung, aber mir kam der Gedanke, dass der stets geheimnistuerische und nicht sehr gesprächige Colonel Slayton es vielleicht wusste. Als ich herumfragte, erfuhr ich, dass Slayton sich in den Abhörraum der Anlage zurückgezogen hatte. Also machte ich mich auf den Weg, um herauszufinden, ob ich ihn mit meiner angeblichen psychologischen Raffinesse dazu bringen konnte, etwas über Malcolms Aktivitäten preiszugeben.

Der Abhörraum befand sich in einer Kneipenattrappe gegenüber der Kirche, in der das Projektionsgerät von Malcolms Ozonwaffe untergebracht war. Unter der Kneipe lag eine unterirdische Kammer mit einem Durchmesser von rund hundert Metern; sie beherbergte die Geräte, denen die eigentliche Arbeit oblag, die offizielle wie auch private elektronische Kommunikation der ganzen Welt zu belauschen. Die Regierungen der Vereinigten Staaten und ihrer englischsprachigen Verbündeten hatten jahrzehntelang ein ähnliches System namens Echelon betrieben, für das mehrere solcher Abhöranlagen mit Quadratkilometern von Gerätschaften vonnöten gewesen waren: Wieder einmal hatte Malcolm die nächste Stufe der technologischen Entwicklung erreicht.

Ich klopfte mehrmals an das Holzimitat an der Tür, ohne

eine Antwort zu bekommen. Aber da ich im Innern ein unverständliches Stimmengewirr hörte, schien die Vermutung gerechtfertigt, dass der Colonel tatsächlich bei der Arbeit war. Deshalb trat ich leise ein – und sah mich mit einer Szenerie konfrontiert, die zu den befremdlicheren Dingen zählte, die ich seit meiner Ankunft zu sehen bekommen hatte.

Die Deckenlampen in dem Raum waren ausgeschaltet, aber das Licht von ungefähr zwanzig Monitoren zerschnitt die Dunkelheit in der fensterlosen Kammer. Die meisten von ihnen waren nicht besonders groß, aber ein paar nahmen fast eine ganze Wand ein. Anfangs konnte ich den aufblitzenden Konturen auf diesen Bildschirmen keinen rechten Sinn zuordnen, doch als meine Augen sich an das leicht stroboskopartige Licht gewöhnt hatten, erkannte ich, dass es rasch wechselnde, verschlüsselte und dekodierte Textkörper waren, hin und wieder auch ein Plan oder ein Diagramm. Keine zwei Bildschirme zeigten das Gleiche, und die Kakophonie, die ich draußen gehört hatte und die bei meinem Eintreten geradezu ohrenbetäubend geworden war, wurde von Dutzenden gleichzeitig ertönender Audiosignale produziert, die wiederum teilweise verständlich und teilweise kodiert waren.

Slayton saß mitten in all dem an einer Konsole, den Blick auf die größten beiden Monitore gerichtet, obwohl die aufblitzenden Informationen eindeutig zu schnell über die Bildschirme huschten, als dass er sie vollständig hätte erfassen können. Ich wollte ihn fragen, was in aller Welt er da tat, aber es gelang mir auch durch noch so lautes und theatralisches Räuspern nicht, seine Aufmerksamkeit auf mich zu lenken. Darum trat ich ein oder zwei Schritte weiter in den Raum, bis ich neben ihm stand. Doch dann erstarrte ich.

Die lange Narbe in seinem Gesicht war von einem dünnen Tränenstrom benetzt worden, aber seine Miene war so unbewegt wie eh und je: Nur ein ganz leises Zittern seines grimmig vorgeschobenen Kinns deutete überhaupt auf eine Gefühlsregung hin. Bei einem solchen Mann sprach jedoch auch eine so winzige Bewegung Bände.

Es war eine äußerst peinliche Situation für mich, und ich versuchte sie zu beenden, indem ich langsam wieder zur Tür zurückwich. Aber bevor ich halbwegs dort war, sah ich, wie der Colonel die Hand langsam zu einem Tastenfeld ausstreckte und auf eine der leuchtenden Tasten drückte. Die Lautstärke in dem Raum sank sofort auf eine Stufe, die meine Verlegenheit nur verstärkte. Dann sagte Slayton leise und ohne sich umzudrehen:

»Was Sie hier hören und sehen, Doktor, ist der Nachrichtenverkehr diverser Abschirm- und Geheimdienste in aller Welt.«

»Aha«, war alles, was mir darauf einfiel.

»Sagen Sie mir«, fuhr Slayton fort. »Stimmt es, dass das menschliche Ohr nicht empfindlich genug ist, um Unehrlichkeit wahrzunehmen?«

Mir schien nichts anderes übrig zu bleiben, als die Unterhaltung fortzusetzen. »Meistens, ja«, sagte ich. »Derartige Interpretationen sind für gewöhnlich emotional gefärbte Beurteilungen, keine perzeptorischen Gewissheiten.«

Der Colonel grunzte. »Mag sein. Vielleicht ist mein Ohr mit den Jahren einfach immer feiner geworden. Aber ich kann Ihnen mit absoluter Gewissheit sagen, Doktor, dass dies hier« – er drehte die Lautstärke in dem Raum wieder hoch – »dass dies hier der Klang der *Lüge* ist.«

Ich weiß nicht, wie lange ich dort stand und Slaytons unbewegliche Gestalt betrachtete, während er weiter auf die riesigen Monitore starrte. Schließlich reduzierte er die Lautstärke wieder, tupfte sich ganz offen sowohl seine Narbe als auch die andere Wange mit einem Taschentuch ab und drehte sich dann mit seinem Stuhl zu mir um. »Kann ich etwas für Sie tun, Dr. Wolfe?«, fragte er und musterte mich neugierig.

»Ich … ich habe mich gefragt …« Während ich nach Worten suchte, kann mir der Gedanke, dass Slayton mein Unbehagen womöglich genoss; aber ein weiterer prüfender Blick in sein Gesicht ließ nichts erkennen, was einen solchen Verdacht bestätigt hätte. »Um die Wahrheit zu sagen, ich habe mir Gedanken um Malcolm gemacht. Ich wüsste gern, ob ich ihm ärztliche Hilfe zuteil werden lassen könnte.«

»Glauben Sie, er braucht psychiatrische Hilfe?« Seltsamerweise schien die Frage völlig ernst gemeint zu sein.

»Das habe ich nicht gemeint«, antwortete ich. »Aber ich bin Arzt, ich erkenne chronische Schmerzen, wenn ich sie sehe. Und Larissa hat mir seine … Geschichte erzählt.«

»So?« Slaytons Augen wurden schmal. »Nun, wenn das so ist, Doktor, dann sind Sie sicher bereits zu dem Schluss gekommen, dass da niemand etwas tun kann – weder Sie noch sonst jemand. Für ihn gibt es nur eins: Schmerzmittel und Ruhe. Etwas anderes hat es für ihn nie gegeben.«

Ich entdeckte einen Anknüpfungspunkt. »Und es bereitet ihm ganz offenkundig keine Probleme, Medikamente einzunehmen. Aber warum ruht er sich nicht genug aus?«

Der vage Anflug eines Lächelns schien in einen Mundwinkel des Colonels zu huschen. »Sehr geschickt, Doktor«, sagte er. »Aber das kann ich nicht beantworten. Keiner von uns kann es. Einfach weil keiner von uns weiß, welche Arbeit ihn vom Schlafen abhält – nicht einmal Larissa.«

»Verstehe.« Ich ließ den Blick durch den Raum schweifen. »Und Sie?«

Das Phantomlächeln schien deutlichere Gestalt anzunehmen. »Jonah und ich haben einen holografischen Projektionsmechanismus für das Schiff gebaut und installiert. Mit dessen Hilfe sollte es uns gelingen, uns ungesehen zu bewegen und solche Schlamassel wie das in Florida zu vermeiden.«

»Ist das möglich?«

Slayton neigte abwägend den Kopf. »Im Pentagon waren wir nahe dran. Malcolm glaubt, dass er alles fertig ausgearbeitet hat.«

»Ah.« Ich blieb stehen, wo ich war, und trat von einem Fuß auf den andern. »Aber … das ist eigentlich keine Erklärung für all das hier, nicht wahr?« Ich zeigte auf die Bildschirme.

Ich weiß nicht, was für eine Reaktion ich auf eine solch direkte Frage erwartet hatte, aber jedenfalls überraschte er mich. Er schmunzelte gutmütig und deutete dann mit einer Hand auf einen leeren Stuhl neben seinem. »Setzen Sie sich, Doktor, dann erkläre ich es Ihnen«, sagte er. »Die ganze Sache hängt nämlich von Ihnen ab.«

24

Als ich neben dem Colonel Platz nahm, sagte er: »In manchen Priester- und Mönchsorden wird immer noch der Brauch der Selbstgeißelung praktiziert. Finden Sie das pervers, Doktor?«

»Extrem«, erwiderte ich, während ich mit ihm zusammen auf die Monitore schaute. »Aber nicht pervers. Ist es das, was Sie hier betreiben – Selbstgeißelung? Mit schmerzhaftem Licht und Lärm anstelle der Peitsche?«

»In gewisser Hinsicht bestimmt«, antwortete Slayton mit einer Offenheit, die mich wie alles andere an dem Mann sehr beeindruckte. »Für den größten Teil meines Lebens, Doktor, war diese Welt« – er zeigte auf die Bildschirme – »die Wildnis, die ich bereist habe, in der ich darum gekämpft habe, den Heiden den Glauben der Demokratie zu bringen. Bis ...« Er begann abzuschweifen, fing sich aber rasch wieder. »Es ist *eine* Sache, wenn man entdeckt, dass der Gott, den man anbetet, Füße aus Lehm hat. Eine ganz andere ist es, wenn man feststellt, dass diese Füße in Blut getaucht sind. Nicht nur ins Blut der Feinde, sondern auch in das der eigenen Kameraden. Und wenn einem klar wird, dass man selbst die Mitschuld an ihrem Tod trägt. Die Mitschuld – durch Unterlassung ...«

Ich sah zu, wie ihm erneut Tränen in die Augen traten, dann sagte ich: »Colonel, Sie denken an den Taiwanfeldzug. Aber Sie können nicht ...«

»Ich denke an Bosnien, Serbien, Irak, Kolumbien und, ja, Taiwan«, warf er rasch ein. »Und an das halbe Dutzend anderer Länder, wo ich im Namen der Freiheit getötet und meine Männer in den Tod geschickt habe. Können Sie sich vorstellen, wie das war, als ich herausfand, dass die einzige Freiheit, an der meine Vorgesetzten jemals wirklich interessiert waren, die Freiheit ihrer zahlungskräftigen Herren war, in diesen Ländern Geschäfte zu machen? Ich bin kein Dummkopf, Dr. Wolfe. Zumindest halte ich mich nicht für einen. Wieso habe ich es dann nicht bemerkt? Nicht einmal andeutungsweise? Die internationalen Handelsvereinigungen und Sicherheitsbünde, deren Autorität wir garantiert haben – haben sie auch nur in einem dieser Länder die Tyrannei, die Ausbeutung oder die Ungleichheit ausgerottet, wie man es uns vorher weisgemacht hat? Haben sie jemals auch nur einem einzigen unterdrückten Land echte Freiheit gebracht?«

Slayton schüttelte eine geballte Faust. »Und trotzdem haben wir weiterhin ihren Befehlen gehorcht – das Blut unserer Feinde für sie zu vergießen und unsere eigenen Soldaten sterben zu lassen. In Taiwan ist dann völlig klar geworden, dass wir nur dort waren, um zu sterben – dass Washington nicht die Absicht hatte, Pekings Machtübernahme zu verhindern, dass es in Wirklichkeit mit den Kommu-Kapitalisten gemeinsame Sache gemacht hat. Mir war damals die Regierung von Taiwan egal, Doktor, und ich habe auch heute nichts für sie übrig. Aber warum mussten meine Männer für einen derartigen Zynismus sterben? Und vor allem« – Slaytons Brust hob und senkte sich heftig – »warum habe ich es nicht *erkannt*?«

Ich zuckte die Achseln. Es hatte keinen Zweck, jemanden wie ihn mit Samthandschuhen anzufassen. »*Mundus vult decipi*«, sagte ich leise.

Sein flüchtiges Lächeln kehrte zurück. »Danke, Doktor.«

»Tut mir Leid ...«

»Nein, ich meine es völlig ernst. Danke, dass Sie mir herablassende, falsche rationale Erklärungen ersparen. Ja, jeder will getäuscht werden, und das wollte ich auch. Ich wollte glauben, was ich als Kind gelernt hatte. Als mein Vater in einem Leichensack vom Persischen Golf heimkam und wir ihn in Arlington begraben haben, wollte ich glauben, dass es bei seinem Krieg nicht darum gegangen war, Blut für Öl zu vergießen. Irgendwo tief in meinem Innern haben mir die an mich weitergereichten Gene eines afrikanischen Sklaven zugeflüstert, dass ich ein Narr sei, aber ich habe nicht zugehört. Ich habe jeden Versuch bekämpft, die Täuschung aufzudecken. Und in Taiwan ... dort ist dann alles in die Brüche gegangen. Als ich im Pentagon zu arbeiten begann, war ich ein Gespenst, jemand, der getäuscht worden war und gelernt hatte, andere zu täuschen. Und ich wäre ein Gespenst geblieben, wäre ich nicht Malcolm begegnet. Aber etwas fehlt auch jetzt noch, seit ich bei diesem Team bin.« Er wandte sich mir zu. Seine Miene war entschlossen. »Und *Sie*, Doktor, werden mir helfen, das in Ordnung zu bringen.«

Einigermaßen verdutzt fragte ich: »Wieso gerade ich?«

Als Antwort darauf stand Slayton auf und ging in dem Raum umher. »Psychologie und amerikanische Geschichte, Doktor – ich brauche Ihre Fachkenntnis.« Er verschränkte die Hände und rang sie heftig. »Ich glaube, Sie wären überrascht, wenn Sie wüssten, dass ich mich sehr dafür eingesetzt habe, Sie in dieses Team aufzunehmen.«

Ich hätte beinahe erstaunt aufgelacht. »Ja, das muss ich zugeben.«

»Nicht dass es besonders schwierig gewesen wäre, nachdem die anderen Ihr Buch gelesen hatten.« Slayton nahm ein Exemplar der *Psychologischen Geschichte der Vereinigten Staaten* zur Hand, das auf der Konsole lag, und begann, darin zu blättern. »Und Ihr Bild gesehen hatten«, fuhr er fort und klang einen Moment lang wie ein verständnisvoller, ein wenig missbilligender Vater. »Da stand Ihre Wahl so gut wie fest. Aber ich war es, der die anderen auf Sie aufmerksam gemacht hat.« Er hörte auf, in dem Buch zu blättern, und konzentrierte sich auf eine bestimmte Seite, dann warf er mir einen nachdenklichen Blick zu. »Glauben Sie wirklich, der Tod von Jeffersons Mutter hatte etwas damit zu tun, dass er die Unabhängigkeitserklärung verfasst hat?«

Ich wählte meine Worte sorgfältiger als in dem Buch: »Ich hatte schon immer den Eindruck, dass die beiden Ereignisse zeitlich zu nah beieinander lagen, als dass es ein Zufall sein konnte. Nach allem, was man weiß, hatten sie eine schwierige Beziehung.«

Slayton nickte. »Es gab eine Zeit, da hätte mich ein solcher Gedanke angewidert, Doktor. Da hätte mich dieses ganze Buch angewidert. Sie legen die ganze amerikanische Nation gegen ihren Willen auf die Couch und stellen fest, dass sie einen Haufen Neurosen hat.«

»Erheblich mehr als nur Neurosen«, verbesserte ich.

»Ja«, sagte Slayton. »Und wie gesagt, früher einmal hätte ich Sie dafür verflucht. Aber jetzt ...« Seine Stimme verstummte erneut, während sich sein Blick auf das tanzende Licht auf dem Fußboden heftete.

»Colonel«, sagte ich, »bitte glauben Sie mir, ich will Ihre Gefühle nicht klein reden, aber was Sie durchmachen, ist nichts Neues in der amerikanischen Geschichte, das ist Ihnen doch sicher klar. Die ›Täuschung‹, die Sie schildern, ist nur das Bedürfnis, an die naturgegebene weltanschauliche und ethische Überlegenheit der Vereinigten Staaten zu glauben – an das, was man im Allgemeinen als unsere moralische Sonderstellung bezeichnet. Dieses Bedürfnis hatten wir schon von Anfang an. Jedes Land begeht schwere Verbrechen, um eine Position unangreifbarer Stärke zu erlangen; da war unseres keine Ausnahme. Und man muss einen Weg finden, diese Verbrechen zu rechtfertigen, damit die Menschen mit ihnen leben können.«

»Wie wahr«, sagte Slayton, immer noch mit gesenktem Blick. »Aber Sie und ich werden den Glauben an diese Sonderstellung in seinen Grundfesten erschüttern.«

Ich lief mit meiner tröstlichen kleinen Ansprache plötzlich ins Leere. »Wirklich?«

Slayton nickte langsam, dann tauchte er abrupt aus seinem Tagtraum empor, drehte seinen Stuhl zu meinem und setzte sich. »Ich habe vor einer Stunde mit Malcolm gesprochen. Er war sehr zornig über den Angriff auf Afghanistan, obwohl es uns gelungen ist, die Leute zu evakuieren. Er hat sich mit meinem Vorschlag einverstanden erklärt – eben jene Heuchelei, die immer für alles vernünftige Gründe findet, von der Versklavung meiner Vorfahren bis zu diesem Angriff auf Afghanistan, wird die Zielscheibe unseres nächsten Jobs sein. Er überlässt es Ihnen und mir, die Sache auszuarbeiten.«

»Oh.« Ich verdaute das, so gut ich konnte: Ich hatte damit gerechnet, dass ich bei der nächsten Unternehmung *mitmachen* würde, aber nicht, dass ich sie *planen* sollte. »Tja – hatten Sie da an etwas Bestimmtes gedacht?«

»Noch nicht«, antwortete Slayton. »Ich habe mit Ihrem Buch hier gesessen und mir etwas auszudenken versucht, aber jedes Mal, wenn ich damit anfange, verliere ich mich dermaßen in ...«

Er hielt plötzlich inne und neigte den Kopf, während er auf die Geräusche lauschte, die aus den Abhörgeräten kamen. »Da ist es wieder«, murmelte er. »Das ist schon das dritte Mal heute Abend.«

»Was ist das dritte Mal heute Abend?«

Slayton schüttelte den Kopf. Er horchte immer noch; und mir dämmerte, dass sein »feines Ohr«, wie er es nannte, tatsächlich imstande war, einzelne Nachrichten aus dem verwirrenden Lärm herauszufiltern. »Es ist der Mossad«, sagte er. »Der israelische Geheimdienst. Heute Abend habe ich schon dreimal Bruchstücke von Funkgesprächen mit einigen seiner europäischen Agenten aufgefangen. Sie reden immer von irgendeiner terroristischen Aktivität, bei der es um ein deutsches Konzentrationslager geht.«

Ich dachte darüber nach. »Könnte der militärische Flügel von Neues Deutschland sein«, meinte ich. »Seit die Freiheitlichen in Österreich die Macht übernommen haben, sind ihre Freunde jenseits der Grenze mächtig aufmüpfig geworden.«

»Wäre möglich.« Slayton klang eindeutig nicht überzeugt. »Aber die Israelis kommen mir viel zu aufgeregt vor, als dass es nur um Europäer gehen könnte, die sich die Köpfe einschlagen. Nun« – er streckte die Hand aus und schaltete die akustischen und optischen Abhörgeräte in dem Raum alle zusammen aus – »wir müssen uns um unsere eigene Aufgabe kümmern, Doktor.«

Damit war nahezu unbemerkt ein weiterer Hinweis auf die ungeheuerliche Tragödie aufgetaucht und sofort wieder verschwunden, die uns in naher Zukunft verschlingen sollte. Selbst jetzt kann ich nicht darüber spekulieren, wie viele Menschenleben hätten gerettet werden können, wenn Slayton und ich in diesem Augenblick beschlossen hätten, uns die geheimnisvollen Botschaften, die durch unsere Abhörsysteme schossen, genauer anzuhören – denn über solche vertanen Chancen nachzudenken, würde mich sicherlich geradewegs in den Wahnsinn treiben.

25

Wie genial, wie *wichtig* erschien uns damals der Plan, den Colonel Slayton und ich in den folgenden Tagen ausheckten – und wie stolz war ich, mit einem Mann zusammenzuarbeiten, dessen Taten kleine Jungen inspiriert und erwachsene Männer beschämt hatten! Obwohl in unserer Partnerschaft keine Rede von echter Gleichheit sein konnte, war Slayton ein mehr als nachsichtiger (wenn auch gelegentlich scharfzüngiger) Lehrer, und wir fanden rasch einen effektiven Arbeitsrhythmus, der es uns erlaubte, schon innerhalb der ersten vierundzwanzig Stunden einen Schlachtplan zu skizzieren. Die nächsten achtundvierzig Stunden flogen nur so dahin, und am Ende des dritten Tages waren wir fest davon überzeugt, dass wir einen Plan ersonnen hatten, der im Hinblick auf unser Ziel mehr als nur zweckdienlich sein würde – allerdings gab es nur eine Möglichkeit, ganz sicherzugehen: Wir mussten ihn an unseren Kollegen ausprobieren.

Wir warteten damit noch einen Tag, bis Tarbell von seinem Ausflug zurückkam. Mit einem Grinsen tiefer Befriedigung im Gesicht und erschöpftem, schlurfendem Gang betrat er den Raum, in dem wir anderen (außer Malcolm) uns zum Abendessen versammelt hatten, und verkündete, er sei bereit für eine ordentliche Mahlzeit – »Wie können die Schotten nur von so einem Fraß leben?« – und ein produktives Gespräch (anscheinend verfügte er nur dann über wirklich gesunde Urteilskraft, wenn er ein paar Tage mit Frauen von »enormer Erotik« verbracht hatte). Auf diese Beteuerung hin nickte mir Slayton zu: Er hatte zuvor beschlossen, dass ich den Plan vorschlagen sollte. Er behauptete, er lebe in der Welt der Tat, nicht der Worte, und würde es letztlich nur vermasseln. Angesichts ihrer Quelle ließ ich die indirekte Kränkung umstandslos an mir abprallen und begann zu umreißen, was wir uns ausgedacht hatten.

Zur Einführung bemerkte ich, dass die Erfolge des Teams bisher vor allem auf einem Element beruht zu haben schienen: Glaubwürdigkeit. Die Öffentlichkeit habe jede Falschmeldung akzeptiert, weil sie auf eine gewisse, elementare Weise Sinn ergab. Amerikanische Politiker beispielsweise seien für die meisten Leute im Grunde nicht viel mehr als anonyme Figuren, die im Fernsehen vorkämen; wer dagegen von Winston Churchills bemerkenswerter Gerissenheit und seiner Bereitschaft wisse, bei der Verfolgung seiner politischen Ziele über Leichen zu gehen, dem fiele es nicht schwer, die Princip-Briefe als echt zu akzeptieren. Was Jesus beträfe, so seien nur wenige Fakten aus seinem Leben jemals verifizierbar gewesen; und obwohl die Archäologen und Anthropologen mit den Jahren Tausende von Fossilien ausgegraben hätten, so könnten diese nach wie vor keinen absolut unwiderleglichen Beweis für die Evolution des Menschen liefern. Und was das Forrester-Material anbelange, so seien die Menschen schließlich schon immer bereit gewesen, islamischen Terroristen so gut wie alles in die Schuhe zu schieben. Deshalb wollten wir unseren Plan zuallererst einmal auf eine sichere historische Grundlage stellen, um uns diese Macht der Glaubwürdigkeit ebenfalls zunutze zu machen.

Die anderen nahmen das alles kommentarlos hin. Nun wurde die Sache ein bisschen kniffliger. Ich verkündete, Colonel Slayton und ich wollten als Ausgangspunkt die Ermordung George Washingtons benutzen. Die ausdruckslosen Mienen, mit denen diese Feststellung zur Kenntnis genommen wurde, besagten eindeutig, dass unsere Kollegen entweder nicht wussten, dass Washington ermordet worden war, oder dass sie den Hergang vergessen hatten. Ich erklärte, ihre Wissenslücke sei durchaus verständlich, da der Mord ein hässliches Kapitel der amerikanischen Geschichte gewesen sei, das für gewöhnlich unter irgendeinen kollektiven psychologischen Teppich gekehrt werde. Aber ja, fuhr ich fort, Washington sei in der Tat ermordet worden: Er habe sich eine Halsinfektion zugezogen, für die mehrere Ärzte einen Aderlass verschrieben hätten. Diese Ärzte seien jedoch insgeheim von einer Gruppe von Geschäftsleuten und Politikern bestochen worden – darunter mehrere der anderen Gründerväter –, denen daran gelegen gewesen sei, dass der Landesvater ein für alle Mal den Mund hielt. Washington habe in den letzten Monaten seines Lebens erkannt, in welchem Ausmaß die den Kinderschuhen entwachsenden Vereinigten Staaten an die Klassen der Begüterten und der Kaufleute verschachert worden seien, und sich darüber äußern wollen – in aller Öffentlichkeit. Aber die herrschenden Mächte, die den heutigen herrschenden Mächten auf erstaunliche Weise glichen, hätten das nicht geduldet. Die Folge: Ermordung durch Aderlass.

Fouché reagierte auf diese Geschichte, indem er erklärte, dieses Ereignis scheine ihm eine ausgezeichnete Grundlage für eine weitere Falschmeldung darzustellen, da es den Entstehungsmoment der Vereinigten Staaten betreffe und zugleich ungeheueres Potenzial für Kontroversen biete. Aber welche Fälschung, fragte er, wollten wir nun um diese Geschichte herum bauen? In diesem Moment mussten wir die

Karten auf den Tisch legen: Die Geschichte *war* der Coup. Slayton und ich waren zu dem Schluss gekommen, dass Washingtons Ermordung durch korrupte, vom großen Geld bezahlte Politiker zwar sicherlich eine passende Parallele zum gegenwärtigen Zustand der Vereinigten Staaten darstellte, aber keine Basis in den historischen Tatsachen hatte. Ein kurzes Schweigen schloss sich an; dann brach der ganze Tisch in schallendes Gelächter und gespielte Entrüstung aus, gefolgt von lautstarkem Applaus. Larissa, die sich nicht gern verblüffen ließ, erklärte, sie habe die ganze Zeit gewusst, dass ich log; aber sie hielt diese Behauptung nicht lange aufrecht, und als sich alle wieder beruhigt hatten, erörterten wir, warum die Idee solches Potenzial hatte.

Wenn wir einen Schlag gegen den Glauben an die moralische Sonderstellung Amerikas führen wollten, hatte es zunächst einmal keinen Sinn, eine Falschmeldung zu verbreiten, die heutige amerikanische Führer betraf. Die Bürger der Vereinigten Staaten hatten ihre nationalen und lokalen Vertreter schon längst als »bezahlte Diener der Unternehmerklasse« erkannt, wie Slayton sie nannte, und jeder Versuch, eine umfassende weltanschauliche Krise auszulösen, indem man solchen Leuten niederträchtige und korrupte Motive und Handlungen zuschrieb, war zum Scheitern verurteilt. Andererseits konnten wir uns in Anbetracht der geringen Wertschätzung, die historisiche Themen in der breiten Öffentlichkeit genossen, auch nicht auf allzu unbekannte Tatsachen und Persönlichkeiten beziehen. Doch obwohl die meisten Menschen vielleicht nicht angeben konnten, wann oder wie die Vereinigten Staaten entstanden waren, hegte die überwältigende Mehrheit immer noch die vage, aber elementare Vorstellung, ihre Geburt sei etwas Gutes gewesen, das offen und ehrlich errungen worden war – mit George Washington an der Spitze. Wenn man sich nun die Methoden der Regenbogenpresse zu Eigen machte und dreist mit diesen Vorstellungen spielte, konnte es durchaus sein, dass der daraus resultierende Skandal die Aufmerksamkeit der gesamten Nation auf sich zog und die Amerikaner dazu brachte, einige ihrer zentralen vorgefassten Meinungen bezüglich der Moral ihres Landes zu überdenken.

Eine Mordgeschichte schien dazu am besten geeignet zu sein, sogar noch besser als ein guter Sexskandal. Schließlich waren die Worte »Präsident« und »Sexskandal« im öffentlichen Bewusstsein schon seit langem unentwirrbar miteinander verknüpft, während Mordverschwörungen in der Öffentlichkeit immer noch hochgradige Faszination und extreme Emotionen auslösten – man brauchte sich ja nur anzusehen, was Malcolm und die anderen mit den Bildern von Emily Forresters Tod angerichtet hatten. Und obwohl man gemeinhin wusste, dass Washington wie so viele seiner Zeitgenossen (und auch der unsrigen) inkompetenten Ärzten zum Opfer gefallen war, würde die darüber hinausgehende »Enthüllung«, dass diese Tat das Ergebnis eines Komplotts gewesen sei, in Amerika und aller Welt wahrscheinlich ebenso wenig Skepsis hervorrufen wie an unserem Esstisch. Kurz, die Glaubwürdigkeit würde erneut Streit säen.

Am Ende des Abends herrschte allgemeine Übereinstimmung, dass der Plan gut genug war, um Malcolm vorgelegt zu werden. Slayton erbot sich freiwillig, das zu übernehmen, und tat es dann auch tags darauf. In den Stunden, die er mit unserem kranken Chef hinter verschlossenen Türen verbrachte, marschierte ich in meinem Zimmer auf und ab, während Larissa im Bett lag und mir versicherte, dass alles glatt gehen würde. Und sie schien Recht zu haben: Slayton kam bestens gelaunt aus der Besprechung und erzählte mir, Malcolm habe die Idee gebilligt und wolle, dass die anderen schon einmal die gefälschten Dokumente präparierten, die wir brauchten, um den Plan in die Tat umzusetzen.

Dennoch fand ich es merkwürdig, dass Malcolm seine

Abkapselung nicht wenigstens für einen kurzen Moment aufgegeben hatte, um uns seine Zustimmung persönlich mitzuteilen. Ich fragte Slayton, ob er mit der Reaktion unseres Chefs gänzlich zufrieden gewesen sei, und er bejahte; aber ich merkte, dass auch er zumindest leise enttäuscht darüber war, wie Malcolm unsere Arbeit aufgenommen hatte. Und obwohl ich in den betriebsamen Tagen, die darauf folgten, Malcolms ständige physische Kämpfe und die damit einhergehende emotionale wie auch intellektuelle Sprunghaftigkeit dafür verantwortlich zu machen versuchte, ließ sich der Zweifel nicht ganz aus meinen Gedanken verbannen: In gelegentlichen Augenblicken der Muße verspürte ich den Wunsch, den Mann zu fragen, was hinter seinem Benehmen steckte.

Die Gelegenheit dazu sollte sich jedoch erst ergeben, als wir wieder an Bord des Schiffes gegangen waren und auf den Atlantik hinausflogen, um aktiv auf unser Ziel hinzuarbeiten, das weltweite Bild von der Geburt und dem nationalen Charakter der Vereinigten Staaten zu verändern. Auf dieser Reise sollte ich feststellen, dass Malcolms scheinbarer Mangel an Begeisterung nichts mit Slaytons und meinem Plan zu tun hatte. Vielmehr entsprang er Sorgen von viel umfassenderer Natur; Sorgen, deren Berechtigung bald darauf ausgerechnet von jener kleinen Computerdisk bestätigt werden würde, die ich in meiner Jackentasche gefunden hatte.

26

Der Washington-Coup, wie wir ihn nach einer Weile nannten, beruhte im Wesentlichen auf zwei gefälschten Dokumentensätzen. Der erste war eine Sammlung von Geständnissen dreier von Schuldgefühlen gepeinigter Verschwörer, die an dem Mord beteiligt gewesen waren und auf dem Sterbebett ihr Gewissen erleichtern wollten: Thomas Jefferson (dem die Öffentlichkeit wegen seiner persönlichen kleinen Sünden und seiner Heuchelei bezüglich der Sklaverei schon längst so gut wie jede Missetat zutraute), John Adams (dessen leidenschaftlicher, manchmal irrationaler Föderalismus ihn zur ewigen Zielscheibe des allgemeinen Zorns gemacht hatte), und schließlich einer von Washingtons messerschwingenden Ärzten. Der zweite Satz gefälschter Dokumente bestand aus mehreren Briefen Washingtons an enge Freunde, in denen er seine Absicht bekundete, eine mahnende Ansprache an die Nation über die wachsende Macht jener zu halten, in deren Händen der Reichtum des Landes lag.

Als Slayton und ich mit der Formulierung der Texte fertig waren, hatten Leon und Julien bereits die erforderliche Tinte und das Papier verändert; bald darauf lagen die Dokumente bereit. Und so gingen wir an Bord des Schiffes und brachen nach New York und Washington auf, um unsere Schöpfungen in diverse Archive zu schmuggeln. Die Kupermans waren schon eifrig dabei, selbst fabrizierte Dokumente und Zeitschriftenartikel auf diversen Websites zu platzieren, die allesamt unsere Fälschungen stützen würden, sobald sie gefunden wurden. Kurz nach unserer Abreise kamen wir zu dem Schluss, dass wir gut daran täten, den Atlantik unter Wasser zu durchqueren, weil es am Himmel immer noch von Patrouillen wimmeln konnte, die nach dem mysteriösen Flugzeug suchten, das ihnen über der Nordsee entwischt war. Darum tauchten wir wieder in jene verlassenen Gewässer ein und fuhren knapp über dem Meeresboden nach Südwesten, bis wir auf die Grenze des Kontinentalschelfs stießen, wo die Welt unter uns wegzustürzen schien.

Wir gingen noch tiefer hinunter, überquerten den Buckel einer großen Unterwasser-Meereskette namens Porcupine Bank und steuerten in fast tausend Meter Tiefe auf die Porcupine Plain zu: für die meisten konventionellen U-Boote eine unerhörte Leistung, jedoch offenbar nur eine von vielen erstaunlichen Fähigkeiten unseres Gefährts. Die Meeresboden-Landschaft war spektakulär (wegen der erheblich größeren Tiefe sogar in noch stärkerem Maße als bei unserer ersten Atlantik-Durchquerung), aber die gesteigerte Schönheit betonte das fortdauernde, entmutigende Fehlen aller nennenswerten Hinweise auf irgendein Leben nur umso mehr. Bald verspürte ich wieder dieselbe merkwürdige Mischung aus Verzückung und Traurigkeit wie bei unserer Reise nach Osten, und als Malcolms Stimme aus der Lautsprecheranlage des Schiffes tönte und mich bat, zu ihm in die Aussichtskuppel zu kommen, schien ihr melancholischer Klang der Schwermut meiner eigenen inneren Stimme zu entsprechen.

Als ich die Kuppel betrat, saß er ganz allein in seinem

Rollstuhl und sah zu, wie die Strahlen der starken Außenscheinwerfer des Schiffes über die dramatische Meereslandschaft huschten. Ich trat leise zu ihm, und er deutete auf einen Stuhl in der Nähe. »Setzen Sie sich, Gideon«, sagte er. »Bitte.« Er massierte sich die Stirn – in tiefer Entmutigung, wie mir schien –, aber dann schreckte er plötzlich hoch, berührte meinen Arm und zeigte durch die Hülle auf etwas Großartiges: einen einsamen Fisch von sieben, acht Metern Länge, ein seltsames Geschöpf, anscheinend irgendein Hai. Seine Bewegungen wirkten jedoch zu langsam und zu träge für diese Ordnung, und seine Augen waren keineswegs so pechschwarz, wie man es im Allgemeinen mit Haien verband, sondern leuchteten hell.

»Ein Grönlandhai«, erklärte Malcolm. Man sah ihm an, dass er sich über den Anblick freute. »Ein Tiefseefisch.« Auf einmal verdüsterte sich seine Miene wieder. »Die von den Fischfangflotten auf dem Meeresboden abgesetzten Schalltreiber scheuchen ihn hoch. Über uns muss ein Trawler sein – dieses Geschöpf wird wahrscheinlich tot sein, bevor der Tag um ist. Das Fleisch bringt nicht viel ein, aber in diversen Regionen Asiens glaubt man, dass die Augen, wie so viele Dinge, die Manneskraft steigern.« Er seufzte frustriert. »Ich habe nie begriffen, weshalb Leute, die ein Kind nach dem anderen in die Welt setzen, sich immer solche Sorgen um ihre Manneskraft machen.«

Ich wollte ihm darauf antworten, aber Malcolm bat mich mit einer Handbewegung, still zu sein, während er dem Grönlandhai dabei zuschaute, wie er anmutig nach oben zur Meeresoberfläche und in den Tod schwamm. Als er wieder sprach, war seine Stimme sehr leise: »Wie erstaunlich die Wunder unserer Welt doch sind, Gideon, wenn man sie klar und deutlich sieht, ohne unter dem Einfluss von Medikamenten zu stehen.« Gleich darauf bemerkte ich, dass er wieder mit den Zähnen knirschte. Entmutigt zog er die Augenbrauen hoch. »Und wie *schmerzhaft* ihr Anblick zugleich ist«, flüsterte er. Sein ganzer Körper begann merklich zu zittern. »Der Schmerz *komprimiert* die Zeit ... Minuten, Stunden, Tage – ausgelöscht.« Er beugte sich zu der Glasscheibe vor und keuchte: »Wie lange habe ich dich beobachtet, mein armer, zum Tode verurteilter Freund?« Es schien mir unmöglich, dass er seine Qualen noch viel länger mit solcher Selbstbeherrschung ertragen konnte; aber erst als der Hai aus unserem Blickfeld verschwunden war, gab er den Kampf schließlich auf und zog den Transdermalinjektor aus einer seiner Taschen. »Ich hoffe, Sie entschuldigen mich, Gideon«, sagte er, drückte das Ding auf eine Ader in seiner linken Hand und entließ den Inhalt in seinen Blutkreislauf. Er lehnte sich zurück und schloss einen Moment lang die Augen.

»Malcolm«, sagte ich behutsam. »Wenn Sie mir die Frage erlauben: Wissen Sie, ob die Häufigkeit oder die Schwere dieser Anfälle zunimmt?«

Er nickte. »Wenn ich mich mehr ausruhen könnte«, sagte er und schlug die Augen wieder auf. »Aber dafür ist keine Zeit. Nicht jetzt.« Er holte tief Luft und drehte sich schließlich zu mir um. »Sie haben auf der Insel sehr gute Arbeit geleistet, Gideon. Die anderen natürlich auch, aber da es Ihr erster Versuch war, wollte ich es Ihnen persönlich sagen – ausgezeichnete Arbeit.«

Ich lächelte erleichtert. »Colonel Slayton und ich hatten schon befürchtet, Sie wären vielleicht doch nicht so begeistert.«

»Weil ich mich nicht daran beteiligt habe? Ja, das tut mir Leid. Aber ich kann momentan nur eine begrenzte Anzahl von Stunden arbeiten, und mit denen muss ich ... sparsam umgehen. Das hat jedoch nichts mit Ihrer Arbeit zu tun, die war ganz hervorragend. Meine Hauptsorge bei diesem Projekt ist eher, dass es vielleicht *zu* gut ist.«

Ich schwieg einen Moment lang verwirrt. »Ich hätte nicht gedacht, dass eine Täuschung ›zu gut‹ sein könnte.«

»Eine Täuschung, die darauf angelegt ist, dass sie aufgedeckt wird, schon«, erwiderte Malcolm. »Ist Ihnen dieser Gedanke noch nie gekommen, Gideon?«

»Welcher?«

»Dass unsere Arbeit auch noch widerlegt werden muss.«

Meine Verwirrung wurde noch größer. »Ich dachte, einzig und allein darum ginge es uns.«

»*Einzig und allein* darum wohl kaum.« Malcolm klang zutiefst enttäuscht, und dieser Eindruck verstärkte sich noch, als er frustriert seinen Rollstuhl herumdrehte. »Nicht einmal in erster Linie!«, fuhr er fort. Das Medikament verlieh ihm neue Kraft und erweckte auch seine Leidenschaftlichkeit wieder zum Leben. »Dass der Schwindel irgendwann aufgedeckt wird, gehörte zum Gesamtplan – wir haben diese Fälschungen ausgestreut, um die Gefahren unserer Zeit deutlich zu machen, aber nicht, um die Köpfe der Menschen mit noch mehr sinnlosen Informationen zu füllen!«

Ich hob die Schultern und versuchte, ihn zu beruhigen: »Das ist das Dilemma an der ganzen Sache, Malcolm. Nur gelungene Täuschungen demonstrieren, was Sie damit zeigen wollen – aber sie verhindern gleichzeitig, dass eben dies erkannt wird. Letztendlich werden Sie vermutlich selbst enthüllen müssen, was Sie getan haben.«

»Das habe ich versucht!«, gab er zurück. »Larissa hat es Ihnen sicher erzählt – wir haben den Amerikanern so gut wie offenbart, dass die Forrester-Bilder manipuliert waren. Und was ist passiert? Sie haben trotzdem diese verdammten unbemannten Monstrositäten auf Afghanistan losgelassen! Und gerade erst letzte Woche habe ich mich mit Informationen über die Churchill-Briefe an die englische und die deutsche Regierung gewandt, aber was war die Reaktion? Die Deutschen haben abgewinkt, weil sie gar kein Interesse daran haben, dass die Fälschung aufgedeckt wird – und die Engländer sagen, sie seien nicht bereit, der Öffentlichkeit bizarre, schöngefärbte und deshalb völlig unglaubwürdige Gegenbeweise zu präsentieren!« Er versuchte sich zusammenzureißen. »Diese Gedanken habe ich den anderen gegenüber noch nicht geäußert, Gideon, und ich möchte Sie bitten, sie für sich zu behalten – aber manchmal zweifle ich an diesem ganzen Plan. Vielleicht ist etwas anderes, etwas sehr viel Drastischeres vonnöten.«

Ich dachte an seinen Hang zur Verschwiegenheit und versuchte, mir meine Neugier nicht anmerken zu lassen. »Haben Sie *daran* gearbeitet?«

»*Nein.*« Die Härte seines Tons war ebenso erschreckend wie die Veränderung in seinem Gesicht; seine Züge schienen regelrecht zu erstarren. Dann schüttelte er mehrmals den Kopf. Er sah aus, als wäre ihm sehr unbehaglich zumute. »Das heißt – vielleicht.« Er schlug mit einer Hand auf die Armlehne seines Rollstuhls. »Ich möchte nicht darüber sprechen! Worum es mir geht, ist, dass Sie und der Colonel bei dieser Sache eine Art Garantie einbauen. Ich möchte sicher sein ...« Er drehte seinen Stuhl zu mir herum und hob einen Finger. »Ich möchte absolut sicher sein, dass die Sache irgendwann aufgedeckt wird. Dies geht nämlich viel tiefer als der Forrester-Job – wir spielen an der Psyche der mächtigsten Nation der Erde herum, eines Landes, das nicht einmal mehr das Leben seiner jungen Menschen aufs Spiel setzen muss, um seine politischen Moralvorstellungen durchzusetzen. Diesmal müssen wir *alles* richtig machen.«

Dieser Gedanke war nicht so einfach zu verdauen, nachdem wir uns so viele Tage alle Mühe gegeben hatten, unsere Täuschung glaubwürdiger zu inszenieren als alle bisherigen Aktivitäten der Gruppe; und da mein Denkvermögen von diesen arbeitsreichen Tagen arg in Mitleidenschaft gezogen war, hätte ich vielleicht wirklich versucht, mit Malcolm über diesen Punkt zu diskutieren, wenn nicht auf einmal Tarbells Stimme aus der Lautsprecheranlage gekommen wäre:

»Gideon – wo sind Sie, im Geschützturm?«

Ich warf Malcolm erneut einen verwirrten Blick zu und tippte auf ein Tastenfeld in der Nähe. »In der Aussichtskuppel, Leon. Brauchen Sie mich?«

»Nein, bleiben Sie, wo Sie sind, ich komme rauf«, antwortete er. »Ich habe da etwas, das könnte Sie interessieren.«

Malcolm und ich schwiegen fast eine ganze, äußerst unangenehme Minute lang; dann sagte er sehr leise und ein wenig zerknirscht: »Ich weiß, das klingt alles bestimmt merkwürdig, Gideon. Und ich kann mir vorstellen, wie Sie sich fühlen, wenn man bedenkt, welche Mühe Sie sich gegeben haben. Aber diese Arbeit birgt eine große Gefahr: Es hat schon etwas Faszinierendes, wenn man imstande ist, nahezu die gesamte Menschheit zu täuschen. Und manchmal erliegt man dieser Faszination. Ich kann mich in diesem Punkt ebenso wenig von Schuld freisprechen wie jeder andere. Deshalb ...«

»Ah, da sind Sie ja!« Es war Tarbell, der die Treppe von der Kommandoebene heraufgesprungen kam. »Und Malcolm auch – vielleicht findest du das ebenfalls interessant, Malcolm. Es betrifft unseren alten Freund, Mr. Price.«

Der düstere Ausdruck, der sich zuvor auf Malcolms Züge gelegt hatte, kehrte zurück, diesmal sogar noch abrupter. »Wovon sprichst du, Leon?«, fragte er besorgt.

»Gideon – oder vielmehr sein Freund, Mr. Jenkins – ist zufällig auf die Ergebnisse eines anderen Projekts gestoßen, für das Price engagiert worden war. Wir dachten, es handele sich um einen Film, aber jetzt bin ich mir da nicht mehr so sicher, Gideon.« Tarbell war wie der Blitz bei einem Terminal, nahm davor Platz und holte etwas auf den Bildschirm, während ich ihm eilig folgte; Malcolm war sogar noch schneller. »Hier«, sagte Leon schließlich. »Transkripte. Nach jenem Abend, Gideon, habe ich das globale Abhörsystem darauf programmiert, alle Nachrichten auszufiltern, in denen eine Kombination der Schlüsselworte ›Dachau‹ und ›Stalin‹ vorkam.« Malcolm schnappte plötzlich nach Luft – nicht laut genug, dass Tarbell es hörte, aber immerhin so laut, dass ich mich zu ihm umdrehte.

Er presste den Körper gegen die Rückenlehne seines Stuhls und sah schlimmer aus denn je; ganz offensichtlich war sein Problem diesmal jedoch nicht körperlicher Natur.

»Bis heute hatte ich kein Glück«, fuhr Leon fort. »Und jetzt – gleich sieben Treffer auf einmal. Alle vom israelischen Geheimdienst.« Mir wurde mit einem Mal flau im Magen, obwohl ich nicht so recht wusste, weshalb; ich dachte plötzlich an den Abend, als Colonel Slayton im Abhörraum gesessen und zugehört hatte, wie Mossad-Agenten sich aufgeregt über Terroristen und ein deutsches Konzentrationslager unterhalten hatten. »Anscheinend wissen sie über die Bilder Bescheid«, fuhr Tarbell höchst amüsiert fort. »Aber das Komische ist, dass sie sie offenbar für echt halten! Momentan suchen Dutzende von Mossad-Agenten nach einem ihrer eigenen Männer, der als Erster eine fertige Version der Sequenz in die Finger bekommen hat.« Tarbells Belustigung ließ nach, und er kniff die Augen zusammen. »Das ist mir wirklich ein Rätsel. Warum sollten sie einen ihrer eigenen Leute suchen ...«

»Sein Name.« Malcolm hatte seinen Schock endlich so weit überwunden, dass er sprechen konnte.

Tarbell drehte sich um. »Wie bitte, Malcolm?«

»Sein Name, verdammt!«, rief Malcolm. Er umklammerte seinen Rollstuhl so fest, dass seine Knöchel weiß wurden.

Tarbell wich ein bisschen zurück. »Ich ... ich weiß nicht.

Seinen Namen erwähnen sie nicht. Mit Absicht, würde ich sagen.«

Mit einer einzigen raschen Bewegung seiner Arme trieb Malcolm den Rollstuhl zum Bildschirm. Er schaute einen Moment lang aufmerksam darauf, dann packte er Leon fest an der Schulter. »Ruf alle unten zusammen, Leon.« Er gab sich alle Mühe, die Gefühle, die offenkundig in seinem Inneren tobten, unter Kontrolle zu halten. »Sofort, bitte.«

Tarbell war klug genug, umgehend zu gehorchen, und als er verschwunden war, drehte Malcolm mit großen Augen und leerem Blick seinen Stuhl vom Bildschirm weg und rollte langsam zu der transparenten Hülle zurück.

»Malcolm?«, sagte ich schließlich. »Was ist los?«

»Sie konnten die Verschlüsselung dieser Bilder knacken?«, fragte er im selben leisen Ton.

»Max konnte es, ja«, antwortete ich.

Malcolm nickte einen Moment. Dann murmelte er: »Er war sehr gut in seinem Job, Ihr Freund Mr. Jenkins ...«

»Möchten Sie, dass Leon die Disk mitbringt?«

Malcolm hob eine Hand. »Nicht nötig. Ich habe eine fertige Version.«

Als ich die Situation allmählich erfasste, krampften sich meine Eingeweide erneut zusammen. »Dann hat Price die Bilder also wirklich für Sie geschaffen.«

»Ja«, flüsterte Malcolm mit einem weiteren Nicken. Er schwieg lange Zeit, wie mir schien, dann fuhr er fort: »Nun, Gideon, ich fürchte, Ihr Washington-Projekt wird warten müssen. Wenn ich Recht habe ...« Er ließ den Kopf sinken und legte die Hände an die Schläfen. »Aber ich darf nicht Recht haben. Tatsächlich müssen wir beten, Gideon, dass ich wirklich so verrückt bin, wie es manchmal den Anschein hat.«

27

Ob Malcolm nun verrückt war oder nicht, er hatte jedenfalls Recht mit seinen dunklen Ahnungen bezüglich der mysteriösen Nachrichten der Israelis, in denen es um die Stalin-Bilder ging. Als wir uns alle um den Tisch auf der unteren Ebene des Schiffsbugs versammelt hatten, der sowohl als Esstisch wie auch als Konferenztisch diente, zeigte Malcolm uns die fertige Version dieser Bilder und erklärte, wie sie entstanden waren; und obwohl es mir vor ein paar Monaten vielleicht noch schwer gefallen wäre, die Gefahren zu erkennen, die von solch einem scheinbar unwichtigen Bilddokument ausgingen, wusste ich inzwischen genug über die Macht geschickt verpackter Desinformation, um zu erkennen, dass wir es möglicherweise mit einer katastrophalen Situation zu tun hatten.

Die Bilder selbst waren ziemlich schlicht: Sie zeigten in mehreren Szenen, wie Josef Stalin irgendwann in den späten dreißiger Jahren des zwanzigsten Jahrhunderts einen Rundgang durch verschiedene Teile des Konzentrationslagers Dachau machte (Dachau war das erste der wirklich großen, fabrikmäßig angelegten deutschen Vernichtungszentren gewesen). Man sah den Sowjetführer, wie er die schwer schuftenden Gefangenen, die Wärter, die sie misshandelten, die Hinrichtungen und die Beseitigung der Leichen mit beifälliger Miene betrachtete und hin und wieder sogar schmunzelnd an seiner Pfeife zog, während er Informationen und Witzchen mit mehreren hochrangigen SS-Führern austauschte – darunter einmal auch Heinrich Himmler. Was diese Bilder zeigen sollten, lag auf der Hand: Die Sowjetregierung hatte nicht nur im eigenen Land eine Politik des Völkermords betrieben, sondern war in den Jahren vor Hitlers Einmarsch in Russland auch am Nazi-Holocaust beteiligt gewesen.

»Aber zu welchem Zweck wolltest du denn einen solchen Eindruck hervorrufen, Malcolm?«, fragte Jonah zutiefst beunruhigt von dem, was er gesehen hatte – wie wir alle.

»Die russische Regierung ist mittlerweile so weit heruntergekommen, dass sie nicht mehr nur instabil, sondern gefährlich, ja geradezu grotesk ist«, erklärte Malcolm, die Hände auf den Armlehnen seines Rollstuhls immer noch zu Fäusten geballt. »Seit seiner Machtergreifung benutzt der rechte Flügel dieselbe Taktik, mit der schon Tschetschenien und vier andere rebellische Regionen dem Erdboden gleichgemacht wurden. Atomwaffen und Atomtechnologie – auch wenn sie zugegebenermaßen primitiv sind – werden an jeden verkauft, der sie in harter Währung bezahlen kann. In den Fabriken und auf den Feldern herrscht praktisch die Sklaverei, und Giftmüll sowie Atommüll werden in oberflächennahe Endlager in Sibirien gekippt; darum hat die separatistische Bewegung dieser Region so massiv Gewalt angewandt. Die Zentralregierung reagiert auf jedes neue Problem nur mit noch schlimmeren Lösungen, und inzwischen sieht es so aus, als würde Russland zum schwarzen Loch der heutigen Welt werden und bei seinem Zusammenbruch die gesamte Zivilisation mit sich reißen. Aber die übrige Welt legt die Hände in den Schoß. Die Auslandsinvestitionen in Russland sind absurd hoch, und niemand kann es sich leisten, die Wahrheit auszusprechen oder dafür zu sorgen, dass sie ausgesprochen wird – die Informations- und Kommunikationsunternehmen gehören schließlich zu denjenigen auf dem russischen Markt, deren wirtschaftliche Lage am angespanntesten ist. Die Behauptung, Kredite und Investitionen würden zu Reformen führen, ist nach wie vor blanker egoistischer Unsinn, wie schon das Beispiel China gezeigt hat. Wenn man Geld in ein Land steckt, das sich in einer solchen Situation befindet, gießt man damit nur Öl ins Feuer.« Er holte tief Luft und lehnte sich zurück. Sein Zorn wich allmählich der Reue. »Mit anderen Worten, ich hatte den Eindruck, Russlands Platz in der Welt und in der Geschichte müsste dringend einmal in aller Öffentlichkeit neu bestimmt werden.«

»Dazu hättest du dir kaum ein ... *provokanteres* Ereignis aussuchen können, Malcolm«, sagte Tarbell. In seinem Ton lag keine Spur von Ironie oder Belustigung.

Malcolm nickte grimmig. »Und wie sich herausgestellt hat, auch niemand Schlechteren, um den Auftrag auszuführen. Ich habe John Price engagiert, weil keiner von uns seine Fähigkeiten zur visuellen Manipulation besaß – aber ich hatte immer Bedenken gegen ihn. Nicht nur, weil er frei arbeitete, obwohl mir schon das Sorgen bereitet hat. Aber ein Freiberufler aus einer Stadt, in der es bei Verabredungen zum Essen in angenehmen Restaurants unausgesprochen immer um Verrat geht ... Das war die Welt meiner Mutter; schon allein deswegen hätte ich es bleiben lassen sollen. Aber ich dachte, wir könnten mit ihm fertig werden.«

»Ich dachte, das wäre uns auch gelungen«, sagte Larissa in einem Ton, der keinen Zweifel daran ließ, dass sie es nicht bereute, Price ins Jenseits befördert zu haben.

»Manchmal«, sagte Malcolm, »beendet der Tod die Gefahren nicht, die von jemandem ausgehen können, Larissa.«

»Und welche Gefahren sind das eurer Meinung nach?«, fragte ich und schaute von einem zum anderen.

»Ich habe die Nachrichten studiert, die Leon abgefangen hat«, antwortete Colonel Slayton. »Und wenn ich sie mit dem in Verbindung bringe, was *ich* gehört habe, würde ich sagen, die Situation ist sehr schlimm. Überdies ist die Sache schon ziemlich weit fortgeschritten. Die Israelis machen sich offenkundig Sorgen über eine ganz bestimmte terroristische Reaktion auf diese neue Enthüllung über den Holocaust, und sie rechnen anscheinend damit, dass diese Reaktion von einem ihrer eigenen Agenten kommt. Wahrscheinlich von dem Mann, der die manipulierten Bilder entdeckt hat.«

»Ein Fanatiker?«, fragte Eli.

Malcolm nickte. Seine Miene war ein einziger Selbstvorwurf. »Hauptsächlich aus diesem Grund habe ich das Projekt abgebrochen, bevor ich euch davon erzählt habe. Mir ist klar geworden, dass es gewisse historische Ereignisse gibt, mit denen nicht einmal wir herumspielen dürfen – die durch sie ausgelösten Gefühle sind einfach zu mächtig. Worüber wir hier sprechen, ist höchstwahrscheinlich der schwärzeste Augenblick der gesamten Menschheitsgeschichte. Nicht einmal die Brutalitäten des finsteren Mittelalters hatten auch nur andeutungsweise das gleiche Ausmaß oder waren von dem gleichen systematischen Wahnsinn geprägt ...« Malcolm schüttelte den Kopf. »Kann sein, dass dieser Mann im Holocaust Angehörige verloren hat. Vielleicht hat ihn auch allein schon der Gedanke an diesen Völkermord aus dem Gleis geworfen.« Ich spürte, wie bei dieser Vorstellung abrupt Furcht in mir aufwallte: Nicht nur, dass es mir absolut plausibel, ja sogar wahrscheinlich erschien, ich hatte auch bereits mit ähnlichen Persönlichkeiten zu tun gehabt und wusste, wozu sie fähig waren. »Wie auch immer die Erklärung lauten mag«, fuhr Malcolm fort, »er hat sich jetzt zu denen gesellt, die die Welt stets am meisten fürchten sollte, zu denen, die ursprünglich für den Holocaust verantwortlich waren: zu den Fanatikern.«

»Beim Mossad wimmelt es von solchen Leuten«, sagte Colonel Slayton, »was man von den meisten anderen Nachrichtendiensten nicht behaupten kann. Aber sie achten sehr sorgfältig darauf, den Namen dieses Mannes nicht zu nennen, wenn die Verbindungen nicht absolut sicher sind – sie wollen die Angelegenheit unbedingt intern regeln.«

»Das ist verständlich«, urteilte Fouché. »Seit sie auf Seiten der Kurden in den türkischen Bürgerkrieg eingegriffen haben, gibt es ungeheure Spannungen zwischen Amerika und Israel. Mag sein, dass die Israelis keine Wahl hatten, da sie jetzt vom Wasser aus dem Kurdengebiet abhängig sind, aber das ändert nichts daran, dass die Türkei nach wie vor ein amerikanischer Verbündeter ist.«

»Ich habe den Nachrichtenverkehr der CIA überprüft«, sagte Tarbell. »Die wissen noch weniger als wir, was bestimmt niemanden sonderlich überrascht. Sie wissen, dass die Israelis ein Problem mit einem ihrer eigenen Leute haben, aber warum, entzieht sich ihrer Kenntnis. Trotzdem, die Sache interessiert sie. Und wenn die CIA blindlings im Dunkeln herumtappt, na ja ... da kann schon mal was Unerfreuliches passieren.«

»Aber nicht unseren Leuten«, sagte Larissa mit fester Stimme. »Unser eigentliches Problem ist dieser Israeli. Wer ist er? Wie zum Teufel hat er die Bilder überhaupt in die Finger bekommen?«

»Und was will er deswegen unternehmen?«, setzte Malcolm hinzu. »All diese Fragen müssen *wir* beantworten. Nicht die Israelis, nicht die Amerikaner und auch sonst niemand. Ich will, dass *wir* diesen Mann finden, uns seine Kopie der Bilder beschaffen und ihn kaltmachen.«

Die gnadenlose Unumstößlichkeit seiner Worte traf mich

unvorbereitet. »Aber – wir können ihn doch einfach seinen Leuten übergeben, sobald wir die Bilder haben«, wandte ich ein.

»Nein«, erwiderte Malcolm mit derselben eiskalten Entschlossenheit. »Wenn er nach Israel zurückkommt, wird er Gerüchte und Geschichten in Umlauf setzen, die schlimmer sein werden als die Bilder selbst. Der Sturm wird sich nur dann wieder legen, wenn er verschwindet – oder noch besser, wenn wir ihn dazu zwingen können, seinen Vorgesetzten zu erklären, dass die Bilder in Wahrheit Fälschungen sind, *bevor* er verschwindet.«

Ich ließ meinen Blick rasch von einem Gesicht zum anderen gleiten. Was Malcolm gesagt hatte, klang plausibel, das wusste ich, aber ich hoffte trotzdem, jemand anders würde einen Einwand erheben.

Es kam keiner. »Wo fangen wir an?«, fragte Fouché ernst.

»Wenn es in Prices New Yorker Wohnung noch mehr Informationen gäbe«, sagte Malcolm, »hätte seine Frau sie wohl Gideon ausgehändigt. Bleibt also leider nur …« Ein Ausdruck tiefen Widerwillens legte sich auf sein Gesicht.

»Los Angeles«, sagte Jonah mit einem Nicken.

Slayton trommelte mit den Fingern auf den Tisch. »Es wird nicht leicht sein – in der Stadt herrscht das Chaos, genauso wie im ganzen übrigen Südkalifornien.«

»Ebenfalls wegen des Wassers«, stimmte Eli zu.

»Ja«, sagte Malcolm, »aber wir haben keine Wahl. Setzen Sie einen Kurs, auf dem wir Los Angeles vom Meer her anfliegen können, Colonel – ich will nicht mit Einheiten der Nationalgarde oder der Miliz aneinander geraten. Leute, die lange genug zu wenig Wasser bekommen haben, sind manchmal noch schlimmer als Rassenfanatiker.«

»Verstanden«, erwiderte Slayton und erhob sich.

»Hoffen wir, dass es keine allzu großen Schwierigkeiten

geben wird«, sagte Malcolm, als wir anderen Anstalten machten, Slaytons Beispiel zu folgen. Ich ging als Letzter und war beinahe schon draußen, als ich ihn leise sagen hörte: »Wir müssen einfach noch einmal auf das Unmögliche hoffen.«

28

Die Entwicklungen hin zu den »Wasserkriegen«, die den amerikanischen Südwesten in den letzten fünf Jahren zerstört haben, sind so gründlich untersucht worden, dass es heute wohl so gut wie niemanden gibt, der sie nicht in allen Einzelheiten kennt. Auch wenn diese Annahme durch eine gravierende Tatsache Lügen gestraft wird: Heutzutage wachsen in anderen warmen, aber trockenen Teilen der Welt immer noch neue Vorstädte rapide heran, ähnlich jenen, deren ungehemmte Ausbreitung im sonnigsten Winkel der Vereinigten Staaten schon immer für Chaos und Gewalt gesorgt hat. Vielleicht irrt man also in diesem Fall – und auch in vielen anderen, glaube ich mittlerweile –, wenn man denkt, dass Geschichtsbewusstsein mehr bedeutet als intellektuelle Eitelkeit. Wie auch immer, mir geht es auf diesen wenigen Seiten nicht darum, die Ursprünge dieser bösartigen Konflikte zusammenzufassen. In erster Linie möchte ich vielmehr erzählen, was bei unseren Bemühungen herauskam, in dem nach Wasser dürstenden Los Angeles eine Verbindung zwischen John Price und dem unbekannten Mossad-Agenten zu finden, der die Stalin-Bilder in seinen Besitz gebracht hatte und seitdem vor seinen eigenen Leuten auf der Flucht war.

Malcolms Anweisung folgend, mieden wir den Luftraum über Südkalifornien, nicht weil wir auf einer solchen Route mit einer bestimmten Gefahr gerechnet hätten, sondern eben weil die Lage so unberechenbar war. Überall in der Region versuchten Einheiten der Nationalgarde – und hin und wieder sogar Soldaten – mit aller Macht, die Ordnung unter einander bekämpfenden Gangs und Milizen aufrechtzuerhalten, die allesamt der festen Überzeugung waren, gerade ihre kleine oder große Stadt oder ihr County hätte den berechtigtsten Anspruch auf das Wasser, das ihnen früher allen gemeinsam gehört hatte. Die daraus resultierenden Auseinandersetzungen wurden manchmal mit Knüppeln und Messern ausgetragen, manchmal aber auch mit Panzern und tragbaren Raketenwerfern, die die Milizen bei Zusammenstößen mit der regionalen oder überregionalen Staatsmacht erbeutet hatten; und obwohl es unwahrscheinlich war, dass unser Schiff einen zufälligen Treffer durch eine dieser Waffen abbekommen würde (erst recht, da wir nun unter einer holografischen Tarnkappe reisten), empfahl es sich, den besseren Teil der Tapferkeit walten zu lassen und die Stadt vom Meer her anzufliegen. Deshalb stiegen wir etwa eine halbe Stunde lang wieder in die Stratosphäre hinauf und warteten dort auf die Dunkelheit, bevor wir über dem Pazifik nahe der Insel Catalina erneut auf Reiseflughöhe hinuntergingen.

Während dieses Sinkflugs fingen wir eine Reihe von Satellitenbildern auf, die uns zeigten, dass es trotz der nach wie vor starken Präsenz der kalifornischen Nationalgarde auf den Straßen von Los Angeles in der Stadt südlich der Santa Monica Mountains verhältnismäßig ruhig war. Nördlich dieser Linie zeigte unsere Luftaufklärung jedoch ein Flickwerk heißer Zonen, was darauf hindeutete, dass die Einwohner des San Fernando Valley – eines der ersten Orte, wo die Auswirkungen des Wassermangels in der Region in vollem Umfang spürbar geworden waren – sich im offenen Aufruhr befanden und die Staatsgewalt mit jener blinden, entschlossenen Wut, die sie schon seit Jahren verzehrte, in Kämpfe verwickelten. Unser Ziel war zum Glück die vornehme Westside von Los Angeles: Dort lag John Prices entsetzlich geschmackloses Heim in jener genauso geschmacklosen Stadt innerhalb der Stadt, Beverly Hills.

Dank des holografischen Projektors konnten wir die Silhouette unseres Schiffes nahtlos mit seinem Hintergrund verschmelzen lassen; auf diese Weise gelang es uns, in die nähere Umgebung der reichen kleinen Stadt vorzudringen und einen Suchtrupp, der aus dem Colonel, Larissa, Tarbell und mir selbst bestand, in einem öffentlichen Park abzusetzen. Von dort aus begaben wir uns durch palmengesäumte Straßen zu Prices Haus – das aufgrund der Ermittlungen über seinen Tod noch unter Bewachung stand – und betraten es ohne große Schwierigkeiten. Eine mehrstündige Suche förderte jedoch nur eine – wenn auch immerhin viel versprechende – Spur zutage: Tarbell entdeckte beim Herumwühlen in einem Satz scheinbar harmloser Dokumente eine Notiz von einem gewissen Ari Machen, einem wohl bekannten Filmproduzenten israelischer Herkunft, der, wie uns Colonel Slayton mitteilte, Verbindungen zu verschiedenen Stellen der israelischen Regierung unterhielt – insbesondere zum Mossad. Wir nahmen die Notiz mit, die einen äußerst beunruhigenden Hinweis auf »die russische Angelegenheit« enthielt, und stahlen uns dann aus dem Haus davon, wobei wir nur um Haaresbreite einem Zusammenstoß mit einer Gruppe schwer bewaffneter Polizisten und Polizistinnen entgingen, die mit speziell auf das Aufspüren von Wasser trainierten Kampfhunden auf Patrouille waren: Diebstahl und Hamsterei hatten im Südwesten Hochkonjunktur, sogar in Beverly Hills.

Sobald wir wieder an Bord des Schiffes waren, zogen wir

uns in eine sichere, große Höhe zurück, um ein plausibles Szenario für die Tage zusammenzupuzzeln, die John Price in Los Angeles verbracht hatte, bevor er nach New York geflogen war, wo der Tod auf ihn wartete. Diese Aufgabe wurde um vieles leichter, als es Tarbell gelang, die E-Mail-Unterlagen des Mannes wiederherzustellen, und er eine sorgfältig formulierte Korrespondenz zwischen dem Special-Effects-Genie und Ari Machen entdeckte. Wenn jemand, der nichts von den Stalin-Bildern wusste, diese Mitteilungen gelesen hätte, wären sie vielleicht als der normale Geschäftsverkehr eines Produzenten mit einem seiner Abteilungsleiter durchgegangen. Aber mit unserem Wissen über Machens Verbindungen nach Israel und das Stalin-Material gelangten wir nur unschwer zu der Erkenntnis, dass Price diese Bilder Machen gezeigt hatte, ohne ihm zu sagen, dass sie gefälscht waren. Der entsetzte Machen hatte dann seine Freunde im Mossad kontaktiert, die zum Teil leitende Positionen in dem Studio bekleideten, bei dem er selbst gegenwärtig als Produzent unter Vertrag stand: Angesichts des in den letzten dreißig Jahren rasant gewachsenen Einflusses der Unterhaltungsindustrie auf die amerikanische Politik und deren Politiker hatten die Israelis – und laut Slayton auch noch einige andere ausländische Regierungen – es für nötig gehalten, ihre Spitzel in der Umgebung der Mächtigen von Hollywood zu platzieren.

Prices Motiv bei seinem Geschäft mit Machen war – wie immer – Geld gewesen: Machen hatte ihm ein ansehnliches Sümmchen für seine Kopie der Bilder versprochen, vorausgesetzt, Price fertigte keine weiteren Kopien davon an, bevor er sie ihm übergab. Sollte sich jemals herausstellen, dass er Machen in diesem Punkt getäuscht habe, teilte man Price mit, so könnte er mit gewissen Besuchern rechnen, die seinem Leben mit Vergnügen ein Ende bereiten würden. Der generelle Tonfall der Mitteilungen machte deutlich, dass Machen gern die Rolle des weltmännischen, aber hartgesottenen zionistischen Agenten spielte, ein Eindruck, der sich bestätigte, als Slayton erklärte, er und Machen seien sich vor vielen Jahren auf einer Cocktailparty in Washington über den Weg gelaufen. Dort habe Machen damit geprahlt, einmal ein Mossad-Agent gewesen zu sein, mehrere Palästinenserführer getötet und das Verschwinden etlicher Computerdisks mit hochwichtigen amerikanischen Atomgeheimnissen aus dem Los-Alamos-Labor in New Mexico arrangiert zu haben. In den letzten Jahren war Machens Ärger über die Kluft zwischen Israel und den Vereinigten Staaten, die infolge Israels Unterstützung für die türkischen Kurden entstanden war, offenbar stetig gewachsen, und er hatte seine prominente Position in einer von Amerikas wichtigsten internationalen Industrien dazu benutzt, sich sowohl für die Sache der Israelis einzusetzen als auch nachrichtendienstlichen Tätigkeiten für die israelische Regierung nachzugehen.

Angesichts der Geldsumme, um die es ging, hatte Price sich mit Machens ziemlich ominösen Bedingungen bezüglich der Stalin-Bilder einverstanden erklärt; aber just dieselbe anscheinend unersättliche Habgier hatte Price sehr bald das Leben gekostet, als sein Streit mit Jonah und Larissa wegen der Forrester-Sache in Gewalttätigkeiten ausgeartet war. (Ironischerweise hätte es nur Malcolms letztendlichem Ziel gedient, wenn er die Ruhe bewahrt und dann seine Drohung wahr gemacht hätte, zu enthüllen, dass diese Bilder gefälscht waren, vorausgesetzt die amerikanische Regierung hätte ihm Glauben geschenkt.) Bis zu diesem Punkt waren die Fakten, soweit wir sie zusammensetzen konnten, ziemlich klar, aber wir standen immer noch vor der einigermaßen dringlichen Frage, wo die Kette der Enthüllungen, die bei Price und Machen begonnen hatte, zerrissen war. Kannte Machen den Agenten, der sich jetzt selbstständig gemacht hatte und sich vor dem Mossad versteckte? Oder war noch ein weiterer Mittelsmann im Spiel gewesen, der die Stalin-Bilder nach Israel geschafft hatte? Da leider nur Machen selbst derartige Fragen beantworten konnte, machte ich mich bereit, Colonel Slayton und Larissa ein weiteres Mal zum Erdboden hinunter zu begleiten, und zwar in die zur Festung ausgebauten Gemeinde Bel Air, hinter deren hohe elektronische Zäune sich die reichsten Bürger von Los Angeles im letzten Jahrzehnt zurückgezogen hatten, um ihren Erfolg (und große Massen per Luftbrücke hereingebrachten Wassers) unter dem Schutz eines privaten Wachdienstes zu genießen, der allergrößte Ähnlichkeit mit einer säkularen Schweizergarde hatte.

Nun könnte man die berechtigte Frage stellen, wieso ich so wenig Abneigung dagegen gezeigt oder in der Tat verspürt hatte, bei einem Unternehmen mitzumachen, dessen Ziel die Ermordung eines Menschen war. Als Arzt hatte ich einmal einen Eid abgelegt, keinem Menschen Schaden zuzufügen. Und noch während wir uns auf unseren Besuch in Ari Machens weitläufiger Villa in Bel Air vorbereiteten, rechtfertigte ich mein Verhalten mir selbst gegenüber, indem ich mir einredete, dass ich garantiert nicht derjenige sein würde, der unseren unbekannten israelischen Agenten wirklich exekutierte, falls wir seinen Namen und seinen Aufenthaltsort erfuhren. Aber es ist nicht zu leugnen, dass ich über den Punkt hinaus war, mir die Frage zu stellen, ob er exekutiert werden musste oder nicht, und dafür finde ich selbst jetzt keine Entschuldigung. Ein Mann, der von solch tödlichen Schattengeschöpfen wie dem Mossad ausgebildet worden war und nun von ihnen für gefährlich gehalten wurde, war es sicherlich auch; und von dem Moment an, als ich an Bord von Malcolms Schiff gekommen war, hatte ich immer wieder die Erfahrung gemacht, dass das scheinbare Spiel, das er und der Rest des Teams mit der Welt trieben, eine tödliche Dimension besaß. Nicht zuletzt deshalb, weil es aufdeckte, dass die heutigen wirtschaftlichen, politischen und gesellschaftlichen Hierarchien genauso brutal waren wie all ihre historischen Vorläufer. Deshalb akzeptierte ich den Kuss und die leidenschaftliche Umarmung, die Larissa mir angedeihen ließ, kurz bevor wir von Bord gingen, ebenso bereitwillig, wie ich ihre Vergangenheit als Attentäterin akzeptiert hatte; und ich erwiderte beides auf die gleiche Weise, ohne weitere Frage, ohne jeden Zweifel, bereit, alles zu tun, was von mir verlangt wurde. Vielleicht hätte ich mich anders entscheiden können; vielleicht hätte ich es tun sollen; aber ich gehe jede Wette ein, dass keiner von denen, die so denken, jemals mit der harten Wirklichkeit einer Gruppe mächtiger Feinde konfrontiert war, die ihn ins Gefängnis stecken oder, noch schlimmer, vernichten wollten.

Wäre doch auch ich nie damit konfrontiert gewesen.

29

Viele prachtvolle Häuser in den Vereinigten Staaten des Informationszeitalters waren früher einmal von Menschen bewohnt, die ihre Räume mit Leben erfüllten, sind aber inzwischen dem reichen internationalen Jetset in die Hände gefallen. Das sind Leute, die in dieser Welt eigentlich nicht leben, sondern vielmehr in ihr herumreisen und dabei so viel Macht und Vergnügen herausschlagen, wie sie nur können. Ari Machen war solch ein Mensch, und seine Villa in Bel Air war solch ein Haus. Mitte des zwanzigsten Jahrhunderts von einem jener ganz seltenen Angelenos erbaut, die echten Stil besaßen, schien das Haus, als wir von unserem Schiff an einer abgelegenen Stelle abgesetzt worden waren und uns ihm in dieser nebligen Nacht näherten, geradezu nach jemandem zu schreien, der es zu einem Heim machte, der einen Garten anlegte und Möbel hineinstellte, die seine Persönlichkeit zeigten statt seine Fähigkeit, Designer und Innenarchitekten zu engagieren (und zwar Leute, die Leon Tarbell sicher als «unerotisch« bezeichnet hätte). In jedem Raum des Hauses trug diese Melancholie den Sieg über die unübersehbaren Insignien des Reichtums davon. Doch in Anbetracht dessen, was wir hier zu tun beabsichtigten, war die Atmosphäre nur allzu angemessen.

Als Erstes schalteten wir die stämmigen Wachmänner aus, die auf dem Gelände herumschlichen, dann das elektronische Überwachungssystem des Hauses. Nicht einmal Larissa schien das sonderlich amüsant zu finden, denn sie hatte ihr sonst übliches raubtierhaftes Lächeln nicht aufgesetzt. Das mochte aber vielleicht auch daran liegen, dass die Bedeutung der vor uns liegenden Aufgabe selbst ihr verbot, sie als Sport zu betrachten. Mit gezogenen Waffen durchkämmten wir lautlos das Haus und stießen schließlich im großen Schlafzimmer im ersten Stock auf Lebenszeichen. Es ist nicht nötig, hier in allen Einzelheiten zu schildern, was in diesem Raum vor sich ging; es reicht wohl, wenn ich sage, dass Machen unter all den üblichen sexuellen Neurosen litt, die so oft typisch für Männer sind, deren Sucht nach Macht und Nervenkitzel selbst dem Laien eine nahezu unglaubliche Unsicherheit verrät. Schon beim Anblick der seltsam gekleideten und bewaffneten Eindringlinge stürzten Machens diverse männliche und weibliche Prostituierte (er hätte wahrscheinlich nie zugegeben, dass es sich um solche handelte, aber man sah es ihnen an der Nasenspitze an) schreiend in einen anderen Raum, und Larissa sperrte sie prompt darin ein, nachdem sie ihnen die strenge Mahnung erteilt hatte, bloß still zu sein. Machen versuchte unterdessen, nach einem alten 45er-Colt Automatik zu greifen, der an einer Wand voller alter Waffen hing, wurde jedoch von Colonel Slayton daran gehindert, der den Produzenten auf besonders grobe und erniedrigende Weise behandelte, wie mir schien. Als Larissa zurückkam, bezogen sie und ich Position an der Tür und am Fenster und hielten Wache über das Haus und das Gelände, während Slayton mit seinem Verhör begann.

»Sie erinnern sich nicht an mich, Mr. Machen, nicht wahr?«, fragte Slayton, nachdem er unseren Gastgeber in seinem Bett mit ein paar Vorhangschnüren gefesselt hatte.

Machen – ein kleiner, aber athletisch gebauter Mann von ungefähr fünfzig Jahren mit tiefbrauner Haut, schütterem Haar und kleinen Schweinsäuglein – schüttelte nervös den Kopf, während er mit Hilfe der Füße versuchte, ein Laken über seinen nackten Körper zu ziehen. »Seid ihr von der CIA?«, brachte er heraus. »Oder arbeitet ihr für die Palästinenser?«

»Die beiden logischsten Möglichkeiten, angesichts Ihrer früheren Heldentaten«, antwortete Slayton, zog sich einen Stuhl heran und setzte sich verkehrt herum darauf. »Aber lassen wir die Frage unserer Identität vorläufig einmal beiseite.« Der Colonel schaute sich um. Die Situation schien ihn zugleich anzuwidern und zu amüsieren. »Ich bewundere Ihre Sammlung«, sagte er mit einer Geste zu den Waffen an der Wand. »Finden Sie, dass sie Ihnen bei Ihrer gegenwärtigen Arbeit von Nutzen sind? Oder sind das Trophäen Ihres heroischen Dienstes für Ihre Heimat?«

»Ich ... ich bin amerikanischer Staatsbürger«, sagte Machen.

»Ja«, antwortete Slayton langsam. »Die Großzügigkeit dieses Landes erstaunt mich immer wieder.« Er stand auf und ging zur Wand, nahm einen alten Revolver herunter und öffnete die Trommel. »Sieh an«, sagte er anerkennend. »Hohlspitzgeschosse.« Er zielte mit der Waffe hierhin und dorthin, bis der Lauf schließlich in Machens Richtung wies.

Machen wich ein bisschen zurück, versuchte jedoch verzweifelt, einen Anschein dessen zu wahren, was er offenbar für Männlichkeit hielt. »Ich bin schon früher gefoltert worden – von den Syrern!«

»Ausgezeichnet«, gab Slayton zurück. »Dann wissen Sie ja, was Ihnen blüht.« Machens braunes Gesicht wurde ein wenig bleich, und Slayton trat näher zu ihm. »Kürzlich haben Sie einiges Material von einem gemeinsamen Bekannten gekauft – John Price.«

In einem neuerlichen Versuch, Courage zu zeigen, sagte Machen: »Natürlich. Er hat oft für mich gearbeitet.«

Das hatte zur Folge, dass er die Mündung des Revolvers an der Schläfe spürte; ein unwillkürliches Wimmern entrang sich seiner Kehle. »Da Ihnen diese Waffen gehören, wissen Sie ja wohl, was sie bewirken«, sagte Slayton leise. »Wenn ich diesen Abzug durchziehe, bleibt von Ihrem Gehirn nicht einmal eine Portion Katzenfutter übrig. Mr. Price ist jetzt tot. Wir wissen, dass Sie ihn nicht umgebracht haben, weil wir es getan haben. Darum sollten Sie diese Situation sehr ernst nehmen. Also – Sie unterhalten Verbindungen zum Mossad, und Sie haben das Material, das Sie gekauft haben, an ihn weitergegeben. Aber es ist unterwegs irgendwo verloren gegangen.« Slayton spannte den Hahn. »*Wo* ist es verloren gegangen?«

»Ich ...« Machen hatte mittlerweile solche Angst, dass er mit den Beinen nicht mehr seine Blöße zu bedecken versuchte, sondern das Bettlaken wegstieß, als wäre er ein Säugling. Trotzdem brachte er heraus: »Ich würde für Israel sterben!«

»Das werden Sie auch«, versicherte ihm Slayton, »wenn Sie mir nicht sagen, was ich wissen will.« Machens Gewimmer wurde lauter, und Slayton schnalzte mit der Zunge. »Sie haben noch nie in Ihrem Leben einen bewaffneten Mann getötet, Ari, nicht wahr? Diese Palästinenser, die Sie ermordet haben – die waren gefesselt, genauso wie Sie jetzt. Darum haben Sie solche Angst.«

»Nein!«, rief Machen und kniff die Augen ganz fest zusammen. Allein schon die Möglichkeit, das Lügengespinst, mit dem er sich offenbar umgeben hatte, könnte noch weiter zerrissen werden, bewirkte, dass der Mann aufgab. »Einer meiner Kontaktleute – Dov Eshkol – dem habe ich das gegeben, wovon Sie reden. Aber er ...« Machen erholte sich ein bisschen und hielt abrupt inne; aber es war zu spät.

»Aber er ist verschwunden, nicht wahr?«, sagte Slayton. Es war nicht nötig, dass Machen dies bestätigte; nun blieben nur noch die letzten Fragen: »Wie viel wissen Sie über Dov Eshkol? Und was meinen Sie, wo er jetzt ist?«

»Ich kann nicht …«, stammelte Machen. »Sie verstehen nicht – Dov ist …«

Ich musterte den Mann einen Moment lang, während Slayton ihm weiterhin den Revolver an den Kopf hielt, und glaubte, etwas zu sehen. »Augenblick mal, Colonel«, sagte ich. Dann fragte ich Machen: »Es war Eshkol, der gedroht hat, Price umzubringen, wenn er Kopien der Disk behielt, nicht wahr?«

Machen nickte, erleichtert, dass er es nicht selbst hatte sagen müssen. »Eshkol ist ein Spionageabwehrmann der alten Schule – die erste Adresse für den Mossad, wenn einer seiner eigenen Leute überläuft oder durchdreht und beseitigt werden muss. Er … wenn ich Ihnen noch mehr erzähle, kommt er zurück und bringt mich um.«

»Vielleicht kommt er zurück, vielleicht auch nicht«, meinte Larissa. »Aber wir sind schon hier. Also sagen Sie uns – *woher* würde er zurückkommen?«

»Ich weiß es nicht«, antwortete Machen, woraufhin ihm Slayton die Mündung des Revolvers so brutal in die Kopfhaut schraubte, dass ich zusammenzuckte. »Wirklich nicht!«, schrie Machen. »Niemand weiß es! Er ist verschwunden!«

»*Warum?*«, wollte Slayton wissen.

»Er war der Ansicht, dass die Disk eine aktive Reaktion verdiente«, erklärte Machen. »Aber dann hat er von höherer Stelle erfahren, dass die Regierung die Sache nicht an die große Glocke hängen, sondern den Russen Gelegenheit geben wollte, alles zu erklären. Das konnte Eshkol nicht ertragen. Er ist explodiert und hat gesagt, er würde die Sache selbst in die Hand nehmen.« Machen gab sich alle Mühe, sich zusammenzureißen, und fuhr fort: »Sie müssen verstehen, Eshkol ist nicht – nun, er ist extrem. Und diese Sache ... seine Urgroßeltern mütterlicher- oder väterlicherseits waren Überlebende des Holocaust. Und viele aus seiner Familie sind damals ums Leben gekommen.«

Die Furcht, die ich schon bei Malcolms Hinweis auf diese Möglichkeit verspürt hatte, kehrte mit der Bestätigung durch Machen zurück, und man muss es mir am Gesicht angesehen haben, denn als ich mich zu Larissa umdrehte, warf sie mir einen besorgten, verwirrten Blick zu. Aber ich schüttelte nur den Kopf und versuchte, wachsam zu bleiben, während Slayton unserem Gefangenen weiter zusetzte.

»Hat der Mossad ihn denn aufspüren können?«, fragte der Colonel.

Machen schüttelte den Kopf. »Sie haben damit gerechnet, dass er sich mit den Bildern an die Öffentlichkeit wenden würde – dass er sie an eine Newsgroup weiterleiten oder sie selbst ins Netz stellen würde. Sie überprüfen die Korrespondenten mit den meisten Kontakten im mittleren Osten – bisher ohne Erfolg.«

»Keine Hinweise darauf, wohin er gegangen ist?«, fragte Slayton.

»Nein, und es wird auch keine geben. Wenn Eshkol von der Bildfläche verschwindet, findet ihn nicht einmal der Mossad. So gut ist er.«

Auf einmal hallte ein tiefes Grollen durch Machens Haus, und ich glaubte schon, ein Erdbeben sei im Anzug; aber dann merkte ich, dass es sich nicht richtig seismisch anhörte und anfühlte und dass ich es schon einmal gehört und gefühlt hatte. Wie um meine Ahnung zu bestätigen, legte Larissa plötzlich die Hand an den Kragen ihres Bodysuits.

»Ja, Bruder?« Sie nickte mit unbewegter Miene. »Verstanden.« Mit einem Blick zu Slayton und dann zu mir rief sie über das leise, anschwellende Brummen hinweg: »Es ist der Sicherheitsdienst von Bel Air – Machens Wachen hätten sich vor drei Minuten melden müssen. Ein Transporter und ein Trupp Infanterie sind unterwegs.« Sie öffnete eine Fenstertür, die auf einen Balkon hinausführte.

Binnen Sekunden begann die Luft draußen vor dem Haus zu schimmern und zu flimmern, als wäre sie großer Hitze ausgesetzt; dann tat sich scheinbar ein Spalt im Gefüge der Wirklichkeit auf, und man sah Julien und das Innere des Schiffskorridors hinter ihm mitten in der Luft schweben. Bei dem bizarren Anblick – Resultat einer Teilabschaltung des holografischen Projektors – schrien die Prostituierten im Zimmer nebenan auf, und Machen wand sich noch heftiger. »Wer seid ihr?«, fragte er.

Aber Slayton ließ ihn daraufhin lediglich los, während Fouché uns eifrig zuwinkte. »Beeilt euch!«, rief er.

Wir stürzten auf den Balkon, während das Brummen des Schiffes das Haus so heftig erbeben ließ, dass Machens gesammelte Waffen von der Wand fielen. Ein paar davon gingen los, was Machen zu weiteren lauten Schreien veranlasste; aber wir dachten jetzt nur noch an Flucht, und ein paar Sekunden später waren Larissa, Slayton und ich an Bord, und das Schiff war wieder unterwegs.

So gelang es uns, dem Mann, den wir suchten, einen Namen zu geben – und dank Tarbells fortgesetzten Versuchen, sich in fremde Computer zu hacken, bald auch ein ziemlich hartes und Furcht einflößendes Gesicht. Die weitere Überwachung des offiziellen israelischen Nachrichtenverkehrs ergab, dass Machen mit seiner Behauptung über Dov Eshkols Vorgesetzte nicht gelogen hatte; sie glaubten tatsächlich, dass die bitteren und leidenschaftlichen Gefühle, die die Stalin-Bilder in ihrem auf Abwege geratenen Agenten ausgelöst hatten, ihr Ventil in einer irgendwie gearteten Veröffentlichung des Materials finden würden. Aber wir an Bord des Schiffes ahnten schon – und sollten damit Recht behalten –, dass die Welt nicht so leicht davonkommen würde.

30

Ohne zu wissen, ob Dov Eshkol Kalifornien oder vielleicht sogar die Vereinigten Staaten bereits verlassen hatte, suchten wir abermals Zuflucht in den Tiefen des Pazifik, während Tarbell – nunmehr mit Unterstützung der Kupermans – erneut in die Datenbanken diverser amerikanischer und israelischer Geheimdienste eindrang und ihren Nachrichtenverkehr abhörte, um sich ein umfassendes Bild des Flüchtigen zu verschaffen. Wir anderen versammelten uns unterdessen um den Konferenztisch, um unsere Energiereserven mit einer von Julien zubereiteten, improvisierten Mahlzeit aufzufüllen und die bruchstückhaften Informationen zu erörtern, die wir aus Ari Machen herausgequetscht hatten. Dieses Gespräch erbrachte wenige neue Erkenntnisse, und diese waren zudem äußerst entmutigend: Machens Behauptung, nicht einmal der Mossad würde Eshkol finden, wenn dieser von der Bildfläche verschwände, schien uns vollauf glaubwürdig, denn bisher war es Eshkol ja tatsächlich gelungen, unentdeckt zu bleiben; und wenn schon die Israelis ihn nicht fanden, dann – in diesem Punkt stimmten wir alle überein – waren die Chancen, dass die Vereinigten Staaten (die als einziges anderes Land überhaupt wussten, dass es da ein Problem gab) etwas zutage förderten, nahezu gleich Null. Und die Bestätigung von Malcolms instinktiver Ahnung, dass es sich bei Eshkol um einen Nachkommen von Holocaust-Überlebenden handelte, war auch nicht gerade ermutigend: Seine Vorgesetzten hielten den Mann offenkundig für äußerst gewalttätig, für eine Art Zeitbombe. Wenn nun seine mörderischen Neigungen – die er anscheinend hin und wieder an seinen eigenen Landsleuten hatte austoben dürfen – von dem Zorn über das Schicksal seiner Verwandten und seines Volkes herrührten, würde es ihm nicht schwer fallen, in großen Dimensionen zu denken, wenn die Zeit kam, sich eine Strafe für alle bislang unbekannt gebliebenen Komplizen des Völkermords in Nazideutschland zu überlegen.

Aber wir brauchten mehr harte Fakten, bevor wir uns eine Meinung darüber bilden konnten, welche Form diese Strafe möglicherweise annehmen würde. Nach mehreren Stunden gelang es Leon, Eli und Jonah, diese Fakten zu liefern. Hungrig und mit trüben Augen kamen sie nacheinander in den Bug des Schiffes und brachten einen Stapel Notizen sowie mehrere Fotos von Eshkol mit, auf denen er jedes Mal völlig anders aussah. Während Julien den dreien etwas zu essen hinstellte, erläuterten sie ihre Funde, und obwohl die von ihnen gesammelten Informationen keinen Zweifel daran ließen, dass Eshkol ein extrem gefährlicher Mann war, zeigten sie auch, warum unser Team möglicherweise besser gerüstet war, ihn zur Strecke zu bringen, als die Israelis oder die Amerikaner.

»Er ist ein Mörder, ja – oder vielmehr ein Schlächter«, sagte Tarbell, während er das Essen in sich hineinschlang, »aber er spielt auch in unserer Liga, könnte man sagen.«

Auf unsere verdutzten Blicke hin erklärte Jonah, der nicht ganz so heißhungrig aß: »Er besitzt die üblichen Fähigkeiten, sich zu tarnen und verdeckt zu arbeiten – Verkleidung,

Sprachkenntnisse –, aber das wahre Geheimnis seines Erfolgs besteht darin, dass er ein Informationsjunkie ist. Er ist ein brillanter Rechercheur, und er kann alle erdenklichen Ausweisdokumente und Unterlagen fälschen, um sich so gut wie überall Zugang zu verschaffen – und anschließend jeden Beweis vernichten, dass er jemals dort war. Er hat sogar die universale DNA-Datenbank getäuscht.«

»Ich dachte, das wäre unmöglich«, sagte Larissa.

»Nicht unmöglich«, antwortete Eli. »Nur sehr, sehr schwer. Das Kunststück ist, sich die entsprechenden Proben zu besorgen. Angenommen, man will unter der Identität einer Person, die in Wirklichkeit tot ist, irgendwohin fliegen, dann braucht man beim Einchecken eine DNA-Probe von ihr, und die sollte von jemandem stammen, mit dem man mehr als nur eine flüchtige Ähnlichkeit hat – und was am wichtigsten ist, dessen Tod in der Datenbank nicht verzeichnet ist. Eshkol hat anscheinend eine ganze Sammlung solcher Alter egos – und ihr könnt euch ja wohl vorstellen, wie er an die gekommen ist.«

»Andere Mossad-Agenten, die er exekutiert hat«, meinte Colonel Slayton und nickte.

»Und auch viele der arabischen Agenten, die er umgebracht hat«, bestätigte Tarbell mit einem Blick auf seine Notizen und deutete auf einige der Bilder, die Eshkol in traditioneller arabischer Tracht zeigten. »Der Narzissmus der kleinen Unterschiede, wie? Ihr Kollege Dr. Freud wäre begeistert, Gideon. Jedenfalls bekommen solche Opfer keine Nachrufe, ganz egal, für welche Seite sie gearbeitet haben – und ihr Tod wird natürlich nicht in der DNA-Datenbank registriert. Wirklich die idealen Probenspender – so gut wie nicht aufzuspüren.«

»Eshkol ist mehrfach verwarnt worden«, sagte Jonah, während Tarbell sich wieder über sein Essen hermachte. »Zum ersten Mal im Jahr 2011, als er sechsundzwanzig war. Wegen Verstümmelung der Leiche eines seiner Opfer, wie der Mossad es genannt hat.«

»Das ist in diesem Spiel nicht ganz unbekannt«, meinte Larissa. »Diese Art der Trophäensammlung.«

»Stimmt«, pflichtete Eli ihr bei und blätterte in weiteren voll gekritzelten Seiten, »und deshalb haben sie's bei einer Verwarnung bewenden lassen. Nicht nur einmal. Und da könnten wir ihn kriegen. Weder die Israelis noch die Amerikaner wissen etwas von Eshkols Vorgehensweise – wir sind nur zufällig darauf gestoßen, als wir die Namen seiner Opfer, die wir aus den geheimsten Mossad-Akten hatten, mit sämtlichen Reisedatenbanken abgeglichen haben, in die wir einbrechen konnten. Anfänglich haben wir nur wenige Treffer gelandet, aber dann wurden es mehr.«

»Er hat über die Jahre etliche außerdienstliche Ausflüge unternommen«, warf Jonah ein. »Und ich glaube nicht, dass er als Tourist unterwegs war – dazu hat er seine Spuren zu gut verwischt.«

»Du meinst, er hat private Rachefeldzüge durchgeführt«, sagte Malcolm leise und grimmig.

Eli nickte. »Neonazis, Skinheads, arabische Intellektuelle an ausländischen Universitäten, die leidenschaftliche Gegner eines Friedens mit Israel waren – sie sind alle auf rätselhafte Weise ums Leben gekommen, wenn Eshkol unter der Tarnung einer seiner falschen Identitäten gerade im Land war. In einigen wenigen Fällen konnten wir ihn sogar in der jeweiligen Stadt lokalisieren, in der die Hinrichtung stattfand.«

Malcolm nickte bedächtig und blickte schweigend aufs Meer hinaus, so wie meistens, wenn die Dinge eine Unheil verkündende Wendung nahmen.

»Und ihr glaubt, ihr könnt ihn aufspüren?«, fragte Slayton, der Malcolms Stimmung bemerkte und einen Moment lang die Führung übernahm. »Mit dieser Methode?«

»Wir haben schon damit angefangen«, antwortete Jonah mit einem eifrigen Nicken.

»Und?«, fragte Larissa.

»Und es scheint«, antwortete Eli, »dass er die Vereinigten Staaten tatsächlich verlassen hat – Richtung Paris. Vor zwei Tagen.«

Allgemeines Gemurmel folgte, während wir uns alle den Kopf darüber zerbrachen, weshalb Eshkol ausgerechnet in ein so auffälliges Versteck wie die französische Hauptstadt geflohen sein mochte. Schließlich erklärte Malcolm leise und ohne sich zu uns umzudrehen:

»Eine Waffe. Er will sich eine Waffe besorgen.«

Fouché schaute noch verwirrter drein. »Aber er bewegt sich schnell, Malcolm. Er kann es sich kaum leisten, einen Panzer oder auch nur eine besonders große Schusswaffe mitzunehmen, die üblichen französischen Exportartikel. An Sprengstoff kommt man überall problemlos heran, warum also ...« Juliens Mund erstarrte mitten im Satz, und seine Augen wurden groß, als ihm die schreckliche Erkenntnis dämmerte.

Malcolm brauchte ihn nicht einmal anzusehen. »Ja, Julien«, sagte er, »Deine Landsleute rechtfertigen sich selbst gegenüber den Handel mit solcher Technologie, indem sie behaupten, es sei nach wie vor unmöglich, in Frankreich waffenfähiges Plutonium zu erwerben – aber die Iraker konnten sich das Plutonium woanders beschaffen, den Mechanismus haben sie dann in Paris bekommen. Oder vielleicht sollte ich besser sagen, in einem Städtchen südöstlich der Hauptstadt.«

Wir alle wussten sofort, worauf Malcolm anspielte. Im Jahr 2006 hatte der irakische Präsident und langjährige Erzfeind des Westens, Saddam Hussein, sich gegen das seit zwanzig Jahren über sein Land verhängte Wirtschaftsembargo zur Wehr gesetzt, indem er erklärte, er sei nun imstande,

Atombomben zu bauen. Viele im Westen hielten das für absurd, weil bei ihrer neu aufgenommenen Überwachung der irakischen Waffenfabriken keine plötzlichen Fortschritte sichtbar geworden waren, die es Saddam erlaubt hätten, solche Waffen zu konstruieren. Um nachdrücklich klar zu machen, dass er es ernst meinte, schickte Saddam deshalb einen Kamikazebomber los, der in einer der blühendsten kurdischen Gemeinden im Norden seines Landes, die unter dem Schutz der Alliierten stand, eine taktische Atombombe zur Explosion bringen sollte. Der Mann wurde abgefangen, die Bombe beschlagnahmt, und schließlich stellte sich heraus, dass ihr miniaturisierter Mechanismus in Frankreich gekauft worden war.

»Ich schlage vor, wir begeben uns alle auf unsere Positionen«, fuhr Malcolm fort, »und nehmen Kurs auf Frankreich – den schnellsten Kurs, Colonel, den Sie ausarbeiten können. Wir haben keine Zeit, uns über Störmanöver unserer üblichen Gegner Gedanken zu machen.«

Als wir anderen uns erhoben, um seiner Anweisung Folge zu leisten, fragte Eli: »Was ist mit den Israelis und den Amerikanern? Sagen wir ihnen, was los ist?«

Malcolm zuckte die Achseln. »Sicher, auch wenn sie uns wohl kaum glauben werden. Schließlich kommt es von einer anonymen und nicht identifizierbaren Quelle. Aber teilt es ihnen ruhig mit.« Er schaute wieder aufs Meer hinaus und fügte hinzu: »Sagt ihnen, dass dieses wundervolle Zeitalter ein Ungeheuer hervorgebracht hat – ein Ungeheuer, das besser mit ihren eigenen Werkzeugen umgehen kann, als sie es sich wahrscheinlich vorstellen können.«

Ich beobachtete Malcolm einen Moment lang, während er den Blick senkte, seinen Transdermalinjektor herausholte und ihn an seine Hand hielt; und ich fragte mich, ob er mit seiner letzten Bemerkung wirklich Dov Eshkol gemeint hatte.

31

Es war uns wichtiger, auf dem schnellsten Weg nach Frankreich zu gelangen, als uns vor den Kampfflugzeugen Amerikas und seiner Verbündeten versteckt zu halten. Dennoch erschien es uns sinnvoll, alle erdenklichen Vorsichtsmaßnahmen zu treffen, um auf der Reise gen Osten nicht entdeckt zu werden. Deshalb machten sich Malcolm und Eli eilig daran, eine neue Radarsignatur für unser Schiff zu entwickeln. So konnten die Großraumradarstationen auf dem Boden die anomalen Anzeigen, die möglicherweise auf ihren Überwachungsschirmen erscheinen würden, nicht mit denjenigen zur Deckung bringen, die die Amerikaner und Engländer nach unseren Zusammenstößen in Afghanistan und über der Nordsee zweifellos in ihren Unterlagen gespeichert hatten. Wegen dieses Projekts musste ein anderer Elis Überwachungsposten im Geschützturm übernehmen. Da ich mittlerweile mit diesem Job immerhin halbwegs vertraut war, erschien Larissas Vorschlag nur logisch, dass ich Eli ablösen sollte. Doch selbst wenn die Logik etwas anderes diktiert hätte, so wäre es ihr bestimmt irgendwie gelungen, ihr zuwiderzuhandeln: Je mehr Zeit ich mit ihr verbrachte, desto mehr schien sie mich um sich haben zu wollen – eine ganz neue Erfahrung für mich, wie ich ihr erklärte.

»Wieso das denn?«, fragte Larissa mit einem Lachen, hängte sich bei mir ein und marschierte in ihrer unnachahmlich martialischen, aber auch verführerischen Weise mit mir durch die Gänge des Schiffes. »Waren deine Auswahlmöglichkeiten in Bezug auf die holde Weiblichkeit wirklich so schlecht? Ich kann es nicht glauben – doch nicht bei dem brillanten Dr. Gideon Wolfe!«

»Sarkasmus ist eine genetisch minderwertige Form des Humors, Larissa«, sagte ich, fasste sie um die Taille und drückte fest zu. »Auch wenn die Frauen noch so oft behaupten, sie würden Männer respektieren, die in ihrer Arbeit aufgehen – das heißt nicht, dass sie sie unbedingt um sich haben wollen.«

»Und warum sollten sie auch«, antwortete Larissa mit einem entschiedenen Nicken. »Jede Frau, die der Mühe wert ist, verdient mehr als ihren Pflichtanteil an Aufmerksamkeit.«

»Was für ein Glück«, meinte ich mit einem Lächeln, »dass eine Rückkehr in mein früheres Leben nicht in Frage kommt – da doch unter anderem ein Preis auf meinen Kopf ausgesetzt ist.«

Larissa blieb abrupt stehen und drehte sich zu mir. Sie sah überrascht und unglücklich aus. »Gideon – du willst doch nicht etwa sagen, dass du daran gedacht hast?«

Ich zuckte die Achseln. »Eigentlich nicht. Aber es ist doch normal, dass einen so etwas ab und zu beschäftigt.«

Seit ich sie kannte, hatte ich nur hin und wieder ganz kurz einen Ausdruck der Unsicherheit über ihr Gesicht huschen sehen; jetzt jedoch wollte er nicht verschwinden. »Oh«, war alles, was sie sagte, während sie den Blick senkte.

»Larissa?« Verdutzt strich ich ihr über die Wange. »Ich habe ja nichts dergleichen vor – es ist mir nur mal durch den Kopf gegangen.« Sie nickte und hatte zum ersten Mal, seit ich sie kannte, keine Antwort parat. In ihrem Schweigen lag etwas so unaussprechlich Aufrichtiges und Trauriges, dass ich nicht anders konnte, als sie in die Arme zu nehmen und an mich zu ziehen. »Tut mir Leid«, sagte ich leise.

Gerade ich hätte mir eine solch dumme, unbedachte Bemerkung sparen sollen, sagte ich mir zerknirscht. Jemand mit einer Vergangenheit wie Larissa würde sich bestimmt nicht viele Momente echter emotionaler Verletzlichkeit erlauben und in solch außergewöhnlichen Augenblicken nach wie vor sehr empfindlich auf die Möglichkeit reagieren, im Stich gelassen zu werden. Im Umgang mit solchen Menschen sind auch noch so beiläufig hingeworfene Andeutungen, man könnte sie verlassen, nichts anderes als herzlos. Deshalb schwieg ich und hielt sie weiterhin fest; ich hoffte zwar, meine Umarmung würde genügen, die offenkundigen Auswirkungen meiner Gedankenlosigkeit rückgängig zu machen, war mir aber ziemlich sicher, dass es nicht so sein würde.

Wie sooft während meiner Zeit mit Larissa irrte ich mich jedoch. »Ist schon in Ordnung«, sagte sie schließlich leise, aber mit echter Überzeugung.

»Wirklich?«, fragte ich.

»Manchmal macht es mir Spaß, mich kindisch zu benehmen, Gideon«, erwiderte sie, »aber deshalb bin ich trotzdem kein Kind. Ich weiß, dass du mich nicht verletzen wolltest.« Natürlich hatte sie Recht; und als ich mir ein weiteres Mal ins Gedächtnis rief, dass sie anders war als alle anderen Frauen, die ich je gekannt hatte, entfuhr mir unwillkürlich ein leises Lachen. Sie sprang automatisch darauf an. »Was ist denn so komisch, du gemeiner Mistkerl?«

»Na ja, es hat schon irgendwie etwas Belustigendes«, antwortete ich leise. »Die Vorstellung, dass *ich dir* weglaufen würde.«

»Das stimmt«, sagte sie, als sie ihre liebenswerte Selbstbeherrschung wiedererlangt hatte. »Jetzt, wo du's sagst – absurde Idee.«

»Schon gut«, sagte ich und schüttelte sie sanft. »Du brauchst es nicht gleich zu übertreiben.«

Sie drückte das Gesicht fester an meine Brust und sagte so leise, dass ich nicht sicher war, ob ich es hören sollte: »Du wirst mich nicht verlassen, Gideon.«

Hätte ich gewusst, dass dies der letzte unkomplizierte Moment sein sollte, den Larissa und ich unserer außergewöhnlich komplizierten Situation abtrotzen konnten, so hätte ich mir viel mehr Mühe gegeben, ihn zu verlängern. Vielleicht hätte ich als Erstes einmal versucht, die Schiffssirene zu ignorieren, die mit typischem schlechtem Timing genau in diesem Moment ertönte. Doch als wir dort standen, schien mir in meiner Torheit alle Bedrohung von etwas anderem auszugehen als von meiner Beziehung mit Larissa; und so löste ich mich aus unserer Umarmung und versäumte es vollkommen, dem Augenblick die Bedeutung zu geben, die er verdiente. Jetzt ist mir natürlich klar, dass dies nur einer von mehreren schweren Fehlern war, die ich damals beging; aber dieses Wissen trägt kaum dazu bei, den Schmerz der Erinnerung zu lindern.

Einige Zeit, nachdem der Alarm losgejault hatte – Larissa und ich waren bereits unterwegs zum Geschützturm –, hörten wir hinter einer Biegung des Ganges Schritte auf uns zukommen. Am Fuß der Leiter, die zum Geschützturm hinaufführte, standen wir gleich darauf Colonel Slayton gegenüber.

»Wir haben es noch nicht geschafft, die neue Signatur zu erzeugen.« In seiner Stimme lag eine vage und ganz untypische Andeutung von Furcht. »Zu spät, zu *spät* – habt *ihr* sie schon gesehen?« Seine Formulierung deutete darauf hin, dass er dem Rest des Teams bereits dieselbe Frage gestellt hatte; doch er kletterte schon wieder die Leiter hinauf, ohne zu erklären, was er meinte, oder auf eine Antwort von Larissa oder mir zu warten. »Sie können diese Dinger unmöglich gebaut haben«, sagte er, während er emporstieg. »Nicht einmal sie können so dumm sein!«

Wir folgten dem Colonel in den Geschützturm, wo er sofort zu einer Seite des Aufbaus ging, die Hände an die transparente Hülle legte und in die Dunkelheit über und hinter unserem Schiff hinausspähte. Ich konnte am gekrümmten Horizont der Stratosphäre nichts Bemerkenswertes entdecken; und Larissa, die dasselbe Gebiet absuchte, ging es nicht viel anders.

»Colonel?«, fragte sie. »Was ist los, haben Sie auf den Radarschirmen etwas entdeckt?«

Slayton nickte, aber das Nicken verwandelte sich rasch in ein angewidertes Kopfschütteln. »Einen Vogelschwarm – als solcher werden sie jedenfalls erkannt. Ich würde es liebend gern glauben, aber Teufel noch mal, was für Vögel können hier oben überleben?«

Ich trat neben ihn. »Vielleicht könnten Sie ein bisschen deutlicher werden, Colonel. Was genau ist Ihrer Meinung nach da draußen?«

Slayton schüttelte weiterhin den Kopf. »Möglicherweise der Tod, Doktor. Und das Schlimmste ist, es könnte ein Tod sein, den ich selbst ausgebrütet habe.«

32

Wir hatten im Pentagon schon eine ganze Weile mit der Idee gespielt«, erklärte Slayton, ohne den Blick vom dunklen, nebelgestreiften Horizont hinter dem Schiff zu wenden. »Wissen Sie, wir versuchen seit langem, das Grundproblem moderner Überwachung zu lösen. In den letzten fünfzig Jahren hat jedes neue elektronische Ortungssystem bald eine gleichwertige Weiterentwicklung der Tarntechnologie nach sich gezogen – und mit dem Aufkommen der Computer hat sich dieses Rennen exponentiell beschleunigt. Alle Großmächte waren auf der Suche nach einem Ausweg, einer narrensicheren neuen Lösung, aber die Technologie, die einen solchen Fortschritt ermöglicht hätte, gab es noch nicht. So lautete jedenfalls die landläufige Meinung. Tatsächlich war der Grundstock für eine Lösung bereits Jahre zuvor während des Drogenkrieges – oder in der Sprachregelung, die man uns eingebläut hat: der *Polizeiaktion* – in Kolumbien und Ecuador gelegt worden. Und zwar von Einheiten unter meinem Kommando.« In die düstere Stimmung des Colonels schien sich einen kurzen Moment lang so etwas wie Stolz zu mischen. »Wir haben damals angefangen, kleine fliegende Drohnen einzusetzen, die mit mehreren Kameras und Mikrofonen für die Aufklärungsarbeit bestückt waren, und diese Taktik erwies sich als höchst erfolgreich – obwohl wir wirklich keine Ahnung hatten, dass wir auf die Lösung gestoßen waren.«

»Die Lösung? Inwiefern?«, fragte Larissa. »Diese Geräte hatten weder Radar noch Tarnsysteme.«

»Ganz recht«, erwiderte Slayton mit einem kurzen Lächeln. »Sie brauchten sie nicht, das war das Schöne daran. Wir hatten uns alle so daran gewöhnt, mit elektronisch erzeugten Informationen zu arbeiten, dass wir die grundlegenden Werkzeuge vergessen hatten, die Gott uns gegeben hat – unsere Augen und Ohren. Und zu denen wurden die Drohnen im Endeffekt. Als die ersten Experimente erfolgreich waren, haben wir ihre Flugvorrichtungen und ihre audiovisuelle Ausrüstung so stark minimiert, dass sie nicht nur eine enorme Reichweite hatten, sondern auch fast jedes Erfassungsfeld durchdringen konnten, ohne Alarm auszulösen. Nach dem Krieg sprach sich die Sache im Pentagon herum, und die Drohnen wurden zur Standardausrüstung. Als die Miniaturisierung großer Waffen dann vor zehn Jahren so richtig in Gang kam, war es nur eine Frage der Zeit, bis jemand schließlich auf die Idee kommen würde, bewaffnete Drohnen zu bauen. Die konnte man zu abgelegenen, sogar befestigten Orten lenken, wo sie dann mit absoluter Präzision ihre konventionellen oder nuklearen Bombenladungen abwerfen würden. Jedenfalls in der Theorie. Die Vorteile lagen auf der Hand« – Slaytons Narbe leuchtete im matten Licht im Geschützturm blutrot, während sich wieder ein gequälter Ton in seine Stimme schlich – »aber die Gefahren auch. Ein ausländischer Agent in einem amerikanischen Labor hätte mühelos nicht nur mit den Plänen, sondern gleich mit den Prototypen hinausmarschieren können. Glücklicherweise gab es ungeheure Probleme mit dem Entwurf und dem System, die unlösbar zu sein schienen. Wir gaben das Projekt noch zu meiner

Zeit auf. Anscheinend haben sie es wieder in Angriff genommen.«

»Vielleicht auch nicht«, sagte ich. »Nach allem, was wir wissen, Colonel, könnte das Schiff auch bloß einen kleinen Meteoritenschauer entdeckt haben. Oder irgendwelchen kosmischen Staub.«

Zugegeben, das waren jämmerliche Versuche, eine andere Erklärung zu finden, und Slayton tat sie mit einer entsprechend verächtlichen Geste ab. »Zeigen Sie mir Meteoriten, die in Formation und auf einem Abfangkurs fliegen, Doktor, und ...« Auf einmal gefror seine Miene. *»Da«*, sagte er leise. Ich starrte weiterhin in die Ferne, konnte aber nichts Erschreckendes entdecken. Als ich mich jedoch zu Larissa umdrehte, stellte ich fest, dass sie dasselbe sah wie der Colonel: Auf ihrem Gesicht lag der gleiche Ausdruck banger Nervosität.

»Wo?«, fragte ich; aber Slayton drehte sich nur um, ging zu einem Tastenfeld an der Überwachungskonsole und schaltete die Lautsprecheranlage des Schiffes ein. »Hier ist Slayton«, verkündete er. »Die Drohnen sind jetzt etwa hundertfünfzig Meter hinter uns. Wir werden daher so lautlos fliegen müssen wie irgend möglich – keine unnötigen Geräusche, und sprecht leise. Am wichtigsten sind die Maschinen – Julien, wir müssen sie auf Minimalleistung herunterfahren. Und Jonah, stellen Sie die holografische Projektion neu ein.«

Der eindringliche Ton, in dem der Colonel seine Befehle gab, veranlasste mich, die Stratosphäre noch aufmerksamer abzusuchen; ich wollte unbedingt einen Blick von den geheimnisvollen Erfindungen erhaschen, die ihn so spürbar nervös machten. Als ich sie dann endlich entdeckte, war der Anblick ebenso faszinierend wie erschreckend: Die mehreren Dutzend basketballförmigen Drohnen – sie sahen aus wie Fantasieprodukte von John Price – besaßen große »Augen«, die, wie ich bald erfuhr, in Wahrheit Gehäuse für raffinierte optische Instrumente waren. Anhängsel, die ebenso komplexe Audiomonitoren beherbergten, und Rümpfe mit Flug- und Lenkvorrichtungen trugen dazu bei, dass die Drohnen alles in allem wie riesige Insekten wirkten. Zudem starrten sie von stacheligen Antennen: programmierbare Detonatoren, erklärte Slayton kurz und sparte sich weitere Ausführungen für eine spätere Verlautbarung an die gesamte übrige Crew.

»Vergesst nicht«, sagte er, »wenn ich Recht habe, ist jedes dieser Dinger mit einer atomaren Sprengladung ausgerüstet, die dieses Schiff vernichten könnte. Wir müssen allergrößte Vorsicht walten lassen.«

Wie zur Antwort auf Slaytons Worte schossen die Drohnen auf einmal nach vorn und umringten uns. Ihre vielen neugierigen Augen bekamen nun etwas Bedrohliches. Gemäß den Anweisungen des Colonels verlor unser Schiff stetig an Fahrt, bis wir nur noch im Schneckentempo dahinkrochen – in einem nervenzerfetzenden Schneckentempo. Meine Angst erschwerte es mir, leise zu sprechen, aber ich musste die Frage stellen: »Würde wirklich jemand in dieser Höhe eine atomare Explosion auslösen, Colonel?«

Slayton nickte, während er die Drohnen um uns herum mit dem gleichen starren Blick maß wie diese uns. »Die hier sind vermutlich mit Röntgenlasern bestückt – sie werden durch eine Atomexplosion aktiviert und haben ein ungeheures Zerstörungspotenzial, aber der Fallout ist minimal.«

»›Minimal‹?«, flüsterte Larissa.

»Offenbar stellen wir für sie eine solche Bedrohung dar, dass sie das Risiko eingehen würden«, sagte Slayton. »Und das, obwohl sie anscheinend noch gar nicht genau wissen, worin diese Bedrohung besteht. Keine ungewöhnliche Denkweise für den nationalen Sicherheitsapparat der Amerikaner – wie Sie selbst geschrieben haben, Doktor.«

»Und wird der holografische Projektor uns vorläufig schützen?«, fragte ich.

»Das müsste er eigentlich«, antwortete der Colonel. »Für das bloße Auge ist unser Schiff jetzt nicht mehr als ein harmloser atmosphärischer Nebelstreifen.«

Larissa nickte. »Und der Projektor funktioniert bei diesen Drohnen genauso gut wie beim Auge.«

»Damit verwandelt er die Stärke der Drohnen wieder in eine Schwäche«, meinte Slayton. »Aber wie gesagt, wir strahlen noch keine neue Radarsignatur ab – wir können davon ausgehen, dass sie auf die alte fixiert bleiben und auf eine Bestätigung für menschliche oder mechanische Aktivitäten warten. Wir müssen auch weiterhin sehr darauf achten, leise zu sein – das gilt auch für das Schiff selbst.« Als der Colonel sah, dass die Geräte draußen nach wie vor keine feindselige Bewegung machten, entspannte er sich ein wenig. »Aber zumindest für den Augenblick gelingt es uns anscheinend, sie zu täuschen.« Er gestattete sich ein weiteres kurzes Lächeln. »Was wohl meine Freunde da unten sagen würden, wenn sie wüssten, dass sie *mich* verfolgen ...«

Obwohl die Nervosität dank des holografischen Projektors nachgelassen hatte, bewegten wir uns in der Anfangsphase unseres Fluges zwischen den Drohnen alle sehr vorsichtig und unterhielten uns, Colonel Slaytons Anweisungen folgend, in gedämpftem Ton. Nach einer halben Stunde hatte sich unsere Anspannung ein klein wenig gelöst, aber auch nicht mehr; und ich stand noch immer reglos neben Larissa, als ich hörte, wie sie über ihre Kommunikationsimplantate leise mit ihrem Bruder zu sprechen begann. Ihr Ton war beruhigend und mitfühlend, und ihre Worte gaben mir bald das Gefühl, dass der Druck der ganzen Situation und insbesondere dieser Augenblicke Malcolm zumindest ein bisschen zu schaffen machte. Dieser Eindruck bestätigte sich, als Larissa mich fragte, ob ich ihm wohl in seiner Unterkunft Gesellschaft leisten würde; er habe einen Schwindelanfall erlitten und sich dorthin zurückgezogen. Jemand müsse mit ihm reden und ihm helfen, diese schwierige Phase des Fluges zu überstehen, sagte sie, und sie wolle auf ihrem Posten bleiben, um die Drohnen unter Feuer nehmen zu können, falls das holografische System aus irgendeinem Grund versagte.

Mit bedächtigen Bewegungen stieg ich die Leiter aus dem Geschützturm hinunter und schlich zum Heck des Schiffes. Als ich Malcolms Unterkunft betrat – sie war aufgemacht wie die Kapitänskajüte eines alten Segelschiffes, mit einem breiten Bleiglasfensterimitat im hintersten Teil der Hülle –, dachte ich anfänglich, er wäre noch in der Aussichtskuppel; aber dann entdeckte ich seinen umgekippten Rollstuhl hinter einem grobschlächtigen Holztisch. Er selbst lag mit ausgestreckten Armen und Beinen unter dem Ding.

»Malcolm!«, rief ich eindringlich, aber mit leiser Stimme, denn draußen vor dem Fenster waren die Drohnen zu sehen. Ich eilte zu ihm hinüber, räumte den Rollstuhl vorsichtig beiseite und hob Malcolm auf. Schockiert und entsetzt bemerkte ich, wie leicht er war. In ein Schott war eine Kapitänskoje eingebaut, und ich legte ihn hinein, löste seinen Kragen und suchte nach einem Puls.

Aber so sehr ich mich auch bemühte, ich fand keinen.

33

Malcolm erlangte ganz ohne mein Zutun das Bewusstsein zurück, denn bevor ich noch mit Wiederbelebungsmaßnahmen begonnen hatte, ruckte sein ganzer Körper hoch, als hätte er einen starken elektrischen Schlag bekommen. Er sog die Luft tief in die Lungen und begann, heftig zu husten, ein Geräusch, das jedoch nicht laut oder charakteristisch genug zu sein schien, um die Aufmerksamkeit unserer Beobachter zu erregen. Ich goss ein Glas Wasser aus einem Zinnkrug ein und brachte ihn dazu, etwas zu trinken. Kaum war seine Atmung wieder halbwegs normal, flüsterte er:

»Wie lange war ich ohnmächtig?«

»Das weiß ich nicht«, antwortete ich. »Ich habe Sie auf dem Fußboden gefunden.« Ich zog fragend die Augenbrauen hoch. »Sie hatten keinen Puls mehr, Malcolm.«

Er trank noch etwas Wasser und nickte. »Ja«, sagte er leise. »Das kommt vor – und zwar in letzter Zeit immer öfter.« Er legte sich wieder hin und versuchte, seinen Körper zu beruhigen. »Eines der unberechenbareren Symptome meiner Krankheit – spontane Abschaltung der elementarsten Funktionen. Aber es dauert nie lange.« Er schaute in scheinbar beiläufiger Frustration an die hölzerne Decke über seinem Bett. »Wenn ich mich doch nur erinnern könnte, ob ich dabei träume oder nicht ...«

»Sind Sie schon dahinter gekommen, wodurch es ausgelöst wird?«, fragte ich, ein wenig erstaunt über sein Verhalten. »Spielt Erschöpfung eine Rolle?«

Er zuckte die Achseln. »Höchstwahrscheinlich. Allerdings ...« Er rollte sich herum, schaute nach draußen und runzelte beim Anblick der Drohnen die Stirn. »Immer noch da, hm? Tja, Erschöpfung hin oder her, ich muss zu Eli zurück.«

Aber der Mann konnte sich nicht einmal aufsetzen. »Sie gehen jetzt nirgends hin«, sagte ich; und als er nach seinem Transdermalinjektor griff, nahm ich ihn ihm weg. »Und ich glaube auch nicht, dass Selbstmedikation nach einer neuroparalytischen Krise wirklich das Richtige ist.«

Seit unserer ersten Begegnung hatte ich stets akzeptiert, dass ihm sein Stolz wichtiger war als nahezu alles andere: Er konnte das Gefühl nicht ertragen, hilflos zu sein, und gab sich geradezu unmenschliche Mühe, ja nicht diesen Eindruck zu erwecken. Deshalb war ich auch keineswegs sicher, wie er auf meine ärztlichen Anweisungen reagieren würde. Doch zu meiner Überraschung sah er mich nur mit gefügiger Miene an, fast wie ein kleiner Junge, dem man befohlen hatte, nicht zur Schule zu gehen, sondern zu Hause zu bleiben. »In Ordnung«, sagte er ruhig. »Aber ich brauche meinen Stuhl.« Er wirkte sogar ein wenig erleichtert über die Aussicht, sich eine Weile ausruhen zu müssen, aber ich wusste, dass er das niemals zugeben würde; deshalb nickte ich nur und schob den Rollstuhl an sein Bett, damit er sich selbst hineinsetzen konnte. »Danke, Gideon«, sagte er, und es klang wie eine Reaktion darauf, dass ich ihm nicht geholfen hatte.

»Sie können froh sein, dass Ihre Schwester sich Sorgen um Sie gemacht hat«, sagte ich. »Sie hätten Gott weiß wie lange auf dem Fußboden liegen können, wenn sie mich nicht gebeten hätte, nach Ihnen zu sehen. Und wer weiß, in welcher Verfassung wir Sie schließlich gefunden hätten.«

Er nahm meine Worte zur Kenntnis, indem er eine Hand hob. Nach einer kurzen Pause sah er mich dann mit offenkundiger Neugier an. »Sie und Larissa – ihr habt euch wirklich sehr gern, wie es scheint.« In der Annahme, dass er immer noch benommen war, lächelte ich nur freundlich. »Wie ist das?«, fragte er.

Ich hatte erwartet, dass Malcolm irgendwann einen Haufen Fragen über meine Beziehung zu seiner Schwester stellen würde, aber mit dieser hatte ich nicht gerechnet. Ich kam zu dem Schluss, dass er noch desorientierter sein musste, als ich vermutet hatte. »Sie meinen – wie es ist, in Ihre Schwester verliebt zu sein?«, sagte ich.

»In *irgend*eine Frau verliebt zu sein«, sagte Malcolm. »Und von ihr geliebt zu werden – wie ist das?«

Während er sprach, merkte ich an der Klarheit seines Blickes und seiner Worte, dass ich mich geirrt hatte – er war zwar geschwächt, aber keineswegs verwirrt –, und diese Erkenntnis traf mich wie ein Schlag vor den Kopf. Von allem, was Stephen Tressalian seinem Sohn geraubt hatte, schien mir dies das Wertvollste und Schockierendste zu sein. Es war unsagbar grausam, dass Malcolm die Antwort auf seine eigene Frage nicht kennen sollte; noch grausamer war jedoch, dass die Gründe dafür so klar auf der Hand lagen. Ich suchte verzweifelt nach einer Antwort, die nichts von meiner Betrübnis verraten würde, und sagte schließlich: »Larissa ist alles andere als ›irgendeine Frau‹.«

Malcolm dachte darüber nach. »Wissen Sie das?«, fragte er nach einer Weile. »Aus Erfahrung, meine ich.«

»Ich denke schon«, antwortete ich. »Jedenfalls glaube ich es. Das ist das Entscheidende.«

»Ja«, sagte er und legte nachdenklich die Finger an den Mund. »Das ist wirklich das Entscheidende, nicht wahr? Der Glaube ...« Wir saßen ungefähr eine Minute lang da, ohne ein weiteres Wort zu sagen, während Malcolm die Luft mit einem geräuschvollen Zischen in die Lungen saugte und wieder ausstieß. Dann wiederholte er: »Der Glaube ... damit habe ich mich nicht ausführlich genug beschäftigt, Gideon. Ich habe mich auf die Täuschung konzentriert – auf die Täuschungen unserer Zeit und meine eigenen Versuche, sie mittels Täuschung zu entlarven. Aber ich hätte dem Glauben mehr Aufmerksamkeit schenken sollen – er ist es nämlich, der uns in diese missliche Lage gebracht hat.« Er schien wieder zu Kräften zu kommen, obwohl ich den Eindruck hatte, dass der plötzliche Energieschub weniger von einer echten körperlichen Besserung als vielmehr von der Chance herrührte, über die Dinge zu reden, die ihm derart zu schaffen machten. »Was ist das, Gideon? Was bringt einen Mann wie Dov Eshkol dazu, so fest an seine Überzeugungen zu glauben, dass er fähig ist, jedes Verbrechen zu begehen?«

Wegen der beruhigenden Wirkung, die das Gespräch auf ihn hatte, ging ich weiterhin darauf ein; und so begannen wir in der bizarren, bedrohlichen Stille des langsam fliegenden Schiffes, umringt und unablässig beäugt von den mechanischen Lakaien unserer Feinde am Erdboden, über die seelische Verfassung und die Denkweise des Mannes zu reden, den wir jagten.

»Ein solcher Glaube wird natürlich von einer ganzen Reihe von Faktoren geprägt«, sagte ich. »Aber wenn ich einen hervorheben müsste, würde ich sagen, es ist Angst.«

»Angst?«, wiederholte Malcolm. »Angst wovor? Vor Gott?«

Ich schüttelte den Kopf. »Die Formen der Angst, die ich meine, treten auf, lange bevor wir mit irgendeiner Gottesidee konfrontiert werden. Vom Tag unserer Geburt an gibt es zwei elementare Schrecknisse, unter denen alle Menschen leiden, ganz gleich, in welchem Milieu sie aufwachsen. Das erste ist das Entsetzen, das wir verspüren, wenn wir merken, dass wir in Wirklichkeit einsam und voneinander isoliert sind. Das zweite ist natürlich die Angst vor dem Tod. Trotz aller Unterschiede im Einzelfall wirken sich diese Ängste auf unser aller Leben aus und sind zumindest teilweise verantwortlich für alle Verbrechen – auch solcher, wie Eshkol sie begangen hat.«

Ich hielt inne und musterte Malcolm ein paar Sekunden: Er nickte und schien mit jeder Sekunde ruhiger zu werden, obwohl der Blick seiner blauen Augen auf die Drohnen draußen geheftet blieb. »Sprechen Sie weiter«, sagte er nach etwa einer halben Minute. »Wir müssen unbedingt wissen, wie sein Verstand funktioniert.«

»In Ordnung«, erwiderte ich, »aber nur, wenn Sie dabei Ruhe bewahren.« Er wedelte etwas ungeduldig mit der Hand, ein gutes Zeichen, dass es ihm wirklich besser ging. »Nun«, fuhr ich fort, »die meisten Menschen versuchen, die erste dieser Ängste – den Schrecken der Isolation – durch die Identifizierung mit einer Gruppe zu unterdrücken. Ob es sich dabei um eine religiöse, politische oder ethnische Gruppe handelt, ist im Grunde egal – dieses Prinzip steht sogar hinter den meisten Werbekampagnen, die heutzutage durchgeführt werden, wie auch hinter der populären Kultur selbst. Alles ist recht, sofern es die Mauer der Entfremdung niederzureißen und ein Zugehörigkeitsgefühl zu vermitteln scheint.«

»Was ungeheure Möglichkeiten zur Manipulation birgt«, murmelte Malcolm und riss die Augen weit auf, um zu zeigen, dass er wusste, wovon er sprach.

»Und für Manipulatoren«, stimmte ich zu. »Gemeinhin auch Führer genannt. Die meisten von ihnen sind einfach nur Menschen, die ihre Ängste zu lindern trachten, indem sie eine identitätsstiftende Struktur für eine möglichst große Anzahl von Leuten schaffen, die nur eins gemeinsam haben: das Gefühl, vereinzelt und verloren zu sein.«

»Sprechen wir hier von Eshkols Vorgesetzten?«

»Auch, aber nicht in erster Linie. Seine israelischen Kommandeure fallen tatsächlich in die Kategorie, über die wir gerade gesprochen haben, jene ganz normale Spielart von Führern, zu der so gut wie jeder gehört, der sich an einer politischen, religiösen, ökonomischen oder kulturellen Bewegung beteiligt. Aber Eshkol? An dem ist nichts normal, und wenn wir verstehen wollen, wie er tickt, müssen wir die ganze Sache auf die nächsthöhere Stufe heben.«

Malcolm seufzte. *»Fanatismus«*, sagte er mit demselben Abscheu, den er schon früher gelegentlich gezeigt hatte.

»Ja. Der normale Führer und seine Anhänger arbeiten sich im Wesentlichen an dem Wunsch ab, ihre Isolation aufzuheben, aber der fanatische Führer und seine Jünger beziehen auch die zweite ursprüngliche Angst mit ein, die Angst vor dem Tod. Und mit Tod meine ich Vernichtung – die völlige, restlose Auslöschung der irdischen Existenz und des Vermächtnisses eines Menschen. Der Führer, der seinen Leuten verspricht, dass die Befolgung seiner Gesetze und Lehren nicht nur die Qualen ihrer Isolation lindern, sondern ihnen auch erlauben wird, dem Tod zu trotzen, durch verdienstvolle Taten eine Art spiritueller Unsterblichkeit zu erlangen. Dieser Führertypus erringt eine weitaus größere Macht als der erste Typus – und erschafft dabei eine ganz andere Sorte von Anhängern. Solch ein Anhänger wird wahrscheinlich die meisten allgemein anerkannten Regeln des sozialen Verhaltens aus dem einfachen Grund missachten, dass für ihn nichts abartig ist außer dem, was der Führer für abartig erklärt. Und die Definition des Abartigen seitens eines solchen Führers ist meist sehr speziell, weil er das Spektrum der möglichen Handlungen, die er seinen Anhängern befehlen kann, nicht einschränken möchte.«

»In Ordnung«, stimmte Malcolm zu. Er begann, mit den Fingern auf die Armlehnen seines Rollstuhls zu trommeln. »Aber wer ist es dann? Wer ist der Führer, der Eshkol sagt, was er tun soll?«

»Ich glaube nicht, dass jemand ihm Befehle erteilt, so wie Sie es meinen. Aber er hat Führer – von der schlimmsten Sorte. Sie haben es selbst gesagt, Malcolm, als wir zum ersten Mal von ihm erfahren haben – es sind seine Angehörigen, insbesondere die Opfer, die vor fast hundert Jahren gestorben sind.«

Malcolm schaute einen Moment lang verwirrt drein. »Aber – sie sind tot. Und sie waren keine Führer.«

»Nicht auf den ersten Blick«, sagte ich. »Und das macht sie noch gefährlicher. Sie verkörpern alle Tugenden von Eshkols ethnischer und religiöser Herkunft – und da sie schon so lange tot sind, haben sie keinerlei Fehler und Schwächen. Tief in seinem Innern verlangen sie blinde Treue – und Vergeltung nach dem Motto ›Auge um Auge, Zahn um Zahn‹, mit der gleichen Brutalität, mit der man sie umgebracht hat. Sie locken ihn mit weit geöffneten Armen und ewiger Gemeinschaft, falls er dabei ums Leben kommen sollte. Und das Schlimmste ist, die Bösartigkeit, die er personifiziert, die Bösartigkeit, die jedem Fanatismus zu Eigen ist, verbirgt sich hinter der sanften Maske der Liebe, weil sie ihrem Andenken dient. Eshkol ist der einsame Wolf, wie er im Buche steht, und selbst die Israelis wissen das – er hört nur auf eine Stimme, die eingebildete kollektive Stimme seiner ermordeten Ahnen.«

»Und darum«, nahm Malcolm den Gedankengang auf, »hat er die Echtheit der Stalin-Bilder nie angezweifelt.«

Ich nickte. »Mittlerweile ist Eshkol mit großer Sicherheit

paranoid. Er hatte genug Zeit, sich obsessiv mit einer beispiellosen Katastrophe zu beschäftigen, sie mit Ereignissen in seiner eigenen Familie und seinem eigenen Leben zu verknüpfen und zu dem Schluss zu kommen, dass sie immer noch nicht vorbei ist und eine aktive Reaktion von ihm persönlich verlangt. Seine Aktivitäten lassen unzweifelhaft darauf schließen, dass er den Verdacht hegt, die ganze Welt sei an einem Komplott zur Vernichtung der Juden beteiligt; und wie es scheint, sind für ihn nicht einmal die Juden selbst, oder zumindest einige Juden, über jeden Verdacht erhaben. Paranoia erzeugt eine ungeheure Anspannung, die nicht durch Gegenbeweise gelöst werden kann, sondern nur durch den Beweis ihrer Berechtigung. Beim Anblick der Stalin-Bilder hat er genau das gesehen, was er immer sehen wollte – den Beweis, dass er Recht hatte und dass all seine Taten gerechtfertigt waren.«

Malcolm starrte noch immer zu den Drohnen hinaus. »*Mundus vult* …«, begann er leise, aber der Ausspruch schien ihm keinen Trost zu spenden, und er lehnte sich schließlich zurück und stieß die Luft in einem langen Atemzug aus. »Guter Gott, Gideon …«

»Ich sage Ihnen nichts, was Sie nicht schon wussten – oder geahnt haben. Was mir momentan Kopfzerbrechen bereitet, ist die Frage, wie wir überhaupt hoffen können, ihn zu erwischen. Wenn ich Recht habe – wenn er tatsächlich auf keinen lebenden Menschen hört und sich wie ein Phantom durch die heutige Gesellschaft bewegen kann –, womit können wir ihm dann beikommen?«

Malcolm ballte die Hände zu Fäusten, aber seine Stimme blieb leise. »Mit unseren ganz besonderen Fähigkeiten. Nur wir können es schaffen. Niemand sonst kommt an ihn heran, bevor …«

Anscheinend wollte Malcolm den Gedanken nicht zu Ende führen; aber da ich absolut sicher sein wollte, dass wir einander wirklich verstanden und die Situation erfasst hatten, sah ich ihn an und sagte: »Bevor?«

Eine plötzliche hektische Bewegung draußen vor dem Fenster lenkte uns beide ab: Die Drohnen entfernten sich in lockerer Formation von unserem Schiff und flogen dorthin zurück, woher sie gekommen waren. Obwohl ich ungeheuer erleichtert war, verstand ich anfangs nicht, warum sie das taten. Aber dann hörte ich Elis Stimme aus der Lautsprecheranlage:

»Alles in Ordnung – ich habe die neue Signatur aktiviert, jetzt gibt es nichts mehr, worauf sie sich fixieren können. Wir sollten außer Gefahr sein.«

Malcolm drehte sich um und drückte auf eine Taste in einem Tastenfeld an seinem Bett. »Gut gemacht, Eli. Julien – nehmen wir wieder Fahrt auf. Ich möchte in spätestens einer Stunde über Frankreich sein.« Malcolm legte die Hände an die Räder seines Rollstuhls und warf mir einen weiteren kritischen Blick zu. »Ich glaube, Gideon, wir beide haben eine recht gute Vorstellung, weshalb wir an Eshkol herankommen müssen, ›bevor‹ – und so fürchterlich es sein mag, ich schlage vor, wir versuchen beide, das auch den anderen klar zu machen.« Er drehte seinen Stuhl herum und steuerte auf die Tür zu. »Schon möglich, dass dieser Mann von lauter Rachefantasien erfüllt ist, wie Sie sagen – aber sie werden mit ihm sterben.«

34

Nachdem wir nun wieder mit Höchstgeschwindigkeit fliegen konnten, erreichten wir den Ärmelkanal, wenn auch nicht Frankreich selbst, innerhalb der von Malcolm dafür veranschlagten Stunde. Unser Abstieg aus der Stratosphäre endete über dem Kanal knapp nördlich von Le Havre, und nachdem wir den holografischen Projektor wieder eingeschaltet hatten, flogen wir in Reiseflughöhe direkt über die Stadt hinweg und folgten dabei der Seine, die sich durch eins der dichtesten Ballungsgebiete der wild wuchernden französischen Vorstadtlandschaft schlängelte. Wie alles Französische waren diese ausgedehnten Vorstädte in ihren Details und dem ganzen Drum und Dran über die Jahre hinweg immer amerikanischer geworden, doch da sie sich durch eine der schönsten und historisch interessantesten Gegenden der Normandie zogen, sahen sie in mancher Hinsicht noch grotesker aus als ihre amerikanischen Gegenstücke.

Das Beunruhigendste an der Szenerie war die unheimliche Beleuchtung. In den Vorstadtregionen der Vereinigten Staaten hatte man sich schon längst an das sterile, flackernde Licht gewöhnt, das jede Nacht aus den Häusern in die dunklen Straßen und Gärten sickerte: Das Strahlen Hunderttausender Internet- und Computermonitore. Die Franzosen wiederum hatten eine niedrigere Kriminalitätsrate als die Amerikaner. Deshalb konnten sie es sich leisten, einerseits mit ihrer Straßenbeleuchtung zurückhaltender zu sein, andererseits ihrer typischen Abneigung gegen Vorhänge in stärkerem Maße nachzugeben, sodass man den Lichtschein dieser Monitore – die in Frankreich so allgegenwärtig waren wie in den Vereinigten Staaten und überall sonst in der digitalen Welt – mehr als nur wahrnahm: Er beherrschte das Bild.

Als wir uns Paris näherten, ballten sich die Wohn- und Schlafstädte unter uns immer dichter, und der Lichtschein der zahllosen Monitore verstärkte sich. Malcolm und ich sahen vom Bug des Schiffes aus zu, wie die Landschaft unter uns vorbeizog. Bald darauf gesellte sich Julien zu uns, der natürlich am meisten Grund hatte, bei diesem Anblick deprimiert zu sein. Fouché gestand, er habe sich schon vor langer Zeit damit abgefunden, dass sein Heimatland trotz aller anders lautenden Behauptungen und Beteuerungen ebenso empfänglich für die Heimsuchungen des Informationszeitalters sei wie jedes andere; was seine Emigration provoziert habe, sei vielmehr die fortgesetzte Leugnung dieser Tatsache seitens seiner akademischen Kollegen und der Intellektuellen überhaupt. Aber solche Erklärungen machten den Anblick dieses endlosen, strahlenden Beweises für den festen Platz seines Heimatlandes in der Gemeinschaft der modernen Technostaaten auch nicht erträglicher.

»Man versucht, es mit philosophischer Gelassenheit zu nehmen«, sagte er, verschränkte die Arme und strich sich mit einer Hand durch den Bart. »Aber die Philosophie verschärft die Anklage nur. Habt ihr Camus gelesen? ›Ein einziger Satz wird ihnen zur Beschreibung des modernen Menschen genügen: Er hurte und las die Zeitungen.‹ Ich glaube, wir müssen diesen Satz jetzt ein bisschen abwandeln: ›Er masturbierte und wählte sich ins Internet ein.‹« Fouché zog die buschigen Augenbrauen hoch. »Aber vielleicht ist die Reihenfolge der Aktivitäten in dieser Aussage falsch, hm?« Er deutete ein Schmunzeln an über den unter anderen Umständen vielleicht amüsanten Gedanken; aber in diesem Moment konnten weder er noch ich – und ganz gewiss nicht Malcolm – die richtige Begeisterung dafür aufbringen.

Etliche schweigsame Minuten später kam Larissa herein und brachte Neuigkeiten, die zwar nicht gerade aufmunternd, aber immerhin einigermaßen ermutigend waren: Tarbell hatte einen Mann in der Umgebung von Paris identifizieren können, der regelmäßig gestohlene technologische Geheimnisse und hoch entwickelte Waffen über den Mossad an die israelische Regierung verkaufte. Da Eshkols Flugziel Paris gewesen war, lag es mehr als nahe, dass er mit diesem Mann Kontakt aufnehmen würde, der Leons Recherchen zufolge nahezu jede Art von Waffen und militärischer Ausrüstung beschaffen konnte – einschließlich miniaturisierter Atombomben. Der Händler wohnte in der Nähe der mittelalterlichen Stadt Troyes in der Champagne südöstlich von Paris auf einem weitläufigen Anwesen am See, wo er auch seine Geschäfte abwickelte. Deshalb behielten wir unsere Richtung bei und beschleunigten unser Tempo. Uns war vollkommen klar, dass der Händler eine Begegnung mit Eshkol wohl kaum überleben würde. Doch so sehr wir uns auch beeilten, wir waren nicht schnell genug. Unser Schiff hatte kaum die sanft gewellte Landschaft in der Umgebung von Troyes erreicht, als Leon erste Meldungen der französischen Polizei über einen Mord im Haus des Waffenhändlers auffing. Angesichts des Berufs des Opfers wurde die Angelegenheit sehr diskret gehandhabt, obwohl die Polizei sogar in ihrem (angeblich) abhörsicheren Nachrichtenverkehr zugab, dass sie keinerlei Spuren hatte: Offenbar ließen sich die Israelis Zeit mit der Bestätigung, dass sie umfangreiche Geschäfte mit dem Toten getätigt hatten und dass einer ihrer eigenen Agenten überdies für seinen Tod verantwortlich gewesen sein könnte. Uns blieb nichts anderes übrig, als unsere Überwachungsanlage darauf zu programmieren, sämtliche Verkäufe von Flugtickets für Reisen von einem französischen Flughafen aus zu registrieren; dieses Material würden wir dann nach dem von Tarbell und den Kupermans entwickelten System mit anderen Datenbanken abgleichen und dadurch – so unsere nicht ganz unbegründete Hoffnung – herausfinden, wohin Eshkol als Nächstes fliegen wollte.

Als uns dies tatsächlich gelang, war das Resultat für einige von uns mehr als nur ein bisschen überraschend: *»Kuala Lumpur?«*, wiederholte ich, nachdem Tarbell uns die Neuigkeit mitgeteilt hatte. »Malaysia? Da gerät er doch mitten in einen ausgewachsenen Krieg …«

»Mh-mh.« Leon wackelte mit einem Finger. »Eine *›Intervention der Vereinten Nationen‹* bitte, Gideon. In dem Punkt sind sie sehr eigen.«

»Na schön«, meinte ich gereizt. »Da gerät er doch mitten in eine Intervention der Vereinten Nationen, die sich zum größten Blutbad in der Region seit Vietnam ausgewachsen hat! Wozu das denn, zum Teufel? Will er sich umbringen lassen?«

»Sie sind der Psychiater, Gideon«, sagte Fouché. »Diese Frage sollten *wir* eigentlich *Ihnen* stellen, *non*?«

Ich wollte ihm einen spielerischen, wenn auch kräftigen Schubs verpassen, doch er wich mit jener eindrucksvollen Behändigkeit aus, die mir bereits in Afghanistan aufgefallen war. »Das ist nicht komisch«, erklärte ich. »Von uns ist doch wohl hoffentlich keiner der Meinung, dass *wir* dorthin fliegen sollten?«

»Warum nicht?«, fragte Larissa.

»Mitten in den malaysischen Krieg hinein?«

»Mh-mh«, machte Tarbell erneut. »Es ist kein …«

»Leon, halten Sie die Klappe, ja?« Keiner von ihnen schien auch nur im mindesten besorgt zu sein, was mir gewaltig auf die Nerven ging. »Muss ich euch daran erinnern, dass jede westliche Macht gegenwärtig Truppen in Malaysia stehen hat? Echte Truppen – keine Milizen, keine Polizei, sondern *Militär*. Und die Malaysier sind nach zwei Kriegsjahren mittlerweile dermaßen fuchsteufelswild, dass sie diesen Truppen schwer zu schaffen machen. Ihr erwartet doch nicht von mir, dass ich *da* mitten hineinmarschiere?«

»Liebling?«, gurrte Larissa mit einem kleinen Lachen, stellte sich hinter mich und schlang die Arme um meinen Nacken. »Du willst mir doch nicht etwa sagen, dass du *Angst* hast, oder?«

»Natürlich habe ich Angst!«, rief ich, was sie nur noch mehr amüsierte. »Tut mir Leid, aber es gibt nun mal Grenzen dafür, was man von einem Menschen verlangen kann, und dies ...«

»... ist unumgänglich.« Das kam von Malcolm, der eine weitere entmutigende, aber unumstößliche Mitteilung für uns bereithielt. »Wir müssen hinfliegen, Gideon. Es gibt nur eins, was Eshkol nach Kuala Lumpur locken kann. Die Malaysier haben ihre Kriegsanstrengungen zum Teil durch eines der umfangreichsten Schwarzmarktsysteme aller Zeiten finanziert – sie waschen Drogengeld aus der Dritten Welt, handeln mit allem, was sich verkaufen lässt, von seltenen Tieren bis zu Menschen, und machen ein Riesengeschäft mit gestohlener Informationstechnologie und Datenbanken. Nichts von alledem wird Eshkol jedoch interessieren. Er will etwas anderes, und das kommt ursprünglich aus Japan, wenn ich mich nicht irre.« Mittlerweile war allen am Tisch das Scherzen endgültig vergangen. »Die japanische Wirtschaft hat sich bekanntlich nie so recht vom Zusammenbruch von '07 erholt. Wie die Malaysier mussten die Japaner alle verfügbaren Möglichkeiten nutzen, um wenigstens einen bescheidenen Aufschwung zustande zu bringen. Sie hatten jedenfalls weder das Geld noch die Ressourcen, um ihre Infrastruktur im Energiebereich zu erneuern – sie sind immer noch in erster Linie von Atomkraft abhängig und konnten ihre Brutreaktoren nicht ausmustern.«

Eli schlug sich auf einmal an die Stirn. »*Brutreaktoren*«, sagte er. Anscheinend war ihm ein Licht aufgegangen. In meinem Oberstübchen war es allerdings noch immer stockfinster.

»Wie bitte?«, fragte ich rasch. »Was zum Teufel ist ein ›Brutreaktor‹?«

»Ein Atomreaktor, der aus Uranabfällen verwendbares Plutonium erzeugt«, sagte Jonah. »Schien mal eine äußerst viel versprechende Idee zu sein.«

»Eine Idee, die von fast jedem Land der Welt verworfen wurde«, fuhr Malcolm fort, »und zwar aufgrund der Sicherheitsprobleme – und wegen der ungeheuren Versuchung, die große Mengen in zivilen Einrichtungen herumliegenden Plutoniums für Terroristen darstellen.« Malcolm sah mich durchdringend an. »Und für die Leute, die mit Terroristen Geschäfte machen. Japanische Schwarzmarkthändler haben – angeblich ohne Wissen ihrer Regierung – regelmäßig große Mengen ihres überschüssigen Plutoniums an solche Leute verkauft. Und zwar in …«

»In Kuala Lumpur«, sagte ich und sank resigniert auf einen Stuhl.

»Nein, das nicht«, sagte Jonah. »Die Hauptstadt steht unter Kontrolle der Vereinten Nationen. Der richtige Schwarzmarkthandel findet größtenteils in den Genting Highlands statt, wo man die Stadt unter sich liegen sieht – im alten Spielcasino. Aber Kuala Lumpur ist der einzige Ort, wo die Alliierten Flugzeuge landen lassen, weil sie sowohl die Stadt als auch den Flughafen kontrollieren. Das wird Eshkols erste Station sein. Wahrscheinlich wird er sich als Mitglied irgendeiner humanitären Organisation verkleiden und sich dann durch die Kampflinien bis ins Hochland vorarbeiten.«

Ich nahm die Neuigkeit mit größtmöglicher Fassung auf, ließ den Kopf auf den Tisch sinken und atmete ein paar Mal tief durch. »Und wie ist das malaysische Essen?«, erkundigte ich mich leise.

»Ich glaube kaum, dass Sie Gelegenheit haben werden, es zu kosten«, antwortete Tarbell. »Dort herrscht Krieg, wissen Sie.«

35

Es gab einmal eine Zeit, in der ich entsetzt und wie gebannt auf die ökologischen Auswirkungen afrikanischer Stammeskriege blickte – Stammeskriege wie derjenigen, den ich in den letzten neun Monaten miterlebt habe. Natürlich war mir klar, dass diese Reaktion größtenteils zurückzuführen war auf die von den internationalen Nachrichtenagenturen in Umlauf gebrachten Bilder jener Konflikte; doch obwohl ich diese Manipulation durchschaute, war ich weiterhin genauso gefesselt und erschüttert wie der Rest der Menschheit, und zwar so sehr, dass ich die weitaus zerstörerischen Feldzüge ignorierte, die eine Vereinigung aus Holz-, Landwirtschafts- und Viehzuchtunternehmen gegen die Regenwälder in anderen Teilen der Welt durchführte. Diese Unternehmen waren wichtige Geschäftsbereiche größerer Konzerne, denen wiederum viele Nachrichtenagenturen gehörten, und diese sorgten dafür, dass sich die öffentliche Aufmerksamkeit permanent auf Regionen wie Afrika konzentrierte. Das Ausmaß der Zerstörungen in anderen Regenwäldern – die für die Gesundheit des Planeten natürlich genauso wichtig waren wie ihre afrikanischen Gegenstücke – übertraf bei weitem alles, was Figuren wie mein Freund Häuptling Dugumbe und seine Feinde selbst in ihren erbittertsten Gefechten anrichten konnten; aber Job war Job und Geschäft war Geschäft, und deshalb bekam die Welt bis auf gelegentliche kurze Einblicke einzelgängerischer Journalisten nichts von dieser viel umfangreicheren Umweltzerstörung zu sehen.

Das blieb der Stand der Dinge, bis es fast schon zu spät war; das heißt, bis die Wissenschaftler die Veränderungen der Luftqualität als Folge des Verschwindens dieser natürlichen Sauerstofflabors nicht mehr nur vorhersagten, sondern schlicht und ergreifend vermeldeten. Als die Öffentlichkeit endlich begriff, dass die Erdatmosphäre bereits erhebliche Schäden davongetragen hatte, löste das eine globale Panik aus und rief eine beispiellose Bewegung zur Rettung der noch verbliebenen Wälder auf den Plan, die sich eher durch Militanz als durch Überzeugungsarbeit auszeichnete. Deren praktisches Ergebnis war die Aufstellung spezieller »Überwachungstruppen« der Vereinten Nationen – eigentlich multinationaler Streitkräfte –, die an Orten und in Situationen eingriffen, wo noch am ehesten etwas zu retten zu sein schien: in Brasilien, in diversen Regionen Mittelamerikas sowie in Malaysia.

Die Brasilianer und Mittelamerikaner ließen die Überwachungsmaßnahmen relativ gelassen über sich ergehen. Aber die Malaysier griffen auf ihre alten kriegerischen Traditionen zurück und erhoben sich gegen die fremden Eindringlinge, fest entschlossen, sich keine der wenigen Einkommensquellen, die ihnen nach dem Crash von '07 noch geblieben waren, ohne angemessene Entschädigung wegnehmen zu lassen – eine Entschädigung, die ihnen kein westlicher Staat zahlen konnte oder wollte. So entstand ein neuartiger Krieg um Bodenschätze, demgegenüber die gewalttätigen Konflikte um Öl und Wasser, die andernorts bereits ausgebrochen waren, vergleichsweise harmlos wirkten. Zwar ließ sich das östliche Malaysia relativ leicht bändigen, nachdem der Sultan des benachbarten Brunei, froh über die Gelegenheit, das Image seines von Skandalen geplagten kleinen Fürstentums aufzubessern, den Vereinten Nationen mit einer großzügigen Spende unter die Arme gegriffen hatte; aber in Westmalaysia sah die Sache anders aus. Nachdem die UN-Truppen aus drei Richtungen zugleich in diesen Landesteil eingedrungen waren, trafen sie auf viel härteren Widerstand, als sie jemals erwartet hatten; und wenn Angehörige ihrer Streitkräfte das Pech hatten, in Gefangenschaft zu geraten, wurden sie im Allgemeinen zu Tode gefoltert, verstümmelt und mit einer kleinen UN-Fahne im Mund zu den alliierten Linien zurückgeschickt. Schließlich brachten die alliierten Truppen die meisten Städte in den Küstenregionen der malaiischen Halbinsel unter ihre Kontrolle. Einige allerdings hielten weiterhin stand und wurden zu Ausgangspunkten der Geheimpfade, die zu den Dschungelgebieten im Hochland führten. Diese hatten sich bereits als militärischer Sumpf für die Alliierten erwiesen und waren nun zu einem Sammelbecken für Kriminelle und Söldner aus aller Welt geworden.

Und in diese Höhle des Löwen wollten meine Schiffskameraden mich also jetzt hineinschleifen. Die Reise begann in Marseille, denn Eshkol hatte sich dafür entschieden, Frankreich von dort aus zu verlassen. Der Name auf seinem Flugticket – »Vincent Gambon« – tauchte bald auf der Fahrgastliste eines französischen Hochgeschwindigkeitszuges auf, der von Troyes aus nach Süden fuhr. Als dieser den Bahnhof verließ, blieb ihm unser Schiff auf den Fersen, und wir flogen unter dem Schutz unseres holografischen Projektors dicht über die französische Landschaft hinweg, um Eshkol keine Chance zu geben, uns zu entwischen. Einige Stunden, bevor er an Bord seiner Maschine gehen sollte, kam der Zug in Marseille an, sodass sowohl Eshkol als auch wir genügend Zeit hatten, zum Flughafen zu gelangen: Malcolm hatte beschlossen, sich dem Flugzeug ebenso weit zu nähern wie dem Hochgeschwindigkeitszug, auch solange es noch nicht gestartet war. Bei dieser Aussicht wurde es nicht nur mir mulmig, sondern auch mehreren anderen aus der Gruppe. Es war keineswegs nur die simple Furcht, die jeder normale Mensch verspürt, wenn er sich einem der überlaufenen und überbeanspruchten internationalen Flughäfen nähert. So gefährlich schon allein die ausgeklügelte Version des russischen Roulettes war, die man Flugreise nannte – mit einem nicht registrierten und praktisch unsichtbaren Fluggerät mitten in ein so tödliches Durcheinander hineinzufliegen, schien der Inbegriff des Wahnsinns zu sein. Doch Larissa, die das Schiff vom Geschützturm aus steuerte, freute sich schon diebisch auf ein solches Unternehmen, und ich konnte nur auf ihre genetisch verbesserte geistige Beweglichkeit bauen und versuchen, nicht allzu oft aus dem Fenster zu sehen.

Was sich als unmöglich erwies, denn so Furcht erregend die nun folgende Aktion auch war, sie war vor allem enorm spannend. Das Schiff, das so langsam und bedrohlich über die Mauern des Gefängnisses von Belle Isle hinweggeflogen war, demonstrierte eine geradezu unvorstellbare, beinahe spielerische Beweglichkeit in der Luft, als wir auf dem Le Pen International Airport von Marseille zwischen den landenden, startenden und auf dem Rollfeld herumfahrenden Flugzeugen hin und her flitzten. Nicht dass es keine guten Gründe gegeben hätte, sich zu ängstigen: Dutzende von Passagierflugzeugen schwenkten oftmals völlig unvermittelt scharf ab, um nicht zusammenzustoßen, weil sie in einer absurd hohen Frequenz landen und starten sollten; und darüber hinaus schien mir, dass Larissa ein perverses Vergnügen daran fand, immer ein klein wenig zu nah an ihnen vorbeizusteuern. Doch obwohl ich manchmal vor Schreck aufschrie, hatte ich nie das Gefühl, wirklich in Todesgefahr zu sein, und nach ein paar Minuten lachte ich hin und wieder sogar – wenn ich nicht gerade schrie.

Trotzdem war ich nicht sonderlich traurig, als sich Eshkols riesiger Airbus, auf zweieinhalb Passagierdecks mit nahezu eintausend vertrauensvollen Seelen voll gestopft, schwerfällig in den Himmel erhob und den Flug nach Südosten antrat. Die vier Mammuttriebwerke des Flugzeugs stießen gewaltige Wolken an Auspuffgasen aus, die uns im Geschützturm des Schiffes jede Sicht raubten, als wir uns an die Maschine hängten. Zudem entgingen wir in diesen angespannten Minuten nur um Haaresbreite einer Kollision mit einem weiteren überbelegten Behemoth aus Afrika, der fernab vom vorgeschriebenen Kurs hereinkam, was daran lag (wie ich beim Abhören der Flugsicherung im Tower erfuhr), dass niemand von der Besatzung Englisch oder Französisch verstand. Mit Hilfe der Computersteuerung und dank ihres eigenen Geschicks manövrierte Larissa uns rasch aus dieser gefährlichen Lage und ging dann auf sichere Distanz knapp über und neben Eshkols Maschine – obwohl wir immer noch so nah waren, dass ich durch die Fenster hineinschauen konnte; ich sah, wie schrecklich eng es in dem Airbus war, und beobachtete, wie aus einem der Gepäckfächer über den Sitzen mehrere lebende Hühner herausflatterten, derentwegen die Flugzeugbesatzung in völliger Auflösung begriffen schien.

Es gab noch mehr schreckerfüllte Augenblicke, als wir durch einige der verkehrsreichsten Flugrouten der Welt und ein halbes Dutzend Zeitzonen pflügten. Südlich von Indien drehten wir dann nach Osten ab, und der Luftverkehr lichtete sich glücklicherweise; aber wie sich herausstellte, sollte uns nur eine kurze Atempause vergönnt sein. Beim Anflug auf Kuala Lumpur wurden die Schwärme ziviler Flugzeuge von Militärmaschinen ersetzt: Es wimmelte nur so von bemannten und unbemannten Jagdbombern, Transportern,

Radar- und Tankflugzeugen. Hinter uns ging inzwischen die Sonne unter, und in ihrem spektakulären goldenen Licht wurden vor uns Rauchsäulen sichtbar, die aus dem westmalaysischen Dschungel emporstiegen: In ihrem Eifer, die Malaysier an der Zerstörung des Regenwaldes zu hindern, brannten ihn die UN-Truppen offenbar selbst nieder. Vielleicht hatte sie aber auch die Wut darüber, von einem angeblich schwachen Land in etwa zum elften oder zwölften Mal in drei Jahrzehnten im Kampf blamiert zu werden, blind für weitere logische Überlegungen gemacht. Wie auch immer, die Anzeichen für die zunehmende Verschärfung des Konflikts häuften sich, als wir uns an der Seite von Eshkols Flugzeug Subang Airport näherten, dem reichlich ramponierten Flughafen der Hauptstadt; und während der Airbus aufsetzte, mussten wir nicht nur anderen Flugzeugen, sondern auch Langstreckengeschossen ausweichen, die von eben jenen Genting Highlands, in die wir aller Wahrscheinlichkeit nach bald reisen mussten, auf die Hauptstadt abgefeuert wurden.

Der Anblick der Kriegszerstörungen im Flughafen war nicht übermäßig deprimierend, weil es sich bei Subang um eines jener vielen Terminals aus dem zwanzigsten Jahrhundert handelte, die von Architekten in dem Bestreben entworfen worden waren, die Zukunft vorwegzunehmen – mit Ergebnissen, die in eben jener Zukunft ziemlich albern aussahen. Es war auch nicht weiter schlimm, dass viele der berühmten, aber nichtsdestoweniger hässlichen Wolkenkratzer von Kuala Lumpur – darunter die Petronas Twin Towers, einst die höchsten Gebäude der Welt – beschädigt oder sogar dem Erdboden gleichgemacht worden waren. Die im historischen Bezirk der Stadt angerichtete Verwüstung war jedoch nicht so leicht wegzustecken. In der Kolonialzeit hatte man in Kuala Lumpur einige der schönsten spätviktorianischen Bauten überhaupt errichtet, vor allem das alte Sultan Abdul Samad Building und den berühmten Hauptbahnhof im maurischen Stil. Beide waren mittlerweile verschwunden und von einer Welt, die dringend Sauerstoff benötigte, kaum beklagt worden. Vielleicht war dies einer der Gründe, warum sich eine kräftige Spur Zorn in meine Ablehnung beider Seiten in diesem Konflikt mischte, nachdem ich zusammen mit Colonel Slayton, Larissa und Tarbell auf einem Feld westlich vom Flughafen abgesetzt worden war.

Ich stellte bald fest, dass dies die weitaus geeignetste Stimmung war, wenn man Dov Eshkol zum ersten Mal zu Gesicht bekam. Wie erspähten unseren Mann, direkt nachdem er in Subang durch den Zoll gekommen war, und obwohl wir alle uns die Bilder, die ihn in verschiedenen Verkleidungen zeigten, genau eingeprägt hatten und auch über seine Körpermaße Bescheid wussten, wirkte der bärtige, wild dreinschauende Eshkol viel größer und wahnsinniger, als wir alle erwartet hatten. Wie Jonah vorhergesagt hatte, marschierte er in der Uniform einer weltweit tätigen Hilfsorganisation (Ärzte ohne Grenzen) nicht nur durch die Scharen wehklagender Moslems und Hindus, die auf andere Passagiere seines Flugzeugs warteten, sondern auch zwischen den vielen Militärs im Flughafen hindurch, als wäre er unberührbar – und bewies damit natürlich, dass es tatsächlich so war. Keiner von uns wunderte sich darüber, dass er nicht angehalten und befragt wurde – man hatte hier gewiss nicht besonders eifrig nach ihm Ausschau gehalten, denn welcher Flüchtling würde schon Zuflucht in einem Kriegsgebiet suchen? Es dauerte nicht lange, dann saßen wir in einem verbeulten, stinkenden alten Lexus-Taxi und folgten Eshkols ganz ähnlichem Transportmittel in die Stadt.

Wie sich bald herausstellte, ging die Fahrt zum Dayabumi Complex, einem heruntergekommenen Hochhaus im islamischen Stil, in dem Eshkol offenbar eine Verabredung hatte. Unterwegs beschwerte sich unser Fahrer auf eine Art, die deutlich machte, dass er mehr Geld wollte, über die moralische Fragwürdigkeit der Verfolgung eines anderen Taxis. Während ich seinem Gebrabbel zuhörte, wanderten meine Gedanken wieder einmal zu Max, und ich lachte leise, als ich daran dachte, wie wenig Federlesens er mit dem schimpfenden kleinen Mann am Lenkrad gemacht hätte. Ich fragte mich auch, was er von meinen neuesten Abenteuern gehalten hätte; aber ich maß den Antworten, die ich mir gleich darauf selbst gab, kein großes Gewicht bei. Obwohl ich nicht daran zweifelte, dass Max Larissa sehr geschätzt, Dov Eshkol, die Situation in Malaysia und vieles andere, was ich erlebt und durchgemacht hatte, jedoch auf ausfallende Art verdammt hätte, konnte ich mir nicht vorstellen, dass er unser momentanes Vorhaben wirklich gebilligt hätte. Ich versuchte mir einzureden, dass diese Haltung in Max' grenzenlosem Zynismus begründet gelegen hätte, ein Ausdruck seiner in den Jahren bei der New Yorker Polizei gefestigten mangelnden Bereitschaft, zu glauben, dass jemand tatsächlich ein edles oder von hehren Prinzipien geleitetes Motiv für seine Handlungen haben könnte. Doch während ich die Lebenseinstellung und die Motivationen meines toten Freundes aus purem Eigennutz schlecht zu machen versuchte, wurde ich nur immer unsicherer, und als wir vor dem Dayabumi Complex an den Randstein fuhren, erkannte ich, dass ich sein Bild gänzlich aus meinem Kopf verbannen musste.

Wir hatten den Dayabumi Complex kaum betreten, da sahen wir Eshkol schon wieder herauskommen, nunmehr in Begleitung eines Mannes, der seiner Kleidung und seinen Gesichtszügen nach ein muslimischer Malaysier war. Die meisten der hinduistischen und buddhistischen Minoritäten des Landes, die ursprünglich aus Indien und China stammten, hatten sich während des Krieges aus Rache für die jahrelange schlechte Behandlung durch die vorwiegend islamische Regierung auf die Seite der Alliierten geschlagen. Dass Eshkol sich einen Moslem als Begleiter ausgesucht hatte, war deshalb zumindest ein deutlicher Hinweis darauf, dass er tatsächlich in die von den Royalisten kontrollierten Berge wollte. Wir gingen wieder auf den belebten Platz vor dem Gebäude hinaus und warteten, bis wir schließlich Eshkol und seinen Führer in einem alten japanischen Geländewagen auf dem Karak Highway in Richtung des über fünfzehnhundert Meter hohen Berges jenseits der Frontlinien verschwinden sahen, auf dem das Genting Highland Resort lag. Dann verständigte Larissa ihren Bruder, und wir eilten alle zu einem dunklen, ziemlich menschenleeren Bereich hinter der Nationalmoschee, wo unser Schiff uns abholte. An Bord verfolgte Eli Eshkols Fahrzeug bereits aufmerksam per Satellit.

Wir flogen ihm langsam und in ziemlich trübseliger Stimmung nach. Vor uns lag das wohl größte Zentrum illegalen Handels und hemmungslosen Vergnügens auf dem Planeten, ein Ort, der keinen passenderen Namen als »das Las Vegas von Malaysia« hätte haben können; aber bevor wir dort ankamen, wartete noch ein weiteres schreckliches Erlebnis auf uns. Wir fanden Eshkols Wagen sowie seinen Fahrer am Anfang der siebzehn Kilometer langen, von Bombenkratern zernarbten Zufahrtsstraße, die von der Fernstraße zum Resort abzweigte: Der unbekannte Moslem, der Eshkol durch die Checkpoints der Alliierten gelotst hatte, war mit einem brutalen Schnitt durch die Kehle belohnt worden, und anschließend hatte Eshkol seinen Weg offenbar zu Fuß fortgesetzt. Er war allem Anschein nach entschlossen, keine Zeugen zurückzulassen, eine Schlussfolgerung, die ich sogar ermutigend fand: Sie deutete zumindest darauf hin, dass er das von ihm geplante Ereignis überleben wollte; folglich konnte es sich nicht um ein Selbstmordattentat mit einer Bombe handeln, nach wie vor die einzige wirklich narrensichere Methode, einen terroristischen Anschlag zu verüben.

Hätte ich ausführlich genug über die zweite Möglichkeit nachgedacht, die seinen Handlungen innewohnte – nämlich dass es ihm einfach Spaß machte zu töten, wenn sich die Chance bot –, dann hätte ich auf die Stimme gehört, die ich dem armen Max zugeschrieben hatte, und meine Kameraden zur Umkehr gedrängt.

36

Schon lange vor dem Ausbruch des malaysischen Krieges hatte sich das Genting Highlands Resort – eine Anzahl großer, weiß gestrichener Hotels, die sich um ein teures Casino gruppierten – als luxuriösestes und beliebtestes Spielerparadies in ganz Südostasien etabliert. Mit der Zeit hatte man in dem Resort auch andere Freizeitattraktionen gebaut, um die Illusion eines Urlaubsortes für die ganze Familie zu erzeugen; das war aber niemals so richtig gelungen, denn die Spieltische blieben die Hauptattraktion, was man schon daran sah, dass sie vierundzwanzig Stunden pro Tag belegt waren. Und obwohl mehrere der Hotels während des Krieges beschädigt worden waren und der Malaysia-Tourismus verständlicherweise nachgelassen hatte, traten viele unbeugsame Draufgänger aus dem Ausland weiterhin ihren regelmäßigen Pilgerzug in die Highlands an. Zusammen mit den nicht muslimischen Angehörigen der Garnison der malaysischen Armee (Moslems war es verboten, das Casino zu betreten) sorgten diese loyalen Stammgäste dafür, dass an den Tischen immer Hochbetrieb herrschte, und unterstützten gleichzeitig jene nachgeordneten Wirtschaftszweige – Prostitution, Alkohol, Drogenhandel und Diebstahl –, die immer an Orten entstehen, wo Menschen eine irrationale Entschlossenheit demonstrieren, sich von ihrem Geld trennen zu lassen.

Im Jahr 2023 waren solche vergleichsweise normalen, geradezu idyllischen Aktivitäten allerdings nicht mehr das Hauptgeschäft im Genting Highlands, wie schon in dem Moment klar wurde, als Slayton, Larissa, Tarbell und ich auf dem alten Theme Park Hotel abgesetzt wurden, das während des Krieges wiederholt bombardiert und schließlich aufgegeben worden war. Auf den trümmerübersäten, aber unverzagt fröhlichen Straßen um das Resort herrschte ein geschäftiges Treiben, das ich nur als eine Art Weltuntergangsbasar beschreiben kann. In den Betonbecken ehemaliger Brunnen waren Stände mit teilweise hochmodernen Waffen aufgebaut, und die Händler verhökerten ihre Ware tatkräftig an Gruppen malaysischer Soldaten wie auch an Dealer und Terroristen, die gerade auf Besuch weilten. Händler, die sahen, dass wir Ausländer waren, sprachen uns immer wieder an, ob wir »Diener« – letztendlich ein klarer Euphemismus für Sklaven – kaufen und mit nach Hause nehmen wollten, während raffiniertere Männer und Frauen uns in leise Gespräche verwickelten, bei denen es um alle erdenklichen Hightech-Gerätschaften ging. Scharen von Menschen jubelten, tranken, rauchten, feuerten Waffen ab, zündeten Feuerwerke und ließen ihren sexuellen Gelüsten überall freien Lauf, wo auch nur eine Spur weniger Müll herumlag als auf dem Erdboden. Währenddessen nahmen die Geschützbatterien um das Resort herum unablässig Kuala Lumpur unter Beschuss, und eine riesige, tragbare Radarschüssel suchte den Himmel nach Anzeichen alliierter Flugzeuge ab. Es war eine wahrhaft bestürzende Szenerie, vor allem wegen dem, was ihr zugrunde lag: der simple Wunsch der übrigen Welt, weiterzuleben.

Das Ausmaß des Durcheinanders im Resort bereitete uns nicht übermäßig viel Sorgen, denn obwohl wir Eshkol vorübergehend aus den Augen verloren hatten, wussten wir recht genau, wie und warum er ins Genting Highlands gekommen war, und waren deshalb ziemlich sicher, dass es uns gelingen würde, ihn wieder zu finden. Nachdem wir Erkundigungen über zum Verkauf stehendes waffenfähiges Plutonium eingeholt hatten – Erkundigungen, die keinen der von uns angesprochenen Händler auch nur im Mindesten zu erschrecken oder zu überraschen schienen –, erfuhren wir, dass solche Transaktionen ganz allein in den Zuständigkeitsbereich von General Tunku Said fielen. Sein Hauptquartier befand sich in einer ans Casino angrenzenden Bowlinghalle, einem Gebäude, das äußerlich schon immer dem geähnelt hatte, was es nun tatsächlich geworden war: ein fensterloser Luftschutzbunker aus Beton. Said, der seit der Eskalation des Konflikts anscheinend wie ein Kriegsherr über das Gebiet herrschte, überwachte auch das Casinogeschäft; aber die richtig großen Profite machte er mit dem Verkauf äußerst seltener Waren. Larissa hatte natürlich ihre Rail-Pistole mitgebracht, und nach einer kurzen Besprechung beschlossen wir, sie Said in der Hoffnung zu zeigen, dass sein Wunsch, eine solch wertvolle Technologie in die Finger zu bekommen, ihn dazu veranlassen würde, uns seine Informationen über Eshkol preiszugeben.

Als wir uns den Wachposten draußen vor der Bowlinghalle näherten, merkte ich, dass mein Herzschlag erstaunlich ruhig war; ich hatte das Gefühl, dass ich mittlerweile ausreichend Erfahrungen mit gewalttätigen Situationen hatte – nach Afghanistan insbesondere mit solchen, in denen Moslem-Extremisten eine Rolle spielten –, um mit jeder wie auch immer gearteten Ansammlung von Fanatikern fertig werden zu können, die wir drinnen antreffen mochten. (Dieser Wagemut wurde natürlich durch das Wissen bestärkt, dass Larissa mir den Rücken decken würde.) Die Soldaten, die am Eingang des Gebäudes Wache standen, ähnelten jedoch in keiner Weise den Terroristen, denen wir während der Geschehnisse in Afghanistan begegnet waren. Mit ihren schmucken Uniformen und ihrem korrekten Benehmen wirkten sie in dem Tollhaus des Resorts völlig fehl am Platz. Nachdem wir uns ausgewiesen hatten, um unsere Glaubwürdigkeit unter Beweis zu stellen, schickte einer der Männer nach einem höheren Offizier, einem Major Samad, der bald darauf mit etlichen weiteren Soldaten erschien. Als Erstes rüffelte er die Wachposten, weil sie nicht fortwährend in Habachtstellung standen, dann hörte er sich unser Angebot an. Er holte ein kleines Kommunikationsgerät heraus und begann, leise mit jemandem zu sprechen, von dem ich nur annehmen konnte, dass es General Said war. Etliche Minuten später marschierten wir neben dem Major her durch einen dunklen Gang.

»Bitte entschuldigen Sie die Männer draußen«, sagte er ernst und in akzentfreiem Englisch. »Es ist nicht leicht, an einem solchen Ort die Disziplin aufrechtzuerhalten.«

»Das ist verständlich«, erwiderte Colonel Slayton. »Juckt es Ihrem Kommandeur nicht in den Fingern, hier einmal gründlich aufzuräumen?«

»O doch, dauernd«, seufzte Samad, »aber unsere Regierung braucht das Geld, verstehen Sie. Wir haben nur noch wenige von unseren F-117, die ohnehin schon völlig veraltet sind, wie Sie wissen, Colonel. Das Casino hat uns so viel Geld eingebracht, dass wir hochmoderne Flugabwehrwaffen und Geschütze von den Franzosen kaufen konnten, aber neue Flugzeuge kosten ein bisschen mehr, als die Spieltische abwerfen. Deshalb dulden wir diese Beleidigung Allahs da draußen« – er zeigte nach hinten zum Zentrum des Resorts – »und beten, dass der Prophet – gesegnet sei sein Name, und möge seine Seele Frieden finden – uns vergeben wird, denn wir kämpfen in seinem Namen und für den Triumph des wahren Glaubens in Malaysia.«

Slayton nickte. »Wie viele Einsätze werden pro Tag gegen Sie geflogen?«

»Das wissen wir nicht genau«, antwortete Samad, »obwohl wir gestern dachten, wir hätten mindestens siebenundneunzig gezählt ...« Er wurde von dem plötzlichen Klappern umfallender Bowlingkegel und sehr höflichem Applaus unterbrochen, die von irgendwo weiter vorn durch den Gang hallten. »Ah!« Samads Gesicht hellte sich merklich auf. »Der General hat offenbar Glück!«

Die Bowlinghalle, die wir betraten, war üppig ausgestattet, aber beinahe leer. Zwei oder drei Gruppen von Wachposten waren strategisch in dem großen Raum verteilt, und eine Gruppe sehr gut gekleideter malaysischer Offiziere stand um zwei Bahnen herum und trank Kaffee, der offensichtlich aus einem großen, reich verzierten Samowar auf dem dunklen Tresen der Bowlinghalle stammte. Ein kleiner Mann, dessen Uniform ein bisschen besser gebügelt war und dessen Goldtressen und Insignien merklich heller glänzten als die der anderen, rollte an einer der beiden Bahnen Kugeln zu den Kegeln. Der Mann war eindeutig ein Anfänger, aber was ihm an Geschick fehlte, machte er durch Begeisterung mehr als wett.

Dies, verkündete Major Samad, sei General Tunku Said, Geißel von Kuala Lumpur und Fluch der Vereinten Nationen. Der gedrungene Kommandeur wurde über unsere Anwesenheit unterrichtet, woraufhin er mit schnellen Schritten zu uns kam. Er grinste unter einem ordentlich gestutzten Schnurrbart und streckte jedem von uns – außer Larissa – die Hand hin, als wir ihm vorgestellt wurden.

»Ein ungeheuer amüsantes Spiel, dieses Bowling, meine ungläubigen Freunde!«, sagte er in einem Englisch, das noch besser war als das von Samad. »Ich bin mir jedoch nicht im Klaren, woher es stammt – manche behaupten, es sei eine holländische Erfindung, andere wiederum meinen, die Engländer hätten es entwickelt. Aber im Grunde macht das wohl keinen Unterschied, schließlich haben beide Malaysia irgendwann einmal beherrscht!«

Auf einmal wurde das Gebäude von einer gewaltigen Explosion heftig erschüttert; Gips und Betonstaub rieselten von der hohen Decke. Als weitere Explosionen folgten, packte mich das dringende Verlangen, schmählich unter eine Bank in der Nähe zu tauchen; General Said stand jedoch nur da, die Hände in die Hüften gestützt, und schaute zur Decke hinauf. »Und jetzt bombardieren uns die gleichen Holländer und Engländer«, sagte er erstaunt und zornig zugleich. »Und sie bombardieren die wunderschönen Gebäude, die sie selbst überall in unserem Land errichtet haben. Könnt ihr euch das vorstellen, Ungläubige? Und wozu? Für den Regenwald? Für den Sauerstoff? Unsinn! Sie selbst zerstören den Dschungel, und zwar aus keinem anderen Motiv als Stolz, der eine Sünde vor Allah ist!« Er fing sich plötzlich. »Oh, ich bitte um Verzeihung – Kaffee, Ungläubige? Tee? Vielleicht eine Partie Bowling?« Wir schlenderten langsam zu der Bahn, an der er gespielt hatte; mehrere Soldaten säuberten sie bereits von Schutt und Staub. »Es heißt, die Amerikaner seien Meister dieses Sports« – er zeigte auf einen großen Fernseher über dem Tresen – »und das stimmt offenbar!« Auf dem riesigen Bildschirm legten sich etliche professionelle amerikanische Bowlingspieler schwer ins Zeug. »Wir haben hier den Bowlingkanal – kennen Sie den? ›Bowling, nichts als Bowling‹. Wir bekommen natürlich nur hin und wieder etwas davon zu sehen, weil die Alliierten den Empfang dauernd stören.« Just in diesem Moment verschwand das Bild, und man sah nur noch weißes Rauschen. General Said schaute einen Augenblick lang drein, als wollte er gleich losschreien, aber dann schluckte er seine Wut hinunter und seufzte nur. »Mir ist klar, dass wir im Krieg sind, Ungläubige, aber ich frage euch – muss das sein?«

Larissa trat vor. »Wenn Sie erlauben, General, ich glaube, ich könnte Ihnen da helfen.«

Das entlockte dem General ein herablassendes Schmunzeln, und seine anderen Offiziere stimmten in das Gelächter ein. »Sie müssen uns wirklich entschuldigen, ungläubige Dame«, brachte Said heraus. »Wir amüsieren uns nicht über Ihr Geschlecht, obwohl es für Ihren Vater, Ihren Ehemann oder Ihren Bruder eine ständige quälende Schmach sein muss, dass Sie sich so in der Öffentlichkeit zeigen. Aber wie kann eine Frau …«

Larissa hob eine Hand und wandte sich dann ab. Sie legte die Hand an den Kragen ihres Bodysuits und sprach so leise, dass man sie nicht verstehen konnte.

General Said nickte Colonel Slayton zu. »Ah. Sie ist auserwählt.«

»Auserwählt?«, sagte Slayton.

»Von Allah«, erklärte Tarbell lächelnd und nickte ebenfalls. »Der General glaubt, dass Larissa schwachsinnig ist.«

General Said zuckte die Achseln. »Sie trägt die Kleider eines Mannes und spricht mit der Luft, Dr. Tarbell – oder irre ich mich?«

»Es scheint so, General«, sagte ich mit einem Blick zum Fernseher über dem Tresen. »Wenn Sie bitte hinschauen möchten …« Auf einmal kamen die Bowlingbilder zurück, und die Offiziere um uns herum brachen in Ausrufe des Entzückens und erneuten Applaus aus. Ich hatte richtig vermutet: Larissa hatte Malcolm gebeten, mit einem der Tressalian-Satelliten ein sicheres Signal zu erzeugen und den Bowlingkanal (wie gern hätte ich Malcolms Gesicht gesehen, als er diese Bitte hörte) nach Kuala Lumpur abzustrahlen.

»Meine bewundernswerten ungläubigen Gäste!«, rief Said überschwänglich. »Das ist wirklich zu liebenswürdig – zu liebenswürdig! Unsere Freundschaft ist euch gewiss, auch wenn ihr zum Untergang verurteilte Ungläubige seid! Sagt mir, was können wir für euch tun? Major Samad sagt, ihr sucht Plutonium.«

»Eigentlich suchen wir einen Mann«, sagte Tarbell und zog ein Blatt mit seinen Notizen über Eshkol sowie ein Foto von ihm hervor.

General Said machte ein verwirrtes Gesicht. »Einen Mann? Kein Plutonium?«

»Der Mann, den wir suchen, ist an Plutonium interessiert«, erklärte Colonel Slayton. »Deshalb sind wir zu Ihnen gekommen.«

Zum ersten Mal schaute Said ein wenig verstimmt drein, als ahnte er, was wir eigentlich wollten. »Und wie lautet der Name dieses Mannes?«

Tarbell gab ihm das Foto und warf einen Blick auf seine Notizen. »Er benutzt wohl den Namen und die Papiere eines Mannes namens Vincent Gambon, der früher einmal für Ärzte ohne Grenzen gearbeitet hat.«

Wie ein Mann traten General Said und seine Offiziere einen raschen Schritt von uns zurück, und ihre bisher freundlichen Mienen wurden feindselig. Said legte eine Hand an die Waffe, die er an der Taille trug. »Dieser Gambon – ist er ein Freund von euch?«

»Nein«, sagte ich rasch, denn ich spürte, dass das Missverständnis leicht tödliche Folgen haben könnte. »Er ist unser Feind. Wir suchen ihn, weil er etwas gestohlen hat, was uns sehr wichtig ist.«

Saids Miene hellte sich ein wenig auf, und er nahm die Hand von der Waffe. »Wenn das so ist«, sagte er, »dann möchte ich euch etwas zeigen, was euch vielleicht interessiert.«

Der General nickte einem seiner Offiziere zu, und dieser führte uns zu einer Tür hinter dem Leihschuhtresen der Bowlinghalle. Als wir davor standen, glaubte ich, gedämpfte Schreie zu hören; dann stieß der Offizier die Tür zu dem Lager- und Reparaturraum für die Schuhe auf, und wir sahen:

Eshkol. Er war stramm geknebelt und auf einen schweren Holzstuhl gefesselt; seine Knöchel hatte man fest an die Vorderbeine des Stuhls gebunden. Unter seinen bloßen Füßen stand eine elektrische Bürste mit Drahtborsten, die sich mit hoher Geschwindigkeit drehte und ihm langsam die Haut vom Fleisch schmirgelte. Speichel rann Eshkol aus den Mundwinkeln, während er unaufhörlich schrie, und seine irren Augen waren vor Schmerz geweitet.

Als ich wieder zu General Said blickte, sah ich nicht mehr den gepflegten Herrn mit der gewählten Ausdrucksweise vor mir, der mich gerade eben noch derart amüsiert hatte. Jetzt begriff ich, weshalb er gefürchtet wurde, und sein permanentes Lächeln erinnerte mich nur noch daran, dass islamische Führer ihre Gefangenen jahrhundertelang auf eben diese Weise gefoltert hatten: indem sie ihnen die Haut von den Fußsohlen abzogen.

»Hier ist euer Feind!«, verkündete der General stolz. »Und es wird eure ungläubigen Herzen zweifellos erfreuen zu hören, dass er einen sehr langsamen Tod erleiden wird!«

37

Ich stand da, sprachlos und wie gelähmt. Meinen drei Kameraden ging es nicht viel anders, das sah ich. Wir hatten so viele Stunden damit verbracht, uns auf eine Konfrontation mit Eshkol vorzubereiten, die unserer Überzeugung nach mit Sicherheit gewaltsam verlaufen würde, dass wir nun, wo wir ihn in einer solchen Verfassung – und vor allem an einem solchen Ort – vorfanden, einige Mühe hatten, uns über unseren nächsten Schritt klar zu werden. Natürlich konnten wir die Tür schließen und General Said beenden lassen, was er so enthusiastisch begonnen hatte; doch trotz all unserer gegenseitigen Versicherungen in jüngster Zeit, dass Eshkol ein für alle Mal gestoppt werden müsse, glaube ich nicht, dass auch nur einer von uns sich die Mitwirkung an seinem langsamen Foltertod aufs Gewissen laden wollte. Und wie Malcolm Larissa ins Gedächtnis rief, als sie ihm von den neuesten Entwicklungen berichtete, konnten wir außerdem nicht sicher sein, dass Eshkol noch niemandem von der Stalin-Disk erzählt hatte: Bevor er starb, musste er seinen Vorgesetzten erklären, dass diese Bilder ein Schwindel waren, damit keine Gerüchte in Umlauf kamen, die wahrscheinlich noch mehr Unheil stiften würden als Tatsachen. Uns dämmerte einem nach dem anderen, dass wir ihn aus diesem Raum, diesem Gebäude und diesem Resort herausholen mussten; aber wie zu erwarten, war es der stets listige Tarbell, der das als Erster begriff und die Sache in die Hand nahm.

»Sagen Sie, General« – dabei betrachtete er den sich windenden Eshkol mit gleichmütiger Miene, um Said zu beeindrucken, was ihm auch gelang – »was genau hat dieser Mann Ihnen getan?«

»Er ist ein Schwein, Dr. Tarbell!«, erklärte der General und spuckte Eshkol an. »Zunächst einmal hat er mir Probleme mit meiner Familie bereitet. Er wollte Plutonium kaufen und hat eine Menge Geld dafür geboten. Dann hat er auf dem Weg hierher den Mann ermordet, den ich ihm als Begleiter geschickt hatte. Warum? Ich weiß es nicht, und er will es nicht sagen.«

»Er hat früher schon genauso sinnlos getötet«, erklärte Tarbell. »Wir glauben, dass er seine Spuren verwischen will. Kann sein, dass er sogar versucht hätte, Sie umzubringen, sobald Ihr Geschäft unter Dach und Fach gewesen wäre.«

»Mich?«, rief der General wie vom Donner gerührt. *»Hier?«*

Tarbell lachte einschmeichelnd. »Absurd, nicht wahr?«

Said stimmte in sein Lachen ein. »Ja – absurd! Dann ist er also ein Verrückter!« Auf einmal erstarb das Gelächter des Generals, und er sah Eshkol ungeheuer wütend an. »Aber der Bursche, den er ermordet hat, war der Neffe meiner Frau, wissen Sie. Ich hatte nicht viel für den Mann übrig, aber wie stehe ich nun da? Nicht nur vor meiner Familie, sondern auch vor diesem unheiligen Mob da draußen? Sehr schlecht, Ungläubige, sehr schlecht. Außerdem« – Said kehrte zu seiner Bahn zurück und nahm eine Akte vom Ergebnispult – »sind wir durchaus selbst imstande, uns Informationen zu beschaffen. Wusstet ihr, dass euer Feind in Wahrheit ein CIA-Agent ist?«

Der General legte ein Blatt auf eine beleuchtete Fläche des Pults, und der Text wurde auf einen großen Bildschirm über der Bowlingbahn projiziert. Es war tatsächlich eine Kopie einer CIA-Akte, in der es hieß, dass ein Agent der Agency namens Vincent Gambon die Außenstelle der Ärzte ohne Grenzen im kurdischen Sektor der Türkei infiltriert hatte, woher Israel, wie bereits erwähnt, gegenwärtig einen Großteil seines Wassers bezog – zum großen Missfallen der Türken und ihrer amerikanischen Verbündeten. Das war zumindest der wahrscheinliche Grund, warum Eshkol den echten, unglücklichen Gambon überhaupt getötet hatte, obwohl Said von all dem offenbar nichts wusste, wie seine nächsten Worte zeigten: »In Wirklichkeit war er ganz ohne Zweifel darauf aus, unsere Herrschaft über diesen Berg zu unterminieren – vielleicht mittels der Atombombe, die wir bei ihm gefunden haben!« Said hielt einen kleinen Rucksack mit dem Logo der Ärzte ohne Grenzen hoch, das wir auch an Eshkols Kleidern gesehen hatten. »Diese Bombe hätte er dann mit dem Plutonium scharf gemacht, das *wir* ihm verkaufen wollten!« Mit seiner freien Hand ergriff der General einen Metallbehälter für radioaktive Stoffe und hielt ihn hoch; dann schaute er noch einmal durch die offene Tür in den Schuhraum. »Oh, die Seele dieser Kreatur ist ein Abgrund des Bösen, Ungläubige, und ich werde dafür sorgen, dass er jede Minute seines abscheulichen Daseins bereut, bevor er stirbt!«

»Durchaus verständlich.« Tarbell schaute sich in der Bowlinghalle um und zählte unauffällig die malaysischen Soldaten darin zusammen, wie es mir schien. »*Absolut* verständlich!«, bekräftigte er. Dann sah er Colonel Slayton und Larissa an, die beide den Kopf schüttelten, als wollten sie damit sagen, dass ein etwaiger Ausbruchsversuch undurchführbar war. Leon bestätigte ihre Einschätzung mit einem widerstrebenden Nicken. »Dennoch scheint es mir«, fuhr er fort und wandte sich wieder an Said, »dass Sie eine hervorragende Gelegenheit verpassen.«

»Ich?«, fragte Said. »Wieso, Doktor?«

»Nun, ich kann Ihren Wunsch, diesen Mann langsam vom Leben zum Tode zu befördern, gewiss verstehen«, antwortete Tarbell. »Aber so heimlich? Sie haben selbst gesagt, die Menschen in dieser lächerlichen Gemeinde seien ein hirnloser Mob. Warum nutzen Sie nicht die Gelegenheit, Ihre Macht über sie zu festigen?«

General Said dachte über die Frage nach, dann zeichnete sich erneut ein Lächeln auf seinem Gesicht ab. »Ah! Ich verstehe, was Sie meinen, Dr. Tarbell – eine öffentliche Hinrichtung!«

Tarbell grinste zurück. »Genau.«

Saids Lächeln erlosch für einen Moment. »Müsste es dann schnell gehen?«

»O nein, nicht unbedingt«, antwortete Leon.

Der General begann, nachdenklich auf und ab zu marschieren. »Wir könnten es in dem alten Speisesaal mit der Theaterbühne machen – sie lieben ihr Theater, diese Degenerierten, und wir könnten ihnen etwas ganz Besonderes bieten.« Er grübelte weiter darüber nach. »Vielleicht sollte ich ihn kreuzigen«, sagte er.

Tarbell legte skeptisch den Kopf schief. »Nun«, sagte er, »das ist ein bisschen abgedroschen, nicht wahr? Ganz zu schweigen von den Implikationen – Sie wollen ja schließlich keinen Märtyrer aus ihm machen.«

»Nein, nein, natürlich nicht.« Said marschierte weiterhin auf und ab, dann blieb er plötzlich stehen und drehte sich zu Tarbell um. »Na schön, Doktor, ich bitte um Vorschläge.«

Tarbell nahm den General verschwörerisch beiseite. »Ich weiß nicht recht, ob die Dauer seines Todes wirklich der wichtigste Punkt ist, den es zu bedenken gilt. Ich hätte da folgende Idee – lassen Sie ihn von Ihren Männern zu einem sehr öffentlichen Ort eskortieren, nachdem sie ihn in eine Ihrer eigenen Uniformen gesteckt haben.«

»*Meiner* Uniformen?«, fuhr Said auf. »Aber warum sollte ich …«

»Ich nehme an«, warf Tarbell beschwichtigend ein, »dass Sie unter permanenter Satellitenüberwachung der Amerikaner stehen?«

»Oh, beim Propheten, Allah segne ihn und schenke ihm Frieden, das stimmt!« General Said schaute einen Moment lang bekümmert drein. »Vierundzwanzig Stunden pro Tag! Ich kann diesen Ort kaum je verlassen …« Plötzlich hielt er inne, weil ihm offensichtlich ein Licht aufging. »Ah! Ausgezeichnet, Dr. Tarbell – wahrhaftig, für einen Ungläubigen geradezu genial!« Er ging zum Schuhraum und musterte Eshkol. »Wir werden ihm natürlich den Kinnbart abrasieren und den Schnurrbart stutzen müssen, aber abgesehen davon …«

Ich tappte im Dunkeln. »Ihm den Schnurrbart stutzen?«, fragte ich. »Warum?«

»Damit die Amerikaner denken, er sei General Said«, erklärte Slayton und lächelte, als er begriff, was Leon im Schilde führte.

»Und ihn dann selbst töten«, schloss Larissa und sah Tarbell in freundlichem Erstaunen kopfschüttelnd an. »Eine einzige satellitengesteuerte Rakete würde genügen.«

Said drehte sich überrascht zu Larissa um. »Welch hervorragendes Auffassungsvermögen! Und wenn man bedenkt, dass Sie eine Ungläubige *und* eine Frau sind, ist es doppelt so gut!«

Larissas Geduld mit dem General schwand, und Tarbell sah es: Er fasste Said rasch am Ellenbogen und führte ihn von ihr weg. »Sein Tod wäre nicht nur eine Warnung an das Pack im Resort, sondern würde die Amerikaner auch davon überzeugen, dass Sie nicht mehr am Leben sind – sodass sie ihre Satellitenbeobachtung einstellen.«

»Und ich kann endlich *hinaus*! Ein brillanter Plan!« Said wandte sich an seine Offiziere und begann, Befehle zu bellen: »Wir werden das Dach des Theme Park Hotel benutzen – sollen die Idioten das, was davon übrig ist, ruhig auch noch in Stücke sprengen! Sagen Sie dem Manager des Casinos, dass er in einer Stunde alle Spiele unterbrechen soll. Die Gäste werden – notfalls mit vorgehaltener Waffe – nach draußen geführt, und die Leute auf den Straßen werden ebenfalls auf die Piazza getrieben, um zuzusehen!«

In dem kurzen hektischen Durcheinander, das sich daran anschloss, befahl Slayton uns mit leiser Stimme, ihm in den Schuhraum zu folgen. Dort justierte ich die Bürstenmaschine so, dass sie Eshkols Füße gerade eben nicht mehr berührte, während Slayton dem Gefangenen ins Ohr flüsterte: »Weiter schreien, sonst werden wir alle getötet.« Eshkols Züge hatten sich zu entspannen begonnen, als die Bürste ihm nicht mehr die Haut wegkratzte, aber er verzerrte sie rasch wieder, als er begriff, was Slayton meinte. »Hören Sie zu, Dov Eshkol«, fuhr der Colonel fort. »Wir wissen, wer und was Sie sind, wir wissen, warum Sie hier sind, und wir wissen, was Sie vorhaben. Aber wenn Sie dem entgehen wollen, was der General mit *Ihnen* vorhat, dann tun Sie genau das, was wir sagen.« Eshkol, der hin und wieder einen halblauten Schrei ausstieß, nickte rasch, dann kehrte Slayton zu uns zurück. »Wir brauchen seinen Rucksack – so eine Bombe können wir auf gar keinen Fall bei diesen Leuten lassen. Das Plutonium sollten wir lieber auch mitnehmen. Larissa, sagen Sie Ihrem Bruder, dass er uns irgendwann in der nächsten Stunde auf dem Dach des Casinos abholen soll.«

»Und was passiert, wenn der General seine Hinrichtung nicht bekommt?«, fragte ich.

»Also wirklich, Gideon«, tadelte Tarbell. »Diese Frage ist Ihrer nicht würdig. Wenn der General merkt, dass aus seiner kostbaren Hinrichtung nichts wird, sind wir schon an Bord des Schiffes und über alle Berge.«

»Oh«, sagte ich, während wir den Raum wieder verließen. »Ja, natürlich.« Ich atmete ein bisschen leichter und klopfte Tarbell sanft auf den Rücken. »Gut gemacht, Leon – Sie könnten den Eskimos Eis verkaufen, mein Freund, so viel steht fest.«

Tarbell lachte; leise, aber dennoch hörte man sein übliches boshaftes Vergnügen. »Ja«, sagte er und blickte dabei zu mir auf, »es ist geradezu Furcht einflößend, nicht wahr? Aber ich kann einfach nicht anders, Gideon. Die großen Würfe, die Lügen, bei denen enorm viel auf dem Spiel steht – die haben so was unheimlich Erotisches! In solchen Momenten glaube ich wirklich, dass ich jeden zu allem beschwatzen könnte!«

Selbst jetzt, während ich hier sitze und darauf warte, dass die Morgendämmerung durch die afrikanische Finsternis bricht, sehe ich das grinsende Gesicht meines hochintelligenten, seltsamen kleinen Freundes in der Flamme der Lampe, die vor mir brennt; und obwohl ich bei der Vision lächeln muss, lässt mich mein Kummer erschauern. Denn es gibt ein völlig unerotisches Gespenst, das nicht einmal jemand wie Leon von seinem verbissenen Vorhaben abbringen könnte, und es war bereits ganz in unserer Nähe.

38

Damit unser Plan gelang, musste Eshkol natürlich laufen können. Außerdem erweckten die Qualen, die Said seinem Gefangenen zugefügt hatte, trotz all der verachtenswerten Dinge, die ich über den Mann wusste, ein elementares Mitgefühl in mir. Aus diesen beiden Gründen tat ich mein Bestes, Eshkols blutende Fußsohlen zu säubern, abzutupfen und zu verbinden, und vergaß in meiner Abscheu über die erlittene Folter, dass jemand mit seiner Ausbildung und seinem Charakter wahrscheinlich noch auf blutenden Stümpfen hätte laufen können, sofern er glaubte, dass es seinen fanatischen Zielen dienlich wäre. Was ich tat, war nicht gnädig, sondern töricht, und ich – und niemand sonst – hätte derjenige sein müssen, der für den Fehler bezahlte. Wäre es so gekommen, hätte die folgende Tragödie vielleicht sogar irgendeinen verqueren Sinn ergeben.

Kurz vor dem festgesetzten Zeitpunkt von Eshkols Tod begleiteten wir alle Major Samad zur Hinrichtungsstätte: dem Dach eben jenes aufgegebenen Hotels, auf dem wir zuvor von Bord unseres Schiffes gegangen waren. Die Malaysier hatten auf weitere clevere Vorschläge Tarbells hin ein falsches Kommandozentrum auf dem Dach eingerichtet, wie es General Said selbst vielleicht benutzt hätte, um seine Truppen zu befehligen. Colonel Slayton war sich ziemlich sicher, dass wir bereits unter Satellitenbeobachtung standen, immerhin hatten die Vereinigten Staaten in den letzten dreißig Jahren bei ihren Versuchen, diverse schwer auffindbare Führer ihrer Feinde aufzuspüren, eine Menge Erfahrung mit solchen Fernüberwachungsoperationen gewonnen. Als wir schließlich zu Said zurückkehrten, der sich in einer halb zerstörten Suite auf einer der unteren Etagen des Hotels verborgen hielt, erklärte der Colonel, dass die Authentizität der Bühne und der Requisiten sicherlich das erwünschte Resultat erzielen würde. General Said war sehr erfreut über diese Bestätigung seitens eines Offizierskollegen und befahl seinen Männern wenig später, Eshkol heraufzubringen.

Gemäß dem Plan hatte man den Gefangenen in eine Uniform gesteckt, die große Ähnlichkeit mit der von Said aufwies, und seine Gesichtsbehaarung sorgfältig der des Generals angepasst. Dieser brachte eine gewisse Besorgnis über die offenkundige Diskrepanz zwischen seiner Körpergröße und der seines Doppelgängers zum Ausdruck; aber Slayton erklärte ihm, dies würde wohl kaum eine Rolle spielen, weil die amerikanischen Satelliten ja von oben herabblickten. Der Colonel und Said besprachen die Details der Operation weiterhin auf eine zunehmend kollegiale Art und Weise, die den General vollständig ablenkte; und während er solcherart in Anspruch genommen war, schlichen sich Larissa und Tarbell zur Bowlinghalle zurück, um Eshkols Rucksack und den Sicherheitsbehälter mit dem Plutonium zu holen. Bald darauf kamen sie mit beidem zurück, und obwohl es bis zu diesem Zeitpunkt ein echtes Bravourstück zu sein schien, erwies sich auch das als böser Irrtum.

Um zehn Uhr verkündete General Said, es sei an der Zeit, die Sache in Angriff zu nehmen: Eshkol solle aufs Dach gebracht werden, wo seine Männer ihn an einen schweren Betonbrocken fesseln würden. Als wir hinausgingen, stellten wir fest, dass sich – wie es auf diesem Berg anscheinend häufiger vorkam – eine Dunstschicht wie ein hübscher Kranz um das Resort gelegt hatte; der gestirnte Nachthimmel darüber war durch den gewaltigen weißen Lichthof immer noch sehr gut zu sehen. Am Fuße des Gebäudes hatte sich die riesige Menschenmenge versammelt, die General Said herbefohlen hatte. Obwohl das Gelände von bewaffneten Soldaten umstellt war, schienen die Zuschauer keine Ermunterung zu brauchen, um auf so blutrünstige Weise zu jubeln und zu schreien, dass mir das Blut in den Adern gefror.

Gerade als fünf von Saids Männern Eshkol an seinen prometheischen Betonbrocken binden wollten, schwebte ganz in der Nähe etwas von unten über den Rand des Daches empor, was ich am liebsten nie wieder gesehen hätte und auch nicht wieder zu sehen erwartet hatte: eine der amerikanischen Überwachungsdrohnen, unsere Begleiter aus der Stratosphäre, und sie war natürlich nicht allein. Innerhalb von Sekunden war das ganze Dach von den Dingern umringt. General Said fragte Colonel Slayton in äußerst erregtem Ton, was das sei, obwohl er dabei mehrfach unterbrochen wurde, weil er seinen gründlich eingeschüchterten Soldaten immer wieder befehlen musste, sich zu beruhigen und auf ihren Posten zu bleiben. Slayton gab sich alle Mühe, die Drohnen als reine Überwachungsinstrumente abzutun, aber Larissa, Tarbell und ich kannten die finsteren Tatsachen und wussten, wie die Dinge standen. Zunächst einmal hätten die Drohnen jederzeit das Dach oder sogar das ganze Hotel zerstören können, je nach der Art ihrer Bewaffnung; noch schlimmer war jedoch, dass die Amerikaner nun möglicherweise diejenigen von uns identifiziert hatten, die von Malcolms Schiff stammten. Dies wiederum würde wahrscheinlich zu einer Fülle von Problemen führen, was die Flucht und die weitere Tarnung unseres Schiffes betraf, weil man alle neuen, anomalen Radardaten vermutlich uns zuordnen würde.

So schlimm die Lage auch bereits war, sie sollte sich gleich noch erheblich verschlechtern. Die Drohnen gingen nicht sofort zum Angriff über, höchstwahrscheinlich weil die Leute, die sie lenkten, von den Geschehnissen auf dem Dach völlig verwirrt waren; aber ihr Auftauchen verschaffte Eshkol eine Gelegenheit, und die nutzte er mit der ganzen Erfahrung seines Trainings. Nachdem er sich von den fünf Männern losgerissen hatte, die dazu abgestellt waren, ihn an den Beton zu fesseln, erledigte er drei von ihnen mit einem Wirbelwind brutaler Schläge, Tritte und Stöße. Dann schnappte er sich eine Waffe von einem derjenigen, die er niedergeschlagen hatte, und pustete die anderen beiden damit sofort über den Rand des Daches. Aber Eshkol war bei weitem zu schlau, um zu glauben, dass er sich mit einer einzigen ganz normalen Schusswaffe aus dieser Situation retten konnte. Noch während er gefesselt war und gefoltert wurde, hatte er offenbar erahnt, dass die Waffe, die Larissa an der Hüfte trug, etwas sehr Ungewöhnliches war; und so überschüttete er uns mit einem Kugelhagel, der uns alle zwang, auseinander zu spritzen und in Deckung zu gehen, und stürzte sich auf sie. Geschickt gab er sich den Anschein, als wollte er ihr etwas zuleide tun, zog ihr aber stattdessen die Rail-Pistole aus dem Halfter und rollte sich dann bis zur anderen Seite des Daches, während Larissa, die sich auf einen Nahkampf eingestellt hatte, verdutzt und wie gelähmt zusah.

Wir waren in Schwierigkeiten, obwohl in diesem Moment nur wir vier Besucher wussten, wie schlimm die Lage war. Die anderen sollten es jedoch auch gleich erfahren. Während die Drohnen über den Rand des Daches schossen wie Zuschauer bei einer Schlägerei, die sich darüber klar zu werden versuchten, für welche Seite – falls überhaupt –

sie Partei ergreifen sollten, bewegte sich Eshkol zwischen den riesigen Trümmerstücken mit einer Behändigkeit, die selbst dann bemerkenswert gewesen wäre, wenn er nicht gerade stundenlange Folter erduldet hätte. Nachdem er uns das mehrere Minuten lang vorgeführt hatte, erwischte er schließlich einen unglücklichen, ungedeckten malaysischen Soldaten und feuerte die Rail-Pistole ab. Ich hatte bisher noch nie mit eigenen Augen gesehen, wie das Ding gegen einen Menschen eingesetzt wurde, und die Wirkung war einerseits stärker und andererseits weniger gewaltsam, als ich erwartet hatte. Der Körper des Soldaten verschwand einfach größtenteils, wie damals der von John Price; und die übrig gebliebenen ganzen Stücke, die sauber vom Rumpf abgetrennt worden waren, hatten etwas Prothesenhaftes, als hätten sie nie zu einem lebendigen menschlichen Körper gehört. Danach verlor General Said ungefähr die Hälfte seiner Männer, die in Panik gerieten und flüchteten, obwohl die wenigen, die blieben, angesichts des scheinbar sicheren Todes bewundernswerte Entschlossenheit zeigten. An Eshkols Aktivitäten wurde jedoch bald deutlich, dass er sich nicht im Geringsten für die Malaysier interessierte.

Er verlangte lautstark seinen Rucksack und den Plutoniumbehälter; irgendwie hatte er bemerkt, dass Larissa und Tarbell beides aufs Dach gebracht hatten. Ich nahm meinen ganzen Mut zusammen und eilte geduckt und mit einigen raschen Sprüngen zu Larissa, aber sie erklärte mir, dass Leon die tödlichen Gegenstände habe. Wo Leon sein mochte, schien jedoch weder sie noch sonst jemand zu wissen. Während General Said Eshkol zurief, der Rucksack und der Behälter befänden sich überhaupt nicht auf dem Dach – was seines Wissens ja der Wahrheit entsprach –, krochen Slayton, Larissa und ich so gut es ging umher und flüsterten eindringlich Tarbells Namen. Bei meinen Versuchen, Kontakt mit ihm aufzunehmen, hob ich meine Stimme aus lauter Verzweiflung immer mehr; dann hörte ich ihn hinter dem Gehäuse einer Fahrstuhlmaschinerie flüstern: »Gideon! Seien Sie doch still, Sie Dummkopf! Sonst werden wir noch alle beide umgebracht!«

Ich konnte ihn noch nicht sehen, aber es erleichterte mich, dass er am Leben war. »Sind Sie verletzt, Leon?«, rief ich.

»Noch nicht!«, antwortete er. »Aber wenn Sie nicht aufhören, mich – o nein.« Die Furcht, die plötzlich in seiner Stimme mitschwang, deutete darauf hin, dass Eshkol in der Nähe war; und als ich hochschaute, sah ich den riesigen Kerl flach auf dem Fahrstuhlgehäuse liegen, wo er vor dem Feuer der Malaysier geschützt war, und mit der Rail-Pistole über die andere Seite nach unten zielen. Ich hörte, wie er den Rucksack und den Behälter verlangte und Tarbell dafür versprach, ihn am Leben zu lassen.

»Du verlogener Eunuch!«, sagte Leon. »Wir kennen dich zu gut ...«

Was als Nächstes geschah, war zwar vorhersehbar, aber auf albtraumhafte Weise unabwendbar. Eshkol hatte bereits eine so ausgeprägte Lust am unnötigen Töten an den Tag gelegt wie noch kaum ein Soziopath, dem ich bisher begegnet war. Daher gab es keinen Grund zu der Annahme, Leon – der weder eine Waffe noch eine Deckung noch irgendeinen anderen Trumpf hatte – würde die Gnade zuteil werden, die so vielen anderen versagt geblieben war. Trotzdem brachte mich der leise Knall der Rail-Pistole dazu, mit einem lauten Schrei aus meinem Versteck zu stürzen. Eshkol schien zu erschrecken; er drehte sich um. Vielleicht glaubte er, dass ich nur dann so dumm wäre, wenn ich über eine andere Wunderwaffe verfügte; vielleicht hatte er aber auch alle menschlichen Gefühle, die er noch besaß, so vollständig an seine toten Vorfahren verschwendet, dass ihm der Gedanke fremd war, jemand könnte sich einfach nur aus Brüderlichkeit oder Kummer in Gefahr bringen. Wie auch immer, er schaute völlig verwirrt drein, und diese Verunsicherung rettete mich wahrscheinlich. Ganz bestimmt wuchs seine Verwirrung noch erheblich – wie die von General Said, dessen Männern und, wie es schien, den amerikanischen Drohnen –, als sich der Himmel über dem Hotel auftat und den Blick auf Julien freigab, der wieder einmal in der Luke unseres Schiffes stand.

Er hielt eine Betäubungswaffe mit großer Reichweite in der Hand, die er auf die Stelle richtete, wo Eshkol lag. Doch auch jetzt zeigte sich wieder, dass Eshkol in seiner Laufbahn schon eine Vielzahl ähnlicher Situationen überlebt haben musste: Er verschwand von seinem erhöhten Platz, glaube ich, noch bevor Fouché auf den Abzug drückte. Ein plötzlicher Aufschrei der verbliebenen Malaysier – die beim Anblick des in der Luft schwebenden, brüllenden Franzosen endgültig die Fassung verloren – ließ erkennen, dass Eshkol über eine beschädigte Treppe auf dem Weg vom Dach zur Straße hinunter war. Keiner der Soldaten war jedoch willens, die Verfolgung aufzunehmen, jedenfalls nicht, bevor General Saids Ermahnungen sich in offene Drohungen verwandelten. Als die Soldaten sich schließlich in Bewegung setzten, eilten Colonel Slayton und Larissa zu mir herüber; aber ich war bereits zu dem Fahrstuhlgehäuse gerannt und hatte es umrundet.

Von Leon war nur noch ein Arm übrig – in Anbetracht der Vorsicht, die sein Mörder hatte walten lassen, um ihn nicht zu beschädigen, wahrscheinlich derjenige, mit dem er den Rucksack und den Sicherheitsbehälter festgehalten hatte. Von beidem fehlte jede Spur, aber das war mir in diesem Moment völlig egal. Ich fiel auf die Knie und begann, in einer von totaler Erschöpfung geprägten Trauer unter Tränen vor mich hin zu glucksen: Der Mittelfinger von Leons toter Hand war nämlich gereckt, und mit dieser Geste hatte er sicherlich sein Schicksal empfangen, als es ihn ereilte. Gleich darauf legte Larissa die Arme um mich; sie versuchte, mich hochzuziehen und zu der niedersinkenden Luke des Schiffes zu zerren, aber in meinem Kummer wollte ich mich partout nicht von der Stelle rühren. Die Soldaten auf der Straße begannen uns unter Beschuss zu nehmen, während die Drohnen mit der eindeutigen Absicht auf die Luke zuschwebten, sie zu inspizieren, damit ihr Bedienungspersonal entscheiden konnte, ob sie angreifen sollten oder nicht. Aber ich weigerte mich noch immer zu gehen. Ich wollte mir unbedingt erst noch darüber klar werden, was in Gottes Namen ich mit Tarbells Arm machen sollte.

Auf einmal kam mir der Gedanke, dass Leon nichts mehr genossen hätte als den Schrecken, den dieses einsame, unheimliche Überbleibsel seiner irdischen Existenz auslösen würde, wenn es plötzlich dort unten in die Menge fiel. Aus dem Zusammenhang gerissen mag der Scherz grässlich und sogar grotesk erscheinen; aber in diesem Moment war ich von so viel Gewalt von solch bizarren, ja sogar absurden Ausmaßen umgeben, dass ich die Idee absolut angemessen fand. Deshalb hob ich einen Fuß und schleuderte die Überreste des merkwürdigen kleinen Mannes, der sich seit meiner Ankunft auf Malcolms Schiff als echter Freund erwiesen hatte, in die Tiefe, damit er der Welt einen letzten Streich spielen konnte.

39

Über unsere Flucht und den Rückzug in sichere Entfernung kann ich wenig sagen, denn der Schock hatte meine Sinne getrübt. Als sich die Luke des Schiffes hinter uns schloss und die vollständige holografische Projektion um das Gefährt herum reaktiviert wurde, gerieten die Drohnen anscheinend lange genug aus dem Konzept, dass wir die Küste erreichen und in die Straße von Malakka tauchen konnten; aber die Tatsache blieb bestehen, dass vier von uns beobachtet und zweifelsohne identifiziert worden waren. Dass man Slayton gesehen hatte, war schlimm genug, aber Larissas Anwesenheit würde unsere Widersacher sicherlich veranlassen, unangenehme Fragen über Malcolm und wahrscheinlich auch über St. Kilda zu stellen, sobald man herausfand – was unvermeidlich schien –, dass ihm die Inseln gehörten. Doch trotz dieser Gefahr und seines eigenen tiefen Kummers über Tarbells Tod war Malcolm entschlossen, in der Nähe von Kuala Lumpur zu bleiben, bis wir wussten, wohin der nunmehr schwer bewaffnete Eshkol wollte. Alle Systeme des Schiffes waren aktiviert und überwachten den zivilen und militärischen Luftverkehr sowie den Nachrichtentransfer auf See, private Handy-Gespräche, E-Mails, sichere Internet-Server, sogar die Funkgeräte kleiner Fischerboote. Eshkol hätte überall in Malaysia sein können, aber irgendwo musste er stecken, und wenn er sich anschickte, das Land zu verlassen – und das würde er tun, so viel stand fest –, wollte Malcolm ihm unmittelbar auf den Fersen sein.

Meiner Mitwirkung an diesem Unternehmen, die anfangs so begeistert gewesen war, mangelte es mittlerweile nicht nur an Konzentration, ich war auch mit dem Herzen nicht mehr richtig dabei. Die Umstände von Tarbells wie auch von Max' Tod hatten mir eine Seite des menschlichen Wesens gezeigt, die ich schlimmer fand als alles, was mir in den ganzen Jahren meiner akademischen Beschäftigung mit kriminellem Verhalten begegnet war. Doch während Max' Tod in mir den Wunsch geweckt hatte, Erklärungen von den Leuten zu erhalten, die ihre Machtpositionen so massiv missbraucht hatten, und mich an ihnen zu rächen, schien Leons Schicksal zu bestätigen, was ich bereits geahnt hatte: dass sich die Teilnahme an solchen Spielen mit hohen Einsätzen, selbst aus den hehrsten Motiven heraus, nicht nur als katastrophal, sondern auch als korrumpierend erweisen würde. Kurz, ich erkannte, dass die tragischen Geschehnisse, die wir erlebten, das Ergebnis des kollektiven Wunsches *aller* Beteiligten – nicht nur Dov Eshkols – waren, dem, was sie für richtig hielten, zum Sieg zu verhelfen.

»Was soll das heißen, Gideon?«, fragte mich Larissa, als wir in meiner Kabine im Bett lagen, nachdem wir zwölf Stunden lang relativ schweigsam im Geschützturm Wache gehalten hatten. »Dass wir genauso schlimm sind wie Eshkol?«

»Nein«, wehrte ich mich ein wenig entrüstet gegen ihre demagogische Vereinfachung. »Aber du kannst nicht leugnen, dass er in General Saids Bowlinghalle heimlich, still und leise getötet worden wäre, wenn wir uns aus der ganzen Sache herausgehalten hätten. Und was wäre, wenn Malcolm die Stalin-Bilder gar nicht erst hätte anfertigen lassen? Eshkol hätte einfach weiterhin getan, was Hunderte von Geheimagenten jeden Tag tun. Es hätte gar keine Krise gegeben.«

Larissa setzte sich auf. »Mit ›was wäre, wenn‹ konnte ich noch nie viel anfangen«, sagte sie knapp. »In Situationen wie dieser, überhaupt in jeder Situation, in der es um Macht und Gewalt geht, ist Tugend etwas Relatives. Und relativ gesehen, würde ich sagen, sind wir in dem ganzen Schlamassel die Einzigen, die wenigstens versuchen, etwas Gutes zu tun.«

Ich starrte an die Decke. »Wie lautet noch gleich dieser alte Spruch – dass es immer die guten Menschen sind, die den größten Schaden in der Welt anrichten?«

Larissa schaute noch verärgerter drein; vielleicht, dachte ich, weil sie im tiefsten Innern mit mir einer Meinung war. »Bei solchen Sprüchen kommt es meist darauf an, von wem sie stammen.«

»In diesem Fall von Henry Adams, glaube ich«, sagte ich. »Der sich zugegebenermaßen dafür entschieden hat, das Machtspiel sein Leben lang von außen zu betrachten. Im Gegensatz zu seinen Vorfahren.«

»Genau.« Larissa legte sich wieder hin. Sie gab sich alle Mühe, den plötzlich aufglühenden Funken der Uneinigkeit zwischen uns zu löschen. »Der Punkt ist nicht, dass Leon gestorben ist, Gideon – sondern dass er so gut gestorben ist wie nur irgend möglich.« Sie lächelte zärtlich. »Oder jedenfalls so *typisch* …«

Ich lachte leise und traurig, zusammen mit ihr. »Er war wirklich ziemlich unglaublich. Selbst wenn ihm etwas Vergnügen bereitete, hatte er immer so was … Verächtliches an sich. Übrigens …« Ich drehte mich auf die Seite. Unsere Gesichter waren nur Zentimeter voneinander entfernt. »Hat jemand schon mal in Erfahrung bringen können, woher er kam? Ich habe ihn ein paar Mal gefragt, aber er ist immer ausgewichen.«

»Mir hat er einmal eine Geschichte erzählt«, sagte Larissa. »Ich habe keine Ahnung, ob sie wahr ist. Damals war er gerade zu uns gestoßen, und ich glaube, er wollte mein Mitleid erregen, um mich zu verführen. Weiß Gott, Sex war das Einzige, was ihn überhaupt dazu bringen konnte, sich von dieser Seite zu zeigen. Er hat behauptet, seine Mutter sei eine sibirische Prostituierte aus Wladiwostok und sein Vater ein Manager einer englischen Telekommunikationsfirma, der sich damals gerade dort aufhielt. Die Mutter sei bei einem russischen Bombenangriff ums Leben gekommen. Danach habe ihn seine Großmutter auf der Flucht vor dem Krieg nach Indonesien mitgenommen. Um ihm seine Ausbildung zu bezahlen, habe sie dort in einem Ausbeuterbetrieb gearbeitet, der Mikrochips herstellte. Das habe sie schließlich umgebracht. Er habe angefangen zu stehlen und später zu fälschen, um seine Ausbildung abzuschließen.«

Ich ließ mir die Geschichte durch den Kopf gehen. »Nun ja«, sagte ich leise, »das würde sein Benehmen zumindest einigermaßen erklären. Und wenn es nicht stimmt, ist er der Einzige, der es hätte erfinden können.«

Gegen ihren eigenen Willen, glaube ich, konnte Larissa meinen Moment des Zweifels nicht vorübergehen lassen, ohne zu fragen: »Und ist das nun ein Problem für dich? Was wir jetzt tun müssen?«

Ich überlegte eine ganze Weile gründlich. »Ich will nicht leugnen, dass ich Fragen habe«, sagte ich schließlich. »Aber eins weiß ich: Diese Situation ist zumindest teilweise unser Werk, also sollten wir sie auch bereinigen. Vielleicht hätten wir uns nicht einmischen sollen – aber es macht die Sache nicht besser, wenn wir jetzt sang- und klanglos verschwinden.«

Larissa zog mich an sich. »Das stimmt.«

Ich glaube nicht, dass meine hochtrabenden Worte sie vollständig beruhigten; *mich* beruhigten sie jedenfalls nicht.

Aber das Gespräch war damit an einem toten Punkt angelangt, und deshalb war es eine gewisse Erlösung, als in diesem Augenblick Malcolms Stimme aus der Lautsprecheranlage ertönte und uns befahl, zu ihm nach vorn zu kommen. Wie es schien, hatten wir endlich eine Spur, die wir offenbar auch eilends verfolgten; als Larissa und ich endlich durch die Gänge zum Bug liefen, tauchte das Schiff bereits in rasantem Tempo zur Wasseroberfläche empor, und wir gesellten uns gerade noch rechtzeitig zum Rest des Teams (bis auf Julien, der noch in einem der Labors war), um zuzusehen, wie wir in den Himmel über der Meerenge schossen. Falls Malcolms Durchsage eine ermutigende Wirkung gehabt hatte, so verpuffte diese im selben Moment:

Das Wasser direkt unter uns war voller amerikanischer Kriegsschiffe, die sofort das Feuer auf uns eröffneten. Es gelang den elektromagnetischen Feldern um unser Gefährt herum zwar, die Geschosse abzulenken oder in sicherer Entfernung detonieren zu lassen, aber das erklärte nicht, wieso uns die Kriegsschiffe überhaupt hatten orten können.

»Sie lernen allmählich dazu«, sagte Slayton, der an der Steuerkonsole stand und das Schiff nervös durch den Geschosshagel lenkte. »Sie haben unser Kielwasser und alle Luftturbulenzen überwacht, die von unserer Auftauchstelle ausgingen. Dann haben sie einfach wild drauflos geschossen.«

»Aber – laufen sie nicht Gefahr, einander zu treffen?«, fragte ich. »Oder andere, weiter entfernte Schiffe?«

»Natürlich.« Malcolm rollte seinen Stuhl neben dem Colonel in Position. »Aber sie sind offenbar mehr denn je bereit, das Risiko einzugehen – was mich nicht überrascht.«

Ich war einen Moment lang verwirrt, aber Eli drehte sich kurz um und erklärte: »Vor fünfzehn Minuten haben wir einen malaysischen Funkspruch aufgefangen, in dem es hieß, dass sich jemand mit dem einzigen B-2-Bomber davongemacht hat, den sie noch besaßen – er hat auf einem abgelegenen Flugplatz gestanden, weil der einzige malaysische Pilot, der ihn fliegen konnte, getötet worden war. Jedenfalls gab es viel verstümmeltes, panisches Geschrei, und unter anderem war auch die Rede von einer Atombombe.«

»Eshkol«, sagte Larissa. »Der Mistkerl kann auch *fliegen*?«

»Er ist ein voll ausgebildeter Geheimagent«, antwortete Jonah mit einem Nicken. »Wir sind ihm auf den Fersen, aber die Malaysier haben auch über euch vier gesprochen – und darüber, was sie von unserem Schiff gesehen haben. Die Amerikaner sind ihren eigenen Funksprüchen zufolge zu dem Schluss gekommen, dass das geheimnisvolle Gefährt, von dem sie all die Monate gehört haben und auf das sie gelegentlich gestoßen sind, bei dieser B-2-Sache ebenfalls mitmischt. Wahrscheinlich wird es auf diesem Flug also ganz schön heiß hergehen.«

»Aber wieso denn?«, fragte ich. »Auf ihren Radarschirmen können sie uns nicht sehen.«

»Nein«, fuhr Jonah fort, »aber wir müssen Eshkols Flugzeug folgen …«

»Einem alten amerikanischen Modell«, sagte Slayton, »mit dessen Tarnkappensystemen die amerikanische Luftwaffe schon fertig geworden ist, als sie es noch selbst benutzt hat. Sie glauben, dass wir Eshkol mit unserem Schiff begleiten, nicht, dass wir ihn jagen. Sie werden sich auf ihn konzentrieren und nach Luftturbulenz-Mustern suchen, die dem entsprechen, was sie auf ihren Monitoren gesehen haben, als wir aus dem Wasser gekommen sind.«

»Wenn das so ist, müssen wir dann so nah bei Eshkol bleiben?«, fragte Larissa. »Wir könnten ihn doch von der Stratosphäre aus verfolgen …«

»Wo wir zu weit entfernt wären, um ihn daran zu hindern, etwas Unbesonnenes zu tun«, warf Malcolm ein.

Larissa erwog das mit einem Nicken. »Dann schießen wir ihn doch ab.«

»Mag sein, dass die Amerikaner bereit sind, radioaktiven Fallout zu riskieren«, antwortete Malcolm, »aber ich bin es nicht. Nein, Schwester, diesmal haben uns die Idioten, fürchte ich. Jedenfalls fürs Erste.«

»Nur fürs Erste?«, fragte ich. Die Explosionen rings ums Schiff erschreckten mich, aber Malcolms Eingeständnis eines wenn auch nur kurzfristigen Nachteils beunruhigte mich noch mehr. »Was soll das heißen? Was können wir später tun?«

»Das hängt von Eshkols Atombombe ab«, sagte Eli. »Julien studiert gerade die Pläne. Wenn sie elektronische Bauteile hat, die problemlos deaktiviert werden können ...«

»Sein Flugzeug hat solche Bauteile, das wissen wir«, fügte Jonah hinzu.

»Dann«, fuhr Eli fort, »können wir ihn mit einem Impuls treffen.«

»Einem Impuls?«, fragte ich und dachte zuerst an die psychologische Bedeutung des Begriffs; dann fiel mir wieder ein, auf welchem Schiff ich reiste. »Einem *elektromagnetischen* Impuls«, sagte ich aufatmend, als mir klar wurde, dass wir vielleicht doch noch eine Chance hatten.

Dieses Gefühl verstärkte sich noch, als Julien auf einmal hereinplatzte. »*Tonnerre!*«, rief er, offenbar selbst ein wenig erstaunt. »Es wird funktionieren!«

40

In den nächsten Stunden wurden die Hoffnungen, die der bewundernswerte Plan meiner Schiffskameraden geweckt hatte, von Dov Eshkols scheinbar unerschöpflicher Gerissenheit samt und sonders zunichte gemacht. Es stellte sich schnell heraus, dass sein zugegebenermaßen brillanter Fluchtplan auf einigen grundsätzlichen Erwägungen beruhte: Zunächst einmal würde die UN-Allianz jemanden wohl kaum mit einem B-2-Bomber – einem vielleicht veralteten, aber dennoch tödlichen Stück Technologie – aus Malaysia wegfliegen lassen, ohne ihn zu verfolgen, um ihn abzufangen oder, falls sich das als unmöglich erwies, zu erledigen. Und bei einem Luftkampf hätte Eshkol keine Chance gegen die Geschwader modernerer Maschinen. Deshalb war das Flugzeug selbst die einzige echte Waffe, die ihm zur Verfügung stand: Wenn er sich immer über besiedelten Gebieten hielt und darauf verzichtete, ein Gefecht zu erzwingen, würde kein Staat der Welt einen Einsatz seiner Luftwaffe riskieren, bei dem die Erdoberfläche mit einer brennenden Masse von Wrackteilen überschüttet werden konnte, die, vorsichtig geschätzt, Hunderte und möglicherweise sogar Tausende von Todesopfern fordern würden. Und was uns betraf, würde Eshkols Taktik genauso effizient sein, denn obwohl wir ihn nicht abschießen, sondern seinen Flug auf weniger katastrophale Art beenden wollten, genügte das Risiko, dass ein Versagen der elektrischen Systeme der B-2 zu einem Absturz führen könnte, der genauso verheerend war wie das Resultat eines Luftkampfs, um uns Einhalt zu gebieten.

Was die Situation doppelt frustrierend machte, war, dass die amerikanische Navy das komplizierte Ortungssystem, mit dessen Hilfe sie unserem Schiff auf der Spur blieb, offenbar sowohl ihrer eigenen als auch der englischen Luftwaffe weitergab. Währenddessen folgten wir Eshkol in vergleichsweise geringer Höhe in den thailändischen Luftraum, wo er sich alle Mühe gab, über den dicht bevölkerten Randbezirken von Bangkok so weit wie möglich nach Norden zu fliegen. Statt von der Navy-Artillerie, die uns bei unserem Auftauchen in der Straße von Malakka einen solch heftigen Schrecken versetzt hatte, wurden wir nun von Kampfjägern unter Feuer genommen, die sowohl unser Schiff als auch Eshkols B-2 zu einer kampflosen Landung zu zwingen versuchten (sie setzten dabei ihre Raketen nicht ein, vermutlich aus derselben Angst vor Kollateralschäden, die sie daran hinderte, Eshkol abzuschießen). Anfangs vermuteten wir, dass damit Schluss sein würde, sobald wir außer Reichweite der ersten Abfanggeschwader waren; doch als wir über Bangladesch hinwegschossen, sahen wir neue, von Flugzeugträgern im Golf von Bengalen aufgestiegene Verbände – ein sicheres Zeichen dafür, dass die Alliierten alles in ihrer Macht Stehende zu tun beabsichtigten, um dem großen terroristischen Komplott, für das sie die Sache zweifellos hielten, ein Ende zu bereiten.

So flogen wir weiter in den indischen Sonnenuntergang hinein, während die Flugzeuge der Alliierten uns nahezu pausenlos beschossen und Eshkol seinen Kurs geschickt an der jeweiligen Bevölkerungsdichte ausrichtete. Seine generelle Flugrichtung schien Westnordwest zu sein, obwohl es aufgrund all seiner Umwege unmöglich war, sein endgültiges Ziel zu erraten. Wir befürchteten natürlich, dass er nach Russland wollte, und diese Befürchtung bestätigte sich scheinbar, als er auf den Kaukasus zuhielt; aber dann bog er unerwartet nach Westen in die Türkei ab und flog am Schwarzen Meer entlang über eine Stadt nach der anderen, Richtung Istanbul.

»Kann es sein, dass er wirklich nur fliehen will?«, fragte Julien, der zusammen mit den Kupermans, Larissa und mir hinter Malcolm und Colonel Slayton an der Steuerkonsole stand.

Jonah zuckte ratlos die Achseln. »Möglicherweise will er warten, bis er nicht mehr so aufmerksam beobachtet wird, bevor er seinen wie auch immer gearteten Plan schließlich ausführt.«

»Ich wünschte, es wäre so«, antwortete Malcolm, ohne das große, schwarze Nurflügelflugzeug aus den Augen zu lassen, das ein kleines Stück unter und vor uns flog. Vor der dunklen Erdoberfläche war die B-2 jetzt immer schlechter zu sehen, was zwar ohne größere Bedeutung war, aber trotzdem irgendwie entmutigend wirkte. »Aber machen wir uns nichts vor«, fuhr Malcolm fort. »Im tiefsten Innern ist Eshkol ein Terrorist, und er hat das gleiche heftige Verlangen nach Publicity wie jeder andere Terrorist. Dass er beobachtet wird, macht ihn nur noch gefährlicher, fürchte ich.«

»Wir müssen uns allmählich überlegen, welche Optionen wir haben«, sagte Colonel Slayton, und ich erkannte an seinem selbst für ihn ungewöhnlich ruhigen Ton, dass die Lage wirklich so düster war, wie Malcolm sie dargestellt hatte. »Ich weiß, wir wollen ihn nicht über einem dicht besiedelten Gebiet vom Himmel holen, aber wir sollten daran denken, was er bei sich hat. Wenn wir seinem Flug ein

Ende setzen, würden wir die Verluste vielleicht eher begrenzen, als welche zu verursachen.«

»Ich habe darüber nachgedacht, Colonel«, antwortete Malcolm. »Und wenn er weiter nach Russland geflogen wäre, hätten wir wahrscheinlich von dieser Option Gebrauch machen müssen. Aber bis uns etwas Besseres einfällt …«

Malcolm wurde von einer Explosion in der Nähe des Schiffes unterbrochen, die darauf hindeutete, dass die Piloten der Alliierten, die uns verfolgten, zum selben Schluss gekommen waren wie Colonel Slayton: Sie setzten jetzt Raketen ein und ließen sie nahe genug an unserem Schiff und der B-2 detonieren, um uns eine ihrer Ansicht nach offenbar sehr ernsthafte Warnung zu erteilen. Die Explosion hatte natürlich kaum irgendwelche Folgen – die Magnetfelder unseres Schiffes konnten den Lenksystemen jeder Luft-Luft-Rakete übel mitspielen, die heutzutage in Gebrauch war, und Eshkol würde sich momentan sicher von gar nichts einschüchtern lassen –, aber gerade die Unwirksamkeit des Versuchs zerrte an unseren Nerven, weil sie die Piloten der Alliierten leichtsinnig und wütend zu machen schien. Sie schoben sich immer näher an die B-2 heran, wodurch das Risiko einer katastrophalen Kollision erheblich wuchs; und als wir weiter durch den Balkan und nach Norden in Richtung Polen flogen, wurde die Situation immer aggressiver und unberechenbarer. Die Aufgabe, sowohl den Flugzeugen der Alliierten als auch der B-2 auszuweichen, ohne sich von den explodierenden Raketen und dem unablässigen Geschützfeuer ablenken zu lassen, überforderte schließlich selbst Colonel Slayton, und Larissa übernahm seinen Platz am Ruder. Doch trotz des Vertrauens und der tiefen Gefühle, die ich ihr entgegenbrachte, beruhigte mich der Wechsel nicht, denn ich wusste, dass Slayton sich niemals vom Zorn übermannen lassen würde, was vielleicht nicht für

Larissa galt. Wie Malcolm schon bei seiner Schilderung von John Prices Tod gesagt hatte: »Nun ja, *Larissa* ...«

Ich glaube nicht, dass einer der anderen sich in diesem Moment sicherer fühlte als ich, außer natürlich Malcolm; deshalb war er es auch, der als Erster bemerkte, dass unser Kurs sich dramatisch geändert hatte. »Nach Osten«, sagte er so leise, dass ich ihn beim Lärm der Flugzeuge und Explosionen fast nicht verstand. »Nach Osten«, wiederholte er deutlicher. »Er ist nach Osten abgebogen!«

Colonel Slayton beugte sich über einen der Monitore des Steuersystems, und seine Stimme wurde zu meiner großen Bestürzung noch beherrschter: »Wenn er auf diesem Kurs bleibt, fliegt er mehr oder weniger in gerader Linie über ein dicht besiedeltes Gebiet – Bialystok, Minsk, Smolensk ...« Er blickte auf und schaute zu der B-2 hinaus, weil er den letzten Namen nicht auszusprechen wagte:

»Moskau«, verkündete Malcolm langsam, und sein Gesicht wurde aschfahl. Dann sagte er knapp, aber mit Nachdruck: »Larissa, Gideon – ich schlage vor, ihr begebt euch beide in den Geschützturm.« Larissa benötigte keine weitere Aufforderung; sie stand sofort auf und zog mich zur Tür zum Gang. »Wir warten noch, bis er Smolensk passiert hat«, rief Malcolm uns nach. »Falls er nicht von seinem Kurs abweicht ...«

Larissa drehte sich um. »Das wird ein bisschen eng, nicht wahr, Bruder? Bei seiner Geschwindigkeit ...«

»Bei seiner Geschwindigkeit, Schwester, solltest du lieber gut zielen.«

Der Rest dieses Abschnitts meiner Geschichte hat etwas schrecklich Einfaches, eine armselige Kürze, die ich mit Freuden ausschmücken würde, wenn ich damit das Geschehene ändern könnte. Larissa und ich wechselten kaum ein Wort, als wir unsere Positionen im Geschützturm einnahmen; und auch in der nächsten Dreiviertelstunde, als Ostpolen und Westrussland schemenhaft unter uns hinwegrasten, herrschte weiterhin Schweigen in dieser transparenten Halbkugel, ein Schweigen, das nicht einmal mehr von dem ständigen Lärm des Geschützfeuers und der Raketenexplosionen unterbrochen wurde. Die Flugzeuge der Alliierten hatten die Verfolgung nämlich aufgegeben, lange bevor wir in den unberechenbaren Luftraum dieser vollkommen unberechenbaren Ruine eines Imperiums namens Russland eintraten. Ich weiß nicht, was Larissa in dieser Zeit dachte, da ich in den kommenden Tagen nicht auf die Idee kam, sie zu fragen. Was mich betraf, so beschäftigte mich die Frage, was wohl in ihrem Kopf vorging, als sie sich bereitmachte, das Leben eines weiteren Menschen zu beenden. Es stand so gut wie fest, dass sie den Befehl dazu bekommen würde: Eshkol hatte uns mit seinem Verhalten seit dem Augenblick, als wir auf ihn aufmerksam geworden waren, eigentlich gar keine andere Wahl gelassen, als ihn zu exekutieren. Jetzt konnten wir nur noch hoffen, grübelte ich vor mich hin, während wir im Geschützturm warteten, dass so wenige Menschen wie möglich verletzt oder getötet werden würden.

Ich kam überhaupt nicht auf die Idee, dass Eshkols Flugzeug einfach verschwinden könnte; doch irgendwo zwischen Minsk und Smolensk schien genau das zu passieren. Auf keinem der Geräte war mehr eine Spur von ihm zu sehen, und auf den anderen Überwachungssystemen des Schiffes ebenso wenig, wie Malcolm uns bald darauf mitteilte. Ich war völlig verwirrt, bis Larissa auf die einfachste mögliche Erklärung hinwies: dass Eshkol abgestürzt war. Bei diesem Gedanken wurde mir sofort leichter ums Herz, aber ich zwang mich zur Skepsis. Hätten wir nicht die Flammen gesehen? Oder seinen Sturzflug bemerkt? Würde Eshkol sich nicht mit dem Schleudersitz hinauskatapultiert haben, wenn er sich in Gefahr befunden hätte? Nicht unbedingt, antwortete Larissa; Flugzeuge konnten ohne größere Explosionen abstürzen, und zwar so plötzlich, dass es schwierig war, ihren Höhenverlust zu verfolgen. Und bei einem Nachtflug konnte man manchmal derart die Orientierung verlieren, dass ein todgeweihter Pilot nicht einmal bemerkte, dass er in Schwierigkeiten war. Trotzdem schien es dringend geboten, die Umgebung sowie die Systeme unseres Schiffes einigen gründlichen Überprüfungen zu unterziehen, und Larissa und ich kehrten zum Bug zurück, um dabei zu helfen. Doch die ganze Crew konnte weder Hinweise auf der Erde noch Fehlfunktionen in den Geräten an Bord des Schiffes finden. Es hatte tatsächlich den Anschein, als wäre Eshkols Flugzeug verschwunden, wahrscheinlich in einem Feld oder einem Wald, wo man seinen Rumpf erst bei Tagesanbruch entdecken würde – falls überhaupt.

Woher hätten wir es auch wissen sollen? Aus welchem Grund hätten wir unsere Lauschvorrichtungen wieder auf Malaysia richten sollen, wo wir erfahren hätten, dass noch mehr gestohlen worden war als nur der B-2-Bomber? Und selbst wenn uns zufällig zu Ohren gekommen wäre, dass ein gestohlenes amerikanisches Tarnkappensystem – so modern und geheim, dass nur eine Hand voll Menschen in den Vereinigten Staaten von dem Diebstahl des Entwurfs wusste – in dieser B-2 installiert worden war, hätten wir uns dann noch rechtzeitig der Aufgabe gewachsen gezeigt, es zu überwinden? All diese Fragen waren schrecklich müßig. Eine Tatsache stellte alles andere in den Schatten, in jener Nacht wie in dieser und allen Nächten danach:

Genau in dem Moment, als wir alle zu glauben begannen, das Glück wäre vielleicht wieder einmal auf unserer Seite, wurde der Horizont im Nordwesten von einem wunderschönen, strahlenden Licht erhellt. Da wir freie Sicht hatten, zog der plötzliche Lichtschein unser aller Aufmerksamkeit auf sich; und in dem tödlichen Bewusstsein dessen, was dort geschah, sagte keiner von uns ein Wort, als die unvermeidliche Bestätigung erfolgte und die typische Pilzwolke, die in all den schrecklichen Farben der soeben ausgelösten Explosion loderte, sich langsam über der Stadt formte, die einmal Moskau gewesen war.

41

Wie versteinert standen wir da. Der entsetzliche Feuerball war längst verblasst, bevor einer von uns Worte dafür fand. Als endlich jemand sprach, war es Eli, und er stellte die Frage, die uns alle bewegte: Wie war Eshkol uns entkommen? Natürlich hatte niemand darauf eine Antwort, und die schreckliche Frage sollte während unserer ganzen Rückreise anklagend über uns hängen. Erst auf St. Kilda fand Colonel Slayton dann nach langen Stunden im Abhörraum schließlich die Lösung. Vorläufig schüttelten wir jedoch alle nur den Kopf und starrten weiterhin stumm hinaus. Wir hatten keine Ahnung, wie es zu der Tragödie hatte kommen können, und wussten nicht, was wir nun tun sollten. Wie zu erwarten, war es schließlich Malcolm, der uns aus unserer entsetzten Benommenheit riss: Mit einer Stimme, die wie aneinander schabende Steine knirschte und zu seinem leichenblassen Gesicht passte, befahl er Larissa, das Schiff in die brennende Stadt zu steuern, ein Befehl, der uns andere allesamt ungläubig nach Luft schnappen ließ. Larissa, die sah, dass ihr Bruder völlig am Boden zerstört war, gab in sehr sanftem und behutsamem Ton zu bedenken, ein solcher Flug könne gefährlich sein; aber Malcolm entgegnete zornig, das Schiff werde uns schon vor der Strahlung schützen, zumindest für einige Zeit, und er müsse das Ausmaß der Zerstörung sehen – so wie wir alle, fügte er hinzu. Ohne weitere Widerworte übernahm Larissa das Ruder, und wir flogen nach Moskau – und verloren unsere Unschuld in einem Maße, wie es zum Glück nur vergleichsweise wenigen Menschen in der Weltgeschichte jemals widerfahren ist.

Es gibt keine Worte; zumindest finde *ich* keine. Soll ich beschreiben, wie viele Schattierungen ich in dem entdeckte, was man normalerweise als »graue« Asche bezeichnet, oder wie unendlich groß das Spektrum der Farben in dem ist, was man im Allgemeinen mit dem abschätzigen Ausdruck »verbrannte Erde« belegt? Und welche Prosa wäre wohl geeignet für die Übelkeit erregenden Bilder jener Abertausende grausam verbrannter und zerfetzter menschlicher Leiber, lebendig wie tot, die nicht sofort verdampft waren? Dennoch konnte ich mich nicht davon abwenden. Ich habe einmal gehört, Zerstörung habe perverserweise etwas überaus Faszinierendes; aber ich hätte nie damit gerechnet, dies an mir selbst durch einen solchen Albtraum bestätigt zu sehen.

Der Bodennullpunkt der Explosion war, wie zu erwarten, der Kreml gewesen, hinter dessen Mauern der wahnsinnige Josef Stalin einst gepfefferten Wodka getrunken und einen Völkermord geplant hatte, wenn auch nicht denjenigen, an dem er in Dov Eshkols Augen die Mitschuld trug. Von diesem Bauwerk und dem umliegenden Stadtteil war natürlich nichts übrig geblieben; ebenso wenig vom Roten Platz, dem Geschäftsviertel Twerskaja, das Stalin persönlich neu entworfen hatte, von dem schicken Arbatskaja oder dem mittelalterlichen Vorort Zamoskworetchje jenseits der Moskwa. Die Bombe war stark genug gewesen, um der Stadt und ganz Russland das Herz herauszureißen – nur um eine vermeintliche Sünde zu rächen, an deren Realität der völlig aus dem Gleichgewicht geratene Eshkol offenbar verzweifelt geglaubt hatte. Und zwar nur damit er sein brutales Festhalten an dem, was er für Treue gegenüber seinen Vorfahren hielt, endlich rechtfertigen und sich in den imaginierten Augen all jener, die vor so langer Zeit gestorben waren, als würdig erweisen konnte.

Mundus vult decipi.

Der trostlose Rundflug durch die verwüstete Stadt, den Malcolm für so unerlässlich gehalten hatte, erwies sich schließlich als zu viel für ihn: Schuldgefühl, Erschöpfung und Schock riefen in Verbindung mit seiner chronischen Schwäche eine Krise hervor, die, glaube ich, keinen von uns anderen überraschte. In der Tat kommt es mir jetzt wie ein Wunder vor, dass nicht noch mehr von unserer Gruppe unter der Last des schrecklichen Anblicks zusammenbrachen. Colonel Slayton legte sich wieder einmal den linken Arm des leidgeprüften Malcolm um die Schultern, hob dessen stark untergewichtigen Körper mit dem rechten Arm vom Fußboden hoch und machte sich auf den Weg zum Heck des Schiffes. Larissa schmiegte sich für einen Moment eng an mich, weil sie irgendwie ahnte – und zwar zu Recht –, dass aufgrund dessen, was wir gerade gesehen hatten, alles anders geworden war; dann eilte sie davon, um sich um ihren Bruder zu kümmern, und hielt seine herabhängende rechte Hand, während Slayton ihn trug. Eli stellte das Ruder des Schiffes auf einen vorprogrammierten Kurs nach St. Kilda ein, dann gingen endlich auch wir anderen hinaus. Jeder wollte allein sein, um mit dem Unbegreiflichen zurande zu kommen.

Noch bevor wir die schottische Küste erreichten, war mir klar geworden, dass ich mich nicht länger an der Verwirklichung von Malcolms großem Plan beteiligen konnte. Die Zweifel an seiner Arbeit, die ich vielleicht schon seit den ersten Meldungen über den Mann hätte hegen sollen, den wir später unter dem Namen Dov Eshkol kennen lernten – einen Mann mit der krankhaften Bereitschaft, sich von gefälschten Informationen auffressen zu lassen, einen Mann, der tatsächlich bereit war, wegen dieser Informationen in beispiellosem Maßstab zu morden –, erzeugten jetzt ein betäubendes Crescendo in meinem Schädel. Wie viele andere Dov Eshkols liefen noch unbehelligt herum? Wie konnten wir jemals riskieren, weitere derartige Katastrophen heraufzubeschwören, indem wir neue Täuschungsmanöver ausheckten? Und waren Malcolms Klagen, die Welt sei nicht bereit, seine raffinierten Lügen als eben solche zu akzeptieren, nun nicht auf grauenhafte Weise bestätigt worden? Was Malcolm und die anderen taten, würde nicht dazu führen, dass sich die Menschheit in geringerem Maße von Informationen in Verzückung versetzen und berauschen lassen würde, das erkannte ich nun. Und es ließ sich keineswegs ganz von der Hand weisen, dass wir zumindest indirekt die Verantwortung dafür trugen, einen Wahnsinnigen über die Schwelle getrieben zu haben. Aus all diesen Gründen konnte ich bei diesem Unternehmen nicht mehr mit von der Partie sein.

Auch wenn es mir schwer fiel, zu diesen intellektuellen und moralischen Schlussfolgerungen zu gelangen, es schien geradezu ein Kinderspiel, verglichen mit den emotionalen und praktischen Problemen, die der Gedanke an einen Ausstieg aufwarf. Zuallererst war da natürlich Larissa. Nachdem ich mich schon vor Jahren damit abgefunden hatte, dass ich kaum jemals eine Frau finden würde, die meine Art zu leben und zu arbeiten nicht nur duldete, sondern auch bewunderte, würde es mir bestimmt nicht leicht fallen, die einzige, die ich schließlich gefunden hatte, aufzugeben. Vor allem, weil unsere gegenseitige Anziehungskraft und das Behagen, das wir empfanden, wenn wir zusammen waren, noch durch die starken Bande intensiviert wurde, die sich oftmals zwischen Menschen herausbilden, deren Kindheit von Gewalt überschattet wurde. Natürlich bestand die Möglichkeit, dass Larissa ihren Bruder meinetwegen verließ; und da die Alternative derart herzzerreißend war und in meinem Kopf mittlerweile ein hoffnungsloses Chaos herrschte, klammerte ich mich während des restlichen Rückflugs nach St. Kilda mehr und mehr an diese Idee.

Dieser überaus törichte Wunschtraum, der in krassem Widerspruch nicht nur zu meinem erlernten beruflichen Wissen, sondern auch zu all meinen Erfahrungen mit Malcolm und Larissa stand, war so stark, dass er auch die Frage beeinflusste, wie ich mit meinem neuen Status als international gesuchter Verbrecher umgehen sollte. Sollte ich mich der Weltjustiz auf Gedeih und Verderb ausliefern, erklären, dass ich persönlich nicht in den Coup involviert gewesen war, der den Tod von Millionen Menschen zur Folge gehabt hatte, und eine Gefängnisstrafe riskieren? Das würde ich nicht tun; aber vielleicht konnte ich lernen, das Leben als international gesuchter Flüchtling zu ertragen und sogar zu genießen, indem ich mir die Fähigkeiten zunutze machte, die ich von Malcolm und den anderen gelernt hatte – vorausgesetzt natürlich, Larissa käme mit mir. Während das Schiff über die Isle of Skye hinwegraste, wurde mein Traum immer detaillierter und romantischer: Larissa und ich würden auf der Flucht leben und uns alles, was wir brauchten oder haben wollten, von einer Welt nehmen, die uns nicht aufzuhalten vermochte.

Und als Larissa, nachdem sie dafür gesorgt hatte, dass Malcolm sich ausruhte, endlich in meine Kabine kam und mir tränenüberströmt in die Arme sank, entschied ich mich, dies als ein Zeichen dafür zu betrachten, dass ihre Liebe zu mir allmählich ihre treu sorgende Hingabe an ihren Bruder überwog. Ich sagte jedoch nichts Dergleichen und schwieg auch über meine illusionären Zukunftspläne, weil ich es nur für fair hielt, die Sache zuerst einmal mit Malcolm zu besprechen. Dieses Stillschweigen bewahrte ich auch während der nächsten Tage auf Hirta, wo jedes Mitglied unserer Gruppe weiter versuchte, ganz für sich allein mit den Geschehnissen ins Reine zu kommen. Es war keine leichte Zeit; obwohl wir es erfolgreich vermieden, miteinander über das Thema zu sprechen, verspürten wir fast so etwas wie einen Zwang, insgeheim Nachrichtenmeldungen über die Katastrophe in Moskau zu lesen und anzusehen, und während die Zahl der Opfer stieg, lastete ein gemeinsamer, aber nicht ausgesprochener Kummer schwer auf uns. Irgendwann kam die Wahrheit über Dov Eshkol ans Licht, aber zugleich mehrten sich Berichte, er habe Komplizen gehabt, die in einer Art ultramodernem Flugzeug entkommen seien, und daraufhin war die Angst vor möglichen aggressiven Akten gegen St. Kilda ein weiterer Punkt auf der Liste der Befürchtungen, die jedem auf der Insel zu schaffen machten.

Immerhin wurde diese Befürchtung weit gehend zerstreut, als Larissa, die sich zwei Tage lang um ihren Bruder gekümmert hatte, uns anderen anschließend mitteilte, Malcolm habe sich mit Edinburgh in Verbindung gesetzt: Die schottische Regierung habe es abgelehnt, die UN-Alliierten davon in Kenntnis zu setzen, dass Malcolm St. Kilda gekauft hatte. Malcolm wiederum habe ihr weitere Mittel für den schottischen Unabhängigkeitskampf versprochen. Erleichtert darüber, dass man uns zumindest eine Zeit lang in Frieden lassen würde, wollten die anderen sich wieder zurückziehen, um ihren Gedanken über die jüngste Vergangenheit und über die unsichere Zukunft nachzuhängen. Ich war ebenfalls im Begriff zu gehen, aber Larissa fasste mich am Arm.

»Er möchte dich sehen«, sagte sie mit einer Geste zu Malcolms Unterkunft, die so gelegen war, dass sie den Zugang zu seinem Privatlabor versperrte. »Aber er darf sich auf keinen Fall aufregen, Gideon – es geht ihm besser, aber gesund ist er nicht.« Sie gab mir einen raschen, zärtlichen Kuss. »Du fehlst mir.«

Ich strich ihr mit einer Hand durch die silbernen Haare und lächelte. »Es war schlimm.«

Daraufhin hielt sie mich noch fester. »Sehr schlimm«, sagte sie leise.

»Larissa«, flüsterte ich. »Da ist etwas ...« Ich schaute ihr in die Augen und hätte dort gern Neugier gesehen, fand jedoch nur völlige Erschöpfung. »Herrje, du musst dich ausruhen.«

Sie nickte, brachte jedoch die Frage heraus: »Was denn?«

»Darüber können wir später sprechen«, antwortete ich, weil ich glaubte, wir würden noch jede Menge Zeit dazu haben. Wie ein Geliebter auf Freiersfüßen wollte ich erst mit ihrem Bruder reden, bevor ich ihr selbst die Idee unterbreitete. »Ruh dich jetzt erst einmal aus.«

Sie seufzte dankbar, gab mir noch einen Kuss und marschierte müde davon, wobei sie die Tür zur Unterkunft ihres Bruders einen Spalt breit offen stehen ließ.

Als ich hineinging, wusste ich genau, was ich sagen wollte, und hoffte, dass Malcolm mein Vorhaben billigen würde; kurz, ich hatte keine Ahnung, dass er im Begriff stand, mir das größte seiner vielen Geheimnisse – oder was er dafür hielt – zu enthüllen, eine so bizarre und unglaubliche Geschichte, dass es für mich nur eine Schlussfolgerung gab: Er hatte wirklich und wahrhaftig den Verstand verloren.

42

Malcolms Unterkunft in der Anlage war noch spartanischer als seine Kabine an Bord des Schiffes. Mir schien, dass sie nur wenige Annehmlichkeiten bot, die man nicht auch schon vor zweihundert Jahren auf der damals noch dünn besiedelten Insel Hirta hätte finden können. Ähnlich wie in meinem eigenen Zimmer gab auch hier ein großes Fenster den Blick auf einen felsigen, geheimnisvollen Küstenstreifen frei, und vor diesem Fenster saß Malcolm in seinem Rollstuhl, ins weiche Sonnenlicht der äußeren Hebriden getaucht, und beobachtete die Hunderte von Meeresvögeln auf den Felsen mit jener naiven Begeisterung, die ich schon öfters auf seinen Zügen gesehen hatte. Sie war ein deutlicher Hinweis darauf, dass der kleine Junge, den man vor all diesen Jahren in jene höllische Klinik gesteckt hatte, daran nicht vollständig zerbrochen war; doch paradoxerweise hätte mich gerade dieser kindliche Gesichtsausdruck daran erinnern sollen, in welchem Maße Malcolm von Larissa abhängig war, und mir klar machen müssen, dass der Gedanke vollkommen absurd war, er könnte es billigen, wenn ich mit ihr wegging.

Malcolm spürte meine Anwesenheit, machte jedoch keine Anstalten, sich zu mir umzudrehen. »Gideon«, sagte er in einem Ton, aus dem keine echte Stärke sprach, sondern eher das Bemühen, Stärke zu zeigen. Er machte eine kurze Pause, in der ich mich darauf vorbereitete, ihm mein Anliegen vorzutragen; aber bevor ich etwas sagen konnte, fragte er: »Sind die Materialien für Ihren Washington-Coup noch an Ort und Stelle?«

Ich hatte bereits den Mund geöffnet, als diese Frage kam; nun schien mir der Unterkiefer wirklich bis zum Fußboden herunterzuklappen. »Wie bitte?«, sagte ich leise.

»Ihr Washington-Coup«, wiederholte er, ohne den Blick von den Vögeln zu wenden. »Wie lange brauchen Sie, um die erforderlichen Vorbereitungen zu treffen?«

Es gelang mir irgendwie, mich wieder einigermaßen zu sammeln. »Das ist nicht Ihr Ernst«, brachte ich heraus.

Malcolm drehte sich immer noch nicht um. Er nickte, als hätte er mit einer solchen Antwort gerechnet. »Sie denken, wir sollten unsere Arbeit wegen der Geschehnisse in Moskau zeitweilig einstellen. Sie denken, so etwas könnte wieder passieren.«

In diesem Moment verflüchtigte sich jede Selbsttäuschung; ich fühlte mich, als würde ich plötzlich eine große Menge Blut verlieren. Ich ging ein paar unsichere Schritte zu einem Mahagonistuhl mit gerader Rückenlehne und sank darauf nieder, als mir mit einem Mal die Torheit meiner jüngsten Pläne und das Ausmaß von Malcolms Engagement für sein Unternehmen bewusst wurde. Da mir gefühlsbetonte Einwände und Erklärungen in Anbetracht der Lage zwecklos erschienen, antwortete ich ihm in so vernünftigem und ernstem Ton wie nur möglich: »Malcolm – Sie haben selbst gesagt, dass Ihre Arbeit von Natur aus mit erheblichen Problemen behaftet ist.«

»Was ich *gesagt* habe«, antwortete Malcolm leise, aber mit Nachdruck, »war, dass wir zu gute Arbeit geleistet haben. Dov Eshkol hat das bewiesen.«

Das war eine nahezu unglaubliche Aussage. »Ja. So kann man das wohl sagen.«

»Also lernen wir dazu und machen weiter.« Er schien immer noch nicht bereit zu sein, mir in die Augen zu schauen. »Wie wir beide bereits besprochen haben, müssen wir sicherstellen, dass alle zukünftigen Projekte nach einer angemessenen Frist aufgedeckt werden. Wir werden Hinweise einbauen – nicht nur Hinweise, sondern offensichtliche Fehler –, sodass selbst die begriffsstutzigsten ...«

»Malcolm?«, unterbrach ich ihn, zu schockiert, um ihm weiter zuzuhören, aber immer noch um einen offenen, ruhigen Ton bemüht. »Malcolm, ich kann dabei nicht mehr mitmachen. Was Sie tun, ist nicht nur subversiv, es ist unvorstellbar gefährlich. Selbst Ihnen muss das doch inzwischen klar sein.« Er gab keine Antwort, und mir drehte sich vor Ungläubigkeit schier der Kopf. »Ist es möglich – wollen Sie das wirklich leugnen? Sie glauben vielleicht, Sie könnten Ihre Arbeit, Ihr *Spiel* unter Kontrolle behalten. Aber es gibt Millionen Menschen da draußen, die sich täglich aus Abertausend Stückchen bizarrer neuer Informationen einen Sinn zusammenreimen müssen, und die haben weder die Zeit noch die Mittel, das Echte von der offenkundigen Fälschung zu trennen. Die Welt ist zu weit gegangen – der Verstand der Menschen ist zu stark beansprucht worden –, und wir haben keine Ahnung, was den nächsten Wahnsinnigen auf den Plan rufen wird. Was machen Sie, wenn wir dieses neue Vorhaben ausführen und irgendein Spinner in den Staaten, der etwas gegen den Staat und die Konzerne hat – und von denen gibt es dort jede Menge –, ihn als Rechtfertigung benutzt, um wieder einmal ein Bürogebäude in die Luft zu sprengen? Oder etwas noch Größeres?« Ich hielt inne und schlug dann eine andere Tonart an, um das Gespräch von jener moralischen und politischen Dialektik wegzubringen, die er so meisterhaft beherrschte, und es stattdessen auf meine ganz reale Sorge um ihn und die anderen zu lenken: »Außerdem, was glauben Sie, wie lange Sie noch damit durchkommen? Sehen Sie sich an, wie knapp wir diesmal entkommen sind, und um welchen Preis. Sie müssen sich etwas anderes überlegen, so wird es nicht ...«

Ich brach ab, als ich sah, wie er langsam die Hand hob. »Schon gut«, sagte er mit von Trauer und Reue erstickter Stimme. »Schon gut, Gideon.« Endlich drehte er seinen Stuhl herum und ließ den Kopf sinken, bis sein Kinn fast auf der Brust lag. Als er wieder aufschaute, wollte er mir immer noch nicht in die Augen sehen; aber seine kummervolle Miene war ein Mitleid erregender Anblick. »Ich hätte alles getan, um zu verhindern, was Leon zugestoßen ist«, sagte er leise. »Aber jeder von uns kennt die Risiken.«

»›Kennt die Risiken‹? Malcolm, das ist kein Krieg, um Himmels willen!«

Ich starrte ihn an, und endlich begegneten diese hypnotischen, aber beunruhigenden blauen Augen meinem Blick. »Nein?«, sagte er. Er griff nach hinten zu den Krücken, die an die Stuhllehne geklemmt waren. »Sie meinen«, fuhr er fort, und seine Stimme wurde kräftiger, »dass man dem Problem mit dieser Methode nicht beikommt.« Er mühte sich auf die Beine, und obwohl ich ein stärkeres Bedürfnis denn je verspürte, ihm zu helfen, hielt ich mich erneut zurück. »Sie meinen, dass die Krankheit der Welt auf diese Weise nicht mehr zu kurieren ist. Na schön.« Er trat ein paar Schritte auf mich zu. »Welches Rezept würden Sie stattdessen verschreiben?«

Auf dieser Ebene konnte ich einfach nicht mit ihm diskutieren. »Malcolm, hier geht es nicht um ›Krankheiten‹ und ›Rezepte‹. Die Zivilisation wird tun, was immer sie tun wird, und wenn Sie sich ihr weiterhin in den Weg stellen, werden Sie nur noch mehr Katastrophen verursachen. Vielleicht haben Sie Recht, vielleicht führt uns diese Informationsgesellschaft in ein finsteres Hightech-Mittelalter. Aber vielleicht auch nicht. Vielleicht verstehen *wir* sie bloß nicht. Vielleicht irrt sich Julien, und dies ist kein ›Schwellenmoment‹, und vielleicht haben Leute wie wir in einer wissenschaftlich fortgeschrittenen Pferdekutsche gesessen, als Gutenberg seine erste Bibel gedruckt hat, und geschrien: ›Das war's! Jetzt ist alles aus!‹ Ich weiß es nicht. Aber der Punkt ist, Sie wissen es auch nicht. Wir wissen nur eins, nämlich dass man die Veränderung nicht aufhalten kann und dass man die Technologie nicht aufhalten wird. Nichts in der Vergangenheit lässt darauf schließen, dass das möglich ist.«

Während ich sprach, drehte Malcolm sich mit schier unerträglicher Langsamkeit um und blickte wieder zu den Vögeln hinaus. »Das stimmt«, murmelte er.

Ich war so darauf eingestellt, weiter zu diskutieren, dass seine Antwort mich völlig unvorbereitet traf. »Wirklich?«, sagte ich ein bisschen einfältig.

Malcolm nickte. »Ja. Nichts in der Vergangenheit lässt darauf schließen, dass es möglich ist – *noch* nicht.«

Als er wieder zum Fenster ging, folgte ich ihm. Auf einmal war ich sehr nervös. »Was soll das heißen, ›in der Vergangenheit, *noch* nicht‹? Sie reden wirres Zeug, Malcolm.«

Während Malcolm zu erklären versuchte, was er meinte, schien er immer weniger wahrzunehmen, wer ich war oder dass sich überhaupt jemand bei ihm im Zimmer befand. Das leere, strahlende Leuchten in seinen Augen, die in das gleichermaßen strahlende Blau des Himmels über dem Meer starrten, schien mir das erste Anzeichen echter geistiger Verwirrung. »Angenommen, ich würde Ihnen erzählen«, sagte er, »dass Sie jenseits dieses Raumes dort« – er zeigte auf eine angrenzende Kammer in Richtung seines Labors – »und hinter einer sehr dicken Tür ein Gerät finden, das sowohl die Geschichte als auch die Zeit neu definieren, ja sogar zerstören könnte, zumindest in dem Sinne, wie wir sie heute verstehen? Und wenn ich Ihnen sage, dass es schon sehr bald möglich sein wird, sich durch unser Zeitkontinuum zu bewegen und die Vergangenheit zu verändern? Dass die ›Geschichte‹ bald keine unabänderliche chronologische Aufzeichnung mehr sein wird, sondern ein lebendiges Laboratorium, in dem wir Experimente durchführen, um den gegenwärtigen Zustand unseres Planeten und unserer Spezies zu verbessern?«

Wäre es mir auch nur andeutungsweise in den Sinn gekommen, diese Behauptungen ernst zu nehmen, hätten sie mich wahrscheinlich völlig umgehauen; so jedoch wuchs lediglich meine Überzeugung, dass der Mann übergeschnappt war. »Hören Sie, Malcolm«, sagte ich und legte ihm eine Hand auf die Schulter. »Bitte verstehen Sie – als Arzt ist es meine Pflicht, Ihnen zu sagen, dass Sie einen Zusammenbruch erlitten haben. Möglicherweise einen schweren. Und wenn man bedenkt, was wir alles durchgemacht haben, so überrascht mich das nicht. Ihre Freunde in Edinburgh kennen doch bestimmt Krankenhauseinrichtungen, die wir heimlich benutzen können. Wenn Sie mir erlauben, einige Tests durchzuführen und eine Behandlung vorzuschlagen ...«

»Sie haben meine Fragen noch nicht beantwortet, Gideon.« Malcolms Stimme verriet immer noch keine Gefühlsregung.

»Ihre Fragen?«, sagte ich. »Ihre Fragen, ob es möglich sei, in der Zeit hin und her zu reisen, *diese* Fragen?«

Er schüttelte langsam den Kopf. »Nicht hin und her. Niemand glaubt ernsthaft, dass wir geschlossene Zeitschleifen erzeugen können, die es einer Person ermöglichen würden, in eine Richtung zu reisen und dann zu dem Punkt zurückzukehren, von dem sie aufgebrochen ist. Zum gegenwärtigen Zeitpunkt ist das einfach nicht machbar.«

»Ach, und eine Reise in eine Richtung *ist* machbar?«

Malcolm ignorierte meinen Sarkasmus. »Das physikalische Problem ist nicht besonders ausgefallen oder komplex«, sagte er. »Wie in den meisten Fällen ist es eigentlich nur eine Frage der Energie – der elektromagnetischen Energie. Und die einzige denkbare Möglichkeit, die erforderliche Energie zu erzeugen ...«

»Wären Supraleiter«, sagte ich, und plötzlich überlief es mich kalt. Ich erinnerte mich undeutlich an einen Artikel über das Thema, den ich vor ein paar Monaten gelesen hatte. Ich senkte den Blick; obwohl ich Malcolm immer noch nicht glaubte, hatte ich aus irgendeinem Grund weiche Knie. »Hochminiaturisierte Supraleiter«, fügte ich hinzu. Eine bange Vorahnung begann die Selbstgewissheit, mit der ich seine Worte abgetan hatte, Lügen zu strafen.

»Klingt bekannt, nicht wahr?« Malcolm fiel es immer schwerer, seine Gefühle im Zaum zu halten, während er fortfuhr: »Stellen Sie sich vor, wie es wäre, wenn man die uns gegebene Gegenwart nicht einfach hinnehmen müsste. Wenn es stattdessen technisch machbar wäre, einen anderen Satz historischer Determinanten zu konstruieren. Sie sagen, wir könnten der Welt von heute durch unsere gegenwärtige Arbeit nicht helfen, Gideon, sie spreche auf eine solche Behandlung nicht mehr an. Nun, dieser Gedanke ist mir schon vor über einem Jahr gekommen. Aber wie mir klar wurde, liegt die Lösung nicht darin, unsere Arbeit einzustellen. Natürlich ist es erforderlich, gewisse Änderungen vorzunehmen – zum Teil deshalb haben wir Sie zu uns geholt. Aber wir mussten und müssen weitermachen, bis der Tag kommt, an dem wir unsere gegenwärtige Realität ändern können, indem wir die Vergangenheit modifizieren.« Er griff sich an den Kopf, weil er offensichtlich die Auswirkungen der beherrschten, aber nichtsdestoweniger extremen Leidenschaft zu spüren begann, mit der er mir seine Geschichte erzählt hatte. »Und dieser Tag ist nicht mehr weit, Gideon – ganz und gar nicht mehr weit.«

Ich setzte mich wieder auf meinen Stuhl. Die größten Verrücktheiten werden einem oftmals in augenscheinlich vernünftiger Form aufgetischt; und ich sagte mir, dass ich deshalb einen Moment lang nervös, ja sogar leichtgläubig gewesen war. Ich gestand mir auch ein, dass ich ihn nicht zwingen konnte, sich gründlich auszuruhen und sich der umfangreichen medikamentösen und psychotherapeutischen Behandlung zu unterziehen, die er fraglos benötigte; trotzdem unternahm ich einen letzten schwachen Versuch, ihn zu erreichen:

»Ich frage mich, ob Ihnen klar ist, welche Sprache Sie benutzen, Malcolm. Und ob Ihnen das nicht etwas sagt.« Er antwortete nicht, was ich als Zeichen auffasste, dass er bereit war, sich anzuhören, was ich zu sagen hatte. »Sie reden davon, ob es ›technisch machbar‹ wäre, die Vergangenheit zu verändern«, fuhr ich fort. »Finden Sie nicht – gerade angesichts Ihrer eigenen Vorgeschichte –, dass solche Formulierungen schrecklich vorbelastet sind? Ich bezweifle nicht, dass Sie die Gegenwart, die Ihnen ›gegeben‹ worden ist, gern ändern würden – dazu haben Sie jeden erdenklichen Grund. Aber Sie müssten sich einmal hören ...« Ich stand auf und ging zu ihm hin. »Sie können versuchen, mit den Werkzeugen, die Ihr Vater entwickelt hat, die von ihm mit aufgebaute Welt zu zerstören. Sie können die Gesellschaft in heillose Verwirrung stürzen und die Öffentlichkeit täuschen, sodass sie Ihrer Version der Geschichte glaubt, Sie können sogar zusehen, wie Menschen und Städte vernichtet werden, und Sie können sich die ganze Zeit einreden, dass es ein notwendiger und edler Kreuzzug sei. Aber am Ende werden Sie immer noch derselbe sein – Sie werden trotzdem krank sein, Sie werden trotzdem diese Krücken und diesen Rollstuhl brauchen, und Sie werden trotzdem von Kummer und Zorn verzehrt werden. Sie wollen nicht *die* Vergangenheit ändern, Malcolm – Sie wollen *Ihre* Vergangenheit ändern.«

Mehrere Minuten lang sagte keiner von uns ein Wort; dann wurden Malcolms funkelnde Augen schmal, und er nickte ein oder zwei Mal und kehrte zu seinem Stuhl zurück. Er setzte sich langsam hinein, dann blickte er zu mir auf und fragte:

»Haben Sie sonst noch irgendetwas anzubieten, Gideon – abgesehen von Plattitüden?«

Beleidigungen größenwahnsinniger Patienten waren gewiss nichts Neues für mich; aber ich muss zugeben, dass diese mich traf. »Wenn Ihnen das wirklich so klar ist«, erwiderte ich und versuchte, mir nichts anmerken zu lassen, »wie können Sie dann trotzdem mit dem weitermachen, was Sie tun?«

Er stieß ein verächtliche Zischen aus. »Gideon«, sagte er und schüttelte sichtlich enttäuscht den Kopf. »Glauben Sie wirklich, ich hätte noch nie über diese Dinge nachgedacht? Nie die Behandlungen über mich ergehen lassen, die Sie vorschlagen? In meiner Jugend habe ich sie allesamt ausprobiert: Psychotherapie, Elektroschocks, medikamentöse Therapie, alles – natürlich mit Ausnahme einer weiteren Gentherapie, aber ich glaube, man kann es mir nachsehen, dass ich darauf verzichtet habe. Und ja, ich weiß mittlerweile, was mich antreibt, wie tief der Zorn in mir sitzt, dass meine Motive persönlich und politisch zugleich sind. Aber letzten Endes sage ich Ihnen dasselbe, was ich jedem anderen Arzt gesagt habe, bei dem ich war.« Seine Augen verloren etwas von ihrem manischen Glanz; stattdessen lag nun unverfälschte Traurigkeit in seinem Blick. »Es ändert im Grunde überhaupt nichts, habe ich Recht?«

»Ändert im Grunde überhaupt nichts?«, echote ich erstaunt. »Mein Gott, Malcolm, wenn Sie wissen, dass Sie aus persönlicher Voreingenommenheit und vagen Gefühlen heraus handeln ...«

»Oh, meine Gefühle sind absolut klar, Gideon«, antwortete er. »Mir *ist* klar, dass ich die Welt hasse, die mein Vater und seinesgleichen geschaffen haben – eine Welt, in der Männer und Frauen an der genetischen Struktur ihrer Kinder herumpfuschen, nur um deren Intelligenzquotienten zu erhöhen, damit sie, wenn sie einmal erwachsen sind, noch bessere und bequemere Methoden zur Befriedigung der belanglosen Begierden der Allgemeinheit entwickeln. Eine Welt, in der Intelligenz an der Fähigkeit gemessen wird, zusammenhanglose Informationen anzuhäufen, deren einziger Zweck in ihrer eigenen Verbreitung besteht, die von der Menschheit aber trotzdem sklavisch gehätschelt werden. Kennen Sie die harte Wahrheit, warum es den Informationen gelungen ist, die Herrschaft über unsere Spezies zu erlangen, Gideon? Weil das menschliche Gehirn sie *anbetet* – es spielt mit den Informationshäppchen, die es erhält, arrangiert sie und speichert sie wie ein begeistertes Kind. Aber es ist dem Gehirn ein Gräuel, sie eingehend zu untersuchen, es verabscheut die harte Arbeit, sie zu integrierten Verständnissystemen zusammenzusetzen. Doch genau diese Arbeit ist es, die Wissen schafft, Gideon. Alles andere ist einfach nur – *Zerstreuung.*«

»Und was hat das damit zu tun, dass Sie über Ihre persönlichen Motive Bescheid wissen?«, fragte ich, ohne zu verbergen, wie sehr mich seine Tirade mit Überdruss erfüllte.

Er schüttelte erneut den Kopf und erwiderte: »Gideon – das *sind* mittlerweile meine persönlichen Motive. Mir ist klar, dass Sie der Meinung sind, ich bräuchte ärztliche Behandlung, aber diesen Weg bin ich schon gegangen – und soll ich Ihnen etwas sagen? Er hat geradewegs zurück an den Punkt geführt, wo alles angefangen hat. Zugegeben, wenn man diese Reise einmal hinter sich gebracht hat, weiß man genau, wo dieser Punkt ist und was drumherum liegt. Aber man ist trotzdem dort. Also, was sollen Menschen Ihrer Meinung nach tun, Gideon, wenn sie ihre persönlichen Motive entdecken? Abtreten? Aufhören, eine Rolle in der Welt zu spielen? Gibt es überhaupt jemanden in der Menschheitsgeschichte, der nicht von seinen persönlichen Motiven angetrieben wurde? Und wie hätte es ohne diesen Antrieb irgendwelche Entwicklungen geben können?«

»Darum geht es nicht«, entgegnete ich. »Wenn man sich selbst wirklich kennt, kann man sein Verhalten ändern.«

»Ah, das Mantra des Psychologen!« Malcolms Stimme hob sich beunruhigend. »Ja, Gideon, das kann man in der Tat, aber mit welchem Ziel? Sollen wir christlich sein und der Habgier, der Ausbeutung und der Zerstörung die andere Wange hinhalten? Sollen wir zusehen, wie die Welt in Flammen aufgeht, weil wir befürchten, unsere Motive könnten nicht ganz und gar unpersönlich sein? Ich sage Ihnen, eher würde ich mich in dieses Meer stürzen! Denn Sie reden nicht von Veränderung, Gideon – Sie reden von Lähmung!«

»Nein«, sagte ich, »ich rede davon, dass man diese Probleme mit Methoden anpacken muss, die nicht dazu führen, dass man Millionen Menschen umbringt.«

»*Ich habe diese Stadt nicht zerstört!*«, rief er, und ich sah an der Art, wie er zu zittern begonnen hatte, dass ihm ein neuer Anfall bevorstand; doch so sehr ich mich schäme, es zuzugeben, ich war zu entsetzt über das, was er sagte, um etwas dagegen zu unternehmen. »Ich habe Dov Eshkol nicht ausgebildet«, fuhr er fort, »und ich habe ihn nicht auf die Menschheit losgelassen. Ich habe auch diese Gesellschaft nicht geschaffen, die derart vom Geschäftemachen besessen ist, dass sie sich weigert, auch nur die gefährlichsten Formen des Handels effizient zu regulieren! Ich *habe* allerdings eine Reihe von Experimenten durchlitten, die mir eine einzigartige Perspektive vermittelt haben, aus der heraus ich eben diese Gesellschaft betrachten – und vielleicht beeinflussen – kann. Soll ich es ablehnen, das zu tun, weil meine Motive eine persönliche Dimension haben, die Leuten wie Ihnen Sorgen bereitet? Hören Sie auf meinen Rat, Gideon – sorgen Sie sich um die Reinheit Ihrer eigenen Motive und kümmern Sie sich nicht um meine.« Er drehte seinen Stuhl zum Fenster und hob eine Faust. »Ich weiß, warum ich so bin, wie ich bin – aber ich werde denjenigen, die mich so gemacht haben, nicht den letzten Triumph gönnen, indem ich es stillschweigend hinnehme, dass sie die Welt in einen riesigen Bienenstock verwandeln, in dem Menschen für den Profit geheimer Herren endlos mit Informationen spielen – und *nichts* dabei lernen.«

Mir schien, dass mit diesem schicksalsschwangeren *Nichts* weitaus mehr beendet war als das Gespräch. Ich schwieg, denn es hatte keinen Sinn, mit jemandem zu diskutieren, der an einer derart schweren Psychose litt. Einiges von dem, was Malcolm gesagt hatte, war zweifellos wahr, obwohl ich nicht bestimmen konnte, wie viel. Ich wusste nur zwei Dinge mit Sicherheit, und das waren dieselben, die ich bereits gewusst hatte, als ich den Raum betreten hatte: dass ich nicht länger auf dieser Insel bleiben oder mich an der Verwirklichung von Malcolms Plänen beteiligen konnte, und dass ich Larissa mitnehmen wollte, wenn ich ging. Meine Unsicherheit, ob ich Malcolm dies sagen sollte, war angesichts seines verrückten Monologs verflogen, und ich platzte ziemlich unverfroren mit all dem heraus; doch kaum hatte ich das getan, nahm sein Gesicht einen trotzigen, bedrohlichen Ausdruck an, und ich bereute meine Kühnheit.

»Ich weiß nicht recht, ob mir der Gedanke gefällt, dass Sie frei in der Gegend herumlaufen, Gideon«, sagte er in bedächtigem Ton, »nachdem Sie nun all unsere Geheimnisse kennen. Und glauben Sie ernsthaft, Larissa würde mit Ihnen kommen?«

»Wenn Sie ihr nicht im Weg stehen«, erwiderte ich so tapfer, wie ich konnte. »Und was Ihre Geheimnisse betrifft, worüber machen Sie sich Sorgen? Denken Sie daran, ich bin ein Verbrecher, ich habe es nicht eilig, zu den Behörden zu gehen. Und selbst wenn, wer in aller Welt würde mir glauben?«

Malcolm legte den Kopf schief und dachte darüber nach. »Vielleicht …«

Auf einmal sog er die Luft tief in die Lungen und riss die Hände an seine Schläfen. Ich trat auf ihn zu, um ihm zu helfen, aber er winkte ab. »Nein!«, sagte er zähneknirschend und suchte in seiner Tasche nach seinem Injektor. »Nein, Gideon. Das … geht Sie nichts mehr an. Nehmen Sie Ihr zartes Gewissen … und verschwinden Sie – *sofort*!«

Was blieb mir anderes übrig, als ihm zu gehorchen? In Anbetracht all dessen, was wir miteinander durchgemacht und zueinander gesagt hatten, wäre es unangemessen, ja sogar grotesk gewesen, uns Lebewohl zu sagen. Ich ging einfach zur Tür und öffnete sie. Mein Zorn war verflogen, mein Mitleid betäubt. Beim Hinausgehen drehte ich mich noch einmal zu Malcolm um, der zusammengekauert dasaß, den Injektor an einer Vene in seiner Hand, und durch seine immer noch zusammengebissenen Zähne vor sich hin murmelte.

Wie schade, ging es mir auf einmal durch den Kopf, dass sein ganzes Gerede über Zeitreisen so offenkundig wahnhaft gewesen war; denn letzten Endes hatte die Gegenwart einem Menschen wie ihm wirklich nur sehr wenig zu bieten.

43

Nun blieb mir nur noch ein einziges Problem, nämlich wie viel ich den anderen von meinem Gespräch (falls man es denn so nennen konnte) mit Malcolm erzählen sollte. Ich wusste, dass sie ihm alle treu ergeben waren, und hatte keineswegs die Absicht, in diese Beziehungen einzugreifen. Aber sie hatten ein Recht zu erfahren, dass sein Verhalten und seine Äußerungen bei mir Zweifel an seiner geistigen Gesundheit geweckt hatten, und so bat ich sie, bei Sonnenuntergang zu mir zu kommen. Während ich ihnen meine Geschichte erzählte, saß ich in dem Aussichtsfenster, das auf die kleine Bucht hinausging, und die allgegenwärtigen Vogelschwärme veranstalteten bei ihrer Abendmahlzeit ein solches Spektakel, dass es mir schwer fiel, in dem gedämpften Ton zu sprechen, den die Situation, wie ich unwillkürlich spürte, von mir verlangte. Ich gab mir Mühe, bei meiner Erklärung möglichst unvoreingenommen zu sein, versuchte aber auch, offen zu sprechen und nichts wegzulassen; ich wies darauf hin, dass Malcolm sich beharrlich weigerte, eine wie auch immer geartete Verantwortung für die Katastrophe von Moskau zu übernehmen, und ging ausführlich auf seine offenbar ehrliche Überzeugung ein, dass er bald imstande sein würde, durch die Zeit zu reisen.

»Hat er zufällig gesagt«, bemerkte Eli, der zu meiner Überraschung und Bestürzung höchst neugierig dreinschaute, »wessen Konfiguration er emuliert?«

Ich musste heftig den Kopf schütteln. »*Wie bitte?*«

»War es die von Gödel?«, fuhr Eli fort. »Von Kerr? Oder vielleicht von Thorne?«

»Die von *Thorne* doch nicht«, sagte Jonah abschätzig. »Nicht einmal Malcolm hat die Macht, in seinem Labor ein *Wurmloch* zu erschaffen ...«

»Eli? Jonah?« Ich ließ mir meine Bestürzung deutlich anmerken. »Es bringt überhaupt nichts, wenn ihr ihm in diesem Punkt nach dem Mund redet. Es ist eine Fata Morgana – und eine potenziell gefährliche obendrein –, die ihre Grundlage in vielen alten und neuen psychologischen Traumata hat ...«

»Bist du dir da ganz *sicher*?« Es war Malcolms Ton, aber die Stimme gehörte Larissa. Sie saß neben mir, sah mich aber nicht an. Ihr Gesicht war von tiefer Sorge gezeichnet; von dem Moment an, als ich zu sprechen begonnen hatte, schien sie gewusst zu haben, dass sie in Kürze selbst mit einer Krise konfrontiert sein würde.

»Falls Ihre Feststellung stimmt, Gideon«, warf Julien ein, »dann wissen Sie mehr als viele helle Köpfe, die sich über Generationen hinweg mit diesem Thema befasst haben.«

»Hört mal zu, ich habe Einstein und Hawking gelesen«, entgegnete ich. Dann fügte ich ein wenig verlegen hinzu: »Na ja, Einstein jedenfalls. Aber ich habe *über* Hawking gelesen. Und beide haben gesagt, dass die Zeitreise wegen der damit verbundenen Paradoxa physikalisch unmöglich sei.«

»Unmöglich ist nur eine bestimmte Art der Zeitreise«, konterte Eli und fügte in einem ganz ähnlichen Jargon wie Malcolm hinzu: »Geschlossene Zeitschleifen. Aber es gibt andere Möglichkeiten, durch die Zeit zu reisen, auch wenn sie nicht sonderlich attraktiv sind ...«

Colonel Slayton unterbrach ihn mit fester Stimme: »Ich glaube wirklich, dass dies nicht der richtige Moment für eine akademische Diskussion über Zeitreisen ist.« Er musterte mich streng. »Gideon, es tut mir Leid, dass ich das sagen muss, aber man könnte es auch so sehen, dass Sie Malcolms Urteilsvermögen aus persönlichen Gründen in Zweifel ziehen. Ich nehme an, das ist Ihnen klar – und Sie wissen auch, dass es uns klar ist.«

Julien, Eli und Jonah wandten unangenehm berührt den Blick ab; Larissa hingegen rückte näher an mich heran. »Diese Behauptung ist ein bisschen abwegig, Colonel, nicht wahr?«, sagte sie. »Gideon hat nie etwas getan, was uns Anlass gäbe, ihm zu misstrauen – oder uns ihm gegenüber respektlos zu benehmen.«

»Gideon weiß ganz genau, wie viel Respekt ich vor ihm habe, Larissa«, erwiderte Slayton. »Aber er weiß auch, dass ich ihm diese Frage stellen muss.«

Ich nickte Larissa zu, um das, was der Colonel gesagt hatte, zu bestätigen, versuchte aber gleichzeitig, ihr wortlos dafür zu danken, dass sie mir zu Hilfe gekommen war. »Ich verstehe, Colonel«, sagte ich. »Aber glauben Sie mir, ich würde so etwas niemals aus persönlichem Interesse heraus falsch darstellen. Nicht nur, weil es unmoralisch wäre, sondern weil ich Malcolm als Freund betrachtet habe. Und aus meiner Freundschaft zu euch heraus möchte ich euer Augenmerk auf dieses Thema lenken und euch warnen. Mehr kann ich nicht tun. Ich habe Malcolm erklärt, dass ich nicht länger mitmachen kann, und nach einem ziemlich heiklen Moment hat er mir zugestimmt, dass ich abreisen sollte. Es wird also nicht an mir sein, die Frage zu klären, wie es um seine geistige Verfassung bestellt ist. Aber ich musste euch sagen, dass sie meiner Meinung nach geklärt werden muss – und zwar dringend.«

Colonel Slayton nahm das alles mit einem langsamen

Nicken und einer Miene zur Kenntnis, die für seine Verhältnisse schon fast gefühlsbetont war. Julien und die Kupermans hingegen zeigten ihre Traurigkeit ganz offen. »Aber wo wollen Sie denn hin, Gideon?«, fragte Eli schließlich.

Ich warf Larissa einen raschen Blick zu, aber sie sah mich nicht an. »Das weiß ich noch nicht.«

»Man wird Sie per Haftbefehl suchen«, warnte Slayton. »In die Vereinigten Staaten können Sie auf gar keinen Fall zurück, und Europa wird ebenfalls gefährlich sein.«

»Ich weiß.« Zum ersten Mal, seit mir moralische Bedenken bezüglich meiner Teilnahme an Malcolms Unternehmen gekommen waren, dachte ich ganz praktisch darüber nach, diese Leute, mit denen ich in so kurzer Zeit so viele Gemeinsamkeiten entwickelt hatte, zu verlassen; und das machte mir schwer zu schaffen. »Ich werde vermutlich nach Süden gehen«, fuhr ich fort und wandte mich von ihnen ab. »Irgendwohin, wo niemand all diesen Dingen Beachtung schenkt.« Ich bemühte mich, ein Lächeln zustande zu bringen. »Falls jemand mitkommen möchte – ich würde nicht Nein sagen.«

Slayton, Julien und die Kupermans versuchten, mein halbherziges Lächeln zu erwidern, aber mit ebenso wenig Erfolg wie ich: Der Moment des Abschieds war gekommen, und wir alle wussten es. Slayton trat als Erster auf mich zu und streckte mir seine starke Hand hin. »Einer von uns wird Sie mit dem Turbinenhubschrauber nach Schottland bringen, Gideon. Wir haben eine Notreserve in diversen Währungen, davon können Sie sich etwas nehmen. Und Sie werden ein paar alternative Ausweispapiere und Disks brauchen. Aber seien Sie vorsichtig – wir können dafür sorgen, dass sie für ein durchschnittliches Lesegerät zu Ihrer DNA passen, aber wenn jemand die Sachen durch die universale Datenbank schickt, sitzen Sie in der Tinte. Und Sie sollten auch ein paar Schusswaffen haben.«

»Danke, Colonel«, sagte ich leise und schüttelte ihm die Hand.

Er sah mich an, und seine Augen wurden schmal; das rechte zog an der langen Narbe, die ich gar nicht mehr bemerkte, wenn ich ihn ansah. »Seien Sie nicht allzu erschrocken über Malcolm. Er ist erschöpft. Wir werden uns um ihn kümmern und dafür sorgen, dass er sich erholt – und wenn es so weit ist, werden Sie vielleicht zurückkommen wollen, Gideon. Ich weiß, einiges an diesem Kampf gefällt Ihnen nicht, aber nachdem Sie nun daran teilgenommen haben, wird es Ihnen dennoch schwer fallen, sich wieder in die Welt einzufinden, die Sie früher gekannt haben.«

»Das stimmt sicherlich, Colonel«, sagte ich. »Aber ihr solltet niemanden in eurem Team haben, auf den ihr euch nicht hundertprozentig verlassen könnt. Und später – nun ja ... zu viele Fragen, das ist alles.«

Slayton berührte kurz seine Narbe und fasste mich dann an der Schulter. »Vermutlich haben Sie Recht. Aber ich bedaure es, dass Sie uns verlassen, Dr. Wolfe.« Er ging langsam zur Tür. »Was mich betrifft, so habe ich schon früher gesehen, wie Wahnsinnige ganze Städte in Schutt und Asche gelegt haben. Nicht in diesem Ausmaß vielleicht, aber immerhin weiß ich dadurch im tiefsten Innern, wer die Schuld trägt. Also glauben Sie mir, Gideon – damit brauchen Sie sich auf der Flucht wahrhaftig nicht zu belasten.«

Als Slaytons soldatische Schritte auf dem steinernen Gehweg draußen zu hören waren, kamen Eli und Jonah zu mir herüber. Eli bedachte mich mit demselben großherzigen Lächeln wie damals im Gefängnis von Belle Isle, als ich ihm zum ersten Mal gegenübergestanden hatte. »Ich schulde Ihnen einen Gefängnisausbruch«, sagte er. »Also, wenn Sie geschnappt werden und Ihren Telefonanruf machen dürfen ...«

Ich schmunzelte und schüttelte ihm die Hand, dann

schaute ich von ihm zu Jonah. »Nichts von dem, was ich gesagt habe, stört euch beide?«

»Das mit Malcolm?«, antwortete Jonah. Als ich nickte, fuhr er fort: »Der Colonel hat Recht, Gideon. Malcolms geistige Verfassung ist außerordentlich stark mit seiner körperlichen Verfassung verflochten – ich glaube, Sie wissen ebenso gut wie wir, wieso und warum. Aber wir kennen ihn, seit wir Teenager waren. Irgendwann kommt er schon wieder zur Vernunft, wenn er nur genug Zeit und Ruhe hat.«

»Aber – diese Sache mit den Zeitreisen ...«

»Müdigkeit und Stress, Gideon, glauben Sie uns«, antwortete Eli. Dann legte er den Kopf schief. »Andererseits ...«

»Andererseits«, beendete Jonah den Satz für ihn, »will ich unbedingt in seiner Nähe sein, nur für den Fall des Falles. Ist doch allemal besser als die Zankerei um eine feste Stelle in Yale oder Harvard.« Da es nichts mehr zu sagen gab, nahmen beide Männer fast im selben Moment und mit der gleichen Geste verlegener Rührung die Brille ab. »Tja, dann – leben Sie wohl, Gideon«, sagte Jonah.

»Und denken Sie daran, was Colonel Slayton gesagt hat«, setzte Eli hinzu, während sie sich zum Gehen wandten. »Kann sein, dass Ihnen das Leben dort draußen jetzt äußerst befremdlich vorkommt – ein Wort von Ihnen, und wir holen Sie zurück.«

Als sie zur Tür hinausgingen, winkten sie alle beide, und man sah ihnen ihre Verlegenheit nach wie vor deutlich an. Ich drehte mich zu Julien um und spürte plötzlich einen dicken Kloß im Hals. Fouché stand taktvoll auf, hob eine Hand und machte eine Kopfbewegung zu Larissa. »Ich lasse schon mal den Turbinenhubschrauber warm laufen, Gideon«, sagte er. »Es ist bald dunkel – ein Nachtflug erregt immer weniger Aufmerksamkeit.«

Sobald er fort war, drehte ich mich zu Larissa um, die die Arme um den Körper geschlungen hielt und auf die felsige Bucht hinausschaute. Bereit, ihr mit leisen, unwiderstehlichen Worten unsere gemeinsame Zukunft auszumalen und sie auf diese Weise mitzureißen, trat ich lächelnd auf sie zu …

Und im gleichen Moment befiel mich mit Schwindel erregender Plötzlichkeit dasselbe Gefühl wie zu Beginn meiner letzten Begegnung mit Malcolm: ein jäher Verlust meiner Illusionen, bei dem es mich kalt überlief; es war, als würde ich ausbluten, als hätte man mir mit dem Rasiermesser eine Hauptarterie durchtrennt. Larissas traurige Miene sagte mir auf die klarste und brutalste Weise, dass ich verlieren würde, wenn ich sie vor die Wahl zwischen ihrem Bruder und mir stellte. In diesem Wettstreit würde ich mich nur ein weiteres Mal in grausamer Vergeblichkeit üben. Ich erkannte jetzt, dass all meine verzweifelten Fantasien einzig und allein möglich gewesen waren, weil ich bewusst all das verdrängt hatte, was ich über ihre gemeinsame Vergangenheit wusste – und darüber, in welchem Maße er sie brauchte und wie sehr sie darauf angewiesen war, das Band zwischen ihnen zu bewahren. Mit Hilfe dieser Verbundenheit war es den Geschwistern gelungen, in ihrer zerstörten Kindheit ihre zerbrechliche, eingeschränkte Fähigkeit, intime, verbindliche Beziehungen einzugehen, zu schützen und während der folgenden Jahre am Leben zu erhalten. Deshalb war es nicht nur einfach töricht von mir zu glauben, dass unsere Gefühle füreinander jemals stärker sein könnten als eine solche Bindung; es war ein fürchterlicher Irrtum meinerseits gewesen, auch nur zu hoffen, dass sie sowohl ihn als auch sich selbst so fundamental verraten würde.

»Es wird bald dunkel sein«, sagte sie mit einem Blick zum Himmel. »Wir haben nicht viel Zeit.« Sie schlang die Arme fester um ihren Körper. »Gott sei Dank«, sagte sie leise und machte damit klar, dass jedes weitere Gespräch sinnlos war.

Obwohl es mich meine ganze Kraft kostete, blieb ich ein kleines Stück entfernt stehen. »Wenn sein Zustand sich verschlimmert, Larissa ...«

»Ich werde schon wissen, was zu tun ist.«

Ich holte tief Luft, bevor ich verlegen fortfuhr: »Eines wollte ich vor den anderen nicht sagen – er hat angedeutet, er könnte Selbstmord begehen. Vielleicht war es eine Übertreibung im Eifer des Gefechts, vielleicht war es aber auch ernst gemeint. Er ist wirklich nahezu am Ende seiner Kräfte.«

Sie nickte. »Ich päpple ihn wieder auf. Das habe ich immer getan.«

In ihrer Stimme lag etwas Außergewöhnliches: Sie klang absolut alterslos und todunglücklich. Das kleine Mädchen, das damals Komplotte geschmiedet hatte mit dem leidgeprüften, aber tapferen Bruder, der sich so sehr bemühte, sie zu beschützen, versuchte nun, den harten Panzer der Selbstbeherrschung zu durchbrechen, mit dem sich die Frau vor mir umgab, um mir zu sagen, dass sie ihn zwar niemals verlassen konnte, sich aber sehnlichst wünschte, ich würde nicht weggehen. Mehrere sehr schmerzhafte Minuten lang brachte sie jedoch keinen Ton heraus; und dann, als ich gerade dachte, dass der Panzer heil bleiben würde, als ich schon ein Lebewohl herauswürgen und mich zwingen wollte, hinauszugehen, kam der Zusammenbruch. Sie wirbelte herum, eilte völlig aufgelöst und von Tränen geschüttelt zu mir und vergrub ihr Gesicht an meiner Brust, wie sie es oft getan hatte. »*Nein*«, rief sie und schlug, so heftig sie konnte, mit ihren Fäusten auf mich ein. »*Nein, nein, nein ...*«

Ich packte behutsam ihre Handgelenke, küsste ihr silbriges Haar und flüsterte: »Ich wünsch dir alles Gute, Larissa.« Dann drückte ich ihre Fäuste an ihren bebenden Körper und rannte regelrecht hinaus. Noch lange, nachdem ich den Turbinenhubschrauber bestiegen hatte und wieder einmal in geringer Höhe über den eisigen Nordatlantik hinwegflog, glaubte ich, sie schluchzen zu hören.

44

Ja, ich ging nach Süden, kam immer weiter herunter – in jeder Hinsicht …

Julien versuchte mich auf dem Hubschrauberflug zum William Wallace Airport von Edinburgh mit seinem Verständnis für Herzensdinge, das selbst für einen Franzosen untypisch war, zu beruhigen: Man könne nicht wissen, was in der Zukunft geschehen würde, Larissa und ich seien immerhin noch am Leben und passten viel zu gut zueinander, als dass alles einfach so plötzlich und endgültig vorbei sein könnte. Paradoxerweise bestätigten mich seine Worte jedoch nur in der verzweifelten Überzeugung, dass ich die seltsame, aber wunderbare Frau, nach der ich mein ganzes Leben lang auf der Suche gewesen war, für immer verloren hatte. Als wir unser Ziel erreichten, stieg Fouché aus dem Helikopter, drückte mich kräftig an seine Brust, küsste mich auf beide Wangen und versicherte mir, dass wir uns wiedersehen würden. Doch als der Hubschrauber abhob und mich stehen ließ, mit nichts als einer kleinen Schultertasche, die zwei Handfeuerwaffen enthielt – eine, mit der man das Opfer nur betäubte, die andere eine tödliche Rail-Pistole, beide aus Verbundharzen gefertigt, die kein Sicherheitssystem entdecken konnte –, musste ich eine Weile sehr schnell atmen und nachdenken, um das Gefühl schrecklicher Einsamkeit, das in mir aufstieg, wenigstens halbwegs zu unterdrücken. Denn nun war ich in der Tat allein: allein auf eine Art, die für mich in früheren Zeiten unvorstellbar gewesen wäre und die mich schlagartig veranlasste, die moralischen Prinzipien in Frage zu stellen, die mich in eine solch wenig beneidenswerte Position gebracht hatten.

Die folgenden Tage waren noch verworrener und bizarrer. Wohin ich auch ging – in Restaurants, Bars, Hotels –, in sämtlichen Medien waren die Katastrophe von Moskau, deren Nachwirkungen und die laufenden Untersuchungen das beherrschende Thema, und immer wieder gab es Berichte über das geheimnisvolle Flugzeug, das Gerüchten zufolge den Selbstmordbomber auf seiner Mission begleitet hatte. Diverse militärische Nachrichtendienste und Polizeikräfte glaubten, ich sei in diesem Flugzeug gewesen, und mein Bild – wie auch Bilder von Slayton, Larissa und dem armen, toten Leon – flimmerte mit verstörender Häufigkeit über öffentliche Bildschirme, sodass ich mein Aussehen ändern und meine Identitätsdisks anpassen musste, bevor ich Edinburgh überhaupt verlassen konnte. Ich musste mich auch daran gewöhnen, an allen möglichen Orten ganz unerwartet Larissas Gesicht vor mir zu sehen, eine zusätzliche, nahezu unerträgliche Qual. Von Edinburgh nahm ich ein Schiff nach Amsterdam (mit dem Flugzeug zu reisen war unmöglich, weil die Fluglinien alle Identitätsdisks mit der universalen DNA-Datenbank abgleichen mussten), und von dort aus fuhr ich mit dem Bus, dem Zug und sogar per Anhalter nach Süden, wobei ich versuchte, so unauffällig wie möglich zu bleiben und mich in Gebieten aufzuhalten, wo die Informationstechnologie nicht allgegenwärtig war. Ich hoffte, unerkannt zu bleiben – und nicht verrückt zu werden.

Ersteres gelang mir; was Letzteres betrifft, so weiß ich es nicht. Ich hatte nach wie vor kein bestimmtes Ziel, und als die Tage zu Wochen wurden, begann die ständige Notwendigkeit, immer wieder neue Ausweise zu fabrizieren, mich in die Datenbanken von Banken zu hacken, um mir Geld zu beschaffen (nachdem das Geldbündel, das ich aus St. Kilda mitgenommen hatte, aufgebraucht war), und vierundzwanzig Stunden am Tag in Bezug auf fast jedes Detail meines Lebens schlichtweg zu lügen, einen hohen seelischen und emotionalen Tribut zu fordern. Und all das wurde noch erheblich schlimmer, als ich eines Tages auf meiner langsamen Reise durch Italien an einem kleinen Café mit einem Verkaufsterminal für Tageszeitungen vorbeikam. Von jeder Titelseite auf dem Bildschirm blitzten mir Schlagzeilen mit dem Wort »Washington« sowie Bilder des ersten amerikanischen Präsidenten entgegen. Ich lief herum, bis ich einen Laden fand, der die *New York Times* führte, steckte mein Geld in das Gerät und wartete atemlos auf den Ausdruck. Ich schüttete zwei Grappa wie Wasser in mich hinein und las über die offenkundige Rückkehr meiner ehemaligen Kameraden zu ihren Aktionen: Der Coup funktionierte wie geplant, außer dass Malcolms Hoffnung, er würde verhängnisvolle Fehler enthalten, sich als vergeblich erwies. Die Geschichte wurde überall als hieb- und stichfest akzeptiert – besonders in Europa, wo jeder vermeintliche Beweis für die moralische Unzulänglichkeit der Vereinigten Staaten allzeit willkommen war.

Die Sache versetzte mir in mehrfacher Hinsicht einen Schock. Allein schon die Erinnerung daran, dass ich noch vor gar nicht so langer Zeit an einem derart heimtückischen Unternehmen beteiligt gewesen war, beunruhigte mich jetzt natürlich; jetzt, da ich nicht mehr dazugehörte. Überdies wusste ich, dass jeder Bericht, den ich von nun an zufällig lesen oder sehen würde, ganz gleich, wie überzeugend seine Details auch waren, eine Lüge sein konnte; und die brüchige Verbindung zur Wirklichkeit, die ich in den Wochen im Untergrund sorgfältig gehegt und gepflegt hatte, zerriss erneut. Ich begann zu trinken. Dabei redete ich mir ein, dass ich es nur tat, um mich unter die Einheimischen zu mischen und mir ihr Wohlwollen zu sichern, damit die örtliche Polizei gar nicht erst auf die Idee kam, mein Konterfei übers Netz zu schicken oder meine Disks von der universalen DNA-Datenbank prüfen zu lassen. Doch in Wahrheit hatte ich sonst nichts, womit ich die völlige Entfremdung mildern konnte. Der Weg in den unteren Teil der italienischen Halbinsel war gleichbedeutend mit dem Abstieg in tiefe, alkoholbedingte Verwirrung, und als es wegen der Unzuverlässigkeit des elektronischen Bankings in diesem beinahe anarchischen Teil des Landes schwierig wurde, an Geld zu gelangen, wurde die Verwirrung zur Erniedrigung. Als ich das gesetzlose Neapel erreichte, sah ich aus, als gehörte ich auf seine Straßen; und es war ausgerechnet der zufällige Anblick eines bedeutungslosen Wandschmucks in einer heruntergekommenen Spelunke, der alles änderte.

Völlig betrunken schaute ich eines Abends von dem stinkenden Tisch auf, auf den ich fast eine ganze Stunde lang meinen benebelten Kopf gebettet hatte, und sah ein vergilbendes Plakat, das für die Schönheiten Afrikas warb. Das Ding war natürlich an die vierzig Jahre alt, ein Relikt aus jener Zeit, als der »dunkle Kontinent«, wie ihn die Öffentlichkeit und die Medien in den letzten Jahren wieder zu nennen begonnen hatten, noch nicht durch Stammeskriege und die Aids-Epidemie nahezu entvölkert worden war; aber es entzündete dennoch meine betrunkene Fantasie. Wilde Visionen von einem Land mit dichten Dschungeln, windgepeitschten Savannen und prächtigen wilden Tieren – alles frei von der Seuche der Informationstechnologie, da Afrika die Hauptinsel des analogen Archipels war – packten meinen verblödeten Geist in den folgenden Tagen mit eisernem Griff, und ich versuchte sogar eine ganze Nacht lang, mich auszunüchtern, um mir darüber klar zu werden, ob es überhaupt Sinn hatte, dorthin zu gehen. Zu meiner großen Überraschung stellte ich fest, dass dem so war, obwohl die Nüchternheit auch eine realistische Einschätzung mit sich brachte, welches Elend im modernen Afrika herrschte. Aber ich beschloss, dass ich lieber das Risiko eingehen wollte, krank zu werden und in Kriege hineinzugeraten, als ins Gefängnis gesperrt zu werden und den Verstand zu verlieren. Deshalb unterzog ich mein Äußeres einer gründlichen Reinigung, nahm die Identität eines respektablen amerikanischen Geschäftsmanns an, der der Spielsucht verfallen war, und begab mich zu einem berüchtigten neapolitanischen Kredithai. Dieser Mann hielt mich für eine risikolose Investition; er glaubte, dass sich mein Aktionsradius auf die örtlichen Spieltische beschränken würde, an denen es um hohe Einsätze ging, und war mehr als bereit, mir die US-Dollar zur Verfügung zu stellen, die ich brauchte, um mein verzweifeltes Ziel zu erreichen.

In meinen Wochen als Stammgast in den schlimmsten Trinkschuppen und Drogenhöhlen der Stadt hatte ich die Bekanntschaft zweier besonders zwielichtiger französischer Piloten gemacht, die Waffen in verschiedene Regionen des analogen Archipels transportierten und ihre Freizeit in Neapel verbrachten, weil sie auf dessen Straßen außerordentlich gutes Heroin und Haschisch bekamen. Ich kehrte in eine ihrer Stammkneipen ein und fand heraus, dass sie gerade eine Fracht nach Afghanistan brachten – ausgerechnet –, aber noch in dieser Woche zurückerwartet wurden. In den nächsten Tagen war ich von Rastlosigkeit getrieben, aber auch von Hoffnung erfüllt und glaubte bald mehr denn je daran, dass ich demnächst in einem Gebiet sein würde, an dem die Informationsrevolution vorübergegangen war, in dem all die komplizierten philosophischen und sozialen Themen, die mein Leben in einen solchen Aufruhr versetzt hatten, keine

Macht mehr besaßen, und in das die ständigen Wiederholungen der Zerstörung Moskaus – und die daran anschließenden Spekulationen über das mysteriöse »Phantomschiff« – nicht vorgedrungen waren.

Während ich allmählich trocken wurde und mein Geld in Reiseliteratur statt in Schnaps anzulegen begann, träumte ich sogar davon, in Afrika ein neues Leben zu beginnen – und das, obwohl mich eben jene Bücher fortwährend daran erinnerten, dass die meisten wilden Tiere, die früher einmal Touristen auf den Kontinent gelockt hatten, inzwischen ausgerottet waren und ausländische Reisende, die das Gebiet trotzdem besuchen wollten oder mussten, wegen der weit verbreiteten Krankheiten und der überall herrschenden Unruhen zahlreiche Impfungen über sich ergehen lassen und entweder mit den Konsulaten ihres Landes oder den Vertretern der Vereinten Nationen in ständigem Kontakt bleiben mussten. Die beiden letzteren Ermahnungen konnte ich natürlich nicht befolgen: Die erste, weil ich dazu einem Arzt eine DNA-Probe hätte geben müssen, die zweite aus noch offensichtlicheren Gründen. Trotzdem klammerte ich mich verzweifelt an meine Träume und fuhr mit einem Eifer, den ich nur als fieberhaft bezeichnen kann, mit meinen Vorbereitungen fort.

Als die beiden französischen Piloten schließlich aus Afghanistan zurückkamen, wollten sie zunächst nichts von einem Passagiertransport nach Afrika hören, ganz egal, wie viel Geld ich ihnen bot. Eine Zeit lang sah es so aus, als würde nichts aus meinem Plan werden; aber bald lächelte mir das Glück, oder was ich für Glück hielt, und die Männer bekamen von einem örtlichen Waffenhändler den Auftrag angeboten, eine große Ladung Handfeuerwaffen an den Mann zu liefern, dessen Stammeskrieger momentan die ruandische Hauptstadt Kigali besetzt hielten. Nachdem sie zur Bedingung gemacht hatten, dass sie die Ware nur abwerfen würden – denn niemand außerhalb von Ruanda, nicht einmal andere Afrikaner, ließ sich noch dazu bewegen, in den verseuchten Ruinen jener Stadt zu landen, wo die einheimischen Truppen in Straßen voller verwesender Leichen kämpften wie Hunde, die sich um einen vergifteten Knochen balgten –, nahmen die Piloten den Auftrag an. Dann teilten sie mir mit, dass sie nach dem Abwurf in Nairobi zwischenlanden wollten, um dort aufzutanken; falls ich mit Kenia als Einreiseland nach Afrika einverstanden sei, würden sie mich mitnehmen, vorausgesetzt, ich hätte noch die große Summe Bargeld, über die wir zuvor gesprochen hatten.

So kam es, dass ich mich zwei Tage später auf mehreren zusammengelegten Fallschirmen wiederfand, die ihrerseits auf einem halben Dutzend Kisten mit schändlich veralteten französischen Waffen lagen. Um nicht in den mit endloser Grausamkeit wütenden sudanesischen Bürgerkrieg zu geraten, war das Flugzeug übers Rote Meer bis zur eritreischen Küste geflogen, wo man gefahrlos landeinwärts vordringen konnte: Krieg, Hungersnot und Seuchen hatten nicht nur in Eritrea, sondern auch in dem dahinter liegenden Äthiopien mehr oder weniger die gesamte Bevölkerung ausgelöscht. Ein wilder Spurt über das vom Krieg zerrissene Uganda sollte die letzte Etappe unseres Fluges ins Innere des Kontinents werden. Die beiden Franzosen glaubten offenbar, sich am besten auf das gefährliche Manöver vorbereiten zu können, indem sie sich die gesamte, nicht unbeträchtliche Menge mitgebrachten Heroins in die Adern jagten. All das hätte das Leben schon aufregend genug gemacht; das zusätzliche Flak-Feuer erhöhte die Spannung jedoch nahezu ins Unerträgliche. Die Piloten hätten mittlerweile selbst unter normalen Umständen kaum noch fliegen können, und einem absolut tödlichen Kampf waren sie erst recht nicht gewachsen. Als wir einen Volltreffer in eins unserer Triebwerke hinnehmen mussten und immer stärker an Höhe verloren, begannen sie einander so wüst und unzusammenhängend anzuschreien, dass ich nicht wusste, wie die Lage noch zu retten sein sollte. Die Piloten aber offenbar schon: Einer von ihnen griff sich eine Pistole und kam zu mir gelaufen, und bevor es mir gelang, eine meiner eigenen Waffen aus meiner Tasche zu ziehen, hielt er sie mir an den Kopf und befahl mir, einen der Fallschirme anzulegen. Anscheinend war ich als unnötiger Ballast eingestuft worden, und obwohl ich in gebrochenem Französisch mit dem Mann zu diskutieren versuchte, bestand kein Zweifel daran, dass er mich einfach erschießen und hinauswerfen würde, falls ich nicht gehorchte. Unter diesen Umständen sprang ich.

Dass ich mir bei meiner Landung – in der Nähe der Murchison Falls, wie ich später erfuhr – nur das linke Schienbein anknackste, war tatsächlich ein Wunder, wenn man bedachte, dass ich noch nie mit dem Fallschirm abgesprungen war und meinen Jungfernsprung über dem spektakulär schönen, aber absolut tückischen Terrain Zentralafrikas absolvieren musste. Natürlich kann selbst ein angeknackstes Schienbein äußerst schmerzhaft sein, und als ich nach der Landung erst mich selbst und dann meine wenigen Habseligkeiten sammelte, begann ich, mit wachsender Lautstärke zu stöhnen: ein Fehler. Einige der Truppe, die unser Flugzeug beschossen hatte, waren meinem herabsinkenden Fallschirm gefolgt, offenbar in der Hoffnung, einen wertvollen Gefangenen zu machen. Zweifellos wären sie enttäuscht darüber gewesen, bloß mich zu erwischen, und diese Enttäuschung ersparte ich ihnen, indem ich unverzüglich die Betäubungspistole zur Hand nahm und ziemlich großzügigen Gebrauch davon machte.

Zur Bestimmung meines Aufenthaltsortes war ich auf eine ganze Menge Vermutungen angewiesen. Nachdem ich mehrere Stunden in ziemlich hohem Buschwerk herumgestolpert war, stieß ich plötzlich auf eine riesige Wasserfläche. Da ich wusste, dass wir nicht weit genug nach Süden gekommen waren und dies daher nicht der Victoria-See sein konnte, blieb nur die Annahme, dass es sich um den Albert-See handelte. Ich befand mich an seinem nördlichen Ende, und wie ich gelesen zu haben glaubte, gehörte das Wasser, das dort herausströmte, zu den Quellen des Weißen Nils: Wenn ich diesem Flusslauf folgte, würde ich in den Sudan kommen, wohin ich auf gar keinen Fall wollte. Im Osten und Süden war das Schlachthaus von Uganda, und im Westen? Im Westen lag ein weiteres vom Krieg verwüstetes Land, das in den letzten fünfundzwanzig Jahren von so vielen aufeinander folgenden Regimes so viele Namen bekommen hatte, dass die übrige Welt wieder auf ihre alte, allseits bekannte Bezeichnung zurückgegriffen hatte: der Kongo. Per Ausschlussverfahren entschied ich mich nun, den Weg in dieses große Unbekannte anzutreten, und humpelte ohne jede genauere Vorstellung davon, wohin ich ging oder was ich dort wollte, durch die Mitumba-Berge.

Tage vergingen, und die Berichte über die Ausrottung der wilden Tiere, die ich vor meiner Abreise gelesen hatte, schienen mir allmählich wahr zu sein: Ich sah keine Spuren von Tieren, die groß genug waren, um sie zu essen, und hörte kaum irgendwelche Lebenszeichen außer dem Echo von Schüssen, das durch die Berge hallte. Ich ernährte mich von Insekten, von Regenwasser, das sich in riesigen Blättern gesammelt hatte, und von analgetischen – wie auch halluzinogenen – Wurzeln, wobei Letztere mich zumindest von meinem schmerzenden Bein ablenkten. Aber trotz aller Bewusstseinsveränderung blieb mir nicht verborgen, dass ich bald tot sein würde; und als mein langer Fußmarsch mich endlich wieder in Sichtweite des Albert-Sees zurückführte – denn ich hatte keinen Kompass, und wer glaubt, es sei für einen Anfänger leicht, seinen Weg durch die Wildnis ausschließlich mit Hilfe der Sonne und der Sterne zu finden, hat es offenbar noch nie versucht –, setzte ich mich einfach auf einen steilen Hang und begann, jämmerlich zu weinen und zu brüllen. Das tat ich so lange, bis ich vor Hunger und Erschöpfung ohnmächtig wurde.

Dass ich von einem Mann, der Englisch sprach, wieder belebt und dann von dort weggetragen wurde, erstaunte mich damals weniger als die Tatsache, dass ich überhaupt noch am Leben war. »Du bist ein großer Dummkopf«, lachte der hoch gewachsene, kräftige Mann, als er mich über seine Schulter warf. Ich sah, dass er einen Kampfanzug trug. »Bist du hergekommen, um dir die Gorillas anzuschauen, und hast festgestellt, dass sie alle tot sind?«

»Ein Dummkopf?«, wiederholte ich, während ich meinen verkehrt herum hängenden Kopf verdrehte und mehrere andere Soldaten in unserer Nähe sah. Ihre Tarnuniformen waren ziemlich zerschlissen, aber ihre Sturmwaffen glänzten. »Wieso findest du, dass ich ein Dummkopf bin?«

»Jeder Fremde in Afrika ist ein Dummkopf«, antwortete der Mann. »Hier hat kein Mensch etwas verloren, sofern er nicht hier geboren ist. Wie geht es deinem Bein?«

Tatsächlich pochte mein Bein bei jedem Schritt, den er machte, aber ich sagte nur: »Woher wusstet ihr …?«

»Wir haben gesehen, wie du aus dem Flugzeug gesprungen und gelandet bist. Und unsere Feinde erschossen hast! Wir dachten, der Dschungel würde dich behalten. Aber dann hast du mit deinem weibischen Gewinsel angefangen. Das hätte unsere Feinde anlocken können. Also haben wir uns überlegt, dass es besser ist, einen Dummkopf zu retten, als durch ihn zu sterben. Dann wären wir nämlich noch größere Dummköpfe.«

»Sehr vernünftig«, sagte ich. »Du sprichst sehr gut Englisch.«

»Als ich klein war, gab es noch eine Schule, in der man es uns beigebracht hat«, antwortete er. »Am Fuß der Berge.«

»Ah.« Ich fragte mich, wie lange ich noch so dahängen sollte. »Übrigens, wohin gehen wir?«

»Wir bringen dich zu unserem Häuptling – Dugumbe. Er wird entscheiden, was mit dir geschehen soll.«

Ich beäugte die ziemlich wild aussehenden Soldaten erneut. »Ist er zufällig ein Mensch, der Erbarmen kennt?«

»Erbarmen?« Der Mann lachte erneut. »Nicht dass ich wüsste. Aber er ist fair, sogar Dummköpfen gegenüber.« Er nahm mich auf seine andere Schulter, ohne innezuhalten, und fügte hinzu: »Es muss etwas sehr Schreckliches gewesen sein.«

»Was denn?« Ich zuckte zusammen, als er mich umbettete.

»Was dich hierher getrieben hat«, antwortete der Mann schlicht. »Etwas muss dich getrieben haben. Das weiß ich. Nicht einmal ein Dummkopf würde freiwillig hierher kommen.«

45

Der Name des Mannes war Mutesa, wie ich bald erfuhr; und in den kommenden Monaten sollten er und seine Familie sich als meine Retter erweisen. Sie nahmen mich als eine Art Kreuzung zwischen Mündel und Haustier bei sich auf, nachdem ihr Häuptling, der bereits erwähnte Dugumbe, erklärt hatte, ohne einen Bürgen könne ich nicht in dem mobilen Wehrlager des Stammes bleiben. Dugumbe hielt sich für einen aufgeklärten Despoten: Er kleidete sich in eine ausgeklügelte Kombination aus traditioneller Tracht und diversen modernen Militäruniformen und würzte seine Worte gern mit prägnanten Attacken auf die westliche Gesellschaft. Sein persönlicher Verhaltenskodex beruhte – das behauptete er jedenfalls – auf dem wichtigsten Leitsatz eines Vorfahren aus dem neunzehnten Jahrhundert: »Nur die Schwachen sind gut – aber nur deshalb, weil sie nicht stark genug sind, um schlecht zu sein.« Doch trotz all seiner Großspurigkeit besaß Dugumbe eine erstaunliche intellektuelle Strenge, ja sogar Gelehrsamkeit, und mit der Zeit wurde er mir gegenüber etwas umgänglicher. Aufgrund unserer gemeinsamen Abneigung gegen die technologisch höher entwickelte Welt jenseits der afrikanischen Küsten wurden Dugumbe und ich schließlich sogar in gewissem Sinn Freunde;

aber die Dankbarkeit und die Zuneigung, die ich Mutesa, seiner Frau und ihren sieben Kindern gegenüber empfand, standen immer an erster Stelle und waren zu diesem Zeitpunkt bereits fest verankert und unwiderruflich.

Dugumbe machte von Anfang an klar, dass ich nicht nur eine Familie brauchte, die mir Unterkunft gewährte und mich ernährte, solange ich bei seinem Stamm war, sondern dass ich auch eine Aufgabe in seiner eindrucksvollen Streitmacht aus fünfhundert disziplinierten, kampferprobten – und, was nicht verschwiegen werden soll, erbarmungslosen – Männern übernehmen musste. Ich hatte natürlich keineswegs vor, die bemerkenswerte Technologie, die in meiner Schultertasche verborgen war, an sie weiterzugeben; zum Glück waren Mutesa und sein Kommando bei meinem Zusammenstoß mit ihren Feinden so weit vom Ort des Geschehens entfernt gewesen, dass sie einfach davon ausgegangen waren, ich hätte die Männer mit einer konventionellen Waffe getötet. Überdies konnte ich dem Gedanken, mit einer amerikanischen oder europäischen Sturmwaffe in der einen Hand und einer primitiven Machete in der anderen in einen Stammeskrieg zu ziehen, nicht allzu viel abgewinnen. Ich fragte Dugumbe, ob er so etwas wie einen Sanitätsoffizier habe, und er sagte, er habe natürlich den Schamanen seines Stammes, sei sich aber darüber im Klaren, dass westliche Ärzte bei Kampfverletzungen oftmals effizienter seien. Und so wurde ich ein Feldchirurg, wobei ich mich auf meine medizinischen Kenntnisse aus dem Studium und noch mehr auf die elementaren Grundsätze der Hygiene und Sterilisierung verließ.

Wir kämpften diesen ganzen Winter und Frühling in den Bergen, wo ich einen Großteil meiner Zeit darauf verwendete, von Dugumbes Leuten in Erfahrung zu bringen, welche Pflanzen mit medizinischen Eigenschaften sie kannten. Schließlich hatten wir eine ziemlich rudimentäre Apotheke beisammen – zum Glück, denn für Menschen wie sie war keine »Medizin« im westlichen Sinn mehr erhältlich. Auf dem Höhepunkt der Aids-Epidemie hatten die westlichen Pharmaunternehmen – nachdem sie zu Publicity-Zwecken unbedeutende Mengen von Anti-HIV-Medikamenten gespendet hatten – nicht nur damit aufgehört, solche teuren Produkte nach Afrika zu schicken, sondern auch den Versand von Arzneimitteln gegen die Vielzahl anderer Krankheiten eingestellt, die den Kontinent dezimierten: Schlafkrankheit, Malaria und Ruhr, um nur ein paar zu nennen. Der Not gehorchend, hatten die Frauen von Stämmen wie dem Dugumbes in den folgenden Jahren neue Heilmittel im Dschungel gesucht (sein Schamane verließ sich weiterhin auf Zaubersprüche und absurde Trünke, die hauptsächlich aus verwestem Tier- und Menschenfleisch bestanden) und mehrere Pflanzen mit starken antibiotischen und analgetischen Wirkstoffen entdeckt. Einige davon, wie zum Beispiel die Wurzel, mit der ich während meiner ersten Tage in den Bergen experimentiert hatte, riefen sehr starke Nebenwirkungen hervor, die von Halluzinationen bis zum Tod reichten; aber in kontrollierten Dosen waren sie äußerst nützlich, und in meinen Augen lag eine gehörige Portion Ironie darin, dass die Pharmafirmen, die Afrika so kaltblütig abgeschrieben hatten, bei etwas mehr Weitblick enorme Profite hätten erzielen können.

Dugumbe war zu der Ansicht gelangt, dass die Notwendigkeit, in Bewegung zu bleiben, seine Beteiligung am regionalen Sklavenhandel ausschloss, was mir eine unangenehme Gewissenskrise ersparte. Der Menschenhandel, obzwar in Afrika niemals völlig ausgestorben, hatte in den letzten Jahren dermaßen zugenommen, dass er schon fast auf dem Stand seiner ehemaligen Blütezeit angelangt war; und obwohl ich oft hörte, wie Dugumbe ihn als ehrwürdige Tradition hinstellte, beschloss ich, solche Aussagen zu ignorieren, ebenso wie ich alle potenziell beunruhigenden Aspekte der Stammesbräuche ignorierte, darunter ganz besonders die lächerlichen Edikte von Dugumbes Schamanen. Meine Zufriedenheit über meinen gelungenen Rückzug aus der Informationsgesellschaft, die den Rest der Welt beherrschte, sowie meine nächtlichen Gespräche mit Dugumbe über die Übel besagter Gesellschaft erlaubten es mir, nicht nur vor dem schäbigen Gezänk, das den meisten Konflikten in dem Gebiet zugrunde lag, die Augen zu verschließen, sondern auch davor, dass die traditionelle Überlieferung diesen Menschen, die ich täglich mehr in mein Herz schloss, in vielen kleinen Dingen Schaden zufügte. Erst im Sommer darauf sollten mich ihre Bräuche und Rituale vor ein ernstes Problem stellen; dann jedoch war das Problem *so* ernst, dass es mich beinahe das Leben gekostet hätte.

Eines Abends kam ich zu der Reihe miteinander verbundener Leinwandzelte zurück, in denen Mutesas Familie wohnte, und bemerkte, dass die Stimmung ungewöhnlich ernst war. Mutesa marschierte mit dem Gehabe eines echten autoritären Patriarchen auf und ab, was in krassem Gegensatz zu der Art stand, wie er sonst immer mit seinen Kindern und seiner Frau scherzte und spielte. Diese brave Frau, Nzinga, gab keinen Ton von sich – auch das war sehr ungewöhnlich –, und während Mutesas vier Söhne ihr übliches abendliches Ritual vollzogen, bei dem sie sowohl sein Gewehr als auch die ihren reinigten, hockten die drei Mädchen in einem der Zelte zusammen. Sie weinten alle; am lautesten weinte Mutesas älteste Tochter, Ama, die gerade dreizehn geworden war.

Ich fragte Mutesa, welches Unglück sein Haus heimgesucht habe. »Kein Unglück, Gideon«, antwortete er. »Meine Töchter weinen aus Dummheit.«

»Und ich?«, rief Nzinga, während sie das Abendessen zubereitete. »Weine ich, weil ich dumm bin?«

»*Du* sprichst, weil du ungehorsam bist!«, erwiderte Mutesa ebenso laut. »Sieh zu, dass du mit meinem Essen fertig wirst, Frau, und dann mach deine Tochter bereit! Der Schamane kommt bald.«

»Der *Metzger* kommt bald«, sagte Nzinga, als sie auf dem Weg zu dem Zelt, in dem sich ihre Töchter versteckten, an uns vorbeikam. Mutesa machte Anstalten, sie zu schlagen, aber ich hielt seinen erhobenen Arm fest, obwohl ich nicht glaubte, dass er wirklich zugeschlagen hätte. Trotzdem litt er in diesem Moment zweifellos – und sein Unbehagen übertrug sich auf mich.

»Weshalb kommt der Schamane?«, fragte ich. »Gibt es Krankheit in eurem Haus? Falls ja, kann ich …«

»Du darfst dich nicht einmischen, Gideon«, sagte Mutesa mit fester Stimme. »Ich weiß, dass ihr Westler es nicht billigt – aber es ist Amas Zeit.«

Mit einem Mal war mir alles erschreckend klar. Ich stöhnte auf, als ich begriff, was er meinte, und schloss meine Hand fester um seinen Arm. »Das darfst du nicht tun«, sagte ich leise, aber mit aller Eindringlichkeit. »Mutesa, ich flehe dich an …«

»Und *ich* flehe *dich* an«, antwortete er, und seine Stimme wurde sanfter. »Dugumbe hat es so bestimmt. Wenn wir Widerstand leisten, wird das Mädchen sterben, und wenn du dich einmischst, wird es dir nicht anders ergehen.«

Er riss sich los. Jetzt wirkte er nicht mehr zornig, sondern tieftraurig; und als er seiner Frau ins angrenzende Zelt folgte, um seine Tochter zu trösten, stand ich mit offenem Mund da und versuchte mir darüber klar zu werden, was in aller Welt ich tun konnte, um den widerwärtigen Übergangsritus zu verhindern, der gleich vollzogen werden sollte. Mein Verstand war jedoch wie betäubt von dem Schock; und als ich hörte, wie sich eine Schar alter Weiber draußen vor dem Zelt versammelte und eine Menge idiotischen Unsinn über den Eintritt eines Mädchens ins Frausein intonierte, geriet ich dummerweise in Panik, stürzte hinaus und schrie sie an, sie sollten den Mund halten und verschwinden. Aber sie beachteten mich überhaupt nicht und zeigten damit, dass mein Status als Außenseiter mich in einem solchen rituellen Moment unsichtbar werden ließ. Trotzdem brüllte ich weiter auf sie ein, bis der Schamane eintraf, begleitet von mehreren bewaffneten Wächtern, die höchst bedrohlich dreinschauten. Beim Anblick des bösartig aussehenden Messers in der Hand des Schamanen – und des unmissverständlichen, bösen Blicks, den er mir zuwarf – eilte ich ins Zelt zurück, wo ich Mutesa vorfand, der den Arm um die zitternde, schluchzende Ama gelegt hatte.

»Mutesa«, sagte ich und erkannte voller Furcht, dass es tatsächlich keine Möglichkeit gab, dem Albtraum ein Ende zu bereiten, »sag dem Schamanen zumindest, er soll mir erlauben, sie vorzubereiten. Ich habe Drogen, die den Schmerz betäuben können, und wir müssen das Messer und die Wunde sauber halten.«

»Gideon, du *darfst dich nicht einmischen*«, erklärte Mutesa erneut. »Darüber gibt es keine Diskussion. Es wird so gemacht, wie es immer gemacht wird.« Ich dachte, er würde selbst gleich in Tränen ausbrechen, als er sagte: »Sie ist ein weibliches Kind, Gideon. Der Schmerz ist nicht wichtig, nur die Zeremonie.« Bei seinen Worten begann Ama ängstlich zu kreischen, und Mutesa packte sie fester. Er befahl ihr, still zu sein, und schleppte sie hinaus zu der versammelten Menge.

Amas Schreie klangen schrecklich, schon bevor das Schneiden begann; doch als das Messer eindrang, wurden sie schlichtweg zu dem Entsetzlichsten und Unerträglichsten, was ich je gehört habe. Ich presste die Hände an den Kopf und glaubte, ich würde den Verstand verlieren – und dann kann mir eine Idee. Ich lief dorthin, wo ich meine Tasche verstaut hatte, und zog die Betäubungspistole heraus. Wenn ich schon nicht imstande war, den unaussprechlichen Akt zu verhindern, so konnte ich zumindest die Qualen des Kindes lindern.

Ich stürzte hinaus und sah eine so abstoßende Szene vor mir, dass ich wie angewurzelt stehen blieb. Es war kein besonderer Bereich für die Prozedur abgesteckt worden, man hatte nicht einmal eine Decke auf den Boden gelegt – wie viel ein »weibliches Kind« galt, wurde zur Genüge durch die Art und Weise demonstriert, wie seine Genitalien im Dreck zerschnitten wurden, fast genauso, wie man ein Tier kastriert hätte. Mit einem jähen Aufschrei brachte ich die Zeremonie zum Stillstand; und als ich meine Waffe hob, trat der Schamane mit dem blutigen Messer in der Hand einen Schritt von dem Mädchen weg, sodass ich freie Schussbahn hatte. Sofort zog ich den Abzug durch, und Amas Körper hob sich ruckartig ein paar Zentimeter in die Luft, während sie gnädigerweise das Bewusstsein verlor, ohne etwas zu spüren.

»Sie schläft nur!«, rief ich schwer atmend, wobei ich die wenigen Brocken ihrer Sprache benutzte, die ich kannte; dann richtete ich die Waffe rasch auf die Wächter des Schamanen. »Sag dem Schamanen, er kann jetzt weitermachen, Mutesa«, sagte ich auf Englisch, öffnete die Zeltklappe und ging wieder hinein. »Und ich hoffe, eure Götter werden euch allen vergeben.«

46

Überflüssig zu erwähnen, dass in Dugumbes Lager nach diesem Abend für mich nichts mehr so war wie zuvor. Oh, ich diskutierte natürlich mit den Häuptling über das Thema, wir diskutierten es viele Male in vielen Nächten. Aber er fand meine Erklärungen größtenteils nur amüsant, obwohl sie ihn ein paar Mal ziemlich zu irritieren schienen. Eine Frau, die körperliches Vergnügen am Sex empfinde, sagte er, sei eine Frau, die nicht kontrolliert werden könne, die wie eine Hure von einem Zelt zum andern wandere – und er dulde keine Huren in seinem Lager. Außerdem erklärte er mir, obwohl er meine Gesellschaft genossen habe und meine Bemühungen um seine Leute anerkenne, wäre ich gut beraten, es mir in Zukunft sorgfältiger zu überlegen, bevor ich Streit anfing: Er könne sich von einem Mann nur in begrenztem Maße Unverschämtheiten gefallen lassen, erst recht von einem weißen Mann, und er habe nicht den Wunsch, an mir ein Exempel zu statuieren. Ich wusste, dass seine verschleierte Drohung ernst gemeint war, ließ das Thema schließlich fallen und entschied mich, heimlich alles in meiner Macht Stehende zu tun, indem ich den Müttern im Lager beibrachte, ihren Töchtern vor der schrecklichen Zeremonie Schmerzmittel und – als wir sie herstellen konnten – Opiate zu verabreichen. Aber in Wahrheit schienen viele dieser Frauen, die dieselben Qualen erlitten hatten, keinerlei Neigung zu verspüren, wenigstens die Leiden ihrer eigenen Kinder zu lindern; und so gingen die Verstümmelungen weiter wie zuvor.

Mein Betäubungsschuss hatte so gut wie keine Folgen. Ich wusste, dass die bei der Zeremonie anwesenden Soldaten Dugumbe davon unterrichten würden (obwohl der Schamane, der nicht zugeben wollte, dass jemand größere Macht hatte als er, sich ihnen wahrscheinlich nicht anschließen würde); deshalb schlich ich mich in dieser Nacht aus dem Lager und leerte die Energiezellen der Waffe. Als Dugumbe sie sehen wollte, machte ich sie ihm zum Geschenk; und als sie keinerlei Wirkung zeitigte, warf er sie mir zurück und erklärte, die Soldaten seien Dummköpfe, und Ama habe einfach nur vor Schmerzen das Bewusstsein verloren. Damit stand ich nun vor dem Dilemma, dass ich nur noch die andere, tödliche Waffe besaß; deshalb musste ich von diesem Zeitpunkt an sehr auf der Hut sein, um Streit zu vermeiden (was bedeutete, den Schamanen zu meiden), und mich auf meine ärztlichen Pflichten konzentrieren.

Aber der Verlust meiner Illusionen erschwerte mir ein solches Leben in zunehmendem Maße, und ich ertappte mich schon bald bei der Frage, ob ich mit meiner Reise nach Afrika den Übeln des »Informationszeitalters« wirklich entronnen war. Was waren die gesammelten Überlieferungen von Dugumbes Volk anderes als »Information«? Sicher, niemand hatte sie aufgezeichnet, aber sie waren trotzdem mächtig – und manipulierbar. Was hatte Mutesa an diesem Abend in seinem Zelt anderes getan, als sich etwas einzureden, was von Grund auf falsch war? Natürlich hatte er das im tiefsten Innern gewusst, aber er musste sich unbedingt daran halten, wenn er seinen Platz im Stamm und seinen Glauben an diesen bewahren wollte. Hätte über dem Eingang zu seinem Zelt nicht auch mit Fug und Recht »*Mundus vult decipi*« stehen können? Waren die Übel, denen ich zu entkommen versucht hatte, als ich bei Neapel ins Flugzeug der Franzosen stieg, nicht in Wahrheit menschliche Übel, die der Zeit und der Technologie trotzten und weitergegeben wurden, wo immer der Mensch seine Vorherrschaft zu errichten beschloss?

Und hatte Malcolm nicht Recht mit seiner Behauptung, dass wir daran niemals etwas ändern würden, wenn es uns nicht gelänge, die Vergangenheit zu verändern?

Solche Gedanken brannten nicht nur während meiner wachen Stunden in meinem Kopf, sondern auch, wenn ich schlief; und als diese Träume eines Nachts von jenem tiefen Grollen begleitet wurden, das Malcolms Schiff erzeugte, wenn er seine Feinde einschüchtern oder ihre Bauwerke erschüttern wollte, dachte ich beim Aufwachen, mein Unterbewusstsein hätte nur eine entsprechende assoziative Verbindung hergestellt. Erst als Mutesa mich richtig wachrüttelte und mir von den Gerüchten über ein seltsames Flugzeug erzählte, das von Nordosten auf das Gebiet zukam, in dem sich unser Lager befand, erkannte ich, dass das Geräusch real gewesen war.

»Es heißt, sie suchen nach dir, Gideon«, erzählte er mir in eindringlichem Ton, »und wenn sie angegriffen werden, zerstören sie ganze Felder und Waldgebiete, ja sogar Dörfer, indem sie die Macht der Sonne verstärken.«

Ich setzte mich in meinem Feldbett auf und versuchte, es zu verstehen. Das Schiff kam, und es kam meinetwegen, so viel stand fest: Seine Flugbahn ließ darauf schließen, dass es der Route folgte, auf der ich hierher gelangt war. Es war meinen Freunden an Bord bestimmt nicht schwer gefallen, meinen Reiseweg durch Europa und dann nach Afrika zu verfolgen; und dass sie es getan hatten, schien mir angesichts meiner jüngsten Empfindungen in Bezug auf das Leben im analogen Archipel und speziell in Dugumbes Lager zunächst etwas Gutes und Erfreuliches zu sein. Doch dann lichtete sich der Nebel in meinem Kopf allmählich, und als ich weiter darüber nachdachte, befiel mich eine tiefe Furcht:

Weshalb kamen sie? Mit Malcolm hatte ich mich praktisch vollständig überworfen, und ich kannte ihn zu gut, um zu glauben, dass er jemanden, der derart schwerwiegende Zweifel an seiner Arbeit zum Ausdruck gebracht hatte, jemals wieder in den Schoß seiner Familie aufnehmen würde. Und die anderen würden es trotz aller gegenseitigen Sympathie ebenso wenig tun; nicht einmal Larissa hatte den Wunsch geäußert, dass ich bleiben sollte, wenn ich nicht an ihre Arbeit glauben konnte. Weshalb also? Ich besaß keine speziellen technischen Kenntnisse, die sie benötigten – ihr erfolgreicher Einsatz des Washington-Materials hatte das bewiesen. Was wollten sie?

Alle möglichen Erklärungsansätze führten nur zu einer Schlussfolgerung: Malcolm hatte mir ganz offen erklärt, er wisse absolut nicht, ob es ihm Recht wäre, dass ich »frei in der Gegend herumlaufe«, nachdem ich nun seine Geheimnisse kannte; und diese Verwundbarkeit musste so sehr an seinem labilen Geist genagt haben, dass er jetzt kam, um wenigstens einem seiner Probleme ein Ende zu bereiten – ein für alle Mal.

In den nächsten zwei Tagen – und das waren auch die *letzten* zwei Tage –, während das Donnergrollen weiterhin durch die Berge hallte und die Berichte aus Dörfern an den tiefer gelegenen Hängen immer zahlreicher wurden, habe ich vergeblich nach einer anderen Erklärung gesucht. Ich habe keine Ahnung, warum Larissa und die anderen sich an meiner Ermordung beteiligen sollten, außer wenn Malcolm – der ja sehr überzeugend sein kann – sie dazu überredet hat. Vielleicht hat er sogar Indizien fabriziert, um zu beweisen, dass ich sie verraten habe. Wie immer die Antwort lautet, ich werde sie wohl nie erfahren. Nur eins weiß ich mit Sicherheit: Ich kann es nicht darauf ankommen lassen, dass diese Leute, die mir Zuflucht gewährt haben, unbeteiligte Opfer dieses nicht enden wollenden Wahnsinns werden. Ich muss weiterziehen.

Gerade bricht die Morgendämmerung herein, und ich höre, wie Mutesa draußen vor meinem Zelt seine Sachen zusammenpackt. Sein Beharren darauf, mich zur Küste zu begleiten, resultiert zum Teil wohl aus unserer Freundschaft, zum Teil aber auch aus der Dankbarkeit, die er immer in seinem Blick gezeigt, aber nie in Worte gefasst hat – seiner Dankbarkeit dafür, glaube ich, dass ich die Qualen der unglücklichen Ama gelindert habe. Es wird schwer sein, ihm und seiner Familie Lebewohl zu sagen, doch abgesehen davon werde ich diesen Ort kaum vermissen. Dugumbes gelegentliche Perlen der Weisheit – insbesondere seine Warnung, Information sei nicht Wissen – liefern keine vernünftige Erklärung für seine Handlungen, wie ich zu meinem Bedauern festhalten muss; und obwohl ich, wie gesagt, dankbar dafür bin, dass er sich um meine Sicherheit sorgt, kann ich auf diesen ganz privaten Seiten eindeutig feststellen, dass seine eigene Definition von Wissen letztendlich kein Segen für seinen Stamm oder die Welt ist. Ich habe ihm erklärt, dass er das Schiff nicht in einen Kampf verwickeln darf, wenn es kommt, und dass er nicht zögern soll, den Leuten an Bord zu sagen, wohin ich gegangen bin, und ich hoffe, er befolgt meinen Rat; aber es kann sein, dass er aufgrund seines kriegerischen Stolzes nicht dazu fähig ist.

Mutesa flüstert meinen Namen durch die Zeltleinwand; ich muss aufbrechen. Ich habe beschlossen, dass ich, wenn wir es zur Küste schaffen, dieses Dokument irgendwo ins Internet stellen werde, auch wenn es kaum etwas nützen wird. Über das, was danach passiert, mache ich mir keine Illusionen: Ich kann fliehen und werde es auch versuchen, aber wenn Malcolm und die anderen mich wirklich tot sehen wollen, bin ich es aller Wahrscheinlichkeit nach bereits.

47

VOR DER KÜSTE VON SANSIBAR, DREI UHR FRÜH, ZWEI TAGE SPÄTER

So schnell ich diese Geschichte bisher schon zu erzählen versucht habe, ich kann sie nun noch schneller zu Ende bringen – denn die Ereignisse der letzten zwölf Stunden haben abrupt dafür gesorgt, dass niemand meinen Aufzeichnungen Glauben schenken wird. Wir leben jetzt alle in einer anderen Welt als noch vor rund fünfzig Stunden, als ich mich hingesetzt habe, um diesen Bericht abzufassen. *Wie* anders diese Welt ist, weiß ich noch nicht; ich habe erst ein kleines Stück von ihr gesehen. Aber wenn dieses Stück ein Maßstab ist, dann kann es durchaus sein, dass wir an Bord dieses Schiffes uns als einzige Menschen auf Erden der verblüffenden Wandlung bewusst sind, die inzwischen stattgefunden hat. Für alle anderen ist diese neue Realität zwangsläufig so, wie es schon immer gewesen ist, und deshalb wird ihnen mein Bericht nicht nur unglaubwürdig, sondern total verrückt vorkommen.

Ich sage »an Bord dieses Schiffes«, weil ich mich überraschenderweise dort befinde: an Bord des riesigen elektromagnetischen Gefährts, das ich bis gestern Morgen für Malcolm Tressalians erstaunlichste Erfindung gehalten habe. Larissa schläft neben mir im Bett in meiner Kabine, während ich schreibe – erschöpft von der Anstrengung zu verstehen, was geschehen ist, so wie wir alle. Diese Anstrengung hat natürlich der Freude, wieder mit ihr zusammen zu sein, keinen Abbruch getan, ebenso wenig wie der Erleichterung darüber, dass meine Freunde mir in Wirklichkeit nicht nach dem Leben getrachtet hatten. Aber sie kostet uns so viel Kraft, dass diese schöne Zeit einen Hauch von Unwirklichkeit angenommen hat, und ich erwarte jeden Moment, wieder in Häuptling Dugumbes Lager aufzuwachen und zu hören, wie Essen zubereitet wird und Waffen hergerichtet werden. Vielleicht ist das der Grund, warum ich nicht schlafen kann – warum ich nicht schlafen *werde* –, bis ich diese letzte Episode niedergeschrieben habe: denn falls diese neue Welt tatsächlich noch existiert, wenn ich das nächste Mal aufwache, werde ich vielleicht auf diese Seiten zurückgreifen müssen, um mir in Erinnerung zu rufen, wie sie entstanden ist.

Mutesa und ich verloren die wenigen anderen Männer unseres Trupps keine zwölf Stunden, nachdem wir das Lager verlassen hatten. Der Anblick von Malcolms Schiff, als es schließlich am Horizont hinter uns auftauchte, war einfach zu viel für sie, und für mich beinahe auch; aber Mutesa blieb so beherzt wie immer, und nachdem er in einem riesigen, hohlen Baobab-Baum einen Unterschlupf für uns gefunden hatte, bereitete er sich darauf vor, mir bei meinem mutmaßlichen letzten Gefecht zur Seite zu stehen. Auf sein hartnäckiges Drängen hin, dass ich mich bewaffnen sollte, holte ich widerstrebend die Rail-Pistole heraus; es wollte mir einfach nicht in den Kopf, dass ich womöglich gezwungen sein würde, sie gegen Larissa und die anderen zu erheben, und ich fragte mich, ob es letztendlich nicht vielleicht besser wäre, mich einfach zu ergeben.

Zu Mutesas großer Bestürzung beschloss ich, genau das zu tun. Als das Schiff sich dem Baum näherte, in dem wir uns verbargen, bestand er darauf, mich auf das uns umgebende grasbewachsene Stück Flachland zu begleiten, um sicherzustellen, dass ich nicht einfach wie ein Hund niedergeschossen wurde. Wie er das verhindern wollte, war mir unklar, aber ich freute mich über seine Gesellschaft bei meinem – wie ich aufrichtig glaubte – letzten Gang über irgendeinen Teil dieser Erde.

Mutesas Tapferkeit mischte sich mit Verwirrung, als das Schiff langsam zu uns herunterkam, bis sein Boden die Spitzen des sich wiegenden Grases streifte. Dann begannen die kleinen grünen Lichter mittschiffs zu blinken, und die Luke flog auf und gab den Blick auf Fouché frei – und auf Larissa, die hinter ihm stand. Trotz meiner Angst schlug mein Herz höher, als ich sie sah: Sie war schöner denn je, so schön, dass ich zuerst gar nicht bemerkte, dass sie mir über den Lärm der Schiffsmaschinen hinweg mit verzweifelter Stimme etwas zurief. Es dauerte noch eine ganze Weile, bis ich sie verstand, aber dann erlosch mein Lächeln, und meine Miene wurde todernst:

Malcolm, sagte sie, sei verschwunden.

Während Larissa und Fouché mir durch ihre Gesten weiterhin zu verstehen gaben, dass ich an Bord kommen sollte, versuchte ich, aus der Situation schlau zu werden. Aber das würde mir nur im Schiff gelingen, nicht hier draußen in diesem Grasland. Ich drehte mich zu Mutesa um, um ihm Lebewohl zu sagen, und sah, dass er bereits lächelte: Ich hatte ihm von Larissa erzählt (wenn auch nicht von dem Schiff), und nachdem er sie nun gesehen hatte, war er anscheinend zu dem Schluss gelangt, dass mir nichts geschehen würde. Ich umarmte ihn und drückte ihn an mich, und er erklärte mir, ich bräuchte kein schlechtes Gewissen zu haben, wenn ich nun wieder in meine Welt zurückkehrte, denn seine sei im Grunde nicht besser – was mir ja vermutlich bereits klar geworden sei. Ich nickte lächelnd, dann lief ich zum Schiff, sprang hinein und fiel in die Arme jener

Frau, derentwegen mir so lange das Herz schwer gewesen war, bei Tag und bei Nacht.

Nach einer weiteren Umarmung und fast genauso vielen Küssen von Fouché ging ich mit den beiden zum Bug des Schiffes, wo Colonel Slayton und die Kupermans warteten. Weitere herzliche Begrüßungen wurden ausgetauscht, und meine Erleichterung darüber, dass mein schrecklicher Verdacht falsch gewesen war, wuchs ins nahezu Unermessliche. Doch bevor wir uns ausführlich darüber unterhalten konnten, was geschehen war, mussten wir uns irgendwo verstecken, wo wir vor den Waffen der diversen Stämme, die sich meine Freunde auf ihrer Suche nach mir unabsichtlich zum Feind gemacht hatten, in Sicherheit waren. Als ein solches Asyl bot sich der Albert-See an, und bald darauf waren wir unter dessen Oberfläche, umgeben von all dem militärischen, menschlichen, industriellen und tierischen Abfall, der dort im Laufe von Afrikas Jahrzehnte langem Abstieg entsorgt worden war. Bald darauf brach die Nacht herein und erlöste uns gnädigerweise von dieser bestürzenden Szenerie. Wir ließen die Außenbeleuchtung des Schiffes ausgeschaltet, während wir am Konferenztisch miteinander redeten, einerseits aus Angst, entdeckt zu werden, andererseits, um uns den hässlichen Anblick zu ersparen.

Ich spürte Larissas Arm, der sich fest um meinen schlang, während ich mir die Geschichte von Malcolms Verschwinden anhörte.

Sie war äußerst kurz. Der Erfolg des Washington-Coups hatte ihn offenbar in eine tiefe Depression gestürzt. Im festen Glauben, der Schwindel würde rasch aufgedeckt werden – mit der zwangsläufigen Folge, dass sich alle Welt der gefährlichen Unzuverlässigkeit moderner Informationssysteme bewusst werden würde –, hatte er wie betäubt zugesehen, wie seine Täuschung im Verlauf des Winters und Frühlings nur zu einer neuen Quelle für seichtes Mediengewäsch und akademischen Revisionismus geworden war. Im Sommer hatte er zunächst aufgehört, regelmäßig zu essen, dann hatte er überhaupt nichts mehr zu sich genommen und sein Labor so selten verlassen, dass die anderen sich allmählich schon fragten, wovon er eigentlich lebte. Als er dann schließlich drei Tage hintereinander nicht mehr aus seinem verschlossenen Labor herausgekommen war, hatte Larissa mit ihrer Rail-Pistole die Tür aufgeschossen.

In dem Labor stand ein Apparat, wie ihn keiner der anderen je zuvor gesehen hatte. Die ursprüngliche Konstruktion war nicht mehr zu erkennen, denn er war stark beschädigt – entweder das Resultat einer wütenden Zerstörungsorgie oder die Folge irgendeiner explosiven Fehlfunktion. Wie auch immer, von Malcolm war nichts zu sehen, keine Leiche, kein Blut; und angesichts dieser Tatsache erinnerte sich Larissa an meine Warnung, Malcolm könnte vielleicht einen Selbstmordversuch unternehmen. Während der nächsten paar Tage suchten sie und die anderen das Meer mit Hilfe des Schiffes und des Turbinenhubschraubers nach einer Spur von ihm ab, und noch etliche weitere Tage lang zerbrachen sie sich den Kopf darüber, wohin er sonst verschwunden sein könnte und wie. Als sie sich schließlich damit abfanden, dass sie das Rätsel nicht lösen konnten, entschied Larissa, dass es an der Zeit sei, mich aufzuspüren (eine Aufgabe, für die sie eine ganze Woche brauchten) und in Erfahrung zu bringen, ob ich vielleicht irgendeine Idee hätte, wohin ihr Bruder in seiner Verzweiflung gegangen sein könnte.

Schockiert von all dem, aber nicht gänzlich überrascht, gab ich mir alle Mühe, ihnen ein paar Alternativen zur schlimmsten Möglichkeit anzubieten. Aber es war von vornherein aussichtslos, und als sich das immer deutlicher abzeichnete, entschuldigten sich die anderen der Reihe nach und gingen in ihre Kabinen, um die scheinbar einzig mögliche Schlussfolgerung zu verdauen: dass Malcolm nicht nur wegen des Washington-Coups, sondern auch wegen des Versagens seiner letzten technischen Schöpfung derart entmutigt gewesen war, dass er das Gerät zertrümmert und sich dann ins Meer gestürzt hatte. Dass sie kein Indiz für den Selbstmord gefunden hatten, war nicht weiter verwunderlich: Der Nordatlantik war riesig, so riesig, dass es vielleicht nicht einmal die ausgeklügelten Ortungsgeräte von Malcolms bemerkenswertem Schiff geschafft hatten, seinen Leichnam zu finden, bevor er von Raubtieren zerrissen worden oder einfach in irgendeinen Abgrund hinabgesunken war.

Larissa hatte natürlich geahnt, dass diese schlimmstmögliche Schlussfolgerung unausweichlich war. Doch wegen der außergewöhnlich schmerzhaften Vorgeschichte, die sie mit ihrem Bruder gemein hatte, trug diese Ahnung kaum dazu bei, den Schlag zu dämpfen, als er schließlich kam. Ich war froh, bei ihr zu sein, um seine Wirkung zu lindern, wenn auch nur ein wenig. Es war vielleicht nicht die romantische Wiedervereinigung, die ich so viele Monate lang vergeblich aus meinen Gedanken zu verbannen versucht hatte – tatsächlich blieben wir die ganze Nacht hindurch am Konferenztisch sitzen –, doch als sie immer näher an mich heranrückte, spürte ich wenigstens, dass sie den Verlust ungebrochen überstehen würde und dass wir eine gemeinsame Zukunft hatten. Der Anbruch der Morgendämmerung fand uns beide in jenem benommenen, tränenreichen Zustand der Erschöpfung vor, der oftmals mit Kummer einhergeht; und dann, bevor einer von uns es richtig bemerkte, geschah etwas sehr Seltsames: Die Sonne schien ins Schiff, hell und klar.

Das Wasser des Albert-Sees war irgendwie von dem tags zuvor noch überdeutlich sichtbaren Dreck gereinigt worden; und der Anblick war so wundersam, dass sowohl Larissa als auch ich kaum anders konnten, als aufzustehen, an die transparente Hülle zu treten und mehrere Minuten lang staunend zu lächeln. Dann kamen die anderen lärmend hereingestürzt, riefen uns die Neuigkeit zu und fragten – ziemlich einfältig, wie ich mich erinnere, spöttisch bemerkt zu haben –, ob wir gesehen hätten, was passiert sei. Es gab absolut keine rationale Erklärung dafür: Wir hatten während der Nacht keine Maschinengeräusche gehört, und außerdem gab es die erforderliche Technologie für so etwas in ganz Afrika nicht – wahrscheinlich sogar nirgendwo auf der Welt. Es grenzte wirklich an ein Wunder. Aber das war erst der Anfang.

Nachdem wir den holografischen Projektor eingeschaltet hatten, stiegen wir wieder aus dem Wasser und stellten fest, dass am Westufer des Sees keinerlei Anzeichen eines Konflikts mehr zu sehen waren. Dafür jedoch Tiere: Eben jene wilden Tiere, die, wie ich gelesen und dann auch mit eigenen Augen gesehen hatte, in Afrika ausgerottet waren, liefen überall herum, sodass es in dem Gebiet aussah wie auf dem vergilbten alten Plakat in jener heruntergekommenen Spelunke in Neapel. Uns allen fehlten die Worte, aber diesmal war es nicht unser übliches entsetztes Schweigen an Bord des Schiffes: Diesmal war es ausnahmsweise eine stille Freude, gelegentlich unterbrochen von Gelächter und plötzlichem, erstauntem Jubel.

Es dauerte eine Weile, bis die Frage aufkam, was wir als Nächstes tun sollten. Ich schlug vor, zur Küste zu fliegen; vielleicht würden wir ja unterwegs irgendwelche Hinweise darauf finden, was vor sich ging. Doch die Reise, die darauf folgte, war noch weitaus verblüffender. Wo noch vor Tagen nur gespenstische, von Krieg und Seuchen hinterlassene Ruinen gewesen waren, sprenkelten nun blühende Dörfer und Städte die Landschaft. Überall gab es wilde Tiere in Hülle und Fülle, und hin und wieder sogar einen Luxusbus voller Touristen. Als wir uns der Küste näherten, wurden die

Anzeichen einer blühenden Zivilisation immer dichter und eindrucksvoller, und als wir schließlich das Meer erreichten, sahen wir Sansibar, die verarmte Insel Sansibar, in längst vergangenen Zeiten ein Zentrum des Sklavenhandels und zuletzt ein heruntergekommenes, von Krankheiten heimgesuchtes Relikt dieser schlimmen Vergangenheit.

Aber jetzt? Was sich jetzt vor uns abzeichnete, sah eher wie Hongkong aus, oder vielmehr so, wie Hongkong aussehen würde, wenn es von Menschen entworfen worden wäre, die nicht nur über Geld, sondern auch über Geschmack verfügten. In der Mitte der landschaftlich wunderschön angelegten Insel erhob sich eine schimmernde Stadt, deren Hochhäuser die Farben des Meeres, des Festlanddschungels und der makellos weißen Korallenstrände von Sansibar betonten. Kurz, es war eine Oase der aufgeklärten Industrie und der Schönheit – und ihre Existenz war unmöglich zu erklären.

Unser Schiff liegt nun in den Tiefen des Meeres vor dieser Oase. Natürlich haben wir immer noch keine endgültigen Antworten, und die Kommunikations- und Überwachungssysteme des Schiffes sind keine große Hilfe gewesen. Wir haben offenbar Probleme, Satellitenverbindungen aufzubauen und aufrechtzuerhalten, und selbst wenn es uns gelingt, hören wir merkwürdige Berichte aus aller Welt, die so wenig Sinn ergeben wie das, was wir in Ostafrika gesehen haben. Hin und wieder ist die Rede von Konflikten in Weltregionen, in denen es keine geben sollte, viel häufiger aber deuten die Meldungen zu unserem Erstaunen darauf hin, dass in vielen vormals vom Krieg zerrissenen Teilen der Welt nun Frieden und Wohlstand herrschen. All das unterstützt eine scheinbar unmögliche, aber nichtsdestoweniger nahe liegende These: Dass Malcolms Versuch, die Zeit zu besiegen, tatsächlich von Erfolg gekrönt war.

Wenn das wirklich stimmt, dann muss sich sein Mechanismus nach Erfüllung seiner Aufgabe selbst zerstört haben. Vielleicht ist er sogar speziell dazu konstruiert worden, und deshalb haben wir keine Ahnung, wohin – oder vielmehr in welche Zeit – Malcolm gegangen ist. Die Liste der Möglichkeiten ist unendlich lang, wie wir heute Abend beim Essen festgestellt haben, als wir präzise zu ermitteln versuchten, welchen Ort und Zeitpunkt in der Geschichte man erreichen und was man dort hätte unternehmen müssen, um die Ergebnisse zu erzielen, die wir selbst gesehen und von denen wir gehört haben. Außerdem sind wir uns über den Umfang dieser Ergebnisse noch nicht im Klaren. Vorausgesetzt, das Unbegreifliche ist wirklich geschehen, dann müssen wir jetzt die Welt bereisen, wie Larissa es mir einmal vorgeschlagen hat, müssen nach unserem eigenen Gesetz leben und die Augen in dem neuerlichen Bemühen offen halten, um die potenziellen Spuren des Werks unseres von uns gegangenen Freundes und Bruders zu entdecken und dadurch das Rätsel seines Reiseziels zu lösen. Aber die Zeit und die Geschichte sind grenzenlose Netze, und wenn man einen ihrer unzähligen Fäden auch nur ganz leicht berührt, so kann das unvorstellbare Veränderungen auslösen. Deshalb ist es möglich, dass die Wahrheit sich uns auf ewig entzieht.

Wenn es ihm wirklich gelungen ist, hat er dann irgendwelche Hinweise oder Notizen hinterlassen? Die anderen konnten keine finden, aber wir müssen natürlich nach St. Kilda zurück, um alles noch einmal zu durchsuchen. Doch selbst wenn wir entsprechende Dokumente entdecken, wird dann einer von uns genügend davon verstehen, um sein Experiment zu wiederholen? Würden wir es überhaupt wiederholen wollen? Noch mehr Fragen ohne Antworten. Nur in einem Punkt können wir sicher sein: Was auch immer geschehen ist, Malcolm wird niemals zurückkommen. Und ich glaube, er würde es auch nicht wollen – selbst wenn er bei seiner Reise vielleicht den Tod gefunden hat. So viel besser diese neue Welt von heute auch sein mag, sie ist trotzdem die Welt von heute, und sie würde Malcolm wahrscheinlich nicht besser gefallen als die frühere. Wegen seiner schrecklichen körperlichen und seelischen Verletzungen hat ihm die Jetztzeit sein ganzes Leben lang kaum einen schönen Moment bieten können. Vielleicht hat er sich nun revanchiert, indem er das Konzept der Zeit selbst zerstört hat; und vielleicht hat er dabei – wenn auch nur für einen flüchtigen Moment – jene ganz normale menschliche Zufriedenheit verspürt, die ihm in dieser Realität auf so tragische Weise beständig versagt geblieben ist.

Was uns Übrige betrifft, so hat uns allein schon die Möglichkeit Mut gemacht, dass Malcolm seinen letzten Traum verwirklicht haben könnte – und das gilt am allermeisten für Larissa. Natürlich vermisst sie den Bruder, mit dem sie Geheimnisse und Kümmernisse geteilt hat, die jede menschliche Vorstellung übersteigen. Aber sie weiß, ob er nun die Zeit zerbrochen hat oder von ihr zerbrochen worden ist, er hat endlich Frieden gefunden; und die Qualen, die ihm so endlos erschienen, sind als die vergänglichen Widrigkeiten einer problembeladenen Welt entlarvt worden – einer Welt, die am Ende vielleicht mit seiner Hilfe ein Stück weit von ihrem Wahnsinn kuriert worden ist.

Danksagung

Dieses Buch ist meiner Literaturagentin Suzanne Gluck gewidmet, nicht nur, weil sie meine Karriere mit enormem Geschick und großer Anteilnahme betreut hat, sondern weil sie auf die Frage von Walter Isaacson und Jim Kelly vom *Time*-Magazin, ob sie einen Autor für einen Fortsetzungsroman über die nahe Zukunft vorschlagen könne, meinen Namen genannt hat. Bei einem bemerkenswerten Treffen sind sodann viele der Ideen ausgearbeitet worden, die schließlich in *Die Täuschung* einflossen, und während ich die ersten Teile der Story für *Time* schrieb, zeigten Walter und Jim viel Verständnis und unterstützten mich sehr, wofür ich ihnen zutiefst dankbar bin. Auch Teresa Sedlak und Barbara Maddux von *Time* waren mir eine große Hilfe. Aber es war Suzanne, die letzten Endes wie immer dafür sorgte, dass alles klappte; und dieses Buch ist wahrhaftig fast ebenso sehr ihr Werk wie meines.

Obwohl die ersten Kapitel in *Time* erschienen, blieb die Publikation des Buches ein Wagnis, und ich bin meiner Lektorin und Herausgeberin Ann Godoff dankbar, dass sie bereit war, es einzugehen. Ann ist nach wie vor die wagemutigste Person in ihrer Branche: Ihr großer Erfolg sollte also niemanden überraschen.

Ebenso schulde ich Hilary Hale Dank für ihre Freundschaft, ihren Rat und die Betreuung meines Werks in der übrigen englischsprachigen Welt.

Die Ideen vieler Autoren, wie die Zukunft aussehen wird, haben meine eigenen Ansichten beeinflusst, indem sie mich entweder in ihnen bestärkt oder sie in Frage gestellt haben. Im Bereich der wissenschaftlichen Spekulation muss ich Michio Kaku, Lawrence M. Krauss und Clifford Stoll erwähnen. Bücher und Artikel von Robert Kaplan, Benjamin Schwartz und David Rieff haben mir geholfen, meine Gedanken über die Weltpolitik und die Weltgesellschaft der kommenden Jahre differenzierter zu formulieren; das gilt auch für die Gespräche mit meinem guten Freund und Mentor James Chace, der sich die Zeit genommen hat, das Manuskript gründlich zu lesen. Aus dem Werk von Adolf Rieth und Ian Haywood habe ich eine Menge über die Geschichte und die Auswirkungen von Falschmeldungen gelernt. Und mein stets scharfsinniger Freund David Fromkin hat mit mir darüber spekuliert, welche historischen Schwindel die gravierendsten Folgen für die Welt hätten.

Hilary Galanoy, Joe Martino und Tim Haldeman haben sich Gedanken über die Geschichte gemacht und mich persönlich unterstützt. Dass ich die Flinte nicht ins Korn geworfen habe, verdanke ich meinen Eltern; meinen Brüdern Simon und Ethan sowie ihren Frauen Cristina und Sara; Gabriella, Lydia, Sam und Ben (den letzten dreien besonders wegen ihrer kreativen Anregungen in der ersten Zeit); meiner Cousine Maria und ihrem Mann Jay (und Nicholas); John, Kathy und William von Hartz; Dana Wheeler-Nicholson; Jim Turner und Lynn Freer (und Otto natürlich); Bill und Diane Medsker; Ellen Blain; Lindsay Dold; Michelle McLaughlin; Jennifer Maguire; Ezequiel Vinao; jedem, der in Oren Jacobys und Betsy Wests Haus »überlebt« hat; und schließlich Perrin Wright.

Debbie Deuble, meine allerbeste Freundin und Agentin an der Westküste, hat meine Tiraden ertragen, ohne der Versuchung zu erliegen, mir den Arm zu brechen. Sie weiß, wie viel mir das bedeutet hat.

Spezielle Dankesworte gehen an Tom Pivinski, Bruce Yaffe, Ernestina Saxton und Vicki Hufnagel, die alle unablässig dafür gesorgt haben, dass es mir gut ging.

Die schwierige Zielgerade wurde ganz wundervoll erleuchtet von Laura Bickford. Das Warten auf ihre Ankunft hat sich vollauf gelohnt.